KB135894

마지막 산책

The Last Walk

마지막

제시카 피어스 Jessica Pierce │ 정한결 옮김

산책

반려동물의
삶 끝에서
우리가 사랑하는
동물을 생각하다

황소걸음
Slow & Steady

일러두기

1. 단행본과 잡지는 《 》, 논문과 보고서, 신문, 영화, 노래, 기사 등은 〈 〉로 표기했습니다.
2. 국내에 번역·출간된 책은 번역 제목에 원제를 병기하고, 출간되지 않은 책은
   원제에 번역 제목을 병기했습니다.
3. 각주는 옮긴이 주고, 지은이 주는 따로 표시했습니다.

오디세우스를
기리며

★

1 마지막 오디세이

오디가 발을 질질 끌며 복도를 걸어와서 내 사무실 문간에 멈추더니, 나이 때문에 뿌예진 갈색 눈으로 나를 뚫어져라 쳐다본다. 예전처럼 방으로 들어와서 내 무릎에 주둥이를 올려놓지도, 내 손 아래로 코를 들이밀지도 않는다. 그런 인사를 미완성으로 남겨두는 건 오디가 이제 다른 세상에 산다는 암시다.

나는 의자에서 몸을 돌려 오디를 부른다. 오디는 내게 오지 않아도 내 목소리를 듣는다. 꼬리를 좌우로 슬쩍 움직여 대답하는 걸 보면. 우리는 이런 대화를 날마다 반복하기에 그다음 순서가 뭔지 안다. 오디는 단호하게 돌아서서 마른기침을 하고 쿵쿵거리며 복도를 지나 돌아갈 것이다. 타닥 드르륵 타닥 드르륵 발톱 소리로 자신의 행방을 알리면서. 하지만 나는 아직 오디를 보내고 싶지 않다.

나는 자리에서 일어나 입구로 발을 내딛는다. 무릎을 꿇고 오디의 얼굴을 감싼다. 내 손가락 사이에 있는 오디의 긴 귀가 벨루어*같다. 오디의 몸을 쓸어내리며 여기저기 스펀지처럼 튀어나온 덩어리를 만진다. 거대한 점자를 읽기라도 하듯. 수의사에게 듣기로

이 덩어리는 지방종이라는 지방 침전물인데, 보기는 흉해도 노화 현상일 뿐 문제가 되지 않는다고 한다. 지방 덩어리와 섬유종이 생겼지만, 내 눈에는 오디가 여전히 잘생겼다.

또 하나 익숙한 대화를 반복하려고 고개를 숙여 오디의 코에 내 코를 댄다. 나는 자신의 적갈색 털과 맞추기라도 한 것처럼 같은 빛깔을 띤 오디의 코를 사랑한다. 눈을 감은 채 거칠고 시원한 촉감을 느낀다. 오디의 입김에서 세월에 닳고 부서진 이빨과 상한 잇몸이 느껴진다. 우리는 코를 맞대고 한참 그대로 머문다. 그러다 나는 일어나서 다시 일하러 가고, 오디는 타닥 드르륵 발을 끌며 복도를 따라 돌아간다.

오디는 막 열네 살이 지났다. 오디가 어쩌다가 산책하는 걸(기분이 내키면 산책을 하지만 그렇지 않으면 집에서 나가려고 들지 않는다) 보면 노견임을 알 수 있으리라. 오디의 뒷다리는 노쇠하고 위태롭게 굽어, 서 있을 때도 반쯤 앉은 것처럼 보인다. 뒷다리 하나가 제구실을 못해서 몇 걸음마다 발바닥의 볼록 살이 아니라 발톱 끝으로 바닥을 디딘다. 발이 제대로 지탱하지 못하니 다리가 풀리고, 몸이 기울어 주저앉는다. 이런 특징은 어떤 신경학적 기능장애로 두뇌가 다리에 잘못된 신호를 보내는 것일 가능성이 높다. 이는 '인지 기능장애 증후군'의 여러 가지 증상 가운데 하나다. 다시 말해 치매

• 조밀한 실 보풀이 일어나도록 가공한 직물

를 앓는 것이다.

오디는 죽음에 다가간다. 오디가 결말에 가까워질수록 무엇이 오디에게 좋은 죽음인지 점점 더 갈피를 잡을 수 없다. 나쁜 죽음이 어떤 모습인지는 꽤 명확하다. 우리가 사는 세상에서는 너무나 많은 동물이 나쁜 죽음에 시달린다. 고통과 두려움 속에서, 홀로 혹은 낯선 이들 곁에서 죽어가니까.

좋은 죽음이란 무엇일까? 내가 읽은 모든 글과 내가 이야기를 나눈 모든 사람은 언젠가 오디가 자신의 삶을 짐스러워하는 시점에 이르면, 어떻게든 말할 것이라고 한다. 이제 자유로워지고 싶다고. 나는 오디를 수의사에게 데려가고, 동물 병원의 친절한 사람들은 오디에게 주사를 꽂고, 이 모든 과정은 고통 없이 신속하고 평온하게 지나가리라. 하지만 이 시나리오에는 양심의 피부에 박힌 가시처럼 나를 괴롭히는 부분이 있다. 오디가 이 막연한 종점으로 비척비척 다가갈수록 나는 점점 더 불편하다.

오디에게 안락사보다 '자연스러운' 죽음이 나을까? 우리는 왜 인간의 안락사에는 대단한 혐오와 반감을 드러내면서 동물의 안락사는 좋은 죽음으로 여기는 걸 거의 의무처럼 생각할까? 안락사가 그토록 연민 어린 행동이라면 우리가 사랑하는 인간 동반자에게도 그런 지원을 기꺼이 베풀어야 하지 않을까?

걱정된다. 과연 내가 오디의 신호를 읽을 수 있을까? 궁금하다. 차라리 죽음을 택하고 싶을 만큼 삶이 동물에게 버거워질 수 있을까, 아니면 우리가 외부에서 멋대로 판단한 걸까? 동물의 삶은 동물에게 부담스러워질까, 우리에게 부담스러워질까? 오디가 바닥에 오줌을 더 많이 싸고, 한밤에 까닭 없이 더 빈번하게 짖어대고, 내가 저녁 식사를 준비하는 동안 주방 한가운데서 어쩔 줄 몰라 헐떡거리며 성가시게 굴수록 부담의 문제는 점점 더 애매해진다.

이 책을 쓴 이유

오디가 열세 살 반쯤 됐을 때, 오디의 삶에 대해 일기를 쓰기로 했다. 오디는 비교적 건강한 편이지만, 나이가 오디의 몸과 마음에 흔적을 남겼다. 오디의 건강에 자잘하게 문제가 생겨 귀와 허벅지에서 비만 세포종을 제거했고, 청력은 약해졌으며, 일어서려면 약간 애를 써야 했다. 나는 오디를 생생하고 자세히 기억할 수 있도록 오디의 이상하고 성가신 행동을 기록했다. 늙어가는 오디를 보면서 내가 보이는 반응도 기록했다. 언젠가 오디를 잃고 느낄 비통함과 어딘가 숨어서 우리를 기다리는 힘든 결정을 통과하는 데 도움이 될지도 모른다고 생각했기 때문이다. 그때는 몰랐지만 '오디 일기'가 이 책의 시작이다.

오디 이야기는 금세 나의 일기 이상의 것이 되었다. 나는 생명윤리학자로서 생체의학이 특히 의료의 맥락에서 인간의 가치와 어떻게 교차하는지 중점적으로 연구해왔다. 오디 일기를 쓰기 시작할 무렵에는 대학 수준의 방대한 생명윤리 교재를 마무리하는 중이었다. 사망death과 임종dying의 윤리학은 이 분야 응용 철학에서 오랫동안 중심부에 있었기에, 한 장에서는 생애 말기의 윤리를 집중적으로 다뤘다. 책상 앞에 앉아 인간의 사망과 임종에 관한 문헌에 몰두하노라면 방금 마신 물이 목에 걸린 오디의 헛구역질 소리가 들린다. 나는 일을 하다가 낭패스러울 만큼 자주 자리에서 일어나야 한다. 오디가 밖에 나가서 오줌을 누어야 하거나 문에서 짖기 때문이다. 인간의 생애 말기 돌봄 분야에서 논의되는 질문 가운데 상당 부분이 머지않아 내가 오디로 인해 봉착할 질문과 비슷하단 걸 깨달았다. 오디를 서서히 잠식하는 장애를 얼마나 적극적으로 치료해야 할까? 오디가 경험하는 일상의 질을 내가 어떻게 판단할까? 오디의 삶이 하루하루 크나큰 고통과 공포로 가득해져서 죽음을 앞당기는 것이 인도적인 경로가 되는 때가 올까?

생명윤리는 일반적으로 동물에 관여하지 않으므로 동물의 노화와 임종, 죽음은 생명윤리의 관심사가 아니었다. 그러나 내가 오디의 노화를 마주하고, 오디의 생애 말기 결정을 어떻게 내릴지 탐색하자, 반려동물을 위한 생애 말기 돌봄에 지속적으로 관심을 쏟아야 함을, 애완동물의 주인과 수의사는 우리가 사랑하는 사람을 두고 겪는 것과 다를 바 없는 도덕적 난국에 봉착함을 실감했다. 내가 어렵게 배웠듯이, 우리는 이런 난제에 늘 준비된 게 아니다. 우리 앞에 놓인 지형을 신중하게 생각하라는 요구를 받은 적이 없기 때문이다. 노견과 사는 일이 힘들 거라고, 노견의 다가오는 죽음이 내 심장에 이토록 큰 두려움을 줄 거라고 아무도 말해주지 않았다. 오디가 어떻게 하면 좋은 죽음을 맞을지, 오디의 몸에 어떤 일이 생길지, 건설적인 애도 방식은 어떻게 찾을지 등 오디의 죽음을 차근차근 계획해야 수많은 후회를 남기지 않고 그 일을 더 잘 해낼 수 있다는 사실을 몰랐다.

얼마 지나지 않아 생명윤리 책은 완성됐고, 내 앞에는 새로운 프로젝트가 명명백백하게 놓였다. 나이 들어 죽어가는 동물을 보살피는 일에 대해 쓰는 것이다. 연구하고 고민하다가 때가 되면 오디를 위해 할 일이 무엇인지 알지도 모른다는 생각이 들었다. 오디의 이야기가 사랑하는 반려동물의 죽음에 대처하는 다른 이들에게도 보탬이 되리라 믿었다.

이건 오디의 이야기이자 내 이야기다. 사랑하는 동물이 늙어가고, 노화에 따른 질환에 시달리고, 죽음으로 향하는 내리막길을 걷는 모습을 바라보는 나의 이야기. 선택하고 선택하지 않는, 행동하고 행동하지 않는 나의 이야기. 변화와 타협하는, 불가피함을 받아들이는, 오디의 목숨을 손에 쥐고 어떻게 해야 할지 고심하는 나의 이야기 말이다. 나는 오디가 늙기 한참 전부터 오디의 죽음을 걱정했고, 그게 너무나 무서웠다. 내 마음 한구석에는 언젠가 오디를 '내려놓기'로 결정해야 한다거나 오디가 고통에 시달리는 모습을 지켜봐야 한다는 두려움, 신의 역할을 대신해야 한다는 두려움이 어둠 속에서 먹잇감을 좇는 짐승처럼 도사리고 있었다. 결국 그 시간이 오고야 말았다. 서둘러 돌진하기 전에 출발점으로 돌아가자.

오디를 소개합니다

오디는 흐물흐물한 붉은색 가죽 주머니 같은 10주 차 꼬물이일 때 우리 가족이 되었다. 때는 1996년, 나는 서른 살이었다. 아주 오랫동안 개를 원한 나는 마침내 한 마리를 들여도 될 상황이라고 판단했다. 집 언저리를 맴도는 삶에 정착했기 때문이다. 나는 뭔가 원하면 간절히 원하는 사람이다. 어떤 30대 여성들은 아기에 매달리지만 나는 강아지를 원했다. 남편 크리스Chris는 약간 설득이 필요했다. 나는 이리저리 언질을 주되 지나치게 밀어붙이지도, 안달하지도 않았다. 처음에는 넌지시, 그러다 크리스가 그 생각에 익숙해질수록 점점 더 노골적으로 나갔다.

개의 종류는 상관없었다. 어떤 종이라도 좋으니까. 크리스가 비즐라*라면 관심이 생길지 모른다고 했을 때, 나는 "비즐라가 뭐야? 어떻게 생겼는데?"라는 뻔한 질문은 생략하고 곧바로 신문광고와 사육장 목록을 살폈다. 비즐라는 흔한 종이 아니니 찾기 어려울 거라고 각오했다. 그런데 겨우 며칠 만에 〈오마하 월드 헤럴드Omaha World Herald〉에서 '비즐라 강아지, 200달러'라는 광고를 발견했다. 그건 계시였다. 우리는 그날 오후 탱크라는 이름이 잘 어울리는 오디의 형제와 오디를 만났다. 딱 두 마리가 남았다. 우리는 서로 깨

---

* 헝가리 원산 사냥개

물고 몸싸움하는 둘을 보았다. 한눈에도 한 녀석이 대장이었다. 자신만만하고 정신없이 바빠서 우리에게는 관심도 없었다. 몸집이 작은 나머지 강아지는 얌전하고 살가웠는데, 탱크에게 깔렸다가 비집고 나오자 뒤뚱뒤뚱 걸어서 우리 무릎 위로 기어올랐다. 우리는 오디와 사랑에 빠졌고, 나머지 이야기는 다들 아시다시피….

헝가리언포인터라고도 알려진 비즐라는 '다목적 사냥개'로 여겨진다. 오디는 오디답게 총소리를 무서워해서 비닐봉지를 터뜨리거나 뽁뽁이를 세게 쥐기만 해도 몸을 떨며 헐떡인다. 비즐라는 몸이 가볍고 살팍지다. 보통 수컷 몸무게가 20킬로그램 남짓. 오디는 다 부진데다 뚱뚱하지 않지만 가슴통이 넓고 근육이 많아, 적갈색 단모로 뒤덮인 몸은 35킬로그램쯤 나갔다. 비즐라를 아는 사람들은 오디의 짤따란 꼬리를 보고 한마디씩 거든다. 완벽한 비즐라는 꼬리가 몸길이의 3분의 2 정도 되는데 오디는 3분의 1쯤 된다. 누가 꼬리를 잘랐는지 몰라도 가위를 잘못 놀린 게 틀림없다.

나는 지금도 오디가 그 짤막한 꼬리로 수많은 이야기를 할 수 있다는 사실이 놀랍다. 짧은 꼬리는 오디의 개성이고, 오디의 기분을 보여주는 확실한 지표다. 위로 올리거나(행복해, 신나), 아래로 구부리거나(무서워, 속상해), 막대기처럼 세로로 빳빳하게 세우기도 한다(다람쥐 모드). 짤따란 꼬리가 흔들리면 온몸이 요동친다.

비즐라 주인 안내서에 따르면, 비즐라 품종은 10세기에 지금의 헝가리를 침략한 마자르족Magyar에게서 유래했다고 한다. 비즐라는 헝가리 귀족의 사냥에 소중한 벗이 된 덕분에 수 세기 동안 순혈을 지켰다. 2차 세계대전 뒤 소련이 헝가리를 점령한 기간 동안 비즐라는 해외로 밀수됐고, 마침내 미국 땅에 들어왔다. 우리는 늘 오디를 국왕에 어울리는 특출한 개로 여겼다. 적어도 겉모습은. 그래서 이름이 오디세우스다. 장대한 여행길에 오른 위대한, 잘생기고 노련하고 묘한 매력이 있는 왕. 혹시 궁금해할 분들을 위해 밝히자면, 오디의 법적인 이름은 세이디스 리고러스 오디세우스Sadie's Rigorous Odysseus[•]다. 오디의 엄마는 세이디Sadie, 장의사의 개인 아빠는 리고르Rigor(모르티스Mortis라는 형제가 있다)^{••}다.

비즐라는 순하고 다정하며 표현력이 좋은 개로 알려졌다. 총명해서 수준 높은 훈련을 소화할 수 있지만, 쉽게 산만해지고 고집스러운 성향이 있다. 접촉을 좋아해서 사람의 손을 입으로 붙들기를 즐기는 비즐라도 많다. 오디는 손을 문 적은 없지만, 누구에게든 몸을 대고 있는 걸 아주 좋아한다. 등을 쓰다듬으면 기대고, 어김없이 침대 이불 속으로 파고들어 잠을 자고, 무릎 개를 자처한다. 비즐라는 가능하면 주인 곁에 있으려 하고, 분리 불안 경향을 보이기도 해서 흔히 '벨크로 개'^{•••}로 불린다. 비즐라를 다룬 서적과 웹

[•] '세이디의 엄밀한 오디세우스'라는 뜻

^{••} 리고르 모르티스rigor mortis는 '사후경직'이라는 뜻

^{•••} 한쪽에 갈고리가, 다른 쪽에 원형 고리가 있어 두 면이 손쉽게 탈착되는 직물. 일명 '찍찍이'.

사이트에서는 비즐라가 체력이 어마어마하게 강한 개라서, 방대한 운동량과 자극을 제공해야 한다고 강조한다. 하루에 최소한 10킬로미터, 가급적이면 그 이상 달리거나 걷게 하라고 나온 자료도 있다. '웬만한 사람들은 엄두도 못 낼 거리지!' 나는 생각한다. 의기양양한 미소를 띠고 자신이 대견해 내 등을 토닥거리면서. 내가 제대로 한 일이 바로 이거다. 오디는 평생 나의 달리기 짝꿍이자 산악자전거 파트너였고, 우리는 기나긴 거리를 함께 누볐다.

이 글을 쓰는 지금, 오디는 내 책상 왼편에 있는 황갈색 소파 위에 잠들었다. 오디를 힐끔 볼 때마다 날카로운 슬픔에 찔리는 느낌이 들고, 인정할 수 있는 횟수보다 자주 눈물이 차오른다. 오디를 잃는다 생각하면 아프다. 그보다 오디가 잃을 것이 애통하다. 오디가 이제 풀이 껑충하게 자란 들판에서 신나게 뛸 수 없고, 뒷마당에서 장난을 거는 다람쥐를 쫓아다닐 수 없다는 사실이 슬프다. 하지만 오디도 뭔가 잃었다고 여길지 내가 무슨 수로 알까? 이동성이 떨어져 오디가 좌절하려니 넘겨짚을 이유가 있을까? 나는 오디를 얼마나 잘 알까?

우리가 나누는 친밀한 결속에도 오디는 나에게 신비로운 존재다. 오디를 생각할 때 누누이 떠오르는 단어는 '불가해한inscrutable'이다. 오디가 늙어서는 오히려 더 읽어내기 어려워졌다. 마크 도티Mark Doty는 《Dog Years개의 세월》에 다음과 같이 쓴다. "개는 한마디도 하는 법이 없지만 그렇다고 담화의 세계 밖에 산다는 뜻은 아니다… 개와 함께 살기를 선택하는 건 기나긴 해석의 과정에 동의

하는 것이다. 인간이 카드를 대부분 쥐고 있긴 하지만." 나는 인간의 언어 세계를 뛰어넘어 오디의 담화 방식에 닿으려고 애쓰지만, 내 해석에 확신이 서는 경우는 거의 없다. 우리 관계에서는 오디가 나보다 많은 카드를 쥔 것 같다. 도티는 "말 없는 생명체를 향한 사랑은 마법과도 같아서 일단 사로잡히면 그것에 매료된 이들은 은밀한 중얼거림이나 아리송한 수수께끼, 뜻 모를 말로도 훌륭하게 대화를 주고받는다"고 했다. 오디와 나에게는 은밀한 중얼거림이 있다. 하지만 나 자신에게 '오디가 행복할까?' '오디가 고통스러울까?' 같은 질문을 해보면 잘 모르겠다.

오디에 대해 생각하다 보면 동물이 전반적으로 어떨지 궁금해진다. 동물은 자신의 노화와 질병, 죽음의 신이 어슴푸레 드리운 그림자를 감지할까? 노화와 임종, 죽음은 '동물에게' 어떤 것일까? 이런 질문이 지속적인 관심의 대상이 된 경우는 거의 없다. 동물은 그렇게 복잡한 생명체가 아니고, 임종과 죽음은 매우 추상적인 개념이라 인간 정신을 제외한 다른 생명체는 이해하기 어렵다는 추정이 오랫동안 이어졌다. 동물 복지를 향상하기 위해 싸우는 이들 사이에도 초점은 대체로 동물의 '삶'의 질에 맞춰졌다. 물론 그게 다른 무엇보다 중요하다. 그러나 동물의 죽음의 질도 등한시해서는 안 된다. 특히 동물의 최후를 편성하는 주체가 우리이므로. '좋은 죽음'의 이상은 인간뿐만 아니라 우리의 동물 가족에게도 적용된다.

동물의 죽음에 대해 생각하기

동물이 실제로 어떻게 '죽는지' 알아볼 필요가 있다. 해마다 미국에서 얼마나 많은 반려동물이 죽는지 말하는 건 불가능하다. 인간의 죽음을 기록하듯 동물의 죽음을 관리하는 곳이 없기 때문이다. 이어지는 내용은 자료를 바탕으로 한 추측에 불과하다. 미국 소비자들은 연간 새 1500만 마리와 고양이 9400만 마리, 개 7800만 마리, 민물고기 1억 7200만 마리, 파충류 1400만 마리, 소동물 1600만 마리를 구입하거나 다른 방식으로 얻어 소유한다. 이 가운데 해마다 몇 마리가 어떻게 죽는지 집계하기는 어렵다.

개와 고양이로 범위를 좁혀보면(다른 애완동물에 대한 자료가 없으므로) 질병에 따른 주된 사인은 암과 신장 질환, 간 질환이다. 그러나 미국의 개와 고양이의 '주요한' 사망 원인, 다시 말해 대다수 갯과 동물과 고양잇과 동물이 죽는 주된 방식은 두말할 것 없이 안락사다. 휴메인소사이어티Humane Society는 해마다 개와 고양이 600만 ~800만 마리가 보호소에 입소하고, 300만~400만 마리가 안락사당하는 것으로 추정한다. 해마다 동물 병원과 가정에서 안락사 시키는 개와 고양이 마릿수 자료는 찾을 수 없지만, 자연 요인보다 주삿바늘로 죽는 동물의 숫자가 훨씬 많은 건 확실하다.

새와 물고기, 파충류, 소동물은 어떨까? 이런 애완동물이 어떻게 죽는지 아는 사람은 없다. 애완동물을 사서 죽이는 건 범죄가 아니다. 일부러 혹은 잔인한 의도로 하는 행위가 아니라면. 나는 막대한 죽음이 부적절한 돌봄 과정에서 발생한다고 본다. 동물은 그저 너무 춥거나 더워서, 너무 습하거나 건조해서, 알맞은 먹이를 주지 않아서 시들어간다. 하지만 '시들어간다'는 말은 정곡을 찌르기에 부족하지 않은가? 옥수수뱀과 소라게, 표범도마뱀붙이, 턱수염도마뱀 같은 생명체는 천천히 불쾌하게 죽음을 맞는다. 어쩌면 제대로 된 돌봄조차 받지 못하고 고통 속에 시간만 질질 끌다가. 나는 이런 죽음을 방치사라고 부른다.

누구의 애완동물이 될 기회조차 얻기 전에 죽는 동물도 많다. 애완동물 가게에서 죽고, 브리더에게서 가게로 가는 길에 죽고, 브리더의 사육장에서 죽는다. 동물을 진열장에 늘어놓은 우리 동네 애완동물 가게에서는 열대어를 아주 작은 플라스틱 컵에 한 마리씩 담아 선반에 늘어놓았는데, 겨우 2.99달러다! 나는 왠지 이 물고기 선반에 끌려서 가게에 들어갈 때마다 물고기를 본다. 매번 적어도 두세 마리가 물에 둥둥 떠 있다.

이 가게에는 우리에서 빠져나간 동물은 판매할 수 없다는 방침이 있다. 그런 동물은 어떻게 될까? 우연히 알게 된 가게의 한 매니저는 집에 애완 쥐가 60마리도 넘는다고 했다. 모두 그대로 죽음당하는 걸 차마 볼 수 없던 매니저 손에 구조된 녀석들이다. 몇 년 전, 그 매니저는 털이 빠진 못난이 쥐 한 마리를 입양하라고 우리를 부추겼다. 다른 쥐들에게 공격을 당해서 온몸이 피투성이가 되는 바람에 바닥에 내놓을 수 없다고 했다. 딱지가 떨어질 때까지 깜찍한 생쥐 크기 엘리자베스 칼라를 둘러야 했던 그 녀석에게 우리는 무시무시한 헨리Hideous Henry(줄여서 헨)라는 이름을 붙여주었다. 헨은 2년 동안 우리와 살다가 왼쪽 귀 뒤에 큰 종양이 생겼고, 우리는 헨을 안락사 시켰다.

살해는 단연코 인간이 동물과 가장 흔하게 맺는 상호작용이다. 우리가 동물을 죽이는 방식과 이런 살해에 결부된 의미는 이 행성에 사는 동물의 종만큼 각양각색이다. 그럼에도 도덕적으로 유의미한 방식이라면 동물이 고통 받아도 된다고 생각하는 사람이 대단히 많은 듯하다. 예컨대 조너선 사프란 포어Jonathan Safran Foer에 따르면, 미국인 96퍼센트가 동물은 법적으로 보호받을 자격이 있다고 믿는다. (우리가 말하는 보호는 악의적인 학대를 막아주는 정도인 것 같다.) 그렇다면 신경조차 쓰지 않는 사람은 1280만 명에 불과하다는 계산이 나온다.

살해는 우리가 동물과 하는 상호작용의 주된 형태일 수 있고, 우리가 도살장이나 연구소에서, 모피 동물 농장에서 '대상 동물'을 어떻게 죽이든 모든 살해는 도덕적으로 유의미하다. 그런데 애완동물에 관해서라면 살해의 문제, 더 넓게는 애완동물이 죽는 방식의 문제가 특히 중요해진다. 동물의 유익을 목적으로 실행되는 의도적인 살해를 어떻게 생각해야 할까? 오디를 의도적으로 죽이는 일이 과연 도덕적으로 온당할까? 살해가 사랑에서 비롯된 행동일 수 있을까? 우리가 애완동물의 죽음을 둘러싼 요소 가운데 적어도 몇 가지를 통제할 수 있다면, 이 죽음을 최대한 좋게 만들기 위해 무엇을 해야 할까?

이 책의 개요

동물에게도 죽음은 중요할 것이다. 우리가 깜짝 놀랄 만한 이유가 있을지도 모른다. 야생동물을 연구하는 과학자들은 동물 사망학animal thanatology이라 부를 만한 분야에 이제 막 첫걸음을 떼었다. 개나 다른 동물의 반려로 살면서 동물을 보살피고 연구하는 사람들은 자신의 내적 생활이 갈수록 풍성해진다는 사실을 깨닫는다. 많은 이들이 이 풍성함에는 죽음에 대한 자각도 약간 포함되었으리라 믿는다. 어떤 개가 다른 반려견의 죽음을 목격하거나 마지막 숨을 몰아쉴 때 그 개의 마음에서는 어떤 일이 벌어질까? 동물도 애도할까? 자신이 죽을 운명이라는 사실을 알까? 이런 질문에 어림짐작 이상의 답을 내놓을 수 있을까? 동물이 죽음을 이해하는지 연구된 바가 거의 없기 때문에 확답하기 어렵다. 현재 동물 사망학은 정답보다 질문을 훨씬 많이 제시하지만, 여러 가지 증거와 일화가 우리 앞에 놀라운 사실이 기다린다는 것을 암시한다. 동물이 특별하고 매혹적인 방법으로 임종과 죽음을 이해할 수도 있다는 뜻이다.

노화는 죽음과 밀접한 관련이 있다. 그러나 우리는 동물의 죽음에 거의 관심이 없고, 동물을 대하는 우리의 태도에는 연령 차별주의가 반영된다. 생물학자와 생태학자는 나이에 근거해 동물을 분류하고 연구한다. 각각의 생애 단계는 생리학적·행동학적으로 독특하기 때문이다. 학자들은 갓난아이와 어린이, 청소년, 어른을 연구한다. 수많은 동물이 야생에서도 노령까지 살고 성년을 넘어가며 신체나 행동에 뚜렷한 변화를 겪지만, 노령 동물을 위한 범주는 존재하지 않는다. 노령 동물은 애완동물 개체군 가운데 가장 빨리 증가하는 범주에 속한다. 노령 동물의 요구에 대한 관심이 커지는데도 나이 든 동물을 향한 편견은 매우 깊다. 무수한 노령 동물이 단지 늙었다는 이유로, 주인이 동물의 달라지는 요구에 적응할 자원이나 인내심이 없다는 이유로 안락사 당한다. 보호소에서 고달프게 사는 노령 동물도 많다. 동물의 주인이 되는 데 헌신하려면 혼인 서약처럼 검은 머리 파뿌리 될 때까지 헌신해야 한다. 우리는 동물이 잘 늙어가도록 돕고, 신체나 행동의 변화에 적응하도록 여러 가지 일을 할 수 있다. 하지만 내가 오디와 살아보니 최선을 다한다는 건 말처럼 쉽지 않다.

미국에서 애완동물이 누리는 인기를 생각하면, 인생의 한 시기를 동물과 함께 보내는 사람은 아주 많을 것이다. 많은 이들이 자신의 동물이 나이 들고, 고단한 말년에 시달리다가 결국 죽음에 이르는 모습을 지켜보리라. 동물의 죽음을 앞당길지 말지 결정하는 데 가장 중요한 고려 사항은 대개 통증이다.

통증은 복잡할 게 없어 보이지만, 인간의 통증과 마찬가지로 동물의 통증에 대해 과학자들이 알아내지 못한 부분이 아직 많다. 통증의 원인과 징후가 복잡하기 때문이기도 하고, 통증이 지극히 주관적인 것이라 동물이 우리에게 통하는 말로 자신의 통증을 표현할 수 없기 때문이기도 하다. 최근까지 동물은 통증을 느끼지 않는다거나, 동물의 통증은 문제가 되지 않는다는 생각이 일반적이었기 때문이기도 하다. 다행히 동물의 통증 지형은 극적인 변화를 겪는다. 통증에 대한 인식과 처치가 크게 개선되었고, 동물을 위한 통증 완화 치료도 더 넓고 효과적으로 이용 가능해지는 추세다.

동물 호스피스 운동은 생애 말기 동물을 보살피는 방식에 느리게 움직이는 빙하처럼 점진적인 변화를 꾀한다. 호스피스는 일부 사람들이 오해하듯 죽으러 가는 곳이 아니고, 치료의 유형은 더더욱 아니다. 오히려 보살핌의 철학에 가깝다. 호스피스는 완화 치료에 집중해서 삶의 질을 최대한 높이고, 치료 우선순위를 바꿔서 완치 대신 돌봄과 안락에 역점을 두는 것이다. 그러나 동물 호스피스에서는 모든 것이 쉽지도, 평온하지도 않다. 무엇이 동물에게 좋은 죽음인가에 대한 도덕적 논쟁이 그 수면 아래 있기 때문이다. 동물이 자연사하게 돼야 한다고 믿는 사람이 있는가 하면, 동물 호스피스의 인도적인 종점은 대부분 안락사고 '자연스러운' 죽음은 주삿바늘로 맞는 죽음보다 훨씬 험악하다고 믿는 사람도 있다.

동물 안락사는 모순에 빠진다. 한편으로 사랑하는 애완동물을 고통에서 해방하지만, 다른 한편으로 단지 원하는 사람이 없다는 명목으로 건강한 동물을 무수히 죽음에 몰아넣기 때문이다. 인간 의학에 지적할 모순과 부조리가 매우 많다는 건 틀림없는 사실이다. 우리는 분명 '모든 생명은 평등하고 고유하며 측량할 수 없는 가치가 있다' 같은 단순한 격언을 그대로 따르지 않는다(아니면 왜 그 많은 사람이 간단하고 저렴한 진료를 못 받아서 죽겠는가. 왜 그 많은 임신부가 산전 진료를 못 받겠는가).

동물은 상황이 다르다. 누구나 동물을 소중히 여기는 건 아니고, 동물에게 노골적으로 멸시를 드러내는 사람도 많다. 너무나 많은 개인과 집단이 동물의 고통을 미화하거나('기독교' 사냥꾼의 블로그 '예수를 위한 살해Killing for Jesus'), 경시하거나(페타PETA : 맛있는동물을먹는사람들people eating tasty animals), *동물의 고통으로 돈을 번다(미국 너구리 트위치Twitch〔경련〕와 토끼 그라인드Grind〔으깨기〕를 비롯해서 해마다 자동차에 치여 죽은 동물을 본떠 만든 로드킬 장난감처럼).

동물에 대한 노골적인 멸시보다 걱정스러운 것은 무관심이다. 무관심은 심각해지는 떠돌이 동물 문제와 해마다 전국의 보호소와 시설에서 살해되는 수많은 동물의 곤경을 키우는 데 일조한다. 도축장과 연구소, 제품 실험실, 모피 동물 농장에서 죽음을 당하는 어마어마한 생명체는 말할 것도 없다. 어떻게 안락사를 고통 받는 동물을 위한 자비로운 행동이라 생각할까? 원하는 사람이 없거나 다루기 힘든 동물을 손쉽게 처분하는 수단으로 안락사를 사용하면서.

동물이 죽으면 무엇이 남을까? 일단 사체다. 애완동물을 뒷마당에 묻고 싶어 하는 사람도 있지만, 지역에 따라 까다로운 문제가 되기도 한다. 동물 매장은 불법인 곳이 많기 때문이다. 다른 선택지는 애완동물 묘지나 날로 인기를 더해가는 화장이 있다. 우리의 슬픔과 기억, 어쩌면 한 일 혹은 하지 않은 일에 대한 약간의 죄

---

* 동물 보호 단체 페타PETA(동물을윤리적으로대하는사람들People for the Ethical Treatment of Animals)와 약자가 같다.

책감, 욱해서 신문으로 개의 머리를 때린 일이나 다른 것에 우선순위를 두느라 동물 병원 예약을 미룬 일처럼 더 속절없는 것도 남는다. 반려동물을 위한 사후 돌봄이 관심을 끌면서 동물을 추모하려는 사람들의 선택 범위가 넓어지고, 동물의 사체를 예우해야 한다고 믿는 사람이 택할 만한 선택지도 생긴다.

나는 동물의 일생을 기념하고 싶다. 여기에는 동물의 죽음이 우리와 동물에게 모두 의미 있다는 사실을 기리는 일도 포함된다. 우리 중 상당수는 동물을 깊이 사랑해서 가족으로 맞아들이고, 동물의 반려로서 관계에 대한 도덕적인 책임을 지려고 애쓴다. 나의 윤리학 스승 에드 프리먼Ed Freeman 교수는 늘 윤리학이 선한 사람을 위한 학문이란 말로 강의를 시작하셨다. 윤리는 사기꾼과 거짓말쟁이를 위한 게 아니라 세상에서 옳은 일을 하려고 애쓰는 사람을 위한 것이라고. 전적으로 동의한다. 이 책은 선한 사람이 나이 들어 죽어가는 자신의 동물로 인해 처할 곤경을 다룬다.

도덕적 실패를 어느 정도 받아들이는 일에 대한 책이기도 하다. 나는 오디와 함께한 경험을 통해 옳은 일을 실천하기가 쉽지 않다는 걸 배웠다. 오디를 위해 더 많은 일을 할 수도 있었을 것이다. 내가 잘못한 일, 신경 쓸 다른 문제가 많다는 이유로 하지 못한 일, 충분히 알지 못해서 하지 않고 방치한 일이 있다. 나는 때때로 가장 수월한 길을 택했고, 오디가 얼른 죽어서 다 끝나면 내 인생이 더 편해질 텐데 생각한 적도 있다. 우리의 동물에 관한 한, 우리에게는 엄청난 연민과 약간의 자기 용서가 필요하다.

여섯 번째 자유

동물의 권리와 동물 복지 문헌을 읽다 보면 어떤 식으로든 '다섯 가지 자유'에 대한 언급과 마주친다. 다섯 가지 자유는 농장에서 사육되는 동물의 복지에 대해 신중하게 논의가 진행된 1960년대 영국에서 유래했다. 브람벨 보고서Brambell Report라고도 알려진 〈집약적인 가축 농업 시스템에서 동물 복지 조사를 위한 기술위원회 보고서Report of the Technical Committee to Enquire into the Welfare of Animal Kept under Intensive Livestock Husbandry Systems〉는 가축을 위한 최소한의 복지 기준을 세웠다. 여기에는 서고, 눕고, 몸을 돌리고, 몸을 손질하고, 사지를 펼 자유가 포함된다. 당시 동물의 기본 욕구에 대한 이런 긍정은 혁명에 가까웠다. 동물의 욕구를 고려해야 할 도덕적인 책임이 우리에게 있다는 사실을 전면적으로 인정한 것이다.

사육 틀stall이나 우리에서 몸을 돌릴 자격을 인정하는 것은 실제 동물 복지와 괴리가 있었기에, 1993년 영국농장동물복지위원회UK Farm Welfare Council는 다섯 가지 자유를 다음과 같이 수정했다.

1. 기아와 갈증에서 자유
2. 통증과 부상, 질병에서 자유
3. 불편에서 자유
4. 정상적인 행동을 표현할 자유
5. 공포와 고통에서 자유

농장동물복지위원회가 조심스럽게 지적한 대로 이 다섯 가지 자유는 달성 가능한 목표라기보다 이상향에 가깝다. 베이컨을 위해 사육되는 돼지는 공포와 고통, 불편에서 결코 자유로울 수 없고, 정상적인 '돼지다움'을 온전히 표출할 수도 없다. 그러나 우리는 우리 욕구를 통제하면서 동물에게 최대한 자유를 보장하는 방향으로 나아갈 수 있다.

이런 동물 복지의 기준은 젖소와 돼지 같은 가축을 위해 마련됐지만, 앞의 다섯 가지 자유는 동물원의 동물부터 보호소의 개, 실험실 케이지 속의 쥐까지 인간에게 감금된 모든 동물의 복지를 논의하기 위한 공통 기준선이 되었다. 진정한 동물 애호가라고 자처하며 함께 사는 동물의 욕구에 충실하게 대응한다고 자신하는 사람도 이 다섯 가지 자유에 마땅히 관심을 둬야 한다. 개선할 여지가 많다는 사실에 놀랄지도 모르니.

나는 여섯 번째 자유를 추가했으면 한다. 좋은 죽음을 맞을 자유. 좋은 죽음이란 불필요한 통증과 고통, 공포에서 자유로운 죽음이다. 좋은 죽음은 평화롭고, 연민 어린 목격자들이 함께하는 자리에서 일어난다. 무엇보다 죽음의 온전한 의미가 허락되는 죽음이다. 동물의 죽음이 의미 있기를 바란다면 이상한 말일까? 최종적인 소멸 행위가 유의미할 수 있을까? 그럴 수 있고, 실제로 그렇다. 죽음은 분명 죽는 주체에게 의미가 있다. 음악 작품이 끝날 때 그 곡에 필요한 해결 화음을 가져오는 마침꼴˙과 같은 것이다. 하지만 죽음은 살아남은 이에게 더 의미 있는 일인지 모른다. 죽음이 생명의 가치를 확정하기 때문이다. 우리가 동물을 가치 있게 여긴다면 동물의 죽음도 가치 있게 여겨야 한다.

짐승처럼 죽는다는 것

'짐승처럼 죽는다'는 말은 누구나 이해하는 관용구다. 최근 신문에 난 이야기를 소개한다. 마이클 포크너Michael Faulkner라는 마약중독자가 한 남자를 '짐승처럼 죽도록' 방치했다는 죄목으로 3년 6개월 형을 받았다. 포크너는 다른 마약중독자에게 헤로인 주사를 놔주었는데, 그 남자는 마약에 거부반응을 보였다. 아마도 혈류에 상당한 알코올이 있었기 때문일 것이다. 포크너는 경찰이나 구급차를 부르지 않고 그 남자가 동네 술집 뒷골목에서 홀로 죽어가게 내버려두었다. 짐승처럼 죽는다는 말은 관용적 의미로 품위를 잃고 다른 사람의 고의로 잊히거나 버려진 채 고통스럽게 죽는 것, 아무도 원하지 않는 방식으로 죽는 것을 말한다. 나쁜 죽음을 맞는다는 뜻이다. '짐승처럼 죽는다'는 말이 평화롭고 정중하고 의미 있는 죽음을 뜻하는 세상에 살면 좋겠다.

────

• 악곡이나 악구를 마치거나 단락 지을 때 사용하는 화음 연결법

오디 일기에 앞서

나는 2009년 가을에 '오디 일기'를 쓰기 시작했고, 추수감사절 직후부터 오디가 죽을 때까지 1년 남짓 거의 매일 글을 썼다. 오디가 죽은 뒤에도 애도하는 방법으로 일기를 쓰려고 했다. 하지만 그럴 수 없었다. 오디의 삶이 끝났을 때 일기도 돌연 끝났다.

처음에는 일기의 내용이 오디의 우스꽝스러운 행동에 집중되는 편이다. 주로 오디가 시도하는 장난, 별난 버릇, 일상 얘기다. 그러다 이야기가 진행되면서 오디의 노화와 건강 문제가 갈수록 무대 중앙을 차지한다. 이 책이 오디의 죽음길과 나란히 펼쳐진 것이 참 묘했다.

일기를 쓰기 시작할 무렵에 오디는 심술궂은 할아버지였고, 죽음은 날마다 묵직한 태양처럼 지평선에 저 멀리 걸려 있었다. 5장 〈동물 호스피스〉에 이를 무렵에는 오디의 상태가 심각했다. 오디가 마지막으로 수의사를 만나기 전날 6장 〈파란 주사〉를 끝냈고, 마지막 장은 가슴이 미어져서 겨우 마쳤다.

실제 '오디 일기'는 공책 두 권을 가득 채운 분량이다. 일부는 책에 싣지 않고 들어냈다. 오디의 삶이 끝나갈 무렵에는 툭하면 한밤중에 짖어대고, 바닥에 용변 실수를 하고, 수의사와 의논한 일로 일기가 채워져서 너무 장황했다. 몇 부분을 뺀 것 말고는 내용을 바꾸지 않아서 찾아올 손님이 없는 집처럼 거칠고 적나라하다.

출연자

오디Ody 곧 만난다.

마야Maya 저먼쇼트헤어와 잉글리시포인터 믹스 암컷. 이야기가 시작될 때 마야는 일곱 살. 12주 무렵부터 우리 식구였다. 마야의 엄마 오초Ocho는 우리와 몇 킬로미터 떨어진 콜로라도 하이진Hygiene에 살고, 마야의 아빠 버즈 라이트이어Buzz Lightyear도 가까이 사는 친구들과 함께 지낸다. 버즈가 새 사냥을 위한 품종이라 그런지 마야의 사냥 본능은 대단하다. 마야는 하루에도 몇 번씩 뒷마당에 있는 다람쥐와 집 앞 진입로의 새, 가끔은 종이 가방이나 낙엽 덩어리를 쫓아다닌다. 마야의 별명은 새대가리Bird Brain다. 아주 똑똑하지는 않지만 내가 아는 사랑스러운 개 중 하나다. 오디를 사랑하고 엄마 닭처럼 보살핀다.

토파즈Topaz 레드힐러와 보더콜리 믹스 수컷. 토파즈는 10주 차 강아지일 때 입양했다. 세이지Sage가 키우고 훈련하게 할 생각이었다. 안타깝게도 토파즈는 나와 친해졌고, 다른 힐러들이 그렇듯 한 사람의 개가 되어 내 그림자보다 찰싹 붙어 다녔다. 이야기가 시작될 무렵 거의 한 살이 된 토파즈는 이 집의 우두머리가 되겠다는 사명을 띠고, 호시탐탐 힘을 키우면서 오디와 마야를 서서히 누르던 참이다. 꿍꿍이가 훤히 보일 정도. 오디에게는 토파즈가 생존을 위협하는 골칫거리다. 토파즈의 별명은 착하게 굴 때 와지Wazzy, 못되게 굴 때는 케르베로스Cerberus*다. 잠재적으로 가치 있는 것(나, 음식, 장난감, 뼈다귀, 사무실, 욕실, 주방, 집 앞 진입로)은 뭐든지 철통같이 지키고, 기본적으로 오디의 인생을 지옥으로 만들기 때문이다.

크리스 나의 남편이자 이 여정의 동반자.

세이지 우리 딸. 이야기가 시작될 때 열한 살.

___

* 하데스의 지하 세계를 지키는 개.

오디 일기 2009년 9월 29일~2010년 1월 15일

🌱 2009년 9월 29일

오디가 식료품 저장실을 열고 물에 타 마시는 비타민 C 상자를 꺼냈다. 상자를 갈기갈기 찢어놓고, 비타민 가루에는 관심이 없어 보였다.

🌱 2009년 10월 5일

오디가 뒤뜰에 앉아서 문을 향해 한 시간가량 짖었고, 급기야 이웃이 진저리 치며 내 휴대전화로 전화했다. 나는 그때 세이지가 운동하는 팀과 크로스컨트리 대회가 열리는 포트콜린스Fort Collins에 있었다. 놀랍게도 개들이 드나드는 문은 열린 상태였고, 오디가 집 안으로 들어가지 못할 물리적인 이유가 딱히 없었다.

오디는 식료품 저장실을 열어 감자 한 자루를 꺼내놓았다. 감자는 별로였는지 그대로 있다.

🌱 2009년 10월 6일

　반쯤 먹은 애완 쥐 사료 두 봉지가 거실 바닥에 온통 흩뿌려졌다.

🌱 2009년 10월 10일

　어제는 돈을 펑펑 썼다. 플라워 빈Flower Bin에서 하얗고 예쁘게 생긴 도자기 꽃병을 사다가 다음 날 식물을 꽂을 수 있게 식탁에 놓았다. 공교롭게도 세이지가 간밤에 개들을 훈련하려고 간식 몇 개를 식탁에 얹어두고 까맣게 잊었다. 오디는 코가 이끄는 곳으로 갔을 뿐인데, 간식과 꽃병이 가까이 있었나 보다. 오늘 아침 댓바람부터 와장창하는 소리에 깨서 나와 보니 깨진 꽃병 조각이 바닥에 널브러졌다. 파편 속에서도 간식은 귀신같이 골라 먹었다.

🌱 2009년 10월 12일

　오디가 내 앞에서 세이지의 방바닥에 오줌을 쌌다. 나를 뻔히 보면서 그냥 쭈그리고 앉더니 시원하게 쏴~.

　오늘 오디는 밀가루로 실험을 했다. 통밀은 별로 마음에 들지 않지만 흰 밀가루는 맛있었나 보다. 밀가루의 흔적이 주방 식료품 저장실에서 거실로 이어졌고, 마룻바닥과 카펫 사방에 하얀 폭발 자국이 남았다.

물고기 사료 통을 씹은 게 벌써 몇 번째인지. 오디가 플라스틱 통을 이빨로 뚫어 세이지의 방에 물고기 사료를 뿌려놓았다. 이제 내 손과 옷, 공기, 진공청소기까지 오만 데서 비린내가 나고, 세이지 방의 카펫에도 작은 비린내 입자가 속속들이 박혔다. 웩!

오디와 사는 것이 이렇다. 날마다 위험을 무릅쓰고 나갔다 오면 집에는 골치 아픈 청소와 난장판이 기다린다.

아무런 문제없이 혼자서 집에 잘 있는 개도 있다. 개와 사는 내 친구들은 그렇다고 한다. 이 운 좋은 개는 편히 쉬면서 자거나 집을 지킨다. 오디를 혼자 두는 건, 얼른 가서 식료품 하나를 집어 오려고 해도 언제나 시련이었다. 오디는 내가 없는 시간에 조현병 환자처럼 극심한 공포와 광적인 탐식 사이를 오가며 보낸다. 두 가지 자극 모두 파괴적이라서 나는 오디가 기다리는 집으로 돌아올 때마다 두려움에 떤다. 숨죽이고 천천히 문을 연 나는 오디가 격렬한 기쁨에 내 주위를 날뛸 때 피해 상황을 살피고, 비용을 따지고, 청소하는 데 시간이 얼마나 걸릴지 계산한다.

우리는 오래전 도리 없이 집을 비울 때마다 적용할 오디 알고리즘을 개발했다. 1단계 : 혹시 오디도 함께 갈 수 있나? 안 되면 다음 단계로. 2단계 : 먹을 수 있는 것을 조리대에서 모두 치웠나? 식료품 저장실 문은 꼭 닫았나? 쥐 사료와 물고기 사료는 높은 선반에 올려두었나? 뒤뜰 전기 울타리의 전원은 켰나? 뒷문 방충망은 잠갔나? 가구를 보호할 수 있게 지하실 문은 닫았나? 침대보를 더

럽히지 않도록 침실은 닫았나? 소파 쿠션이 더러워지지 않게 소파 위를 의자로 가렸나? 등등.

우리는 개들이 주인과 떨어졌을 때 안심하고 차분하게 지내는 데 도움이 된다는 크레이트* 접근법을 강아지인 오디에게 시도해 보았다. 뉴스킷New Skete의 수도사들이 독자에게 가르쳐준 훈련 지침에 따라 개집에 머무는 시간을 조심스럽게 늘리면서 개집 훈련을 했다. 그러나 오디는 결코 뉴스킷의 사랑스러운 양치기 개처럼 행동하지 않았다. 처음부터 개집을 싫어했고, 시간이 지날수록 개집에 대한 반감은 커졌다. 개집에 있는 시간 내내 헐떡거리고 침을 흘려서 내가 밖으로 꺼내줄 때쯤엔 뼛속까지 흠뻑 젖었다. 미친 듯이 바닥을 파헤치고 개집의 입구와 옆면을 물어뜯어 금속 부분에 홈이 깊이 패고, 오디의 입은 피투성이가 되었다. 퇴근해서 집에 들어가니 오디가 코끝부터 꼬리까지 자기 설사를 뒤집어쓴 적도 있다. 갇힌 게 불안한 나머지 변을 참지 못했으리라. 우리는 그날 이후 개집을 영원히 치워버렸다.

오디는 반어적으로 절제해서 말하면 유지비가 많이 든다고 할 수 있다. 오디는 (최소한) 격리 불안과 뇌우 공포, 범汎불안 장애를 포함한 여러 가지 불안에 시달린다. 우리는 오디의 정신병을 치료하려고 동물 정신병리학 전문가를 비롯해 수많은 수의사에게 오디

———

* 문이 달린 실내용 개집

를 데려갔다. 그들은 틀림없이 오디를 치료할 수 있다며 민감소실 desensitization, 재훈련, 약물 등 다양한 처방을 내렸다.

민감소실은 효과가 없었다. 뇌우와 큰 소음에 대한 오디의 공포를 해결해주려고 했을 때다. 우리는 여기저기 샅샅이 뒤진 끝에 뇌우 소리가 녹음된 시디를 찾았고, 오디에게 간식을 주고 함께 놀아주는 동안 그 시디를 배경음으로 틀었다. 서서히 음량도 높였다. 오디는 가짜 폭풍에 조금도 당황하지 않았고, 핫도그와 간식을 눈 깜짝할 사이에 기분 좋게 먹어 치웠다.

그러나 민감소실 훈련을 훌륭하게 끝내고 10분 뒤, 산책을 나간 오디는 하늘의 구름을 보고 순식간에 무너지더니 공포에 떨었다. 오디는 불안 발작에 사로잡혔을 때 숨을 가쁘게 몰아쉬고 서성거리며 벌벌 떤다. 비바람이 치는 네브래스카의 수많은 밤이 떠오른다. 폭풍우가 휘몰아치면 오디는 우리 곁에 최대한 바싹 붙어 있으려고 애쓴다. 침대, 특히 베개 위에서, 우리 머리 위에서 몸을 떨며 헐떡이고 서성댄다. 오디는 뇌우가 무서워서 하늘에 구름이 끼면 산책은커녕 마당에 나가는 것조차 거부한다.

향정신성의약품도 전혀 도움이 되지 않았다. 프로작Prozac과 자낙스Xanax, 아티반Ativan, 개의 불안을 완화한다는 각종 약물을 써보았다. 이런 약은 오디를 약에 취해서 오디답게 지낼 수 없게 만들었고, 간 효소 수치를 위험한 수준까지 높이거나 아무런 효과도 나타내지 못했다.

재훈련은 아예 염두에 두지 않았다. 누구도 오디 녀석을 불안에서 벗어나게 훈련하지 못한다.

오디가 많이 늙어서야 오디 걱정을 어느 정도 덜었다. 오디는 앞이 거의 보이지 않고 귀도 멀다시피 해서 잠든 경우가 많아, 우리가 드나드는지 대체로 잘 모른다. 배설물로 인한 훼손은 여전하지만, 주위의 사물을 망가뜨릴 신체적 능력도 현저히 감소했다. 오디에게는 이빨이라고 부를 만한 것이 없고, 뒷다리가 약해서 울타리를 뛰어넘거나 탁자로 올라가지 못한다. 전처럼 무엇을 파헤치거나 찢거나 물어뜯거나 타고 오르거나 할퀴지도 못한다. 그래도 용케 부릴 수 있는 말썽을 부리기는 한다. 조리대의 닿을 수 있을 법한 음식과 식료품 저장실의 낮은 선반에 있는 음식에는 여전히 손을 댄다.

오디의 별명 몇 가지를 기록해야겠다. 다른 개도 모두 이렇게 이름이 많을까?

파괴견Destructo-Dog　설명이 따로 필요 없다.

쿠린내Odiferous　오디는 죽은 것이나 배설물과 관계된 모든 것에서 구르기를 좋아한다.

밉상Odious　가끔 그렇다.

갈비씨Boney-Man　할아버지가 되어 생긴 별명. 오디의 팔꿈치와 무릎, 엉덩이는 앙상하고 뾰족해졌다.

이빨 빠진 불가사의 Toothless Wonder　노견의 또 다른 별명. 오디는 이빨 없이도 놀라운 것들을 먹을 수 있다.

사이코Psycho 정신적인 문제를 놀리는 건 좋지 않지만, 가끔 어쩔 수 없다.

레드맨Red Man 오디의 색깔 때문이지만 이중적인 의미가 있다. 친구의 말 훈련소에 간 오디는 넘치는 호기심으로 목초지에 뛰어들었다가, 레드맨이라는 노새에게 쫓겨 꽁무니 빠지게 도망쳐서 트럭 아래 숨었다. 나는 아주 오랫동안 오디를 밖으로 나오게 할 수 없었다.

폭탄 꼬리 스크루트 Blast-ended Skrewt[*] 수수께끼 같은 천성에 이상한 행동 특성이 더해진 별명. 화장실에 가야 할 때 오디의 꼬리는 심란할 정도로 부풀어 오른다. 조앤 롤링Joan K. rowling에게 공을 돌린다.

버팔로Buffalo **혹은 버피**Buffy 오디의 토템인 물소를 딴 별명. 오디는 방법을 깨치지 못해서 헤엄치지 않지만, 가슴 높이 물에서 첨벙거리는 건 좋아한다.

📖 2009년 11월 11일

오디와 함께 산길을 달리러 갔다. 요즘은 오디가 멀리 가지 못하고, 느긋한 산책조차 기를 쓰고 따라오느라 스트레스 받는 것 같아서 대개 집에 두고 나간다. 세이지도 집에 있었는데, 멀리 달리자고 하면 싫어하지 싶어 오디와 다른 개들을 차 뒷자리에 태웠다.

---

[*] 《해리 포터Harry Potter》에 등장하는 마법 생물

눈 속에서 신나게 뛰어노는 오디는 아주 행복해 보였다. 날씨가 꽤 추워서 오디에게 안성맞춤이었다. 장담하건대 오디는 내내 활짝 웃었다. 오디가 헐떡거리느라 메기 입술이 위로 올라가서 웃는 듯 보인 건 나도 안다. ('메기 입술'은 우리가 오디의 입술을 가리키는 전문 용어다. 이빨 옆에 들쭉날쭉한 그 살 조각 말이다.) 하지만 나는 오디가 진짜 웃었다고 믿고 싶다.

나는 좋기도 하고 괴롭기도 했다. 좋아하는 숲 속을 달리는 오디를 보는 기쁨과 힘겨워하는 오디를 보는 애달픔에. 오디는 그저 발로 몸을 지탱하고, 뒤처지지 않도록 우리와 5~10미터 간격을 유지하려고 해도 주의력과 집중력, 에너지를 쏟아부어야 했다. 금세 헐떡거린 오디는 달리는 내내 거친 숨을 몰아쉬며 우리를 따라왔다.

오디는 눈 속에서 미끄러지고 또 미끄러졌다. 내리막길에서는 자꾸 다리에 힘이 빠져서 엉덩이로 봅슬레이를 하다시피 내려갔다. 오디가 눈 속에 있는 구덩이에 빠져서 눈 더미로 곤두박질치기도 했다.

오디는 자신의 체력 변화를 아주 서서히 알아가는 것 같다. 1년 전쯤 뒷다리에 힘이 빠지고 뻣뻣해졌을 때, 오디는 여전히 차 뒷자리로 뛰어오르려고 애썼다. 성공에 대한 비현실적인 기대를 품은 것이다. 내가 보기에 오디가 성공할 가능성은 절반 정도였지만, 몇 번이고 다시 시도할 용기 혹은 어리석음이 있었다. 가끔 앞발까지 성공하기도 했는데 뒷다리가 제대로 따라오지 못했다. 고군분투 끝에 어찌어찌 기어오르기도 했으나, 그 못지않게 차 밖으로 나

자빠져서 시멘트 바닥에 드러누울 때가 많았다. 나는 오디가 뛰어오르기로 결심하기 전에 바로 뒤에서 자세를 잡고 서 있어야 했다. 어느 때는 내가 몸을 숙여 오디를 들어 올리려는 순간, 오디가 뛰어올라서 나에게 부어오른 입술과 멍든 광대뼈, 코피 터진 코를 차례로 선사한다.

오디를 차에서 내리게 하기는 훨씬 더 무시무시한 일이다. 오디는 도움닫기를 하듯이 날아오르는데, 다리가 몸무게를 감당하지 못하다 보니 코로 착지하고 등으로 나동그라져서 뒤집어진 딱정벌레처럼 꼼짝 못하는 경우가 많기 때문이다. 이제 오디는 현실에 눈을 떠서 아예 자동차 근처에 가기를 마다한다. 나는 30킬로그램이 넘는 오디를 안고 현관에서 자동차까지 옮긴 다음 뒷자리에 앉힌다. 그리고 목적지에 도착하면 오디를 다시 들어 올린다. 몇 번 그랬던 것처럼 오디가 갑자기 밖으로 굴러떨어지거나 다른 개들에게 부딪혀서 쓰러지지 않도록 자동차 문도 최대한 조심스럽게 연다.

2009년 11월 22일

오디는 나에게 인내와 연민에 대해 아주 많은 걸 가르쳐준다. 나는 오디가 문밖에 나가 앉아 짖을 때 짜증 내지 않으려고 부단히 노력한다. 이는 노인을 돌보는 일과 비슷한 것 같다. 노인의 행동은 모두 합리적으로 보려고 애쓴다.

🖋 2009년 11월 25일

짖는 건 진짜 문제다. 오디가 13년 동안 만족스럽게 드나든 개 전용 출입구에 별안간 제힘으로 들어가기를 멈췄다. 문으로 나가기는 하는데 들어오지 않는다. 그렇게 밖으로 나가서 안으로 들여보내달라고 짖어댄다. 오디는 하루 종일, 몇 번이고 다시 또다시 나간다. 그리고 짖는다. 나는 오디를 안으로 데려오느라 5분에 한 번씩 컴퓨터 앞에서 일어나는 것 같다.

🖋 2009년 12월 6일

오디가 저녁을 먹는데 왼쪽 뒷다리가 안쪽으로 계속 미끄러졌다. 마치 근육이 협조하지 않는 것처럼. 오디가 자세를 바로잡아도 같은 상황이 반복된다.

오디가 지하실에서 계단을 오르다가 넘어질 뻔했다. 뒷다리가 무너졌다. 다행히 내가 근처에 있어서 오디가 미끄러지는 소리를 들었다. 나는 계단으로 달려가 오디를 들어 올렸다. 오디는 숨을 거칠게 몰아쉬었고, 눈에 두려움이 가득했다.

지난 며칠 동안 오디가 평소보다 붙임성 있게 군다. 우리를 찾으러 돌아다니고 같은 방에 눕기도 했다. 하지만 불안해서 안절부절못하기도 한다. 집 안에 돌아다니다가 내가 일하거나 책을 읽는 방으로 들어와서 어쩔 줄 모르는 표정으로 그 자리에 서 있다. 집 밖으로 나가더니 들어오겠다고 짖는다. 다시 나가고 또 짖고. 방에서 잠깐 어슬렁거리다가 다시 나간다.

개는 노화를 이해할까? 숲 속에서 억지로 산행이나 조깅을 시키면 오디는 다른 개들과 뛰어놀 수 없어 슬플까? 그렇지 않을 거라 생각하지만 나도 잘 모르겠다.

오디를 데리고 우리의 비밀스러운 레프트핸드캐니언Left Hand Canyon에 갔다. 눈이 와서 오디가 힘들어했다. 균형을 잃고 미끄러졌고, 격한 활동에 지쳐가는 모습이 역력했다. 뒷다리는 몸뚱이 밑에서 밖으로 미끄러졌다. 오디는 열 걸음이나 스무 걸음마다 뒷다리 하나가 나가떨어졌고, 발톱 끝으로 땅을 디뎠다(수의사는 이걸 '너클링knuckling'이라고 불렀다). 그래도 오디는 재미있었을까? 내가 어떻게 알까?

내가 읽은 개에 관한 책은 대부분 행복한 개를 다룬 것 같다. 개 주인은 자신의 세계를 뒤바꿀 특별한 개 한 마리를 만나기 전에는 그리 행복하지 않았을지 모른다. 그러나 개는 더없이 행복하고 다정하며, 삶이 우리에게 던지는 모든 것을 지칠 줄 모르는 낙관으로 포용하는 법을 가르쳐준다. 비범한 사고뭉치 말리Marley조차 명랑한 친구다. 하지만 물컵이 절반이나 비었다고 생각하는 개라면 어떨까? 걱정꾸러기는? 존재의 위기를 겪는 개는?

2009년 12월 20일

더 짖는다. 아침, 점심 그리고 밤에도. 미칠 지경이다.

☕ 2009년 12월 31일, 스팀보트스프링스Steamboat Springs

오디는 스팀보트 호텔에서 침대보를 최소한 한 장, 어쩌면 서너 장 먹어 치운 것 같다. 그곳은 오디에게 소중한 장소다.

올해 우리 가족의 마지막 여행이다 보니 오디에게는 이번이 마지막 스팀보트 여행이 될까 걱정이다. 휴가가 너무 힘들어진다. 오디를 팬지네Pansy's* 두고 나서려면 차마 발이 떨어지지 않는다. 하지만 우리가 일상적으로 활동하는 속도는 오디에게 버겁다. 오디는 수북이 쌓인 눈 위를 걷기 힘들어하는데, 스팀보트에는 눈이 많이 온다.

우리는 오디를 데리고 스프링크리크Spring Creek 산길로 올라갔다. 오락가락하는 눈 때문에 차도 많고 붐비기 쉬운 길. 오디는 그럭저럭 버텼다. 하지만 내가 마야와 토파즈를 데리고 스노슈잉**을 하러 피시크리크Fish Creek에 갈 때, 오늘 아침 우리가 래빗이어스Rabbit Ears에서 스키를 탈 때는 오디를 차에 남겨둘 수밖에 없었다.

――――――

* 팬지네 케이나인 코랄Pansy's Canine Corral은 우리가 도시에서 벗어나야 하는데 개를 데려갈 수 없을 때 보내는 곳이다. 팬지네를 애견 위탁소라고 부르는 건 적당하지 않다. 개에게는 집에서 멀리 떨어진 집 같은 곳이기 때문이다. 팬지네 농장에서는 울타리를 두른 드넓은 공간에서 모든 개가 어울려 논다. 개는 차고나 구획된 현관 베란다 혹은 지하실에서 잔다. 지하실은 오디를 위한 공간이다. 오디가 좋아하는 오래된 안락의자도 있다. —지은이

** 특수 제작된 신발을 신고 눈 쌓인 산을 걷는 스포츠

오디에게는 아주 부당한 일 같았지만.

오디는 우리가 묵는 호텔 계단을 오르내리지 못한다. 계단은 스키 리조트에서 흔히 보이는 형태로, 장화 신은 사람이 미끄러지지 않도록 쇠살대로 되어 있다. 쇠살대는 개 발바닥에 지옥이다. 토파즈와 마야도 계단 위로 걷기 싫어하지만, 둘은 계단 옆 눈 더미를 따라 내려올 수 있다. 우리는 나갈 때마다 오디를 안고 오르락내리락해야 한다. 오디도 전체적으로 불편해 보인다. 이제 차에 타기 힘들어하고(이동하는 내내 선 채로 숨을 가쁘게 몰아쉰다), 따뜻한 호텔 객실에서도 편안하지 않은 것 같다. 오디는 문 옆에 서 있거나, 꼿꼿한 자세로 꼼짝하지 않는다(앉는 게 힘들어서 앉지 않는다). 토파즈 때문에 안으로 들어오는 걸 겁내는지도 모르겠다. 마야와 토파즈는 우리와 같은 침대에서 몸을 말고 아늑하게 있는데, 오디는 밤에도 혼자 바닥에 엎드려서 너무 슬퍼 보인다. 오디는 우리와 침대에서 함께 자기를 좋아했다. 이불 아래로 굴을 파고 들어와서 제일 늦게 일어났다.

오늘 오후에는 오디를 침대에 올려놨더니 지금까지 큰대자로 뻗어서 요란하게 코를 곤다. 아주 활동적인 꿈을 꾸는지 씰룩거리는 정도가 아니라 다리를 격렬하게 움직인다.

이제 오디가 아주 멀게 느껴진다. 예전처럼 나와 눈을 맞추지도 않고, 애정에는 완전히 관심이 없는 것 같다.

🌷 2010년 1월 중순, 집

친구 리즈Liz와 크레이그Craig는 우리 집에 올 때마다 오디가 너무 변했다고 애통해한다. 둘은 천방지축 두 살배기일 때부터 오디를 봤다. 리즈는 말한다. "이제 오디가 없어. 제정신이 아니야. 그냥… 멍하네." 사실이다. 오디는 전 같지 않다. 나는 오디가 제정신이 아니라고 생각하지 않는다. 그저 약해졌을 뿐, 오디의 '개성'은 마음 깊은 곳에 그대로 있다.

한창때 오디를 떠올린다. 오마하Omaha의 찰코파크Chalco Park에서 높이 자란 풀숲으로 신나게 달리던, 가끔 꿩을 몰아내고 흥분과 황홀감을 감추지 못하던 모습, 주말 아침 모여든 사람과 개들을 헤치고 피츠버그Pittsburgh의 프릭파크Frick Park를 질주하던 모습, 아이들이 가득한 놀이터나 경기 중인 축구장을 지나가며 사람들에게 일일이 인사하던 모습까지.

나와 세이지, 오디가 함께 보낸 어느 날이 생각난다. 피츠버그의 비치우드 애비뉴Beechwood Avenue 한 공원에서 산책했는데, 오디가 다른 개들과 노느라 공원에서 여러 시간을 보냈다. 이날 오디가 어떤 남자아이와 그애의 아빠에게 달려들었다. 아이는 한 손에 핫도그를 들었다. 내가 "안 돼!" 하고 외치기는커녕 눈 깜짝할 새도 없이 오디는 조용하고 재빠르게 입을 핫도그 옆으로 가져가서 한입에 삼켜버렸다. 아이는 어안이 벙벙해서 울지도 않았다. 나는 정중히 사과하고 핫도그를 사주겠다고 했다. 이 제안이 거절당하자마자 나는 최대한 빨리 몸을 돌려 오디와 세이지를 공원 밖으로 끌어냈다.

🔖 2010년 1월 15일

　오디가 짖는 건 외롭다는 뜻일까? 나는 짖는 소리를 '발성'으로 재구성하려고 애쓴다. 행동학적인 설명이 있을 법한 증상처럼 들리기 때문이다. 나는 짜증을 내는 일은 최대한 피하고 싶어서 스스로 인지 행동 치료를 한다. 오디의 소리를 오디에게 열린 몇 안 되는 의사소통 수단으로, 오디가 우리에게 손을 뻗는 방법으로 '읽는 것'이다. 그러면 오디가 짖는 소리가 슬퍼진다. 오디는 내가 아는 가장 붙임성이 좋은 개인데, 지금은 고립된 채 산다. 토파즈가 나와 주방, 문을 사수하는 바람에 피아노 아래 놓인 자기 침대에 갇힌 오디가 보인다. 오디는 13년 동안 이불을 파고들어 우리 침대에서 잤는데, 이제는 혼자서 잔다.

　밤중에 오디가 짖는 소리가 들린다. 오디가 짖지 않을 때조차.

2 열린 세계로

생물은 온 눈으로 열린 세계를 본다.

오직 우리의 눈만 반대로 난 듯,

생물의 둘레에 덫처럼 놓여

그들의 자유로운 출구를 에워싼다.

바깥에 '있는' 것을 우리는 동물의

겉모양으로 알 뿐이다. 우리는 이미 어린아이까지

돌려세우며 반대로 보라고, 형태를 보라고

강요하기 때문이다.

동물의 얼굴 깊은 곳, 죽음에서 자유로운,

그 열린 세계가 아니라.

'죽음'을 보는 것은 오직 우리뿐이다. 자유로운 동물은

항상 제 소멸을 뒤에 두고

제 앞에는 신을 둔다. 그리고 나아갈 때는

영원 속에서 나아간다. 마치 샘물이 흐르듯이.

라이너 마리아 릴케Rainer Maria Rilke, 〈제8비가Die achte Elegie〉 중에서

시적 상상력으로 표현된 수많은 동물이 그렇듯, 릴케의 동물은 죽음에서 자유롭다. 동물도 죽는다. 그러나 살아 있는 모든 생명체를 포위하려고 위협하는 암흑에 대한 공포 없이 산다. 동물은 오직 열린 세계, 삶이 우리 앞에 펼쳐놓은 가능성이 무한한 푸른 하늘을 주목한다. 예이츠William Butler Yeats는 다음과 같이 썼다.

> 죽어가는 동물은 두려움도 희망도 없지만
> 인간은 제 결말을 기다린다.
> 두려워하고 희망하며.
> …인간은 죽음을 뼛속까지 안다.
> 인간이 죽음을 창조했으므로.

릴케와 예이츠가 옳은지 모른다. 동물은 우리처럼 죽음을 두려워하지 않을 수 있다. 어떤 의미에서는 인간이 죽음을 창조했다고 볼 수도 있다. 동물과 죽음에 대해 이야기하는 데 이 정도가 전부는 아니다. 동물은 인간이 아니기에 죽음을 이해하지 못한다고 간단히 말하고 싶은 유혹도 있다. 이는 어리석은 동어반복이다. 동물은 인간이 이해하듯 죽음을 이해하지는 않는다. 그렇다고 동물이 고유한 방식으로도 죽음을 이해하지 못한다는 의미일까? 우리는 "동물에게 죽음은 무슨 의미일까?"라는 질문을 던져야 한다. "이 동물의 인지적 · 정서적 능력과 사회적 애착, 삶의 경험, 특질을 고려할 때 죽음은 어떤 의미가 있을까?"라고 물으면 더 좋겠다.

동물의 죽음은 과학적인 측면에서 중요하다. 죽음 인식 연구가 동물의 인지와 정서, 사회적 행동에 대한 질문과 폭넓게 연관되기 때문이다. 도덕적인 관점에서도 의미가 있다. 우리는 동물이 어떻게 죽는지, 우리가 동물을 어떻게 죽이는지 아주 무신경한 구석이 있다. 하지만 나이가 들고 죽어가는 것이 모든 생명체의 삶에 가장 큰 사건이라는 점을 감안하면 동물의 최후, 특히 우리가 보살피고 삶을 통제하고 죽음을 편성하는 동물의 최후에 대해 생각해봐야 한다. 동물에게 좋은 죽음을 준비해주고 싶다면, 동물이 죽을 때 실제로 무엇을 경험하는지 생각할 필요가 있다.

　우리는 동물에 관한 사고방식의 측면에서 의미심장한 르네상스의 끝자락에 있는 듯하다. 동물은 결코 말 못하는 미물이 아니다. 우리는 지난 20년간 동물은 통증을 느끼지 않는다거나, 도구를 쓸 줄 모른다거나, 공감 능력이 없다는 등 동물에 관한 손쉬운 가정이 과학에 의해 지속적으로 뒤집히는 걸 봐왔다. 인간의 과학적인 언어가 종종 실패한다는 것도 안다. 우리는 '통각nociception' '감정 유인성affective valence' 같은 용어를 쓰면서 근사한 과학적 냉정함에 심취할지 모르지만, 실감 나지 않는다는 느낌도 받는다. 지나치게 해석하는 경우도 있다. "꼬마 밋치Mitzy가 새로 산 내 슬리퍼를 물어뜯은 걸 깊이 반성하고 있어요!" "오디는 혼자 두고 나오면 외로움을 타요." 우리는 동물을 너무 적게 생각하기도 한다. 이따금 모험심을 약간 발휘해 자신에게 '비과학적'인 기회를 허락할 필요가 있다. 우리는 동물, 특히 우리와 삶을 공유하기에 친밀하게 아는 동물의 행동에 만족과 사랑, 비탄, 공포, 슬픔, 열망, 기쁨처럼 우리가 정서적으로 이해하고 공감할 수 있는 언어로 생명을 불어넣어야 한다.

동물은 죽음을 인식할까?

이 질문에 답하기는 매우 어렵다. 동물을 대상으로 한 죽음 인식 연구 혹은 동물 사망학이라 부를 만한 학문에서는 지속적으로 진행된 과학적인 연구가 거의 없기 때문이다. 이 문제를 진지하게 생각해야 할 이유를 보여주는 감질나는 실마리가 있을 뿐이다. 실마리는 동물 세계 곳곳에서 발견된다. 일부는 길들이지 않은 야생의 동물에게서, 일부는 갇혀 사는 야생동물에게서, 일부는 가축이나 주로 우리의 반려동물(특히 개)에게서. 나는 우리가 최소한 몇몇, 어쩌면 많은 동물이 일종의 죽음 인식이 있다는 걸 사실로 상정해도 좋을 만큼 안다고 말하고 싶다. 물론 동물은 여러 종으로 구성된 집단이니, 어느 한 종에서 관찰되는 특성이 다른 종에도 존재한다고 추정할 수 없다.

나는 이 분야가 과학적으로 조사할 여지가 있는 질문과 그렇지 않은 질문을 신중하게 분별하는 작업을 포함해서 지속적으로 연구되기 바란다. 과학적인 조사가 불가능한 질문이라고 우리가 숙고할 수 없다는 뜻은 아니다. 철학자들은 수천 년 동안 좋은 삶이 무엇인지 생산적으로 연구해왔다. 그런 무형의 것을 탐구하려면 다른 조사 방법으로 다른 답을 추구해야 한다는 의미다.

죽음과 관련된 침팬지의 행동

2010년 봄, 스털링대학교University of Stirling의 제임스 R. 앤더슨James R. Anderson과 앨러스데어 길리스Alasdair Gillies, 루이즈 C. 록Louise C. Lock은 스코틀랜드의 감금된 침팬지 소집단을 관찰한 연구 결과를 보고했다. 이들은 침팬지 세 마리가 집단의 연장자이자 네 번째 구성원인 팬지Pansy의 죽음에 반응하는 모습을 비디오로 기록했다. 침팬지들은 팬지가 죽기 직전에 몸단장을 시켰다. 팬지가 숨을 거두자 수컷 치피Chippie는 공격성을 드러내며 높은 곳으로 올라가 펄쩍펄쩍 뛰더니, 양손을 모아 팬지의 몸통을 두드렸다. 다른 침팬지들은 팬지의 입을 들여다보고 살아 있다는 신호를 확인하려는 듯 팔다리를 들어 이리저리 움직였다. 팬지가 죽은 뒤, 딸 로지Rosie는 밤이 될 때까지 사체 곁에서 꼼짝하지 않았다. 침팬지들은 모두 잠을 설치고 밤새 서성댔다. 침팬지들은 며칠 동안 팬지가 죽은 자리로 가지 않았고, 몇 주 동안 무기력하게 가라앉았으며, 평소보다 적게 먹었다. 연구자들은 팬지의 죽음에 대한 침팬지 집단의 반응을 단순히 묘사하는 데 그치지 않고, 가까운 친척의 죽음에 대한 인간의 반응과 놀라울 정도로 유사하다는 해석적인 의견을 제시한다. 죽기 전의 보살핌과 생명의 징후를 찾기 위한 관찰, 죽은 뒤의 불면, 사체의 정리, 죽음이 발생한 장소의 회피까지. 나는 이 해석이 지나친 게 아닌가 싶었다. 우리는 침팬지들이 무엇을 느끼는지 혹은 무엇이 그런 행동을 유발했는지 알 수도, 추론할 수도 없기 때문이다. 감금된 침팬지 집단 하나의 행동을 야생 침팬지 혹은 다른 감금된 개체군으로 일반화할 수는 없다.

그러나 연구자들의 해석을 그대로 받아들이지 않더라도 이 연구는 주목할 만하다. 침팬지들은 팬지의 죽음에 분명히 반응했고, 이는 매우 흥미롭기 때문이다. 동물의 죽음 인식 문제를 진지하게 다룬 이 연구는 동물 사망학을 확립하는 데 첫걸음이 되었고, 이 특정한 사례를 '침팬지 사망학pan thanatology'이라는 발전 가능한 연구 주제로 만들었다. (위험을 감수하고 이 연구를 게재한 학술지《커런트 바이올로지Current Biology》에 찬사를 보낸다.)

그들이 둘러멘 것들

죽음과 관련된 또 다른 침팬지 연구에서는 기니의 보수Bossou를 에워싼 숲에 사는 침팬지 집단을 관찰했다. 2003년에는 호흡기 질환이 창궐해 젖먹이 두 마리를 포함한 여러 침팬지가 목숨을 잃었다. 연구자들은 어미 침팬지가 새끼의 사체를 둘러메고 다니는 데 주목했다. 너무 오래 데리고 다닌 나머지 사체가 말라서 미라가 된 경우도 있었다. 어미 침팬지가 들고 다니는 동안 죽은 새끼의 몸은 부풀어 올랐고, 나중에는 완전히 말라서 털이 빠졌다. 사진에서 가늘고 납작해진 새끼의 사체는 텅 빈 가죽 배낭처럼 어미의 등에 걸렸다. 거미 다리처럼 사지를 축 늘어뜨린 채. 어미는 어디를 가든 사체를 가지고 다녔다. 보통은 다리나 손을 움켜쥐고. 어미는 사체를 매만지고 파리를 쫓았다. 관계가 있거나 없는 집단 내 다른 침팬지들은 사체를 "만지거나 찌르거나 처리하려고 했다".

연구자들에 따르면, 다른 침팬지 공동체에서는 집단 내 다른 개체들이 어미에게서 새끼의 사체를 낚아채는 경우가 많다고 한다. 사체는 종종 폭력적으로 다뤄지고, 먹히는 경우도 있다. 그러나 기니의 보수 공동체에서는 새끼의 사체를 각별히 대했고, 연구자들은 이 집단에서 일종의 관찰 학습이 있었을 가능성을 암시했다.

어미 침팬지는 새끼가 죽은 걸 알았을까? 연구자들은 이 질문을 대답하지 않은 채 남겨둔다. 사체를 들고 다니는 행동에 연구자들이 내린 확고한 결론은, 그 행동이 영장류 내 모자의 깊은 결속을 증명한다는 점뿐이다. 동물의 죽음 인식에 대한 〈뉴욕타임스New York Times〉 기사에서 과학 저널리스트 나탈리 앤지어Natalie Angier는 사체 운반 연구에 회의적인 입장을 취한다. 침팬지들이 죽음을 인식하는 것처럼 보여도 대개 아랑곳하지 않는다고 결론을 내린다. 그 근거로 나이지리아 곰베Gombe에서 침팬지를 연구한 인류학자

마이클 윌슨Michael Willson의 견해를 인용한다. 마이클 윌슨에 따르면 침팬지는 죽음에 대해, 산 자와 죽은 자의 차이에 대해 이해하는 바가 우리와 다르다고 한다. 어미가 죽으면 새끼 침팬지들은 분명 슬퍼하겠지만, 어른 침팬지들은 나 몰라라 한다는 것이다.

자명한 사실을 지적할 필요는 없겠으나 이는 인간도 마찬가지다. 우리는 모든 죽음에 일일이 신경 쓰지는 않는다. 어떤 죽음은 다른 죽음보다 우리에게 훨씬 중요하고, 어떤 죽음은 전혀 영향을 미치지 않는다. 내가 어떤 이의 죽음을 인지하고 생각할 수 있지만, 그 때문에 내 행동이 두드러지게 달라지지는 않는다. 그러니 누군가 나를 밖에서 바라보면 나 몰라라 한다는 꼬리표를 달 수도 있다.

죽음과 관련된 야생동물의 다른 행동

2009년 〈데일리메일Daily Mail〉은 〈뇌리에서 떠나지 않는 사진, 과연 침팬지가 애도한다는 증거인가Is This Haunting Picture Proof That Chimps Really DO Grieve?〉라는 머리기사를 실었다. 서아프리카 카메룬의 사나가용침팬지구조센터Sanaga-Yong Chimpanzee Rescue Center에서 찍힌 이 사진에는 철망 울타리 뒤에 구부리고 있는 침팬지 열여섯 마리의 모습이 담겼다. 침팬지들은 심부전으로 죽어 수레에 실려 가는 마흔 살의 공동체 구성원 도로시Dorothy를 골똘히 바라본다.

몇 달 전에도 동물의 애도에 관한 다른 이야기가 매체의 관심을 사로잡았다. 독일의 뮌스터Münster 동물원에 사는 열한 살짜리 고릴라 가나Gana는 석 달 된 새끼 클라우디오Claudio가 죽자, 사체를 붙들고 사육사가 다가오지 못하게 막았다. 가나의 사진은 애달팠다. 축 늘어진 새끼의 사체를 마치 하늘을 향해 올리듯 머리 위로 든 어미의 모습이라니. 이런 사진은 애절하게 심금을 울리기에 애도의 심상으로 여겨지기 쉽다(특히 '침팬지 장례식'과 '애통한 어머니'란 자막이 들어가면). 우리는 이 동물이 슬픔을 느끼는지 알지 못하고, 알 수 없기 때문에 이런 사진을 주의 깊게 봐야 한다. 그래도 더 알고 싶지 않은가?

제인 구달Jane Goodall은 《Through a Window창을 통해 보다》에서 어린 침팬지 플린트Flint가 어미 플로Flo의 죽음 앞에서 보이는 행동을 묘사한다. 플린트를 가졌을 때 나이가 많던 플로는 플린트를 독립시킬 에너지가 없었고, 플린트는 어미에게 의존했다. 구달은 말한다. "그 장면은 절대 못 잊을 겁니다. 플로가 죽고 사흘 뒤 플린트는 개울가 큰 나무로 천천히 올라갔어요. 나뭇가지를 따라 걷다가 멈추더니, 그 자리에서 꼼짝 않고 텅 빈 둥지를 뚫어지게 보더군요. 2분쯤 지나자 몸을 돌리고 노인처럼 느릿느릿 나무에서 내려와 몇 걸음 떼더니, 멀뚱멀뚱하며 그 자리에 누웠어요."

플린트는 우울증에 빠졌다. 무기력해졌고, 먹기를 멈췄고, 병이 났다. "제가 마지막으로 봤을 때 플린트는 수척해져서 눈이 퀭했고, 완전히 우울한 상태로 플로가 죽은 장소 곁에 식물처럼 웅크리고 있었어요. …플린트가 몇 걸음마다 멈춘 마지막 짧은 여행은 플로의 사체가 있던 자리로 가는 것이었죠. 거기서 몇 시간이고 머무르면서 이따금 물속을 들여다보고 또 들여다봤어요. 힘겹게 조금 더 버티더니 몸을 웅크렸어요. 그리고 다시는 움직이지 않았죠."
플린트는 슬픔 때문에 죽었을까?

동물 행동을 연구하는 다른 과학자들도 애도를 목격했다. 이를테면 콘라트 로렌츠Konrad Lorenz는 회색기러기greylag goose의 애도를 기술했다. "짝을 잃은 회색기러기는 존 볼비John Bowlby가 인간 아동에게서 나타난다고 한 징후를 모두 보인다. …눈은 움푹 가라앉고, 전반적으로 의기소침해지는 경험을 하며, 문자 그대로 고개를 떨구고…."

죽음과 관련된 코끼리의 행동은 널리 보고되었다. 동물학자 이안 더글러스 해밀턴Iian Douglas-Hamilton은 코끼리에게 죽음에 대한 보편적인 인식과 호기심이 있다고 믿는다. 코끼리는 무리 중 한 마리가 죽으면 사체 주위에 모여서 코와 발로 사체를 조심스럽게 만지고, 때로는 며칠씩 불침번을 서기도 한다. 코끼리 연구가 신시아 모스Cynthia Moss는 다음과 같이 썼다.

코끼리 무리는 낡고 닳아 빛깔이 바랜 코끼리의 뼈조차 처음 보는 것이라면 걸음을 멈출 것이다. 영화제작자는 어디에서 가져온 뼈를 코끼리가 다니는 길목이나 웅덩이 근처의 생소한 자리에 놓고 코끼리들이 해골을 살피는 장면을 찍었을 게 뻔하다. 산 코끼리는 어김없이 뼈를 감지하고 뼈 주변을 서성댄다. 뼈를 들어서 꽤 먼 거리까지 옮긴 다음 내려놓기도 한다. 그것은 뇌리에 남는 감동적인 장면이지만, 나는 코끼리들이 왜 그러는지 전혀 알지 못한다.

아프리카 코끼리의 도구 사용 연구에서는 코끼리들이 종종 망자의 입에 음식을 넣고, 진흙으로 상처를 봉하고, 초목 아래 묻는다는 사실이 밝혀졌다. 생물학자 조이스 풀Joyce Poole은 코끼리에 대해 다음과 같이 썼다. "나는 슬픔으로 인식될 만한 표정으로 유산된 새끼 곁에 사흘 동안 서 있던 어미 코끼리를 보았다. 한 시간 동안 기묘한 침묵 속에 암컷 우두머리의 뼈를 어루만지는 어느 코끼리 가족의 모습에는 깊이 감동했다."

코넬대학교 조류학연구소Cornell Lab of Ornithology의 보고에 따르면, 노랑부리까치yellow-billed magpies는 사체에 내려앉아 팔짝팔짝 뛰고 깍깍 우는 방식으로 죽음에 반응한다고 한다. 생태학자 마크 베코프Marc Bekoff는 까치 무리에서 다음과 같은 행동을 관찰했다. "한 마리가 사체에 접근해 살짝 쪼았다. 마치 코끼리가 다른 코끼리 사체에 천천히 다가가다 물러나듯이. 다른 까치도 똑같이 했다. 잠시 뒤 까치 한 마리가 날아오르더니 풀을 조금 가져와서 사체 옆에 두었다. 다른 까치도 같은 행동을 했다. 그리고 네 마리가 몇 초간 경계를 서다가 한 마리씩 날아갔다." 생물학자들은 이런 행동의 목적을 알지 못하지만, 베코프를 비롯한 몇몇은 이를 '장례 행동funeral behavior'이라고 설명했다.

반려동물의 죽음 인식

우리는 반려동물의 죽음 인식에 관한 일반적인 언급을 찾을 수 있다. 수의사 마이클 폭스Michael Fox는 "동물이 죽음을 어느 정도 이해한다는 사실에는 의심할 여지가 없다"고 선언한다. 특히 개에 대한 이야기다. 이런저런 흥미로운 방식으로 반려인의 죽음을 인식하고 반응하는 것처럼 보이는 개에 대해 얼마나 많은 이야기를 읽고 들었는지 다 말할 수 없다. 이 책 한 권을 채우고도 남을 정도다. 때가 되면 풀어낼 나만의 이야기도 있다. 이런 이야기에는 사람들의 다양한 기록이 담겼다. 죽음에 반응하는 개는 울부짖거나 낑낑거리고, 우울감에 빠져 무기력해하며, 사라진 반려인을 찾거나 밤새 경계를 서고, 시체 곁에서 몸을 웅크린다. 개가 있거나(고양이도 마찬가지) 개와 사는 사람을 안다면, 누구나 자신만의 이야기 하나쯤은 있으리라.

마이클 폭스는 《Dog Body, Dog Mind개의 몸, 개의 정신》의 〈동물은 어떻게 애도하고 슬픔을 표현하는가How Animals Mourn and Express Grief〉라는 장에서 이 주제를 폭넓게 다룬다. "슬픔에 잠겨 사랑하는 이가 돌아오기를 간절히 바라는 동물은 사랑의 본질이 인간과 동물이 공유하는 타고난 자질이라는 사실을 보여준다." 폭스는 단지 외적으로 드러나는 모습으로 판단할 수 없다고 말한다. 동물은 우리가 식별할 수 있는 방식으로 슬픔을 드러내지 않을지 모른다. 동물의 첫 반응이 극심한 슬픔과 울음인 경우도 있다. 어떤 동물은 사람이든 동물이든 함께 살던 친구의 죽음에 초기 반응을 전혀 보이지 않다가, 나중에야 사랑하는 이를 찾고 점점 더 불안해하며 잠을 못 이루고 경계를 선다. 어떤 개들은 우울증의 징후를 보이며 식욕을 잃고 무기력해한다. 소리 내는 개도 있지만 조용해지는 개도 있다. 들러붙는 개도 있지만 멀어지는 개도 있다.

미국동물학대방지협회American Society for the Prevention against Cruelty to Animals에서 실시한 '반려동물 애도 프로젝트Companion Animal Mourning Project'에 따르면 연구에 참가한 개 중 3분의 2가 친구의 죽음 이후 눈에 띄는 행동 변화를 네 가지 이상 보였다고 한다. 다른 개가 죽자 3분의 1이 넘는 개들이 평소보다 적게 먹었고, 11퍼센트는 아예 먹지 않았으며, 3분의 2에 달하는 개들이 보통 때보다 소리를 많이 내거나 적게 냈다. 잠자는 위치나 형태를 바꾼 개도 많다. 어떤 개는 더 달라붙었고 어떤 개는 더 거리를 두었다.

폭스는 친구의 죽음에 반응하는 동물에 대한 수많은 이야기를 들려준다. 내가 이 책을 쓰느라 조사하는 과정에도 일일이 공유하기에는 넘치게 많은 사적인 일화를 들었다. 우연의 일치나 심리적 투사로 치부하기에는 사례가 헤아릴 수 없고, 많은 이야기는 일정한 과학적 감각을 갖췄으리라 기대하는 수의사에게서 나온다.

두 가지 사례를 소개한다. 맨디Mandy라는 여성이 자신의 요크셔테리어 기즈모Gizmo가 미니어처핀셔 다이아몬드Diamond의 죽음에 보이는 반응에 대해 얘기해주었다. 맨디와 가족은 강아지 때부터 다이아몬드와 함께 산 기즈모를 데리고 다이아몬드를 안락사 시키러 수의사에게 갔다. 기즈모는 다이아몬드를 마취하는 동안 큰 관심을 보이지 않았다. 하지만 다이아몬드가 죽고 맨디가 기즈모를 사체 곁으로 데려가자, 여기저기 킁킁대더니 엉덩이를 대고 자리에 앉았다. 맨디는 "맹세해요, 기즈모는 다이아몬드를 빤히 보더니 이맛살을 찌푸렸어요"라고 말했다.

숀Shawn은 로트바일러 자매인 델릴라Delilah와 엠M의 얘기를 들려주었다. 둘은 기즈모와 다이아몬드처럼 강아지 때부터 함께 살았고, 한두 달 간격으로 죽었다. 엠이 먼저 세상을 떴다. 많이 아픈 엠을 위해 수의사가 안락사 시술을 하러 왔다. 엠이 죽자 델릴라는 침대로 뛰어올라 엠의 얼굴을 찬찬히 핥았다. 델릴라가 늘 하는 행동이 아니었다. 그러더니 침대 아래로 뛰어내려서 멀리 가버렸다. 델릴라는 우울해 보이지 않았지만 행동은 확실히 변했다. 엠이 먹던 그릇으로 밥을 먹고, 엠이 자던 자리에서 잠을 잤다.

이와 유사한 다른 이야기를 살펴보면 친구가 죽은 뒤 남은 애완동물이 보이는 행동의 다양성과 사람들이 이런 행동 변화를 목격하는 빈도가 흥미롭다. 반려동물은 자신이 사는 환경과 두세 마리가 함께 살 때 형성될 수 있는 유대감 때문에 친구의 죽음에 민감성이 높아지는지 궁금하다. 단순히 집에서 동물을 관찰할 기회가 있는 사람이 많아서 우리에게 이런 이야기가 넘치는 것일 수도 있다. 인간과 반려동물은 인간과 야생동물보다 경계가 모호하기 때문에 반려동물의 행동에 슬픔, 우울함, 외로움, 비통함처럼 인간적인 이름을 쉽게 붙이는지도 모른다. 이런 이야기는 동물에 대한 것이라기보다 인간이 동물을 보는 방식에 대한 것에 가까우리라.

동물이 실제로 애도한다고 잠시 가정해보자. 아무래도 불편하다면 동물의 '애도'라고 작은따옴표를 넣어도 좋다. 밀접한 관련성에도 동물의 애도는 인간의 애도와 동등하게 여겨지지 않는다. 우리는 감정의 주관성 때문에 동물의 슬픔을 결코 이해하거나 경험할수 없을 것이다. 더욱이 슬픔이 죽음에 대한 이해를 증명하지 않는다. 우리는 동물이 '왜' 슬퍼하는지 제대로 알 수 없다. 슬픔은 우정의 상실에 대한 반응일 가능성도 있다. 우리가 아는 것은 동물에게도 슬픔은 고통의 한 형태라는 사실, 슬픔은 심리적인 현상과 상당한 신체적 현상을 동반한다는 사실이 전부다. 우리는 슬픔이 저마다 매우 다르다는 것도 안다. 어떤 이는 전혀 슬퍼하지 않고, 어떤이는 아주 실용적으로 제한된 시간 동안 슬퍼하고, 어떤 이는 슬픔에 압도된다.

지금까지 동물이 다른 동물의 죽음에 어떻게 반응하는지 이야기했다. 그렇다면 자신의 죽음은 어떨까?

동물은 자신의 죽음에 대해 무엇을 이해할까?

백조의 노래는 인상적인 최후의 모습 혹은 성과, 마지막으로 가장 훌륭한 것을 발산한다는 비유적인 표현이다. 이 관용어는 흑고니Cygnus olor가 평생 침묵하다가 죽기 직전에 마지막으로 아름다운 노래를 쏟아낸다는 오랜 믿음에서 비롯되었다. 알고 보니 흑고니는 소리를 내지 않는 것도 아니고(코로 소리를 낸다), 죽기 전에 노래를 하는지 관찰된 바 없다. 그러나 이 표현에는 동물이 떠날 때가 됐다는 걸 안다는 암시가 있다.

오디는 나이가 아주 많으니 모퉁이를 돌면 죽음이 도사리고 있다는 사실을 알까? 내가 보기에 죽음을 이해하는가 하는 문제를 해결할 가장 간단한 질문은 다음과 같다. 죽어가는 동물은 죽음이 실제로 일어날 때 스스로 죽어간다는 걸 이해할까? 그 사실을 모르기는 어려울 것 같지만 나도 잘 모르겠다. 마크 도티가 《Dog Years》에서 자기 개가 죽는 순간을 묘사한 부분이 떠오른다.

우리는 보Beau의 얼굴을 손으로 감싸고 그의 입과 발, 사랑스러운 인생에 찬사를 보내며 그에게 이야기한다. 나는 보의 배에 머리를 기대고 보가 편안하게 떠나기를 기도한다. 보의 영적인 길을 밝힐 수 있기를 바라면서 뭐가 됐든 내가 가진 정신력을 한껏 그러모아 전해본다. …흉부로 들어가는 숨이 점점 짧아진다. 호흡이 얕아지자 보가 갑자기 고개를 들고 뒤돌아 나를 빤히 바라본다. 눈동자가 커진다. 겁을 내는 게 아니라 깜짝 놀라고 궁금한 표정이다. 우리가 아는 말로 표현하면 '나한테 무슨 일이 일어나는 거지?' 정도로 해석될 법한 표정. 목숨은 바람처럼 보에게서 빠져나간다. 단 한 번 날숨 그리고 끝.

죽음은 놀라움으로 다가올 수 있다. 실제로 개나 고양이의 마지막 순간에 대한 유사한 보고를 수없이 들었다. 거칠고 불규칙한 호흡이나 마지막 근육 경련 같은 신체 변화 때문에 외관상 놀라움과 매우 비슷하게 보이는 것일 수도 있다. 최후의 순간이 다가오면 신체와 정신은 모두 닫힌다. 마지막이 가까워질수록 죽음의 과정에 대한 의식이 점점 더 흐릿해질(덜 '자각할') 수 있도록. 은유로도 실제로도 잠에 빠져 의식이 희미해지는 것과 비슷할 수 있다. 나는 죽어가는 사람이 스스로 죽어간다는 걸 항상 의식하는지 잘 모르겠다.

영적인 지도자 람 다스Ram Dass가 '지금 여기 존재하기'라고 부르는 것에 관해서는 동물이 완벽한 학생이다. 나이 들어 죽음에 다가가는 오디를 생각하면 맞는 얘기 같다. 오디는 자신이 이제 자동차 뒷자리에 뛰어오르거나 풀숲을 헤치고 토끼를 쫓을 수 없다는 걸 알지 못한다. 오디는 자신의 과거를 현재와 비교하지 않는다. 오디는 그냥 다른 존재다.

우리는 여기서 괴로운 질문 하나를 만난다. 내가 수의사에게 오디의 다리 혈관에 마지막 주사를 찔러달라고 부탁한다면 오디는 무슨 일인지 알까? (궁금하기도 하다. 오디는 반대할까?) 적어도 내 생각에 오디라면 무슨 일이 일어난다는 사실은 당연히 알 것 같다. 예민한 녀석이니까 뭔가 괴로운 일이 일어난다는 걸 내 정서 반응에서 읽어내겠지. 하지만 자신이 세상을 뜨는 길에 있다는 사실은 알 것 같지 않다.

동물의 미래 죽음은 어떨까? 생태학자 도널드 그리핀Donald

Griffin은 《The Question of Animal Awareness동물의 자각에 대한 질문》에서 미래의 죽음 인식에 대해 다음과 같이 썼다.

밀러Miller 외 랭거Langer와 다른 이들은 인간이 자신의 미래 죽음을 자각할 수 있는 유일한 동물이라고 말한다. 나는 잠시 숨을 돌리고 어느 누가 어떻게 이걸 알 수 있는지 자문해볼 것을 제안한다. 찬성이든 반대든 어떤 증거가 유효한가? 수많은 사회적 동물이 상대를 독립된 개체로 인식한다는 명확한 증거와, 일부 동물의 어미는 새끼의 사체 앞에서 괴로움을 표현하고 며칠간 사체를 데리고 다닌다는 관찰 결과를 바탕으로 암시적인 추론을 끌어낼 수 있다. 동물이 친구의 죽음을 목격한 뒤 미래에 있을 자신의 죽음에 대한 관념을 경험하는지 우리가 어떻게 판단할 수 있나? 유효하고 부정적인 증거는 기껏해야 불가지론자의 입장을 뒷받침할 뿐이다.

나는 죽음 인식에 대한 다른 질문과 마찬가지로 좀 더 구체적인 접근이 필요하다고 생각한다. 여기서 미래란 얼마나 먼 미래를 의미할까? 5초? 5분? 다섯 시간? 닷새? 근본적으로 우리는 절대 알 수 없다. 하지만 시간의 폭이 커질수록 동물이 곧 닥칠 자신의 죽음을 인지할 가능성은 적어진다고 볼 수 있다. 나는 동물이 미래에 죽음을 면할 수 없다고 인식한 채 산다고 생각하지 않는다. 죽음에 대한 두려움도 없을 것이다. 그러나 동물은 분명 죽음에 대한 본능적인 공포를 지니고 산다. 이는 생각보다 확고한 인식일 것이다.

그리핀이 지적한 대로 우리는 동물이 죽음에 대해 직접적으로 무엇을 느끼는지 알 수 없다. 동물의 의식 경험을 전적으로 가늠하기는 불가능하다. 아쉬운 대로 '암시적인 추론'을 써야 한다. 우리는 그리핀이 획기적인 책을 출간한 1970년대보다 동물에 대해 전반적으로 많이 알고, 동물 의식과 인식, 정신적 경험, 특히 감정에 대해 더 많이 안다. 과학자들은 의식을 신경적·행동적·생리적으로 다루는 척도를 개발하는 데 큰 성과를 낸다. 동물의 죽음 인식 문제에 집중하는 연구가 더 진행되면 우리의 그림에 훨씬 더 많은 색깔을 입힐 수 있을 것이다.

반려동물은 인간의 죽음을 이해할까?

동물에 대한 몇 가지 흔한 미신에는 동물이 인간의 죽음을 예견할 수 있다는 믿음이 투영되었다. 개가 짖으면 죽음을 예고하는 것이고, 고양이(특히 검은 고양이)가 누구의 앞길을 가로지르면 그 사람이 곧 세상을 뜬다는 식이다. 주인이 죽을 때 밤새 자리를 지켰다거나, 주인이 죽기 직전에 발작을 일으켰다거나, 죽기 직전에 대체로 이상하게 굴었다는 개와 고양이에 대한 일화가 여전히 많은 것으로 보아 이런 믿음은 건재하다. 어쩌면 이런 이야기 뒤에는 어떤 진실이 있을지도 모른다.

동물이 우리의 죽음을 예측할 수 있다는 흥미로운 생각은 오스카Oscar라는 고양이 덕분에 강력해졌다. 오스카는 로드아일랜드의 스티어하우스요양재활원Steere House Nursing and Rehabilitation에 산다. 직원들은 오스카가 특정한 환자의 방에서 경계를 서고, 침대로 뛰어올라 환자 곁에서 몸을 웅크린다는 사실을 알아챘다. 알고 보니 이 환자는 몇 시간 안에 죽었다. 오스카의 행동은 너무나 믿을 만한 나머지 직원들은 언제 환자의 가족에게 전화해서 사랑하는 이의 임종을 지키러 오라고 말해야 할지 알 수 있었다. 이 이야기는 스티어하우스의 노인의학 전문의 데이비드 도사David Dosa 박사가 《뉴잉글랜드의학저널New England Journal of Medicine》에 오스카의 행동을 기술하면서 보기 드문 신뢰를 얻었다.

오스카가 죽음을 예견하는 동물 중에 가장 유명하지만, 그런 동물이 오스카뿐인 건 아니다. 스캠프Scamp는 오하이오 캔턴Canton의 한 요양원에 사는 미니어처슈나우저다. 스캠프는 죽어가는 환자의 방에 들어가 서성거리고 짖는다고 한다. 스캠프의 행동을 다룬 '애니멀 플래닛Animal Planet'에 따르면 스캠프는 58건이나 되는 죽음을 예측했다. 다른 요양원들도 상주하는 개나 고양이에게 죽음을 예측하는 능력이 있다고 보고했다. 이제는 요양원에 죽음을 예측하는 반려동물이 있는 것이 필수적인 자랑거리인 듯하다.

오스카와 스캠프에 대한 머리기사는 대부분 '예견' '예측' 같은 단어를 사용하면서 초자연적인 능력이 작용한다는 걸 암시한다. 그러나 예견과 감지는 다르며, 오스카와 스캠프의 행동을 완벽하고 자연스럽게 설명하는 일은 그리 어렵지 않다. 오스카가 죽음을 감지하는 방식에 대한 가설 하나는 당질 분해와 같이 사람의 몸에서 일어나는 미묘한 화학적 변화를 냄새로 알아챈다고 보는 것이다. 이 설명은 우리가 익히 아는 개와 고양이의 후각에 대한 지식과도 일치한다. 개는 생화학적 표지를 식별하는 방식으로 특정한 암을 탐지하도록 훈련할 수 있고, 당뇨와 관련된 혈당 감소를 감지할 수 있으며, 뇌전증 발작이 발생하려고 할 때 경고할 수도 있다. 죽음의 초기 단계에 들어선 몸의 냄새를 맡지 못할 이유가 없다.

이쯤에서 일부 건전한 회의론이 제기될 수 있지만, 호기심도 커진다. 내가 이런 이야기에서 가장 흥미롭게 여기는 점은 동물이 우리는 사용할 수 없고 불가사의한 방식으로 죽음을 이해할지도 모른다는 암시다. 동물은 놀랍도록 예민하고, 후각은 우리보다 훨씬 더 발달했다. 동물은 인간과 달리 죽음과 임종을 후각적으로 인식할지 모른다. 약간 거북할 수도 있지만 아주 멋진 일이다.

그레이프라이어 보비와 하치코

그레이프라이어 보비Greyfriars Bobby는 19세기 중반에 에든버러Edinburgh에 산 스카이테리어다. 보비는 반려인 존 그레이John Gray에 대한 사랑이 너무나 깊은 나머지, 그레이프라이어교회에 묻힌 주인의 무덤을 14년 동안 지켰다. 전설에 따르면 보비는 먹이를 찾으러 갈 때를 빼고 하루 종일 그레이의 무덤에 있었다고 한다. 세상을 뜬 뒤 주인의 묘지에 묻힐 수 없던 보비는 그레이프라이어교회 정문 안에 묻혔다. 사람들은 보비의 충성심에 감동해서 보비를 기리는 조각상을 세웠고, 그 조각상이 오늘도 관광객을 맞는다. 보비의 이야기는 지금도 큰 울림을 주어 식기와 문구, 소형 조각품, 수정 공예품, 책, 비디오 같은 보비 기념품을 판매하는 웹 사이트까지 있다.

아름다운 아키타 품종인 하치코ハチ公는 1920년대 강아지 시절에 도쿄대학東京大學 우에노 에이타로上野英太郎 교수에게 입양되었다. 하치코는 날마다 해가 저물 때쯤 시부야澁谷 기차역에서 주인과 만났다. 하치코와 주인은 이 일상을 반복했는데, 하루는 교수가 돌아오지 않았다. 일하다가 뇌출혈로 사망한 것이다. 하치코는 9년 동안 매일 기차역에서 주인을 기다렸다. 사람들은 그레이프라이어 보비에게 그랬듯 하치코의 행동에 감동을 받았고, 통근하는 사람들은 하치코의 신봉자가 되어 음식과 간식을 주었다(교수에 대한 충성심 외에 하치코가 매일 기차역으로 온 이유가 될 수도 있다). 시부야 역에 있는 조각상은 하치코의 삶을 기념한다.

나는 독일의 뢰덴탈Rödental이라는 도시에 산 황소 바너비Barnaby 이야기를 좋아한다. 알프레트 그루에네마이어Alfred gruenemeyer가 죽자 바너비는 주인이 묻힌 묘지까지 가려고 애썼다. 울타리를 넘고 온갖 고생 끝에 마침내 묘지에 도착한 바너비는 주인의 무덤으로 곧장 달려갔다. 바너비는 그 자리에서 2~3일 머물렀다. 누가 다른 곳으로 데려가려고 해도 막무가내였다. 사람들은 농부 알프레트를 별종 취급했다. 가축을 애완동물처럼 대했기 때문이다. 수의사 클라우스 뮐러Klaus Müller는 말했다. "바너비는 지능이 상당한 수준입니다. 황소가 주인이 묻힌 장소를 정확히 찾을 수 있다는 건 매우 놀라운 일인데, 바너비는 그렇게 했죠."

이와 비슷한 현대판 이야기는 우여곡절 끝에 사랑하는 사람을 찾아간 개와 고양이, 각양각색 다른 생명체에게서 수없이 되풀이된다. 그중에서 가장 가슴 아픈 건 반려인이 사라진 뒤 슬픔 때문에 죽음을 맞은 동물 이야기다. 나는 이런 이야기를 사랑하고, 유달리 감상적인 기분이 들 때는 눈물을 흘리기도 한다. 이를 통해 개와 황소가 인간의 죽음을 정말로 이해하는지 알 수 없지만, 이런 이야기에는 동물과 인간의 죽음에 대한 중요한 내용이 담겼다. 애도나 죽음 그 자체는 아니라도 애착과 충성심, 지능, 감성에 대한 이야기다. 집념과 습관의 힘에 대한 이야기일 수도 있고, 하치코의 경우 음식 보상의 매력에 대한 이야기다.

동물에게 죽음 인식은 없을지 모르지만, 반려인을 상실하는 것에 대한 인식은 분명히 있다. 이는 인간과 동물 사이에 형성될 수 있으며, 서로 똑같이 강력할 수 있는 유대에 대해 말해준다. 죽음은 지성을 갖춘 인간에게도 유기와 매우 비슷하게 느껴질 수 있다. 버림받는 것은 고통스럽다. 그러므로 동물이 어떤 인식이 있는지와 무관하게 반려인의 죽음은 동물에게 대단히 중요할 수 있다.

구체적으로

"동물이 이런 걸 한다, 저런 걸 한다"고 말하는 함정에 빠져서 우리의 정신과 언어로 수많은 종을 일상적으로 동물이라고 뭉뚱그려 칭하기 쉽다. 그러나 우리가 동물이라고 일컫는 다양한 존재는 공통된 특성으로 정리할 수 없다. "동물이 죽음을 인식하는가?"라는 질문에도 정답이 없다. 질문이 잘못되었기 때문이다.

"개는 죽음을 인식하는가?" "침팬지는 죽음을 인식하는가?"라고 해야 더 나은 질문이 된다. 우리는 노화와 임종, 죽음과 관련된 종 특이성 행동을 찾아볼 수 있다. 그러나 이것도 구체적이지 않다. 동물행동학의 위험성 중 하나는 개체를 일반적인 전체로 다루는 경향이다. "점박이 하이에나는 낮에 자고 밤에 먹는다" 같은 말을 들었다고 하자. 누가 "인간은 밤에 자고 낮에 먹는다"고 한다면 우리는 터무니없는 소리 말라고 할 것이다. 각각의 종 내부에서도 짐승 떼, 사람들 무리, 군대, 의회, 살인범 등 다른 공동체는 문화적인 특이성이 있다.

예컨대 스펀지를 사냥 도구로 사용하는 법을 배운 오스트레일리아 샤크 만Shark Bay의 큰돌고래bottlenose dolphin를 생각해보자. 나이와 성별, 환경적 맥락의 특수성도 고려해야 한다. 내가 이 장에서 주제의 설명을 통해 제시하려 했듯이, 우리는 구체적인 질문을 던질 수 있다. 임종과 죽음은 잠재적인 접점이 많기 때문이다. "개는 죽음을 두려워할까?" "개는 죽음의 냄새를 맡을 수 있을까?" "개는 눈앞에서 다른 개가 죽어갈 때 그 사실을 인식할까?" "개는 반려인의 죽음을 애도할까?"

미안하지만 아직 멀었다. 어느 노련한 생태학자가 말하겠지만(그리고 한 마리가 넘는 개나 고양이, 새, 쥐와 함께 사는 사람이라면 진심으로 동의하겠지만) 특정한 종의 개체에서도 성격과 삶의 경험, 뭐라 말할 수 없는 어떤 것이 어마어마하게 다르다. 나의 개 세 마리는 거부할 수 없는 개다움에도 서로 너무나 다르다. 동물의 임종과 죽음을 생각할 때 개체의 특수성을 최대한 고려해야 한다.

특수성에 주목하는 방법 가운데 도덕적인 심리학자들이 시도한 조망 수용perspective taking이 있다. 말하자면 다른 동물의 신발에 발을 넣어서 동물이 있는 자리가 우리와 철저히 다르다는 사실을 깨닫도록 노력하는 것이다. 동물이 신발을 신지 않는다는 점, 틀에서 벗어나 생각해야 한다는 점을 깨닫는 일부터 매우 어려운 첫걸음이다. 핵심은 동물도 뭔가 생각하고 느낀다고 가정해야 한다는 점이다. 죽음에 대한 동물의 해석은 개체마다, 종마다 고유하고 흥미롭지 않을까? 그리고 동물에게 중요하지 않을까?

오디 일기 2010년 3월 14일~6월 4일

🌿 2010년 3월 14일

오디가 오늘로 열네 살이 되었다. 우리 가족은 나의 부모님과 세이지의 친구 몇 명을 불러 파티를 열었다. 세이지는 준비하는 데 많은 시간을 들였다. 오디와 마야, 토파즈, 각각의 쥐들 입장에서 카드를 만들고, 선물을 사기도 하고 만들기도 했으며, 파티 장식을 구상했다. 통조림 고기로 특별한 케이크를 만들고, 개 간식 비스킷으로 촛불도 꽂았다. 나는 집에서 만든 햄버거와 밥, 채 썬 당근으로 오디가 제일 좋아하는 저녁상을 차렸다.

이번이 오디의 마지막 생일이 될 것 같다. 하지만 이 생각은 작년에도 했다. 오디는 참 알 수 없는 존재다.

🌿 2010년 3월 18일

오디가 갈증이 심한지 물을 자주 마신다. 물을 벌컥벌컥 마시면 보통 (주로 변기에서) 마룻바닥에 토한다. 그래서 항상 목이 마르지 싶다. 물을 마시고 토하고 늘 헐떡거리기 때문에 탈수 상태를 면하지 못한다.

🖋 2010년 3월 27일

나는 어제 오디가 개 출입문으로 들어오지 못하게 막는 심리적 장벽을 돌파하는 걸 거들기로 작정했다. 전날 밤 오디를 들여놓느라 세 번이나 일어나야 했기 때문이다. 나는 오디가 혼자서 문으로 들어오는 걸 오랫동안 봐왔고, 오디가 육체적으로 그렇게 할 수 있다는 것도 안다. 문제는 정신적인 장벽이다.

다음번에 오디가 개 출입문으로 나가는 걸 본 나는 오디가 좋아하는 미국 치즈 한 조각으로 무장하고 출입문 안쪽에서 기다린다. 오디가 들어오겠다고 짖으면 출입문의 회색 플라스틱 뚜껑을 들어서 치즈 냄새가 오디의 코를 간질이도록 간식을 내민다. 오디가 망설인다. 나는 치즈를 좀 더 가까이 갖다 댄다. 오디는 계단식 발판에 조심스럽게 한 발을 올리고 문으로 고개를 들이민다. 나는 간식을 한 번 더 흔든다. 오디가 본격적으로 덤빈다.

다리 세 개는 문을 통과했는데 하나가 못 들어온다. 오디는 꽈배기처럼 꼬인다. 뒷다리 하나는 문밖에 있고 나머지 하나는 주저앉았다. 앞발은 매끄러운 대나무 깔개 위에서 허우적거린다. 토끼 굴에 몸 절반이 낀 곰돌이 푸가 떠오르는 장면이다. 재밌지 않다는 것만 빼고. 오디는 빠져나올 만큼 운동성이 없어서 힘겹게 버둥거린다. 오디의 눈은 곤경에 빠진 흐린 웅덩이 같다.

나는 앞쪽에서 오디를 도와주려고 애쓴다. 내가 오디의 몸을 들어 올리면 엉덩이를 끌어당길 수 있을 것 같아서. 그런데 오디는 나를 물려고 덤빈다. 나는 현관으로 나가 오디를 뒤에서 밀었다.

고집 센 다리가 문을 통과할 수 있도록. 이제 오디는 자유다. 하지만 뒷다리에 일어난 경련 때문에 뻣뻣하게 다리를 벌린 채 가만히 있다. 잠시 동안 오디는 움직이지 못한다.

다음 날 깨달았다. 개 출입문 아래 널찍한 경사로를 만들어주면 괜찮을지도 모른다. 오디를 힘들게 만드는 건 개 출입문으로 오르는 계단이다. 남편 목수에게 내 생각을 설명하자 남편은 일을 시작한다.

🌿 2010년 3월 30일

어제는 오디에게 산행을 시켰다. 세이지와 세이지의 친구 애나린Annalynn, 나도 같이 갔다. 밖은 추웠지만 오디는 추운 날 상태가 최고라서 몸을 계속 움직이는 것이 좋다는 생각이 든다. 원래는 빅 엘크 메도Big Elk Meadows의 쿨슨 협곡Coulson Gulch 산길로 올라가려고 했지만, 길에 눈이 많이 쌓여 입새까지 갈 수 없었다. 대신 늘 내 호기심을 자극한 비포장도로가 시작되는 곳에 차를 세웠다. 신이 난 애나린은 내가 정신을 차리고 경고할 새도 없이 자동차 뒷자리에서 개들을 풀어주고, 밖으로 뛰쳐나가 자동차 뒷문을 열었다.

토파즈가 다른 녀석들을 밀치며 뛰어올랐다. 다람쥐 냄새에 흥분한 마야도 뛰어올랐다. 그리고 오디가 뛰어올랐다. 마치 훨훨 날 수 있다는 듯. 충격에 오디의 앞발이 꺾이고 몸이 고꾸라졌다. 제일 먼저 코, 그다음은 머리 그리고 나머지가. 오디는 몇 바퀴 굴

렀고, 다리가 꼬이는 바람에 거꾸로 찌그러져 멈췄다. 우리가 일으키자 오디는 고개를 한 번 내젓고 비틀거리며 걸었다. "난 괜찮아, 정말. 아플 것 같겠지만 안 아파, 진짜야"라고 말하듯.

나는 오디의 이런 면을 사랑한다. 오디는 하늘을 나는 자신의 능력에 대한 신념을 변함없이 유지한다. 쌓인 눈이 깊었다. 오디한테는 지나치게. 하지만 즐기는 것 같았다. 추위에도 거칠게 헐떡거리며 냄새를 맡거나 소변을 보느라 종종 멈추면서 어기적어기적 따라왔다. 오디는 사람들이 노인이나 늙은 개의 모습으로 떠올리듯 느긋하게 걷지 않는다. 오히려 무슨 임무를 띤 양 작정하고 걷는다. 자신이 뭘 한다고 믿을까?

오디는 집에 와서 평소보다 훨씬 곤히 잤다. 오디가 저녁을 먹지 않고 간으로 만든 간식 한 조각조차 거부해서 걱정이 됐다. 다음 날 아침, 오디는 더 쾌활하고 초롱초롱해 보였다.

마크 도티는 개가 시간과 맺는 관계에 대해 다음과 같이 썼다. "개들은 우리처럼 오래 살지 않기 때문에 인간보다 급격한 곡선을 여행하는 것처럼 보인다. 우리가 볼 때는 화르르 타올랐다가 서서히 사라지는 듯하다."

나는 세이지가 어릴 때 이런 이야기를 들려주었다. 오디의 털은 씨앗이라 털 하나를 바람에 날리면 씨앗이 내려앉은 곳에서 작은 오디가 자랄 거라고. 콜로라도에서 네브래스카 사이를 자동차로 오가는 긴 시간 동안 세이지는 오디 씨앗 뿌리는 놀이를 좋아했다. 세이지는 오디의 붉은 털을 한 자밤 집어서 자동차 창문 사이로 부는 바람에 날려 보냈다. 공중에 떠다니는 하얀 민들레 꽃씨처럼 큰 날숨으로 털을 불어 날리기도 했다. 우리는 생명 같은 숨결로 중서부 평원 곳곳에 작은 오디를 심었다.

역치. 문턱 값. 자극이 반응을 일으키기에 충분한 강도가 되는 지점. 토머스 핀천Thomas Pynchon은 《Against the Day 그날에 대비하여》에 다음과 같이 썼다. "그런 것은 죽은 자들에게 산 자들의 세상처럼 보인다. 정보와 의미로 가득하지만 어쩐지 항상 적당하고, 몹시, 어떤 이해의 등불이 빛을 비추는 그 운명의 문턱을 넘어선 세상."

오디의 새로운 별명은 나무다리PegLeg다. 오디는 나무다리를 단 해적처럼 걷는다. 이제 다리가 접히지 않는 것 같다.

🌿 2010년 3월 31일

공원에서 돌아다니라고 줄을 내려놓아도 오디는 꼼짝하지 않는다. 뒷발 하나로 줄을 밟고 유령이 붙들기라도 한 것처럼 그 자리에 섰다.

🌿 2010년 4월 1일

누웠다가 일어나는 오디를 보면 바람이 별로 없을 때 하늘로 떠오르려고 애쓰는 연이 생각난다. 앞부분은 살랑거리는 기류를 잡으려고 안간힘을 쓰지만, 무거운 체중이 뒷부분을 끌어내린다. 양력은 부족하고 중력은 너무 강하다. 오디는 뒷다리 때문에 새들과 나란히 날아오를 수 없다. 가끔은 포기하고 제자리에 가만히 있는 오디를 본다.

오디는 한때 상으로 준 비스킷을 잘 받아먹었다. 얼마나 멀리, 얼마나 높이, 얼마나 엉망으로 던지든 오디의 입은 방법을 찾아 야무지게 잡아챈 간식을 아작아작 먹었다. 나는 이제 오디에게 비스킷을 던지지 않는다. 오디의 눈이 침침해서 날아가는 발사체를 보지 못하기에, 간식은 오디의 얼굴로 그냥 떨어진다. 비스킷이 조금이라도 멀리 떨어져 손에 닿지 않으면 오디는 몸을 일으켜서 그 비스킷이 있는 곳까지 가기 위해 어마어마한 노력을 해야 한다. 시간 싸움이다. 토파즈가 먼저 간식을 잡을까?

2010년 4월 2일

크리스가 튼튼한 나무 경사로를 만들어 계단식 발판이 있던 개 출입문 아래 놓았다. 집으로 들어가는 경사로. 오디가 거부한다.

2010년 4월 3일

이틀 동안 오디가 유난히 절뚝거렸다. 산책이 간절해 보이는데 걷기가 어려운 모양이다. 오디의 열세 살은 산책 없는 해Year of No

Walking였다. 집에서 나가기 싫은 기나긴 시기를 겪은 오디는 이제 다시 한 번 많은 시간을 나가고 싶어 한다. 오디를 잠에서 깨우려면 아직 만만치 않은 일을 해야 하고, 문밖으로 나가는 건 여전히 오디에게 심리적인 전투다. 그러나 마당으로 나와 목줄을 걸면 만사형통이다(물론 하늘에 하얀 솜털 같은 위험의 전조가 없다는 가정 아래).

오디는 아직 개 출입문 앞에 놓인 나무 경사로를 쓰지 않는다. 핫도그로 구슬려봤지만 소용이 없다.

🌿 2010년 4월 4일

친구의 추천으로 오늘 오디에게 물침대를 사줬다. 친구는 자신의 늙은 개가 물침대를 좋아하고, 물침대가 개의 관절 통증에 도움이 된다고 했다. 오디는 아직 물침대에 눕지 않는다.

🌿 2010년 4월 6일

오디가 소파에서 떨어졌다. 오디는 엉덩이를 밖에 걸치고 소파 쿠션을 향해 다리를 뻗고 자고 있었다. 하지만 오디는 소파 가장자리에 너무 가까웠고, 오디의 몸은 약하게 쿵 소리를 내며 바닥으로 쭉 미끄러졌다.

오디는 트램펄린 아래 갇히기도 했다. 우리는 오디가 어디 있는지 알 수 없어서 집 안 구석구석, 마당과 길가까지 찾아다녔다. 결국 버둥거리는 소리가 들렸고, 트램펄린 아래서 빠져나갈 방법을 못 찾은 오디를 발견했다. 오디의 하루는 불행한 사고로 가득하다.

🍂 2010년 4월 7일

오디가 물고기들이 사는 연못에서 물을 마시려다가 연못에 빠졌다. 나는 오디를 건져내느라 애를 먹었다.

🍂 2010년 4월 10일

오디의 꼬리는 세상을 향한 오디의 일반 감정을 나타내는 약어, 그러니까 이모티콘 같은 존재다. 웃는 얼굴을 뒤집어놓은 것처럼 꼬리가 아래로 말리면 불행하다는 뜻이다. 밖으로 곧게 뻗은 건 모든 게 좋다는 의미. 꼬리를 똑바로 세운 채 이리저리 흔드는 건 강한 흥미나 흥분의 신호다. 요즘 오디의 꼬리는 거의 항상 축 처졌다. 가끔 이웃 개 핀Finn을 만나는 경우만 빼고. 이게 신체 변화인지 (꼬리 근육이 수축되나?) 감정 전환인지 잘 모르겠다.

어쩌면 오디가 다람쥐를 쫓아 나무에 올라가려다 꼬리를 다친 때부터 퇴행성 관절염이 생겼는지도 모른다. 오디는 높은 나뭇가지에 닿으려고 나무줄기에서 펄쩍 뛰다가 잘못 떨어지는 바람에 꼬리를 깔고 앉았다. 접질린 꼬리는 수의사도 손쓸 도리가 없었고, 오디는 한두 달 동안 굽은 꼬리로 사는 수모를 겪어야 했다. 그 사건 때문에 꼬리가 꺾인 채 지내는 동안 오디는 평소와 전혀 달랐다. 나는 그게 오디가 꼬리로 웃을 수 없기 때문이 아닌가 생각했다. 억지로 웃는 속임수를 쓰면 안면 근육이 뇌를 자극해 우리를 행복하게 만드는 화학물질을 분비하기 때문에 실제로 기분이 나아진다는 이야기가 있지 않은가? 오디는 몇 주 내내 얼굴을 찌푸려야 했다.

🌿 2010년 4월 20일

피아노 아래 놓을 생각으로 오디에게 부드러운 침대를 사줬다. 다른 침대가 좀 울퉁불퉁해졌기 때문이다. 새 침대는 오트밀 색이고 까만 개뼈다귀가 그려졌다. 오디가 좋아한다!

🌿 2010년 4월 21일

오디가 밖에서 짖는 소리에 이웃이 깨서 이제 밤에는 개 출입문을 닫아야 한다. 매일 밤 오디가 나가겠다고 짖는 통에 한두 번씩 깬다. 보통 4시쯤 울어대는데, 이때가 마의 시간인 모양이다. 나는 혹시 오디가 밖으로 나가 이웃에게 폐를 끼칠까 봐 항상 불안감을 안고 화닥닥 일어난다. 개 출입문을 닫는 걸 깜빡했으면 어쩌지? 밤은 개의 활동이 완전히 흐릿해지는 시간이다. 오디가 짖는 환청, 오디가 진짜 짖는 소리, 오디를 내보내려고 침대에서 일어나는 것,

오디가 딸깍 소리를 내며 들어오는 소리가 들릴 때까지 소파에서 기다렸다가 개 출입문을 닫고 비틀거리며 침대로 들어오는 것.

마야가 앞발로 침대 옆을 두드리면 나는 일어나도 괜찮다고 마야에게 말해준다. 토파즈도 똑같이 한다. 여러 날 동안 나는 좀비가 된 것 같았다. 저녁때면 피곤해서 남편과 딸에게 일찍 잠자리에 드는 걸 사과하고, 양해를 구하면서 8시 30분에 침대로 기어 올라가는 날이 많았다.

오디가 밤새 깨지 않고 잔 날도 며칠 있다. 하지만 여전히 오디의 소리가 들린다. 오디가 짖는 환청에 잠이 깬다. 약간의 아드레날린이 내 혈관 속으로 들어간다. 나는 이웃을 걱정하고, 오디가 밖으로 나가서 대변을 보겠다고 안달할까 봐 걱정한다. 나는 휘청거리며 유리문으로 나가 어둠 속에서 풀려나기를 기다리는 오디의 그림자를 찾는다. 오디는 거기 없다. 오디가 짖은 게 아닌가? 거실로 걸어가 긴 소파를 더듬으며 오디의 온기를 찾는다. 거기도 없다. 피아노 아래를 들여다본다. 개 물침대와 개뼈다귀 쿠션이 너저분한 곳, 거기에 오디가 곤히 잠들었다. 오디는 내가 손을 뻗어 옆구리를 만지기 전에는 깨지 않는다. 내가 그러면 오디가 항상 깜짝 놀라기 때문에 그러지 않는다. 나는 오디가 떠난 뒤에도 아주 오랫동안 오디가 짖는 환청을 들을 것 같다.

오디는 내가 자기만 데리고 나가서 산책시킬 때 발걸음이 좀 더 경쾌해 보인다. 눈앞에서 문이 닫히면 토파즈와 마야가 애처로운 표정을 짓기 때문에 자주 그러지는 않는다. 오디가 혼자 있을 때 더 재밌어하는 이유는 아마도 산책길 내내 꽁무니에 서는, 뒤처지지 않도록 나무다리를 겨우겨우 놀리면서 끌려가는 창피를 견딜 필요가 없기 때문인 것 같다. 내가 의인화를 한다는 건 안다. 다른 개들보다 뒤처진다는 사실이 오디의 머릿속에 스치는지조차 모르겠다. 어쩔 수 없다.

오디가 산책에서 가장 좋아하는 것들. 오줌 누기, 특히 마야의 냄새 위에 다시 영역 표시하기. 다른 개들이 머물렀던 자리에서 냄새 맡기. 공원에서 아이들에게 인사하기.

오디의 얼굴에 자신에 대한 걱정이 보인다. 우리의 산책길에 특히 불안해 보인다. 어쩌면 쇠약한 노인처럼 거동의 기본 역학에 대해 걱정하는지도 모른다. 오디 때문에 나도 무섭긴 하다. 오디는 보행로 한가운데로 걷지 않고 가장자리, 갓돌 옆으로 걷는다. 우리 동네 길은 인도와 차도가 5센티미터쯤 되는 완만하고 나직한 갓돌로 연결되어 이렇게 해도 큰 문제가 없다. 그러나 바로 앞 큰길은 갓돌이 대부분 더 높다. 오디는 산책 때마다 용케 버티지만 최소한 번은 미끄러진다. 나는 뒤에서 조마조마한 마음으로 팔을 뻗어 오디를 잡아줄 준비를 하고 그림자처럼 따라간다.

개는 다양한 철학파로 나뉜다. 어떤 개는 이성주의자지만, 대부분 에피쿠로스학파 쾌락주의자다. 오디는 두말할 것도 없이 뼛속까지 실존주의자다. 키르케고르Søren Aabye Kierkegaard의 환생. 나는 그렇게 생각한다. 거대한 저울을 두려워하고, 자기 존재를 한 올 한 올 짜내는.

2010년 4월 25일

남매끼리 뉴욕New York 시에 며칠 와 있다. 개들이 보고 싶은 건 사실이지만, 숙면의 밤과 걱정에서 휴식을 즐긴다. 그리니치빌리지Greenwich Village 카페에서 아침을 주문하려는데 크리스에게 전화가 온다. 나는 불구덩이 속으로 들어간다. 크리스는 격한 감정을 쏟아낸다. 목소리는 큰데 발음이 또렷하지 않다. 잘 알아들을 수 없지만 화제는 분명 오디와 개 출입문, 한밤중에 짖는 것, 이웃이다. 마침내 크리스가 잠자리에 들기 전에 개 출입문 닫는 걸 깜빡하는 바람에 오디가 한밤중에 뛰쳐나가 이웃을 깨웠다는 내용을 알아들었다. 우리가 인내심 넘치는 이웃에게 다시는 같은 일이 일어나지 않도록 하겠다고 철석같이 약속한 뒤에 이런 일이 또 일어난 것이다.

크리스가 폭탄을 떨어뜨린다. "한 번 더 나가서 이웃을 깨우면 오디를 포기해야겠어. 나 심각해."

진심이 아니라는 걸 알지만, 이 말에 온몸이 굳는다. 나는 절대 허락하지 않을 것이고, 크리스도 실제로 그러지 않을 것이다. 결국 전투를 벌이면 내가 이기리라. 내가 도덕적으로 우위에 있다는 건 의심할 여지가 없으므로. 크리스가 폭발하는 첫 파문은 항상 극단으로 기울었다가 누그러든다. 오디는 전에도 주삿바늘의 위협을 받은 적이 있다. ('파란 주사'의 위협의 유래. 수의 테크니션으로 일하는 친구 하나가 오래전에 해준 이야기다. 동물 안락사에는 '치료용' 용액과 구분하기 위해 보통 분홍색이나 파란색 등 색깔 있는 주사기를 사용한다고. 그게 우리 집에서는 오디가 엄청나게 충격적인 저지레를 할 때 던지는 웃기지 않은 농담이 되었다. "오디, 한 번만 더 그러면 파란 주사 맞는다?" 물론 절대로 진심은 아니다.)

하루 종일 그 대화가 머릿속을 맴돌아서 약간 기분을 잡쳤다. 오디 탓을 한 크리스에게 짜증이 난다. 한 번도 아니고 두 번이나 개 출입문을 열어둬서 오디가 이웃을 깨우는 사태가 발생하게 한 건 어쨌든 크리스니까. 그렇지만 궁극적으로 내 책임 같다. 내가 개들을 위한 1차 방어선이고, 내가 중포병 부대를 맡는다. 개들은 다른 사람이 아니라 '나의 것'이다. 집 안에서 개들은 내 옆에 있다. 내가 먹이고, 산책시키고, 훈련하고, 병원에 데려간다. 개들이 몇 시에 먹을지, 무엇을 좋아하는지 내가 안다. 욕심쟁이 토파즈는 식성이 가장 까다롭고, 마야는 담요를 덮지 않으면 밤에 추위를 타고 발에 진흙이 묻는 걸 좋아하지 않는다는 사실, 오디가 어떤 치즈를 가장 좋아하는지(짜 먹는 치즈. 미국 스타일!)도 내가 안다.

한 마리 그리고 다음 개를 입양하는 건 매번 내 생각이었다. 오디를 입양할 때 끈질기게 애원하고 졸랐다. 다섯 살짜리 세이지에게 강아지가 반드시 필요하다고 남편을 설득했다(어서 와, 마야). 그런 다음 장기적인 작전에 착수해 5년 뒤 세이지가 진짜 자기 강아지를 키우고 훈련할 만큼 충분히 컸으므로 세이지에게 강아지가 있어야 한다고 했다(반갑다, 토파즈). 이 연대표를 보면 나는 5년 주기를 보인다. 토파즈를 들인 지 2년 반쯤 됐으므로 앞으로 2년 반 동안 냉장고에 큼지막한 쪽지를 붙여야 한다는 뜻이다. '개는 이제

안 돼! 소명에 저항할 것!'

대화 끝에 크리스가 선언한다. "개 출입문을 나사로 박아서 영원히 막아야겠어."

나는 오바마 식Obamaeque 어조로 최대한 차분하게 말한다. "저기, 당신 스트레스 받은 거 정말 안타깝게 생각해. 신경 쓸 일이 많은 것도 알고." 하지만 말하고 싶다. 부디, 개 출입문을 영원히 막지는 말라고. 원할 때 드나들 수 있는 건 개들이 누리는 얼마 안 되는 자유다. 부탁이니 오디에게 화내지 말라고. 지금이 내가 문제의 틀을 다시 구성하고, 협동심과 창의력을 발휘해서 긍정적인 진로를 제안하는 협상을 끌어내야 할 때다. 하지만 무슨 말을 해야 할지, 어떤 해결책을 제시해야 할지 도무지 모르겠다.

🌿 2010년 5월 9일

《Amazing Gracie어메이징 그레이시》《떠돌이 개와 함께한 행복한 나의 인생Merle's Door》《Dog Years》처럼 개와 함께하는 인생을 다룬 책을 보면 몹시 부럽다. 책에 등장하는 개들에게 단점이 없는 건 아니지만 그 개들은 반려인의 인생에 햇살과 사랑만 보태는 것 같다. 우리 개들도 거대한 텍사스 주를 너끈히 채우고 남을 정도로 햇살과 사랑을 더하기는 하지만, 그 녀석들은 제법 큰 스트레스와 고통도 안겨준다.

헨젤과 그레텔처럼 침대 앞에 핫도그로 흔적을 만들지 않고는 오디를 밖으로 끌어낼 수 없다. 첫 번째 덩어리로 오디를 잠에서 깨운다. 핫도그를 오디 코앞에 들고 어느 정도 기다리면 오디가 코를 씰룩거리면서 천천히 눈을 뜬다. 핫도그 두세 덩이는 오디를 소파에서 일으킨다. 네 번째는 오디를 식사 공간으로 끌어낸다. 토파즈와 오디의 교전 지대인 주방에서는 60센티미터마다 두세 덩이가 필요하다. 오디는 핫도그를 게걸스럽게 먹고 흐릿한 눈으로 나를 올려다본다. 뭘 평가하나? 핫도그 몇 덩이를 더 주면 오디는 문턱에 선다. 하지만 핫도그를 더 주지 않으면 여전히 밖으로 나가지 않는다.

마야와 토파즈는 이 모든 과정 내내 자신의 공정한 몫을 기대하며 주변을 맴돈다. 각각, 하나 둘 셋, 절대 같은 순서는 아니다(편애는 안 되니까). 나는 멀리 마당으로 핫도그를 던진다. 그러면 토파즈가 그걸 쫓아 달려서 오디는 편하게 앞으로 움직일 수 있다.

오디를 밖으로 유인하는 데 10분쯤 걸리고, 다시 안으로 들어가게 구슬리려면 한참이 걸린다. 돌아가는 길은 핫도그가 없다. 내가 오디 옆에 서서 용기를 북돋고 토파즈가 다가오지 못하게 한다.

오디가 오줌을 누게 하려고 이 모든 일을 감수하는 건, 잠잘 시간을 조금이라도 벌어보려는 나의 이기적인 꿍꿍이셈이다.

🌿 2010년 5월 11일

개들은 표현의 중심지가 서로 다르다.

오디는 꼬리(위아래로 구부림)와 이마(찌푸리거나 펴거나 들어 올리거나 힘을 뺌).

마야는 눈(사나운 눈, 사랑스러운 눈, 음식을 지키는 매서운 눈).

토파즈는 귀, 확실히 귀다. 내가 본 어떤 개보다 귀가 크다. 녀석이 뭔가 들을 때 귀는 잠수함의 쌍둥이 잠망경처럼 시원스럽게 쫑긋 서서 앞뒤로 한드랑거린다. 적군의 함대, 어쩌면 해적선을 찾느라 수평선을 살필지도.

🌿 2010년 5월 16일

오디는 주로 피아노 아래 자기 자리에 혼자 눕는다. 그렇게 누워서 삶이 자신을 스쳐 지나가는 걸 지켜본다. 오가는 개와 사람을. 오디는 이런 걸 원해서 자신을 고립시키는 걸까? 저 아래 눕기를 즐기는 걸까? 아니면 토파즈가 무서워서 갇혔나?

나는 오디가 외롭다고 생각하지만 어쩌면 내가 외로운지도 모르겠다. 내 은신처에서 세상이 지나가는 걸 지켜본다.

🌿 2010년 5월 17일

오디가 요즘 많이 토한다. 대부분 침이 섞인 물이지만, 때로 누르스름한 빛깔을 띤다. 가끔은 소화되지 않은 개 사료(알갱이가 그대로 있는 걸로 보아 씹지도 않고 진공청소기처럼 흡입한 모양이다)를 한 무더기 쏟아내기도 한다.

2010년 5월 19일

팬지에게 우리가 거니슨Gunnison에 갈 때 오디를 맡기고 싶다고 말했다. 팬지는 그러라면서 마야도 두고 갔으면 했다. 팬지네 있을 때 마야는 오디에게 엄마 닭 같은 존재다. 마야는 오디를 돌보고 하루 종일 살피다가 오디의 등을 베고 몸을 둥글게 만 채 잔다. 팬지 말로는 지난번에 개들을 맡겼을 때 오디가 계단을 오르내릴 수 없어서 지하실에 못 내려갔다고 한다. 팬지는 오디를 작은 마차 차고 안의 새로운 장소에 눕혔고, 마야와 토파즈는 지하실에 있었다. 오디는 마야랑 떨어졌다고 밤새 울었다.

2010년 5월 21일

이제 휴가를 다르게 생각한다. 우리는 원래 8~9일 돌아다닐 계획을 세웠다. 거니슨에서 세이지 버너Sage Burner 대회로 시작해, 크레스티드 뷰트Crested Butte나 모아브Moab 혹은 우리 마음에 드는 곳이라면 어디든 산악자전거를 타고 움직일 생각이었다. 나는 일정이 임박할 때까지 노견에 대해 깊이 생각하지 않다가 이제야 오디와 함께 가는 건 어렵다는 결론에 이르렀다. 오디는 차에서 긴 시간을 보내기 힘들어할 테고, 하이킹이나 자전거 타기도 못 할 것이다. 그렇다고 차에서 기다리는 건 너무 덥고. 우리는 계획을 바꿔 거니슨에 있는 모텔에서 사흘 머물고 집으로 돌아와 남은 시간을 에스티스파크Estes Park의 통나무집에서 보내기로 했다. 오디가 즐거워하겠지.

어제 볕이 잘 드는 포치에 누운 오디를 보고 모르던 걸 알았다. 오디의 갈비뼈 마루를 따라 흰 털 한 줄이 몸에 곡선을 그린다는 사실. 어지간한 빛 아래서는 보이지 않던 선이다. 아니면 내가 자세히 보지 못했는지도. 오디에게 나이테가 생겼다.

🍃 2010년 5월 25일, 거니슨

오디를 데려오길 잘했다. 과연 오디가 기운을 찾고 재밌게 즐기는 것 같다. 풀이 무성한 모텔 뜰을 구석구석 한가롭게 돌아다니는 걸 보면. 다른 개들이 개다운 주의력결핍과잉행동장애를 뽐내며 이리저리 쏜살같이 뛰어다니는 모습을 구경하는 재미가 쏠쏠하다. 오디는 깊이 몰두하고 집중해서 터벅터벅 걷는다. 오디는 다른 개와 새, 다람쥐 쪽으로 가지 않는다. 무엇을 쫓는 걸까?

모텔에서 첫날 밤. 오디가 새벽 1시쯤 짖기 시작했다. 크리스가 일어나 오디를 뜰로 내보내자, 여기저기 돌아다녔다. 속옷 바람에 맨발로 나간 남편이 낮은 목소리로 "오디!" 하고 외쳤지만, 오디는 계속 배회했다. 결국 남편은 오디를 쫓아가서 목줄을 잡으려 했고, 오디는 이빨 빠진 주둥이를 내밀며 물려고 덤볐다. 크리스는 헤드램프와 신발을 가지러 뛰어왔다가 그 틈에도 꾸준히 걸어가는 오디를 보고 다시 나갔다. 크리스가 마침내 오디를 찾아 목줄을 잡으려고 하자, 오디는 다시 머리를 내두르며 빠진 이빨로 크리스를 물었다. 크리스는 오디를 옭아서 끌어올 끈을 찾으러 또 한 번 들어와야 했다.

오디는 나갔다 들어온 뒤에도 모텔 방 안에서 계속 짖었다. 결국 크리스는 오디를 차에 태웠다. 차 안에서 짖는 소리가 여전히 새어 나왔다. 모텔의 다른 손님들이 우리를 싫어하겠지. 매니저가 나가라고 하려나?

오전 내내 오디의 이빨이 딱딱 소리를 냈다(여긴 날씨가 춥다). 날이 좀 풀리자 오디는 이빨을 딱딱거리면서 헐떡거렸다.

오늘은 오디가 모텔 뜰을 자유롭게 돌아다녀도 어디 있는지 알 수 있게 방울을 달아주었다.

🍂 2010년 6월 1일

세이지는 태어날 때부터 오디를 동기간으로 여겼다. 세이지는 오디가 같은 종이 아니라는 사실이 와 닿지 않은 모양이다. 둘의 돈독한 우애는 11년 전에 시작될 때부터 유별났다. 세이지가 처음 말한 단어는 '개', 첫 문장은 "나쁜 오디 더러운 기저귀 먹었어"다.

🌿 2010년 6월 3일, 에스티스파크

내 걱정이 현실로 나타났다. 더구나 내가 등을 돌리고 있을 때. 오디가 통나무집 계단에서 굴렀다. 우리는 시내에서 돌아와 개들을 차에서 내리게 했다. 진입로에 있고 싶어 하는 오디를 아래 남겨둔 채 문을 열고 책과 스웨터를 내려놓으려고 계단 두 개를 올라갔다. 크리스와 세이지도.

내가 문을 여는데 때 세이지가 "오디!" 하고 외치는 소리가 들렸다. 스웨터와 책을 내던지고 포치를 가로질러 뛰어갔더니 아래쪽 층계참에 진흙과 솔잎으로 범벅이 된 구깃구깃한 덩어리 속에 오디가 있었다.

크리스는 오디를 들고 계단을 올라와 포치에 조심스럽게 내려놓았다. 멀쩡해 보였다. 오디는 절뚝거리며 안으로 들어갔다. 나는 오디가 괜찮은 줄 알았다. 그런데 오디가 자던 자리에 작은 핏자국이 한두 개 있다. 피가 어디서 났는지 찾을 수가 없다.

🌿 2010년 6월 4일

오디가 통나무집 길가에 있는 개울에 빠졌다. 물을 마시러 갔다가 지형을 살피면서 자신이 둑 아래로 내려갈 수 있는지 가늠해본 모양이다. 틀림없이 그 정도는 거뜬하다고 판단했으리라. 한쪽 발을 물에 담가보고 다른 발도 넣었겠지. 모든 게 괜찮았다. 한 발짝 더, 오른쪽, 왼쪽 그리고 펼쳐진 지옥. 앞발은 깊이 가라앉고, 얼굴은 물속에 잠기고, 궁둥이는 아직 허공에 있고, 꼬리는 스노클처럼 뻗었다. 오디의 몸에 극심한 공포가 퍼지는 게 보인다. 오디가 허우적거린다. 둑을 향해 가려고 버둥거리다 겨우 앞발을 땅에 올린다. 그러자 오디의 꼬리가 헬리콥터처럼 움직인다. 오디는 꼬리가 물 밖으로 자신을 떠밀어줄 거라 생각하나 보다.

가장 가까이 있던 크리스가 뛰어가서 오디를 끌어낸다. 오디는 고꾸라질 뻔할 정도로 머리를 내저으며 터벅터벅 언덕을 올라 흙길로 간 다음, 가까스로 재앙을 넘겨서 들뜬 듯 길가의 고랑창으로 맹렬히 뛰어든다. 나는 움찔해서 숨이 멎었지만 오디는 그럭저럭 착륙에 성공한다. 그리고 무척 활기찬 걸음으로 길을 내려간다.

3 노
화

그 변화는 너무나 점진적이어서 나는 변화가 일어나는 사실을 거의 알아채지 못한다. 내 딸 세이지가 자라는 걸 지켜보는 일과 비슷하다. 세이지는 날마다 조금씩 변하고, 100만 분의 1센티미터씩 자라며, 아주 조금씩 어른이 된다. 이런 변화를 알지만 보지는 못한다. 그러다 갑자기 압도되겠지. 세이지의 6학년 연말 슬라이드 쇼에 참석해서 눈 깜짝할 새 지나가는 이 아이들(대부분 유치원 때부터 자라는 걸 내 눈으로 지켜본 아이들)의 모습을 보는 것처럼. 어떤 아이는 학교 식당 밖에서 친구와 웃고, 어떤 아이는 과학 과제에 몰두해서 주먹에 턱을 괴고 앉았다. 모두 아주 진지해 보인다. 너무 크다. 뭔가 걸린 듯 목이 메고 눈물이 차오른다. 나는 생각한다. '이제 아이들이 아니구나. 내가 미처 알지 못하는 사이에 어떻게 이런 일이 일어났지?'

변화는 오디에게도 일어났다. 조금씩 내 코앞에서 하지만 내 시야 밖에서. 여덟 살 때쯤 오디의 배와 옆구리에 종양이 생겼고, 흰 털이 붉은 털보다 많아졌으며, 연성섬유종이 하나씩 보였다. 나는 변화를 알아차렸지만 현실로 받아들이지 않았다. 변화는 시나브로 일어났고, 변화를 직시하기에 나는 너무 가까웠다. '주님, 오디가 정말로 늙어가요'라고 마음속으로 생각했다면 가끔 통찰할 기회가 있었을 텐데. 이제 열세 살 8개월이 된 오디의 변화는 서서히 일어나지 않는다.

오디의 나이를 뚜렷이 보여주는 건 아마도 이빨 상태이리라. 내가 알기로 이빨 상태는 나이의 꽤 정확한 지표다. 쓸 만한 치과 보험이 없는 동물은 특히. 몽구스와 염소, 땃쥐, 아프리카코끼리 같은 종은 오래된 이빨 때문에 죽기도 한다. 대자연이 온전한 이빨 한 벌을 주지만, 그 이빨이 낡고 닳아 못 쓸 지경이 되면 생존 확률이 줄어든다. 오디가 들개였다면 심각한 문제를 겪었을 것이다. 오디는 열세 살 무렵부터 송곳니가 절반 크기가 되었고, 그나마 남은 이빨 동강이조차 갈라지고 거무스레해졌다. 오디를 데리고 동물 병원에 갈 때마다 물어본다. "오디가 이빨 때문에 아플까요? 먹을 때 통증이 있을까요?" 병원에서는 이빨이 없어도 큰 불편은 없을 거라고, 먹는 데도 지장이 없을 거라고 나를 안심시킨다. 오디가 반 토막짜리 이빨로 먹는 걸 보면 놀랍기는 하다.

우리가 방치한 탓에 오디의 이빨이 그 지경이 됐다고 비난하실 분들은 오디가 평생 먹어 치운 큼직한 물건들을 봐주시기 바란다. 문틀 세 개, 소파 세 개, 매트리스 두 개, 각목, 철문이 달린 실내용 플라스틱 개집 몇 개, 야외용 철망 개집의 금속 틀, 수많은 침대보와 의자 쿠션, 스바루 아웃백Subaru Outback의 뒷자리 전체.

오디는 자신에게 거무스레한 이빨 동강이밖에 없다는 걸 그다지 신경 쓰지 않는 것 같다. 허영심이 많거나 심약한 개라면 괴로워했을 나이와 관련된 다른 외모 변화도 개의치 않는 듯하다. 오디는 붉은 털에 하얀 얼룩이 내려앉은 것이나 근육이 탄탄하던 다리가 가느다란 나무줄기처럼 볼품없이 변한 것에 마음 쓰지 않는다. 얼굴과 몸에 따개비처럼 매달린 살덩어리나 메기 입술에 달랑거리는 기이하고 검은 혹, 입술에 모였다가 잘 때 소파에 묻어나는 거무튀튀하고 끈적한 물질도 알아채지 못하는 것 같다.

오디는 겉모습뿐만 아니라 행동도 변했다. 산책하러 나가면 오만 것 위에 오줌을 눈다. 한눈을 팔았다간 내 신발에도 오줌을 눌 판이다. 최근에는 다리가 너무 휘청거려서 들지 못하다시피 한다. 대신 약간 쪼그려 앉아서 어중간한 암캐의 자세를 취한다. 오디는 종종 두뇌가 소변보기를 멈추라는 신호를 받기 전에 걷기 시작하는 바람에 소변 방울로 보도까지 길게 선을 그린다. 걸으면서 대변도 본다. 초콜릿 조각의 흔적처럼 보도에 덩어리를 남기면서. 이 덩어리는 줍기에 너무 작고 질척해서 우리 동네 보도는 갈색 반점으로 어지럽다.

오디는 방랑벽이 있기 때문에 나는 오디가 길을 잃을까 봐 걱정한다. 앞마당에 내보내면 길 끝까지 느릿느릿 걸어가므로 나는 오디를 쫓아서 뛰어야 한다. 지나는 길에 이웃집에 "혹시 오디 지나갔어요?"라고 물으면서. 오디는 소리를 못 들어서 오디를 찾으려면 시각에 의존해야 한다. 한번은 오디가 뒷마당에서 사라졌는데,

웬일인지 트램펄린 아래 있었다. 빠져나올 방법을 못 찾은 오디는 그 아래서 헐떡거리는 수밖에 없었다. 동네를 샅샅이 뒤지고 돌아온 우리가 집 뒤쪽에서 새어 나오는 오디의 가쁜 숨소리를 우연히 들을 때까지.

오디는 끊임없이 헐떡거린다. 내가 요리하는 동안 오디는 주방 한가운데서 헐떡거린다. 우리가 식사하는 동안 오디는 식탁 옆에서 헐떡거린다. 오디의 입 냄새는 지독해서 식탁을 거뜬히 이동하고도 남는다. 우리가 동네를 한 바퀴 돌 때도 오디는 헐떡거린다. 영하 6도에 눈이 오는데. 수의사의 말로는 오디가 노견, 특히 대형견에게 자주 발생하는 후두마비에 시달린다고 했다. 목 뒷부분을 여닫는 후두연골이 제대로 기능을 못 해서 공기가 수월하게 드나들지 못한다고. 그 헐떡거리는 소리에 나도 진저리가 날 정도지만 오디에게 화낼 수는 없다. 오디도 어쩔 수 없으니까.

후두마비는 구토를 유발하기도 하다. 오디는 물을 마실 때마다 지독하게 웩웩거리고 헛구역질을 하다가 목구멍에서 바닥으로 물을 쏟아낸다. 그러니 갈증이 가시지 않아 또 물을 마시는 것도 당연하다. 집 안 곳곳, 특히 오디의 물그릇이 있는 욕실 바깥쪽 복도에 침이 섞인 작은 웅덩이가 생긴다. 새로 양말을 신으면 틀림없이 오디의 웅덩이 하나를 밟고 만다.

오디는 종종 반밖에 남지 않은 이빨 토막으로 딱딱 맞부딪치는 소리를 낸다. 이유는 모르겠다. 가끔 추울 때 이빨이 떨려서 그러는 건 이해가 되는데, 더울 때도 딱딱 소리를 내고 어느 때는 재미로 그런다. 헐떡거리면서 이빨을 부딪칠 때도 있다.

압권은 짖는 것. 어린 오디는 결코 많이 짖는 개가 아니었지만 소리를 낼 때는 듣기 좋은 저음, 내 귀에는 무척 아름다운 바리톤 소리 같았다. 이제 오디의 소리는 목이 쉰 개구리처럼 바뀌었다. 오디가 다스 베이더 개처럼 소리를 낸다고 했더니 수의사가 바로 답했다. "후두마비입니다. 그런 소리를 내는 건 다른 이유가 없죠." 소리의 변화보다 눈에 띄는 건 새로운 리듬이다. 예전에는 갑작스럽게 퍼붓듯 짖다가 멈췄는데 지금은 그러지 않는다. 대신 딱 한 번 쇳소리를 내고 10~20초 기다렸다가 다시 꺽꺽거린다. 배터리가 다 됐다고 삑삑거리는 화재경보기처럼.

짖는 간격은 정확히 듣는 사람이 평정을 되찾을 만큼이다. 그러고 나서 다시 시작한다. 짖는 소리는 필요한 만큼 계속될 것이다. 오디는 기다리지 않는다. 안에 있으면 나가겠다고 짖고, 밖에 있으면 들어오겠다고 짖는다. 가끔 토파즈 때문에 어느 방에 갇히면 구해줄 때까지 짖는다. 내가 알아차릴 만한 이유 없이 그냥 짖을 때도 많다. 밤에는 일상적으로 이 특이한 코러스의 방해를 받는다.

나는 노화에 깜짝 놀란다. 우리가 통통한 꼬물이 오디를 집에 데려올 때는 오디의 말년을 감당하기가 이렇게 어려우리라고는 전혀 생각하지 못했다. 손이 많이 가는 해도 재미있을 강아지 시기, 힘들기는 해도 금세 지나갈 청소년기, 그다음에 올 성년기는 생각해봤다. 노년을 떠올렸다 해도 안도의 한숨을 내쉬었겠지. 나이 든 개는 항상 자잖아, 라며. 주인의 발치에서 노는 걸로 만족할 테니

매번 산책을 시키거나 놀아줄 필요는 없는 줄 알았다. 손이 많이 안 가겠거니. 얼마나 잘못된 생각인지. 늙은 개, 특히 늙은 오디와 사는 건 아주 고되고 어마어마한 인내심과 각별한 애정이 필요한 일이다. 더 중요한 건 오디의 변하는 요구에 끊임없이 적응해야 한다는 점이리라.

노화는 동물과 반려인에게 힘든 일일 수 있다. 하지만 노화의 시험대는 우리가 서서히 달라지는 동물의 요구에 적절하게 대응하는 과정을 통해 동물의 새로운 면면을 이해하고 사랑하도록 우리를 초대하기도 한다. 애완동물이 평생 우리에게 보여준 무조건적인 사랑과 인내, 관용을 조금이나마 돌려줄 시간이다.

노화의 생물학

과학자들은 노화의 과정을 상당히 밝혀냈지만, 우리가 이해하지 못하는 부분이 여전히 많다. 그리고 아직 아무도 노화를 치료하는 법을 개발하지 못했다.

노화를 간단한 문제로 여기면 곤란하니 노화의 양식을 모두 나열해보자. 연대적 노화(당신이 얼마나 나이가 많은지), 사회적 노화(당신이 사는 사회가 당신을 늙었다고 여기는지, 당신이 특정 나이에 어떤 방식으로 처신하리라고 기대되는지), 기능적 노화(나이가 같은 두 사람이 신체 능력과 정신 능력에서 뚜렷이 다른지). 노인의 숫자와 비율이 증가하면 인구도 고령화된다. 인간의 노화는 신체적·심리적·사회적 요소를 동반하는 다차원적인 과정으로 여겨진다. 동물의 노화도 다차원적이고, 이 사실은 늙은 반려동물과 함께하는 삶에 중요한 영향을 미친다. 안타깝게도 동물 노화의 심리적·사회적 측면을 다룬 문헌은 여전히 부족하다. 과학자들이 동물의 노화에 대해 논의할 때는 일반적으로 그 범위가 생물학적 노화에 국한되기 때문이다.

노화senescence는 생물학적으로 늙어가는 상태나 과정, 유기체가 늙어감에 따라 일어나는 변화를 일컫는다. 노화는 세포 단위는 물론이고 유기체 수준에서도 발생한다. 세포 노화는 각각의 세포가 늙는 것을 가리킨다. 정상적인 이배체 세포diploid cells는 체외에서 보통 50회 세포분열 후 분열 능력을 잃는다. 예컨대 적혈구는 인간의 체내에서 약 120일을 산다. 유기체 노화는 유기체 전체가 늙는 것이다. 내가 읽은 바에 따르면 유기체 노화의 특징은 스트레스에 반응하는 능력이 감소하고, 항상성 불균형과 질병 민감성이 증가하는 것이 일반적으로 합의된 의견이다. 우리를 죽이는 것이 노화는 아니라도 죽음은 노화의 종착지다. 노령은 과학적으로 인정된 죽음의 원인은 아니다.

생물학적 노화에 일반적으로 인정되는 이론이 없다는 사실이 약간 놀랍다. 어떤 이들은 노화가 유전자에 프로그램 되었다고 주장하고, 어떤 이들은 노화가 생물학적 과정의 손상이 축적된 것이라고 여긴다. 어떤 이들은 두 가지가 어느 정도 결합된 것이라 주장하기도 한다. 우리가 노화에 대해 과학적으로 상세히 논할 필요는 없으나, 노화 연구의 반향을 간단히 관찰할 수는 있다. (유기체가 노화하는 이유에 대한 이론은 유기체가 죽는 이유에 대한 이론과 구분된다는 사실을 언급해둔다. 이 둘은 분명한 관련성이 있지만 생물학적으로 다른 과정이다.)

노화의 다양성

오래되다being old라는 말은 산맥이 오래됐다고 할 때처럼 어떤 것이 오랫동안 존재해왔다는 뜻이다. 노화하다to be aged는 어떤 생물학적 과정이 일어났다는 말이다.

노화를 정의하기 어렵다는 사실은 뜻밖이었다. 신경생리학자 안드레 클라스펠드André Klarsfeld와 프레데리크 레바Frédéric Revah의 《The Biology of Death죽음의 생물학》에 따르면 노화를 통계적으로 가장 잘 정의한 설명은 나이에 따른 사망률 증가라고 한다. 달리 말하면 노화는 날이 갈수록 커지는 죽음의 위험성을 무릅쓰는 것이란 뜻이다. 이 정의가 어느 정도 과학적 신뢰성이 있다 해도 나는 살짝 불안하다. 내일이 오늘보다 약간 위험할 것이라니. 노화는 분명 죽음과 묶여 있다. 하지만 클라스펠드와 레바는 노화가 결코 누구를 죽이지는 못했다고 우리를 안심시킨다. "노화는 사망의 직접적인 원인이라기보다 감염, 종양, 혈관 폐색이나 파손 같은 직접적인 원인에 대한 유기체의 취약성을 늘리는 과정의 총체다."

과학자들은 살아 있는 유기체가 늙어가고 죽어가는 방식에서 상당한 다양성을 발견했다. 이를테면 인간은 120세까지 살 수 있지만 하루살이는 몇 분을 산다. 노화의 세 가지 기본 전략은 다음과 같이 진전됐다. 급성 노화acute senescence, 점진 노화gradual senescence, 무시할 만한 노화negligible senescence. 일부 종은 갑자기 늙어서 금세 죽는다. 어떤 대나무 종은 7년 혹은 30년, 60년, 120년 동안 살다가 꽃을 피우고 죽는다. 번식 말미에 돌연한 죽음이 뒤따르는 경우도 있다. 예를 들어 어떤 거미 종은 암컷이 교미 직후, 심지어 교미 중에 수컷을 먹어 치운다.

클라스펠드와 레바에 따르면 '급격한 노쇠precipitous decrepitude'라는 말은 태어난 곳으로 돌아가 번식하자마자 죽는 연어의 경우를 설명할 때 사용된다고 한다. 포유류인 우리는 모두 점진적인 노화에 익숙하다. 말 그대로 종 특이성에 따라 어떤 기간에 걸쳐 서서히 늙어가는 것이다(120년이든 겨우 2~3년이든). 강털소나무Bristlecone Pine나 철갑상어, 대양백합조개 같은 종은 '무시할 만한 노화'를 보여준다. 히드라(단순한 민물 생물)와 작은 해파리 일종인 작은보호탑해파리Turritopsis nutricula는 노화를 겪지 않는다. 이 말이 죽지 않는다는 뜻은 아니다. 질병이나 외상으로 결국 죽지만, 과학자들 말처럼 '생물학적으로 불멸'이라고 할 수 있다.

수명은 환경적 위험이 제거됐을 때 얼마나 오래 살 수 있는지 계측한 것이다. 한 종의 수명이 한 유기체가 어떻게 늙어가는지 보여주지는 않는다. 급격하게 노화하는 종은 점진적으로 나이 드는 종과 수명이 같을 수 있기 때문이다(예를 들어 대나무와 인간). 각각의 종에는 유전자 구성과 생리학, 진화에 따라 결정된 정상 수명이 있지만, 사실상 같은 종에서도 상당한 변수가 나타난다. 예컨대 비즐라의 평균수명은 12.5년이다. 미니어처푸들은 거의 15년까지 살수 있는 반면, 아이리시울프하운드는 6년을 넘기면 꽤 운이 좋은 편이다.

지구에서 가장 오래 사는 생물은 무엇일까? 어떤 블루베리는 1만 3000년 동안 살고, 2500만 년을 사는 세균 포자도 있다. 그레이트베이슨Great Basin에 있는 므두셀라Methuselah라는 강털소나무는 1957년 표본조사 당시 4789살이었다고 전해진다. 어떤 이들은 1만 1700년 된 크레오소트 식물* 얘기를 한다. 포유류 중에서 최장 수명의 트로피는 (약간 논란이 있지만) 최소 211살이라는 북극고래에게 돌아간다.

---

* 남가새과 식물로 북미 대륙 남부에서 중앙아메리카에 이르는 사막 지역에 서식하는 상록 관목이다. 오래된 크레오소트 관목은 휘묻이 같은 식으로 주위에 번져 새롭게 뿌리를 내리고 관목을 형성하는데, 모하비사막Mojave Desert에는 이런 식으로 자그마치 1만 1700년 동안 살아온 개체군이 확인되었다. 동식물을 통틀어 한 개체로 생명을 이어온 가장 오래된 생명체라고 한다.

우리는 야생의 늙은 동물에 대해 무엇을 알까?

생물학자와 생태학자는 나이에 근거해서 동물을 분류한다. 각 생애 단계가 생리학적·행동학적으로 고유하다는 점을 인정하기 때문이다. 동물도 성년기를 지남에 따라 신체적·행동적으로 뚜렷한 변화를 지속적으로 겪지만, 노령 동물에 적용할 과학적으로 공인된 공식적인 범주는 없다. 앤 이니스 대그Anne Innis Dagg가 2009년 출간한 《동물에게 배우는 노년의 삶The Social Behavior of Older Animals》은 늙은 동물의 행동에 초점을 맞춘 최초이자 유일한 장편 연구서다. 축산학에도 연령주의가 있을까, 아니면 연구할 만한 늙은 야생동물이 없는 걸까? 대그는 책 초반부에 답을 제시한다. "최근까지 사람들은 야생동물이 늙을 때까지 살지 않고 사고나 질병으로 죽거나 천적에게 죽음을 당하거나 잡아먹힌다고 믿었다." 이 가정은 틀린 것으로 판명된다. 놀랍게도 많은 동물이 늙은 나이까지 살아남는다. 이제 이 유령 같은 인구를 연구할 시간이다.

노령 동물에 집중한 문헌이 많지 않기에, 특정한 종을 다룬 무수한 책에서 노화에 대한 자료를 찾기로 했다. 우리 동네 도서관에 있는 늑대와 코끼리, 고래, 돌고래, 오랑우탄에 관한 모든 책을 훑어보았다. 내가 발견한 사실은 약간 좌절감을 안겨주는 방식으로 매우 흥미로웠다. 찾아보기에 '노화' '노령' '나이 든' '늙은' '노쇠' 항목이 없었다. 나는 그 외에 '늙은'이라는 말을 달리 표현할 방법이 떠오르지 않아서 '죽음' '임종' '사망' '수명' 항목을 찾았다. 여기서는 약간 수확이 있었지만 대단한 건 아니다.

야생동물에 대한 빈약한 자료를 통해 우리가 알아낸 몇 가지는 다음과 같다. 동물이 최고령으로 죽을 가능성은 상대적으로 아주 적다(사람도 마찬가지). 포유류는 첫 한 해가 가장 위험하다. 통계적으로 볼 때 동물은 나이 들수록 죽을 가능성이 높아진다. 그럼에도 늙는 것은 상대적인 개념이다. 야생 늑대는 여섯 살이면 상당히 늙을 수 있지만(고단한 삶이 늑대를 빨리 지치게 하므로), 갇힌 늑대는 스무 살까지 살 수 있다. 어떤 종은 갇힌 상태에서 더 빨리 죽는다. 예컨대 아프리카코끼리는 야생에서 50대까지 무리 없이 살지만, 갇힌 상태에서 기대 수명은 평균 17년이다.

늙은 동물은 젊은 동물보다 날렵함과 기민함이 떨어진다. 많은 동물이 나이에 따라 신체적인 증후가 뚜렷이 나타난다. 몸이 수척해지고, 털가죽이나 털이 회색 혹은 흰색으로 변하고, 갈수록 여윈다. (예외도 있다. 늙은 제비는 젊은 제비와 깃털 차이가 없다.) 암컷과 수컷은 보통 수명이 다른데, 암컷이 수컷보다 생존에 약간 유리하다. 늙은 동물은 젊은 동물보다 질병에 시달릴 가능성이 높다. 노화는 포식자에게서 달아나는 사냥감의 능력을 감소하고, 포식자의 사냥 능력도 떨어뜨릴 수 있다('포식성 노화predatory senescence'라고 알려진 현상). 노령 개체는 집단에서 우위를 차지할 가능성이 낮지만 사회적으로 중요한 역할을 하는 경우가 많다. 그 예로 캐런 매콤 Karen McComb과 동료들의 최근 연구를 보면, 아프리카코끼리 가운데 나이 든 암컷 우두머리가 이끄는 집단은 젊은 암컷이 이끄는 집단보다 수컷 사자를 성공적으로 막아낸다.

병들고 다친 동물은 포식 관계에 훨씬 더 취약한데, 이런 제약이 항상 즉각적인 죽음을 의미하는 건 아니다. 어떤 종은 서로 돌보고, 늙거나 병든 개체를 각별히 보호하기도 한다. 예를 들어 다윈의 눈먼 펠리컨은 같은 무리 친구들의 보살핌을 받았다. 영장류 동물학자 로버트 새폴스키Robert Sapolsky의 개코원숭이 관찰에서도 원숭이들은 마비나 발작에 시달리는 집단 구성원을 특별히 돌봤다. 그리고 병약한 구성원을 보살피는 코끼리들은 명예를 인정받았다.

늙은 애완동물

나이 든 애완동물은 상대적으로 주목을 받지 못하는 야생의 늙은 동물과 달리 상당한 관심을 받는다. 노령 동물은 반려동물 개체군 가운데 가장 빨리 증가하는 범주로, 미국 전체 애완동물의 35퍼센트 이상이 담당 수의사에게 노령 동물로 여겨진다. 미국 가정에는 약 7800만 반려견과 9400만 반려묘가 있다. 이는 대략 2700만 노견과 3300만 노묘가 존재한다는 뜻이다. 이 수는 더 커질 가능성이 높다. 수의학이 장기이식부터 고관절 치환 수술까지 폭넓은 치료를 제공하고, 더 나은 평생 의료 덕분에 애완동물의 기대 수명이 연장되기 때문이다. 변하는 애완동물의 인구통계학에 보조를 맞춰 반려동물의 생애 말기에 대한 이해도 높아진다. 노령 동물 전문가, 노견과 노묘를 위한 음식, 노령 동물이 기능성을 유지할 수 있게 돕도록 고안된 제품, 늙은 애완동물을 돌보는 방법을 다룬 책, 나이와 관련된 행동 변화를 다루는 방법에 대한 훈련사의 조언, 노견과 노묘를 구조하는 기관이 생겼다.

늙은 반려동물의 요구에 대한 관심이 증가함에도 노화는 많은 동물에게 인생의 어둡고 불쾌한 단계다. 노년에 대한 편견이 여전히 깊은 탓이다. 개와 고양이는 상당히 건강하거나 치료 가능한 문제가 있어도 때때로 단지 늙었다는 이유로 안락사 된다. 보호소에서 괴롭게 살아가는 동물은 더 많다. 노령 동물 입양 비율이 매우 낮기 때문이다. 늙은 동물은 치료되지 않은 질병과 고통에 시달리는 경우가 허다하다. 주인이 동물의 변하는 요구를 알아채지 못하거나, 동물 병원의 적절한 치료에 돈을 지불할 능력이나 의사가 없기 때문이다.

얄궂게도 미국과 다른 부유한 나라의 애완동물 개체군에서는 노령까지 잘 사는 동물이 늘어나는 추세로 인구통계학적 변화를 겪지만, 야생에서는 상황이 정반대인 듯하다. 야생에서 동물이 죽어가는 속도는 많은 종에서 때때로 급격히 증가하고, 기대 수명은 감소한다. 기후변화와 서식지 파괴, 기름 유출을 포함한 환경오염이 생존 능력을 시험대에 올리기 때문이다. 예를 들어 북극곰은 10년 전과 비교해도 노령에 이르기까지 살 공산이 아주 적고, 한 살까지 살아남을 가능성도 적어졌다.

애완동물이 노화할 때 예상할 점

수의학 문헌에 따르면 개와 고양이는 일곱 살(큰 견종은 다섯 살, 작은 종은 아홉 살)이 되면 노령으로 간주한다고 한다. 나의 작은 마야는 어제 일곱 살이 되었으니 이제 공식적으로 어르신이다. 마야는 여전히 활동적이고, 나와 함께 야외에서 뛸 때는 발랄하고 아름답고 우아하다. 하지만 요즘 들어 잠을 많이 자고, 오디와 마찬가지로 혹이 생긴다. 수의사 말로는 그냥 지방종이란다. 눈썹과 턱에 쥐젖이 생겼고, 눈 아래 털에는 하얀 줄무늬가 났다. 개의 나이로 마야는 이제 나처럼 40대 중반이 되었고, 오디는 70대 후반이다.

노화는 개에게 여러 가지 신체 변화를 일으킨다. 주둥이가 눈에 띄게 희끄무레해지는 걸 포함해서 피부와 털의 가벼운 질환과 변화, 특히 수컷은 생식기 계통의 변화(중성화하지 않은 수컷은 전립샘 질환이 종종 생기고, 암컷은 폐경이 없다), 퇴행성 관절염을 비롯한 뼈와 관절 질환, 근육위축증, 심장·폐·간·신장의 기능 저하, 장 문제(변비, 위염), 면역 체계 약화, 시력 변화, 청각 손실 등이다. 개는 보통 후각이 마지막에 나빠지는 감각이다.

노화는 두뇌에도 영향을 미친다. 인간의 인지능력 감퇴는 30대에 시작된다고 한다(너무나 우울한 사실. 나도 의심할 여지없이 가치가 떨어지므로). 노화하는 뇌는 신경 회로와 뇌 가소성의 손실, 대뇌피질이 얇아지는 현상, 도파민과 세로토닌 농도의 감소와 같은 구조적·화학적 변화를 경험한다. 예전만큼 신속하게 생각할 수 없고,

잘 기억할 수 없으며, 많은 정보를 처리할 수 없다.

인지능력 감퇴는 동물에게도 영향을 미치는데, 때로는 그 정도가 극심하다. 수의사는 너클링 같은 오디의 일부 버릇은 신경 감퇴 때문이라고 말한다. 오디는 아마 개 치매나 인지 장애 증후군도 어느 정도 있을 것이다. 노년성치매를 보이는 개의 두뇌는 알츠하이머병에 걸린 인간의 두뇌와 거의 동일하다. 그 유사성 때문에 개를 알츠하이머병 연구의 모델로 삼기도 한다. 개의 인지 장애 증후군은 알츠하이머병과 마찬가지로 완치할 수는 없지만, 약물요법(예를 들어 애니프릴Anipryl)으로 감퇴 속도를 늦추고 때때로 증상을 감소한다고 알려졌다.

신체와 두뇌의 변화는 결과적으로 행동에 영향을 미친다. 정신 황폐mental deterioration가 진행된 개는 주인에게 관심을 보이지 않고, 잠을 많이 자며, 자제력이 떨어지거나 혼란스러워하고, 성격이 변하기도 한다. 행동 변화가 경미할 때도 있어서 반려인은 증상을 알아채지 못하거나, 노화의 정상적인 징후라 여기고 수의사에게 보고하지 않는 경우가 많다. 《Old Dog, New Trick 늙은 개, 새로운 재주》를 쓴 수의사 데이비드 테일러David Talyor는 나이 든 개에게 나타나는 가장 일반적인 행동 변화를 언급하고, 변화의 원인일 가능성이 높은 생리적인 요인을 다음과 같이 설명한다.

대다수 늙은 개가 앓는 이빨 질환은 통증을 유발해 과민해지고, 무른 변 때문에 집 안을 더럽힐 수 있으며, 폐 기능 감소로 산소 농도가 떨어져서 에너지 감퇴와 밤에 혼란을 느끼는 경향, 치매로 이어진다. 심장 질환은 개의 운동 능력을 제한해 낮 시간에 많이 자게 만든다(그는 13세 이상 모든 개는 어느 정도 심장 질환이 있다고 한다). 간의 찌꺼기 처리 과정이 비효율적인 것은 인지 장애의 원인이 될 수 있고, 신장 질환 때문에 소변이 과도하게 만들어져 집에서 소변 실수를 저지르기도 하며, 전립샘비대증은 실금으로 이어질 수 있다. 뇌하수체저하증 때문에 짜증이 늘고, 과식하고, 물을 지나치게 마시고, 초조해하고 집 안에 용변 실수를 할 수 있다. 골 밀도와 근육 질량 감소는 운동성을 떨어뜨리고, 감각이 약해지면 목소리가 커지고 두려움과 공격성이 높아지기도 한다.

노령 동물의 가장 일반적인 행동 문제이자 오디의 대표적인 신경증은 불안이다(많은 인간에게도 두려운 것이지만). 테일러는 늙은 개의 불안에 대해 다음과 같이 말한다. "늙은 개는 살면서 경험하고 나름대로 방식을 세웠음에도 종종 문제 행동을 동반하는 불안의 징후를 보인다. 그들은 환경 변화에 더 화내거나 겁먹을 수 있으며…." 불안이 신체 질환과 연관되는 경우도 있다. 예를 들어 몸에서 과도한 소변을 만들어내는 개는 집을 더럽힐까 봐 불안해할 수 있다. 인지 장애가 그렇듯 시각과 청각의 손실 때문에 불안감이 들기도 한다.

테일러는 지적한다. "나이 든 개의 어떤 행동은 노인이 흔히 보이는 것과 유사하게 변화를 싫어하는 보수적인 태도의 표현이다." 오디는 신체 변화, 특히 뒷다리가 마땅히 해야 할 일을 거부할 때 확실히 불안해한다. 오디가 휘청거리고 절뚝대고 먹으려고 똑바로

서느라 고군분투할 때 얼굴에 드리운 걱정이 보인다.

테일러는 헌신적인 주인이라면 애완동물의 노화와 관련된 대다수 문제 행동에 대처할 수 있다고 믿는다. 가장 중요한 건 다음 사항이지 싶다. 집 안에서 소변을 보는 것 같은 행동 문제는 질병에서 기인하는 경우가 많으므로, 가장 먼저 찾아야 할 사람은 행동주의 심리학자가 아니라 수의사다. 제일 먼저 만나는 사람이 결코 안락사 전문가나 보호소 수용 담당자가 되어서는 안 된다. 동물이 나이가 들면서 행동에 변화가 생기리라 예상한다면 근본 원인을 찾고, 동물이 노화에 적응하는 걸 돕도록 대책을 강구할 수 있다. 그러면 우리도 훨씬 더 유연하게 적응할 가능성이 높아진다.

늙은 개의 행동 변화가 모두 부정적이거나 대처하기 어려운 것은 아니다. 분리 불안이 커져서 고생하는 노견도 많지만(아마 높아진 주변 불안 수준이 자극을 받아서), 오디의 분리 불안은 훨씬 더 나아졌다. 귀가 거의 들리지 않고 툭하면 자다 보니 우리가 나갈 때 눈치채지 못해서 허둥대지도 않는다. 정신이 흐려서 우리가 없을 때 사고 쳐야 한다는 사실을 잊는다. 복도에 서서 나머지 식구들이 모두 차고로 가 차에 타는 걸 지켜볼 때도 오디는 그리 걱정하거나 관심을 보이지 않는다. 오디는 우리가 집을 비우는 때를 기다리는 것 같기도 하다. 집 안의 모든 개 밥그릇, 그다음은 조리대와 캐비닛을 둘러보고 눈에 띄는 걸 토파즈와 얽힐 걱정 없이 먹을 기회가 생기기 때문이다.

행동 관련 서적은 재훈련에 대해 태평하게 말한다. "늙은 개에게 문제가 있다면 재훈련 시기가 온 것이다." '재훈련 시기'가 무엇을 뜻하는지 잘 아는 나는 이런 글을 읽으면 한숨이 나온다. 오디는 고집스러워지고, 나는 턱없이 부족해질 또 다른 기회이므로. 나는 오디를 통해 개의 거의 모든 행동 문제에 인간이 강력한 요소를 제공한다는 사실을 배웠다. 우리는 혼란스러운 신호를 보내고, 개가 외국어를 이해하기를 기대하며, 개들이 우리 마음을 읽지 못할 때 속상해한다.

나는 개를 훈련하거나 재훈련하는 일은 쉽지 않고, 엄청난 헌신이 필요할 수도 있다는 말을 앞장서서 하려 한다. 하루에 고작 15분이 걸린다 해도 날마다 15분을 확보하는 건 매우 어렵다. 식습관을 개선하려고 애쓰는 것과 비슷하다. 일관성과 헌신은 변하기 쉬워서 마음속으로 애쓸수록 이루는 건 적어진다. 여기서 위태로워지는 건 우리의 안녕만이 아니다.

성공적인 노화

개가 얼마나 잘 나이 드는지, 얼마나 오래 사는지는 개의 유전자뿐만 아니라 우리가 일생 동안 개를 어떻게 보살폈는가에 따라서 좌우된다. 생활 방식이 인간의 장수와 노후의 질에 어떤 영향을 미치는지 생각해보라. 무엇을 먹는지, 운동을 얼마나 많이 하는지,

술과 담배를 하는지, 심신에 얼마나 스트레스를 주는지. 우리는 날마다 장기적인 결과를 가져오는 선택을 한다("햄버거에 감자튀김도 추가하시겠어요?").

인간의 노화에 관한 문헌에서 '성공적인 노화' 개념은 1980년대에 대중화되었다. 성공적으로 나이 든다는 건 질병이나 장애가 생길 확률을 낮게 유지하고(운동하고 채소를 많이 섭취하는 것처럼 건강에 좋은 행동을 통해), 인지 기능을 높게 지속하며(두뇌 운동을 하고, 체스를 두고, 계속 일함으로써), 인생에 적극적으로 몰두하는 것을 의미한다. 성공적인 노화에는 나이와 관계된 변화에 적응하는 일, 질병과 장애를 지니고 사는 방법을 배우는 일도 포함된다. 동물의 성공적인 노화에 관한 문헌은 보지 못했지만 반려동물에게도 이 개념을 적용하는 것이 적절해 보인다. 돌보는 사람으로서 우리의 목표는 각각의 유전적 제약과 통제 불가능한 환경 요소를 고려해 애완동물이 최대한 성공적으로 나이 들 수 있게 돕는 것이다.

성공적인 노화를 바라보는 또 다른 방식은 노인학자들이 말하는 1차 노화primary aging와 2차 노화secondary aging의 구분을 적용하는 것이다. 1차 노화는 유전적으로 프로그램 된 변화, 즉 유기체 내에 짜인 거의 결정된 변화를 가리킨다. 1차 노화와 연관된 변화에는 시력 쇠퇴와 청각 손상, 스트레스 적응 능력 감퇴가 있다. 2차 노화는 생활 방식과 관련된 신체적 저하를 가리키는 말로, 대체로 통제 가능하다. 건강하게 생활하면 2차 노화를 벌충할 수 있다는 뜻이다. 잘 먹고, 좋은 체격을 유지하고, 술과 담배를 지나치게 소비하지 않고, 의료 서비스를 통해 질병을 효과적으로 관리하면 된다.

애완동물의 2차 노화는 거의 전적으로 우리에게 달렸다. 개에게 트윙키*와 감자튀김에 해당하는 개 음식처럼 값싸고 지나치게 가공된 음식을 먹이고 먹이를 너무 많이 주면 개는 (우리처럼) 살이 찌고, 이는 개의 노화를 촉진한다. 25~40퍼센트에 해당하는 개들이 비만으로 평가되고, 이 숫자는 인간의 비만율 증가와 발맞춰 해마다 꾸준히 커진다. 많은 수의사들이 옥수수를 주성분으로 하는 싸구려 먹이가 개의 건강에 좋다고 할 수 없다는 데 동의하지만, 형편없는 개 먹이를 비난하는 강도는 미온적인 입장("개에게 무엇을 먹이는지는 별로 중요하지 않다")부터 입에 거품을 무는 정도("형편없는 먹이가 우리 동물을 죽인다")까지 다양하다.

이상적인 개의 식사에 대해서는 합의에 이른 사람들이 없는 듯하다. 날것 아니면 익힌 것? 집에서 만든 요리 아니면 판매용으로 포장된 사료? 유기농 아니면 화학적으로 보강된 것? 육식 아니면 채식 위주 아니면 완전 채식? 참고로 스물일곱 살까지 살아 장수 기록을 세운 보더콜리는 완전히 채식했다. 적절한 식사에 대해서는 이견이 많아, 우리가 애완동물에게 제대로 먹이는지 알기 어렵다. (나는 여력이 있을 때 《개·고양이 자연주의 육아백과Dr. Pitcairn's Complete Guide to Natural Health for Dogs and Cats》에서 찾은 요리법

---

* 크림이 든 스펀지케이크

으로 간식을 만들고, 나의 인간 가족을 위해 요리할 시간조차 내기 힘들 때는 고급 간식을 준다. 어느 것이 나의 개들에게 최선인지 모르지만, 나의 개들이 집에서 만든 간식을 제일 좋아한다는 건 말할 수 있다.)

운동은 상대적으로 간단하다. 농장이나 넓은 교외 지구에 살지 않는 사람이라면 개에게 운동을 시키는 일은 우리가 따로 꼭 '해야 하는 일'이라는 점을 제외하고. 동물을 소파에서 일으킨다는 건 우리를 일으킨다는 뜻이기도 하다. 우리는 개와 함께 걷거나 뛰거나, 개를 개 공원 혹은 다리를 뻗을 수 있는 어떤 공간으로 데려가야 한다.

많은 사람들이 애완동물의 건강에 개입하지 않는 입장을 취한다. 망가진 게 아니면 고치지 않는 식이다. 이런 입장의 문제는 동물이 의료적으로 위기에 이르기 훨씬 전부터 상태가 나빠진다는 점이다. 동물이 지금 고통스러운 건 말할 것도 없고, 문제를 처리하거나 애초에 방지할 간단하고 효과적인 방법이 있었을지 모른다. 나도 한때 누가 건강검진을 권하면 회의적인 입장이었다. 수의사가 내 지갑에서 돈을 짜내려는 수법이라고 의심했다. 오디가 괜찮아 보이면 괜찮은 거라고 생각했다. 내키지 않았지만 검진에 갔다. 어쩐지 그래야 할 것 같았고, 나는 규칙에 따르는 걸 좋아하는 사람이니까. 혈액검사 결과 오디는 괜찮지 않았다.

개가 나이 들어감에 따라 중성화 수술 여부도 건강에 영향을 미친다. 중성화는 일반적으로 개가 건강을 유지할 가능성을 높인다.

우리는 다양하고 세세한 방법으로 동물의 안전을 지켜야 한다. 동물이 도로 주변에서 마음대로 돌아다니지 않게 하는 일, 우리 양말을 집어삼키거나 닭 뼈가 목에 걸리거나 조리대 위의 초콜릿을 끌어내리지 않도록 지켜보는 일, 정기적으로 양치질을 시키고 털에 생긴 뭉치나 매듭을 제거하는 일…. 아이를 돌보는 일과 비슷하게 들리지 않는가?

애완동물 건강의 3요소(식생활, 운동, 수의학적 돌봄)에 더해 동물이 나이 드는 방식에 영향을 주는 '무형의 요소'에는 스트레스 정도, 불안, 즐거움, 행복, 사회적 접촉, 정신적 자극 등이 포함된다.

건강하게 살기 위해 애쓰는 사람은 건강이 하늘에서 떨어지지 않는다는 사실을 안다. 부단히 노력해야 하고, 어느 정도 자기 통제와 훈련은 필수다. 애완동물도 마찬가지다. 건강은 신중한 사고와 계획, 매일 반복되는 훈육이 있어야 얻을 수 있다. 우리는 세상에 완벽한 건 없다는 걸 경험으로 안다. 하지만 동물을 위해 최선을 다하는 것은 동물에 대한 우리의 의무다.

노령 돌봄

동물이 성공적으로 나이 들기를 원하면 늙기 한참 전에 준비해야 한다. 동물이 늙으면 실질적인 불편함이 없도록 도와줄 방법은 매우 다양하다. 동물이 정신적으로 몰두하고 신체적으로 활발한 상태를 유지하게 하고, 사람은 물론 다른 동물과도 의미 있는 사회적 상호작용을 할 수 있게 만들어줘야 한다. 노쇠한 동물이 가급적 오래 삶을 즐길 수 있도록 우리가 조정해줄 부분도 많다.

오디와 우리의 경험을 돌이켜보면 '할 수 있던 일/했어야 하는 일'이 너무나 많다. 2차 노화를 막기 위해 더 많은 걸 할 수 있었고, 했어야 한다. 오디는 늙었고 어느 정도 장애가 생겼지만, 오디의 삶의 질을 유지하기 위해 내가 할 수 있는 예방적 조치가 있다는 사실을 배운다. 자신에게 물어야 한다. 오디는 어떤 방식으로 손상되고, 내가 도울 방법은 무엇일까? 나는 나이가 많고 장애가 있는 애완동물이 이용할 수 있는 자원이 무척 다양하다는 사실에 놀랐다. 조사 과정에서 오디가 마지막 날까지 가급적 편안히 살다 가도록 돕기 위해 내가 할 수 있고, 해야 하는 여러 가지 방법을 발견한다.

시력을 예로 들어보자. 반려동물도 나이가 들면 노인과 마찬가지로 시력을 잃는 경우가 있다. 시력 상실은 오디에게도 걱정스러운 일인데, 나는 오랫동안 그걸 몰랐다. 밤마다 길을 따라 산책할 때 오디에게 호의를 베푼답시고 나와 마야, 토파즈를 따라오게 했다. 늙고 굼뜬 것에 대한 배려로 목줄을 푼 채. 오디는 우리와 산책하기를 종종 거부했고, 마당 끝에 있는 사철나무까지 나왔다가도 뒤돌아 비틀거리며 안전문으로 가서 우리가 돌아오기를 기다렸다.

오디가 산책을 꺼리는 이유가 시력 손상과 관련 있을지 모른다는 걸 깨닫는 데 오래 걸렸다. 우리는 너무 멀리 앞서갔고, 오디는 우리를 볼 수 없어서 안전한 뒷문으로 돌아간 것이다. 내 어리석음에 머리를 쥐어박았다. 나는 오디에게 다시 목줄을 걸고 내 바로 옆에서 걷게 했다. 그랬더니 오디는 우리와 행복하게 길을 따라 산책했다.

아마 오디는 내가 알아채기 한참 전부터 청각을 잃었을 것이다. "이리 와!" 소리치고 내 말을 못 들은 체한다고 부당하게 책망한 적이 얼마나 많은지. 개의 난청에 대해 공부한 덕분에 이제는 노령 동물에게 청력 손실은 노인과 마찬가지로 매우 흔하다는 걸 안다. 오디는 사회적 고립 때문에 장애의 주요 영향이 더 커졌다. 내가 따로 조치를 취해서 오디의 참여를 격려해야 하는데, 늘 그러지는 못한다. 가끔은 소파에서 잠든 오디를 그대로 두고, 마야와 토파즈에게 목줄을 채워 산책을 나간다. 둘만 데리고 나가는 편이 더 쉽기 때문이다. 나는 속으로 생각한다. '오디는 알아채지도 못할 텐데 뭐. 그냥 자는 게 나을 거야.' 이건 정말 불공평한 일이다.

뇌간 청각 유발반응brainstem auditory evoked response이라 불리는 진단 검사는 일부 동물 병원에서 받을 수 있다. 귓속 달팽이관과 두뇌의 청각 경로에서 일어나는 전기적 활동을 검파해서 개의 청각 신경 손실 범위를 알아내는 검사다. (일부 브리더들은 뇌간 청각 유발반응 검사를 특히 털 색깔과 연관된 난청이 상대적으로 흔한 달마티안과 오스트레일리언셰퍼드, 그레이트데인 같은 강아지에게 이용한다. 불행히도 이 검사는 강아지의 안락사 여부를 결정하는 데 종종 사용된다. 난청=결함=죽음.)

오디처럼 이동성이 떨어진 동물을 도울 방법은 다양하다. 예컨대 핸디캡트펫츠닷컴handicappedpets.com 같은 웹 사이트에서는 애견용 휠체어를 구입할 수 있다. 앞다리는 온전하지만 관절염이나 고관절 형성이상, 마비, 그 밖의 장애를 초래하는 질환 때문에 뒷다리를 못 쓰는 개를 위해 고안된 물건이다. 개의 가슴에 하네스를 채우면 지지 바퀴 두 개가 뒷부분을 떠받친다. 개는 걷고 뛰고 수영하고 대소변을 누고 일상을 즐길 수 있다. 앞다리와 뒷다리를 모두 지탱하도록 고안된 카트, 동물이 산책하는 동안 주인이 잡아주는 지지 목줄과 하네스도 판매한다.

현 시점에 오디는 걷는 데 도움이 필요하다. 오디에게 카트를 사줄지 고민했지만(이베이에서 적당한 중고품 한두 개를 찾았다. 소매가는 터무니없게도 500달러), 카트가 오디에게 좋지 않다는 결론을 내렸다. 오디는 앞다리가 튼튼하지 않아서 카트를 달고 떼는 것으로도 스트레스가 클 테고, 카트는 오디가 걷는 데 도움이 되지만 일어서는 데 도움이 되지 않았다. 집 안 곳곳에 부딪히느라 (다쳐서 꿰매고 엘리자베스 칼라를 채웠을 때처럼) 스트레스 받을 오디가 눈에 선했다. 자칫하다가 손상된 감각을 우주에 떠 있는 듯 혼란스럽게 만들 것 같았다.

가끔은 집 안 환경을 단순히 바꿔도 노령 동물이 자신 있게 돌아다니는 걸 거들 수 있다. 오디에게 가장 유용한 변형은 미끄러지지 않고 안전하게 느끼도록 마룻바닥에 카펫과 매트를 깐 것이다. 우리는 오디가 개 출입문을 드나들기 쉽게 경사로도 설치했다. 쇠약해진 정도에 따라 다양한 경사로와 계단으로 오디가 차에 타는 걸 도왔다.

핸디캡트펫츠닷컴에서는 애견용 기저귀도 판매한다. 오디가 집 안에서 종종 실수하니 애견용 기저귀를 사용해야 할지 고민이 된다. 재밌는 무늬와 다양한 색상의 기저귀가 구비되었다. 웹 사이트에 다음과 같이 적혔다.

> 대소변을 가리지 못하는 애완동물은 종종 침대에서 쫓겨나 세탁실에 갇히고, 어디 갈 때도 집에 남겨지죠. 이제 그럴 필요가 없습니다! 우리는 개와 고양이를 위한 기저귀, 기저귀를 고정하고 동물에게 활력을 주는 수컷용 복대, 기저귀 멜빵, 멋쟁이 바지 그리고 (그다음엔 뭘 생각할까요?) 새를 위한 기저귀를 판매합니다! "버디는 다시 소파에 앉을 수 있고 우리와 함께 침대에서 잘 수 있어서 무척 행복합니다!"

멋쟁이 바지에 일회용 기저귀와 세탁 가능한 기저귀를 선택할 수 있는 건 물론이고, '드래그 백'(상상력을 발휘하시라)도 살 수 있다. 나는 이 웹 사이트와 다양한 제품을 머릿속에 담아둔다. 감동적이기도 하고 약간 충격적이기도 하다. 오디에게 더 활력이 필요한지 잘 모르겠고, 기저귀가 수치스러울 수도 있다는 내 느낌을 극복하는 데 어려움을 겪는다. 이건 어디까지나 오디가 아니라 나의 거리낌이지만. 오디가 대소변을 실수하는 일은 잦지 않다. 문제는 오디가 뒷마당에서 본 대변을 밟아서 온 집 안에 발자국을 찍는 것이다. 안타깝게도 이 문제에는 기저귀가 도움이 되지 않는다.

아무리 음식을 훔쳐 먹어도 오디는 호리호리하다. 나는 오디가 정상 체중을 약간 넘는다 싶으면 펫스마트PetSmart에 들어가서 앞면에 말쑥한 비글 사진이 박힌 '힐의 처방 다이어트 r/d 체중 감량 시스템Hill's Prescription Diet r/d Weight Loss System'을 사준다. 그 비글은 자신이 얼마나 완벽하게 균형 잡힌 몸인지 보여주기 위해 배에 파란색 줄자를 둘렀다. 대용량 세트에는 먹기 좋게 포장된 저칼로리 식사와 애견 비스킷이 66개, 성공 비결을 알려주는 안내서까지 들었다. 오디가 핫도그와 밀가루를 많이 먹어서 비만이 되면 더 진지한 '힐의 새로운! 치료적 체중 감량 프로그램Hill's New! Therapeutic Weight Reduction Program'을 사면 된다. 온라인으로 오디를 '힐의 펫핏 챌린지 Hill's PetFit Challenge'에 등록할 수도 있다.

이 가운데 어느 것도 효과가 없다면 수의사에게 파이저Pfizer에서 만든 개를 위한 체중 감소 처방 약물 슬렌트롤Slentrol•을 달라고 요청할 수 있다. 유감스럽게도 슬렌트롤에는 구토와 설사, 무기력처럼 불쾌한 부작용이 있는 걸로 보인다.

늙어가는 애완동물을 돕기 위해 여러 가지 물건을 구입할 수 있지만, 기능성을 높이는 다양한 수의과적 치료를 찾아봐도 좋다. 스테로이드steroid는 일부 동물의 이동성 회복을 촉진하기도 한다. 글

• 비만 치료제

루코사민glucosamine이나 트라마돌tramadol에 잘 반응하는 동물도 있다. 관절 치환 수술은 작업견이나 반려견에게 흔한 수술이 되었다. 〈뉴욕타임스〉는 민첩함을 겨루는 개를 위한 관절 치환 수술 기사에서 장애가 생겼다가 고관절 치환 수술을 받고 다시 한 번 민첩성 대회에 출전한 아홉 살짜리 퍼그 릴리Lily의 이야기를 다뤘다. 오디를 위해 좀 더 신중하게 알아볼 걸 싶은 방안 가운데 하나는 동물 재활과 물리치료, 마사지, 레이저 요법, 침술 같은 비非약물 대안 치료다.

돌봄의 딜레마

모든 주인이 반려동물을 가족으로 인정하는 건 아니다. 이를테면 보안 장치나 사냥 도구로 기능적인 역할을 수행하는 개도 있고, 가족이 되었지만 진정한 반려동물로 대우받지 못하는 개도 있다. 그러나 많은 가정에서 반려동물은 가족 구성원으로 여겨진다. 최근 연구에 따르면 응답자 81퍼센트가 개를 아이와 동등한 지위로 인정하고, 절반 이상은 자신이 애완동물의 부모라 생각해서 개의 '엄마'나 '아빠'로 칭한다고 한다. 응답자 4분의 3은 가족에게 하듯 동물에게 말하고, 사랑스러운 별명을 붙이는 이도 많다. 사람들은 애완동물의 생일을 축하하고, 크리스마스 선물을 사고, 스크래피Scrappy의 특별한 업적을 모두 기록하기 위해 스크랩북을 만든다(나도 스크랩북을 빼고 이 모든 일에 해당한다).

애완동물은 분명 대다수 가족 안에서 특별한 위치를 차지한다. 하지만 이 위치가 정확히 무엇인지는 동물이 상당한 요구를 할 때 면밀히 검토 받는다. 늙은 동물이 가족 내에서 하는 역할을 무엇에 비유하면 좋을까? 노견을 돌보는 일은 아이를 돌보는 일과 비슷할까, 아니면 연로한 부모를 수발하는 일과 유사할까? 반려동물이 있는 가족마다 그 역할은 다를 테고, 명확하게 옳고 그른 건 없지 싶다(솔직히 개를 아이로 여기는 정도가 지나친 사람도 있지만).

오디가 우리 집 첫째라고 농담하지만(나와 크리스가 결혼한 직후, 첫 사람 아기가 태어나기 2년 전쯤 데려왔으니), 우리는 오디를 진짜 돌연변이 아이로 생각하지 않는다. 오디의 노화 과정이 내 부모의 노화와 여러 가지로 닮은꼴이지만, 오디를 작은 어른으로 보지도 않는다. 개는 독자적인 존재고, 온전히 가족의 일부다. 나는 가족을 항상성을 유지하려고 애쓰는 단위로 생각하며, 우리는 그저 다종 가족이 된 것이다.

병든 애완동물은 분명 다종 가족에서 긴장을 유발할 수 있다. 이를 피하는 한 가지 방법은 그냥 손을 떼는 것이다. 진짜 문제를 일으키거나 어떤 방식으로든 가족에게 불편을 끼치기 전에 반려동물을 안락사 시키는 것. 내가 찬성하는 다른 선택지는 적응이다. 그러나 이것도 말이 쉽지 실천하기는 어렵다. 나는 사람 가족의 요구, 마야와 토파즈의 요구, 나 자신의 요구(돌봄 과업에 나를 얼마나 많이 바쳐야 할까?), 그에 반하는 오디의 요구 사이에서 균형을 잡는 방법을 놓고 심각한 모호함과 양가감정을 발견했다. 이런 질문에는 준비된 정답이 없고, 완벽한 균형도 찾을 수 없다. 불확실함과 죄책감은 항상 존재할 것이므로. 내가 겪어본 바, 보살피는 사람의 역할은 결코 고정된 것이 아니다. 날마다 다르다. 오디의 요구와 나의 요구, 가족의 요구는 끊임없이 변한다.

사람을 부양하는 일, 특히 노부모를 돌보는 일에 관한 일부 문헌을 살펴보면 돌보는 사람으로서 나의 역할을 상세히 설명하는 데 도움이 될지 모른다는 생각이 들었다. 《The Emotional Survival Guide for Caregivers 간병인을 위한 정서적 생존 안내서》는 헌신 정의하기, 지원 활용하기, 희생 다스리기, 희망과 수용, 환상, 현실의 무게 달기, 자각과 유연성 기르기, 친밀함 지키기, 영혼 지탱하기 같은 주제를 다룬다.

내가 이 책에서 그러모은 핵심은 자명하지만 제대로 생각해보지 않은 것이다. 돌보는 사람은 앞을 내다보고 대책을 강구하는 역할을 맡은 해결사라는 점이다. 우리는 수동적으로 위로하는 것이 아니라 적극적으로 해결책을 찾는다. 가장 난처한 과제는 감정적인 부분이라는 점도 실감한다. 이 책에 따르면 돌보는 사람은 깊은 만족감과 연민, 사랑뿐만 아니라 분노와 슬픔, 죄책감, 좌절감을 경험할 수 있다고 한다.

죄책감. 아무리 열심히 해도 결코 충분하지 않다. 지금도 충분하지 않고, 한 번도 충분한 적이 없다. 예방접종과 해마다 하는 건강검진을 성실히 챙겼다고 사전 조치를 충분히 한 걸까? 노견 돌봄을 다른 어느 책에서는 개를 석 달마다 동물 병원에 데려가서 전체적으로 정밀 검사를 받으라고 권한다. 나는 그러지 않는다. 오디에게 어유魚油를 꾸준히 먹이지 않고, 비타민이 떨어져도 1~2주 혹은 그 이상 사러 가지 않거나 잊어버린다. 그게 엄청 큰 도움이 된다고 생각하지 않기 때문이기도 하고, 내 머릿속에 다른 것이 많기 때문이라는 걸 인정하지 않을 수 없다. 나는 오디에게 핫도그와 인스턴트 가공육을 먹인다. 오디가 좋아서 주지만 이런 음식이 영양가가 높다고 보기 어렵다는 건 안다.

그리고 오디의 이빨. 수많은 문과 소파를 물어뜯었으니 이빨 상태는 어느 정도 오디의 잘못이다. 그러나 나도 오디의 이빨을 꾸준히 관리하지 못했다. 생각날 때(대부분 충분히 자주 생각나지 않았다) 그 역겨운 닭고기 맛 치약으로 이를 닦아주고, 오디가 싫어해서 하기 힘들다는 이유로 양치질 숙제를 피한 적도 있으니까. 오디가 어릴 때 너무 많이 달리게 한 건지(산악자전거를 타고 모아브Moab에서 오디와 나란히 쌍둥이다리Gemini Bridges 길을 30킬로미터 넘게 달린 날처럼), 운동을 덜 시켰다면 오디의 뒷다리 퇴화가 덜했을지 궁금하다.

오디가 비즐라 평균수명인 12.5살을 넘게 살았으니 우리는 그럭저럭 잘했는지 모른다. 더 잘할 수 있지 않았을까? 더 잘했어야 하는 건 아닐까? 이렇게 할 걸, 저렇게 했으면 좋았을 텐데… 이런 말에는 후회가 가득하고, 하지 않거나 말하지 않은 것이 수북이 쌓였다. 나에게는 이 말이 나이 든 동물을 돌보는 사람의 역할을 요약한 것이다.

수치심

하루는 토파즈가 오디의 아킬레스건을 물려고 덤비는 바람에 오디가 주방에서 넘어졌다. 겁먹고 고통스러운 오디는 대나무 깔개에서 미끄러져 버둥대다가 똥을 쌌다. 오디가 도리깨처럼 이리저리 움직이는 바람에 똥이 엉덩이에 마구 묻었다. 내가 오디를 일으키려고 다가가니 내 팔을 물려고 했다. 더러워진 엉덩이를 간신히 들어 올리자, 오디는 뒤도 안 돌아보고 비틀거리며 문밖으로 달아났다. 나는 그런 오디를 보고 수치심이 들었다.

나중에 이 일을 돌이켜보니 내가 오디의 반응에 얼마나 가깝게 따라가는지 궁금했다. 오디는 수치스러웠을까, 아니면 내 감정을 오디에게 투사한 걸까? 후자일 것이라 추측하지만 잘 모르겠다. 찰스 다윈Charles Darwin은 부끄러움과 무안함이 인간 특유의 것이라고 주장했다. 다른 동물은 얼굴을 붉힐 생리적인 수단이 없으므로. 다윈의 통찰이 놀랍지만 나는 동물의 정서에 대해 우리가 아직 모르는 부분이 많다고 생각한다. 동물도 수치심이나 부끄러움, 무안함에 가까운 것을 경험할지 모른다. 물론 아닐 수도 있다.

이런 생각을 하면 심란하다. 노견에게 안락사가 적절하다는 신호로 흔히 인용되는 것은 개가 대소변을 깔끔하게 처리할 수 없을 때, 개가 있던 자리에서 볼일을 볼 수밖에 없을 때, 우리가 아침에 자신의 오줌 바다에 누워 있거나 똥을 뒤집어쓴 개를 발견할 때다. 이런 상황(바닥에서 버둥대는 오디를 보고 내가 드는 감정)에 대해 사람들이 하는 말은 그게 수치스러운 일이라는 것, 너무나 성가신 일이라는 것이다. 동물에게 수치심이 있는지 알 수 없기 때문에(보수적인 입장으로 느끼지 못한다고 가정해보자) 우리의 우려 뒤에 숨은 논리를 세밀하게 볼 필요가 있다. 인간만 쓰라린 수치심이 든다면 동물을 언제 안락사 시킬지 결정하는 데 수치심이 절대적인 영향을 미쳐야 할까?

단언하건대 똥을 뒤집어쓰고 뒹구는 일쯤은 오디에게 전혀 문제가 되지 않을 것이다. 오디가 하이킹을 하다가 코부터 꼬리까지 다른 동물의 배설물을 뒤집어쓴 채 수풀을 헤치고 나타난 적은 수없이 많고, 그때마다 오디의 표정은 대단히 만족스러워 보였다. 자신의 배설물 위에서 뒹구는 건 다른 얘기일 수도 있다. 정말 모르겠다. 오디가 대변 실수로 수치심이 들지는 않았어도 괴로워한 것은 분명하다. 동물이 대변 실수에 대해 괴로울 수 있는 부분은 가장 원시적인 단계의 '자연스러운' 행동 가운데 한 가지(네 보금자리를 더럽히지 말라)를 해낼 능력을 잃었다는 인식이다. 그 괴로움은 오디의 경우처럼 일어서서 돌아다닐 수 없는 데서 비롯된 것일 수도 있다. 아니면 개들이 강아지 시절부터 하지 말라고 훈련받은 일을 저지른 탓에 불안해하는지도 모른다. 개들은 우리를 실망시키고 싶지 않은 것이다.

동물이 수치심이 드는지 알 수 없지만, 우리가 동물을 '수치스럽게 만들' 수 있다는 건 분명하다. 모아브에서 캠핑할 때 특별히 기억에 남을 만한 수치심이 있었다. 어느 날 저녁, 언제나 웃을 구실을 찾아 헤매는 우리의 친구 맥스가 큼직한 소시지를 오디의 배에 테이프로 붙였다. 마치 거대한 성기처럼. 그런 다음 우리가 모닥불 주변에 둘러앉았을 때 오디를 내보내 캠핑장을 배회하도록 해서 엄청난 소동을 일으켰다. 오디는 농담을 의식하지 못한 듯했고, 관심의 한가운데 있는 걸 마냥 행복해했다.

이 사건은 전체적으로 불편한 느낌이 있었다. 오디를 제물로 삼은 농담이기 때문이다. 우리 눈앞에서 오디를 수치스럽게 만든 것이다. (오디에게 최악은 테이프를 떼어낼 때 붉은 털이 뭉텅이로 뽑혔다는 사실이다. 오디는 다음 날 복수했다. 남은 소시지를 탁자에서 슬쩍해서 맥스가 저녁으로 먹을 게 없었다.) 동네 가게에서 축하 카드가 놓인 통로로 산책하거나 서커스를 보러 가는 것처럼 동물을 결부하고 이용하는 방법을 생각해보면, 우리는 항상 동물을 수치스럽게 만드는 것 같다.

어느 정도가 과한 걸까?

인간의 생명윤리학 분야는 '그렇다'보다 '아니다'라고 말하는 부분이 훨씬 많다. 새로운 치료와 기술의 행렬이 끝없이 이어지고, 일단 어느 것을 이용할 수 있으면 거절하기가 어렵다. 그것이 의학적 치료라면 더더욱. 의사에게 백방으로 손을 써달라고 말해야 연로한 아버지나 아픈 아이에게 더 다정하고 충실한 것 아닐까? 그러나 이런 기술에 휩쓸린 사람들이 깨닫듯, 뭔가 더 하는 것이 무익하고 무책임하고 심지어 잔인한 일이 되기도 한다.

우리는 애완동물에 대해서도 유사한 과정을 따르는지 모른다. 심각하게 아픈 동물을 치료하기 위해 가능한 선택지는 늘어나고, 이제 사람의 선택지와 동일한 것도 많다. 그래서 거절하기 더 어려워졌다. 나는 오디를 통해 이 압박을 받는다. 오디의 시력 문제를 주의 깊게 볼 수 있었고, 그랬어야 할 것이다. 어쩌면 시력을 충분히 개선해서 오디가 여전히 공중에 던진 간식을 받아먹게 만들 각막이식 수술이 있을지 모른다. 의학적 진단을 받아서 오디에게 간암이나 뼈암이 있는지 알아낼 수도 있었다. 혈액검사와 초음파, 간 조직검사를 더 많이 할 수도 있었으리라.

수의사는 이런 선택지를 제시했다. 우리는 오디의 간을 일부 절제해서 남은 간을 지키려는 시도를 해볼 수 있었다. 엑스레이를 더 찍어서 척추 충돌이 있는지 알아보고, 혹시 있다면 수술 받게 할 수도 있었다. 하지만 오디에게는 간단한 채혈조차 스트레스다. 집에서 편안하게 해도 마찬가지다. 나는 "오디는 너무 늙었다"고 말한다. 잘못된 걸까? 잠재적으로 도움이 될 치료를 거절하는 데 노령이 타당한 이유가 될까?

보도에 따르면 일본에 개를 위한 양로원이 처음 생겼다고 한다. 미국에 이와 비슷한 시설이 생겨도 전혀 놀랍지 않다. 사람들은 사랑하는 개를 '솔라디애완동물요양시설Soladi Care Home For Pets'에 살게 하려고 한 달에 3만 7000달러를 지불한다. 이곳에는 수의사들이 운영하는 24시간 추적 관찰이 가능한 생활 보조 프로그램이 있다. 개들은 건강관리는 물론이고 물리치료와 운동으로 구성된 전문 프로그램을 제공받는다. 특별 건강식을 먹고, 활기를 유지하는 데 도움이 되도록 강아지들과 노는 시간도 주어진다. 개들이 자기 집으로 아는 곳에서 가족과 함께 지내지 못한다는 건 단점이다. 이는 도를 넘은 걸까?

보호소의 늙은 동물들

루비Rooby가 나를 빤히 바라본다. 가까이 가니 루비의 시선이 나를 따라온다. 유리에 다가서자 루비가 누렇고 덥수룩한 꼬리를 흔든다. 이번 토요일, 콜로라도 롱몬트Longmont의 롱몬트휴메인소사이어티는 분주하다. 사람들이 강아지 울타리 주변으로 모여들고 "오오" "아아" "아, 귀여워!" 하는 소리가 계속 들린다. 사람들의 행렬이 한 울타리에서 다음으로 넘어간다.

대다수 개를 지나갈 때 행렬의 속도가 느려지지만 루비는 예외다. 마치 빈 케이지를 대하듯 사람들의 눈길이 어물쩍 넘어간다. 내가 머무는 동안 루비를 방문실로 데려가는 사람은 아무도 없었다. 루비의 이름과 나이, '이 다정한 소녀는 영원히 머물 집을 찾고 있어요'라고 적힌 작은 표지판을 읽는 사람조차 없다. 루비의 시선은 지나가는 사람들을 하나씩 따라간다. 자신이 거의 눈에 띄지 않는 존재라는 사실을 루비도 알까? 루비가 영락없는 열두 살짜리 늙은 개이기 때문일까? 꾀죄죄한 털과 희끗희끗한 주둥이, 굵은 허리, 흐릿한 눈이 루비를 드러냈을까?

'연령 차별주의ageism'는 노인학자 로버트 N. 버틀러Robert N. Butler 박사가 1968년 노인에 대한 은밀하고 광범위한 편견을 지적하며 만든 말이다. (그는 1982년 미국 의과대학 최초로 마운트시나이의학센터Mount Sinai Medical Center에 노인학과를 만들었다.) 우리는 동물에게도 연령 차별주의자일까?

수많은 늙은 반려동물이 보호소에서 말년을 보낸다는 건 슬픈 사실이다. 보호소에는 노령과 질병에 늙은 반려인을 빼앗긴 노견도 있다. 이를테면 루비는 늙은 주인이 세상을 떠나고, 남은 가족 중에 루비를 원하는 사람이 없어서 보호소에 왔다. 너무나 많은 노견이 늙었다는 이유로 버림받았다. 그중 극소수가 새로운 집을 찾는다. 나는 노견이나 노묘를 돌보기 위해 어마어마한 고생도 마다하지 않는 사람 이야기를 수없이 들었다. 때로는 몇 달씩 일을 쉬거나 직장을 잃으면서까지.

이는 모든 이에게 가능한 선택지가 아니다. 사람들은 종종 늙은 동물의 요구 때문에 정서적·현실적·경제적으로 궁지에 몰린다. 자신의 동물에게 냉담함이나 무관심으로 일관하는 사람도 있다. 새로울 게 없거나 마음이 시들해지면 반려동물을 재활용 센터나 쓰레기장으로 가져간다. 심지어 경제적인 능력이 있는 사람도 늘어가는 동물 병원 의료비나 약값, 노견에게 필요한 사료에 지출하기를 꺼리는 경우가 많다.

그레이머즐재단Grey Muzzle Organization은 늙은 개들이 어쩌다가 떠돌이 개가 되는지, 그들의 삶을 더 안락하게 만들고, 새로운 집으로 입양을 유도하기 위해 할 일이 무엇인지 알아보고자 노견과 동물 보호소에 관한 보고서를 발간했다. 얼마나 많은 노견이 보호소로 오는지 알려지지 않았지만, 모든 도시의 보호소에는 늙은 개들이 있을 가능성이 높다. 늙은 개를 포기할 때 보호소 수용 신청서에 가장 흔히 제시하는 이유는 '이사'다. '보호소 용어shelterese'로 이사는 "이제 신경 쓰기 싫어요. 여기까지 할래요"의 완곡한 표현이다.

의료의 필요성이 노견을 보호소로 몰아넣기도 한다. 의료비는 늙은 동물에게 더 비싼 경향이 있어서, 일부 주인은 적절한 수의학적 치료를 제공할 의사나 능력이 없을 수 있다. 결국 보호소에 온 나이 든 동물은 대부분 안락사 된다. 수의사를 통해 동물을 안락사 시키는 것은 동물을 보호소에 넘기는 것보다 싸지만(대략 40달러와 200달러), 어떤 사람들은 청소부에게 청소를 맡기는 것과 비슷하게 정서적으로 더 용인되는 선택이자 공격적인 치료가 노령에 보이는 태도보다 덜한 방관이라 여긴다. 늙은 동물을 안락사 시키려고 보호소에 두고 가는 경우도 있다. 안락사와 처리 비용이 주인에게 너무 비싼 것이다. '노견을위한보금자리Sanctuary for Senior Dogs'에서 생을 마친 버트Burt는 산탄으로 벌집이 된 채 시궁창에 누웠다가 발견되었다.

보호소에 있는 노견의 건강 문제는 어려운 과제다. 노령 동물 전문 수의사 프레드 메츠거Fred Metzger에 따르면 이빨 질환은 나이 든 동물에게 만연하다고 한다. 유감스럽게도 치료비는 비싸다. 대다수 노견에게 정기적인 혈액검사는 도움이 된다. 수의사가 혈액검사로 신장병과 갑상샘항진증, 당뇨병 같은 일반 질환 유무를 판단할 수 있기 때문이다. 그러나 혈액검사도 비싸서 대다수 보호소가 운용하는 예산 범위를 넘어선다. 치료되지 않은 건강 문제 때문에 노견의 입양 가능성은 더 희박해진다. 이런 동물은 의료적인 위기를 맞은 뒤에야 보호소 수의사를 만나는데, 그때쯤 재정적으로 실행 가능한 최선의 선택지는 보통 안락사다.

노령의 이 모든 슬픔에도 다행히 나이 많은 동물을 특별히 좋아하는 사람들이 있다. 노견의 입양 비율을 높이기 위해 적극적으로 애쓰는 지역사회 동물 보호소들이 미약하나마 꾸준히 늘어난다. 예를 들어 영국왕립동물학대방지협회Royal Society for the Protection against Cruelty to Animals가 실행하는 '노령 동물 새 가정 찾기 계획Elderly Animal Rehoming Scheme'은 사람들이 노령 동물 입양에 대해 느끼는 두려움을 극복하도록 도와서, 나이가 많은 동물에게 새로운 가정을 만들어줄 가능성을 높이려는 방안이다. 노령 동물 새 가정 찾기 계획은 잠재적인 반려인에게 나이 든 반려동물의 현실을 교육하고, 동물 병원 방문 시 할인과 차량 이동 보조를 약속하며, 24시간 비상 전화 회선을 제공한다.

보호소들은 종종 '9월은 노년의 달'이라는 행사를 열어 보호소 노견의 인지도를 높이고, 특별한 비용 책정과 우대 정책을 통해 입양을 장려한다. 롱몬트휴메인소사이어티는 모든 노견 입양에 규정 할인을 제공하고, 최소한 1년에 한 번 노견 입양 특별 행사를 개최한다.

노령 동물을 돕는 일을 명확한 임무로 삼는 구조 단체도 많다. 머트빌Muttville, 노견피난처Old Dog Haven, 노견프로젝트The Senior Dogs Project, 노견을위한보금자리, 브라이트헤이븐BrightHaven, 털북숭이 친구들안식처Furry Friends Haven, 더없는행복을위한기회A Chance for Bliss 같은 곳이다. 이 가운데 소식지를 통해 '우리는 늙은 개를 사랑합니다!'라고 선언하는 노견피난처는 위탁 가정을 제공하고, 적극적으로 입양 가정을 찾아 집 없는 노견을 돕는 개인들의 네트워크다. 브라이트헤이븐은 늙거나 장애가 있는 동물이 여생을 보낼 수 있는 안식처를 제공한다. 퍼펙트팔Purrfect Pals이나 태비네Tabby's Place 와 같이 노묘에게 비슷한 프로그램을 제공하는 곳도 있다.

몇몇 보호소에는 나이 든 동물과 나이 든 인간 사이에서 풍요로운 파트너십을 찾는 ('어르신에게 어르신을' 등으로 불리는) 특별 프로그램이 있다. 애완동물을 소유하는 것과 노년 행복의 관계는 복잡하고 데이터도 일관되지 않지만, 일부 연구에서는 애완동물이 있는 노인이 더 활동적이고 애완동물이 없는 노인보다 낮은 우울 수준을 보인다고 나타났다.

나이 든 동물은 다른 방식으로도 노인의 삶을 풍요롭게 만들 수 있다. 많은 양로원과 호스피스 센터에서 애완동물 치료 프로그램을 만들고, 죽음을 예견하는 고양이 오스카가 사는 스티어하우스 같은 곳에서는 실제로 애완동물을 키운다. 동물이 있으면 (역설적으로) 약간의 인간성이 더해져서 그 장소를 더 편안한 공간으로 만들기 때문이다. 동물은 때때로 인간이 도달할 수 없는 수준으로 사람과 연결되고, 동물을 제대로 알거나 만져본 적 없는 사람조차 개나 고양이의 방문에 깊이 감동받기도 한다. 나이 든 동물은 차분하고 침착해서 종종 최고의 치료 동물이 된다.

점점 더 많은 사람이 연로한 동물에게 보살핌과 보호가 필요하다는 사실을 인식하고, 이 인식은 개와 고양이를 넘어서는 동물에게 확장된다. 늙어가는 말은 플로리다 앨라추아Alachua에 있는 말을위한양로원Retirement Home for Horses에서 여생을 보낼 수 있다. 늙어가는 코끼리는 테네시 호엔발트Hohenwald에 있는 코끼리보호구역Elephant Sanctuary에서 지내면 된다. 의학 연구에서 은퇴한 침팬지는 루이지애나 키스빌Keithville에 있는 침팬지피난처Chimp Haven에서 산다.

사람을 위한 양로원이 근사한 곳에서 끔찍한 곳까지 천차만별이듯, 동물을 위한 양로원도 항상 안전한 안식처는 아니다. 〈뉴욕타임스〉는 최근에 은퇴한 경주마 전용으로 만들어진 민간 조직 서러브레드퇴역재단Thoroughbred Retirement Foundation에 대한 기사를 냈다. 재단이 1000마리가 넘는 말을 돌보는 데 필요한 비용을 지불하지 못해서 많은 동물이 굶주리고 방치되며, 죽음에 이르기도 했다는 내용이다.

늙은 오디가 보호소의 차가운 콘크리트 개집에 앉은 모습을 상상해본다. 개들이 짖는 소리와 쾅쾅 치는 소리, 깨갱거리는 소리의 불협화음이 배경으로 깔리고, 퀴퀴한 공기 속에 배설물 냄새와 손에 잡힐 듯한 두려움이 느껴진다. 오디의 불안 감시 장치는 삼엄한 경계, 코드 레드를 가리키겠지. 오디는 장래의 입양인에게 매력적으로 보일까? 의문이다.

오디는 잠재적인 입양인의 얼굴에 대고 헐떡거릴 테고, 그녀는 훅 밀려오는 노인의 입 냄새를 맡을 것이다. 오디의 등을 쓰다듬으면 그녀의 손에는 허연 파편과 빠진 털이 한 무더기 쌓일 것이다. 오디의 배에 있는 모든 덩어리를 느끼고, 팔꿈치와 볼, 엉덩이에 매달린 각양각색 사마귀도 보겠지. 오디는 그녀를 물려고 할지도 모른다. 누구는 이 모든 흠을 눈감아줘야 할 것이다. 오디의 흐릿한 눈을 들여다보고 진짜 오디, 대단한 식욕과 무한한 개성, 사랑의 품이 와이오밍 하늘만큼 드넓은 개를 알아봐야 한다.

나는 이런 사고 실험을 좋아하지 않는다. 너무 가슴 아프니까. 나의 이상 세계에서는 모든 노견에게 저마다 마지막 날까지 살다 갈 수 있는 따뜻하고 다정한 집이 있다. 모든 오디는 그냥 늙은 개가 아니라 진짜 모습으로 인정받을 것이다. 마야와 토파즈가 세상을 떠나고 다른 개를 입양한다면 나는 보호소에 가서 가장 늙고, 가장 고약한 냄새가 나고, 가장 꾀죄죄한 개를 찾으리라.

오디 일기 2010년 6월 5일~9월 4일

2010년 6월 5일

비틀대고 절뚝거리고 엉덩이를 땅에서 들고 있는 데 어려움을 겪기는 하지만, 오디는 여전히 놀라울 정도로 집 안 곳곳의 소파에 그럭저럭 뛰어오른다. 오디는 이제 침대에서 자지 않는다(신체적인 제약보다 영역 문제가 크지만). 침대는 확실히 토파즈의 것이다. 그러나 소파는 오디가 많은 시간을 보내는 곳이다. 너무 조용해서 무슨 부속물처럼 항상 그 자리에 있는 토파즈와 달리 오디를 찾으려면 온 집 안을 뒤져야 한다.

2010년 6월 26일

마야와 토파즈를 데리고 공원으로 가는데 같은 길에 사는 이웃 빌이 외쳤다. "오디는 어때요? 조만간 우리를 보러 올까요?"

"오디는 잘 버텨요. 요즘은 밖에 잘 안 나오지만 늙은 개가 할 일을 하면서요."

이 집으로 처음 이사했을 때 우리는 오디가 마당 안에 있게 하느라 애먹었다. 가장 먼저 할 일은 울타리 치기였다. 우리 집은 약간 붐비는 도로에 있기 때문이다. 개와 어린아이가 함께 살기에는 울타리 없는 마당이 걱정스러웠다. 삼면에 180센티미터짜리 나무 울타리를 쳤고, 우리 집과 이웃집이 맞닿는 뒤쪽에는 경계를 따라 아름다운 조팝나무가 자란다. 봄에는 흰 꽃이 터지듯 피고, 초록 잎이 1년 내내 기분 좋게 내밀한 느낌을 준다. 우리는 조팝나무를 그냥 두려고 120센티미터짜리 철망 울타리를 따로 설치했다.

나무와 철망이 만나는 모퉁이는 오디가 즐겨 찾는 장소였다. 유리로 된 미닫이문에 서면 오디가 탈출구를 만드는 게 보였다. 오디는 일단 우리가 보지 않는다는 걸 확인하려고 두리번거린다. 비밀스럽게 고개를 돌려 오른쪽 어깨와 왼쪽 어깨 뒤를 차례로 돌아본다. 그리고 행동한다. 오디는 보통 개들처럼 울타리를 뛰어넘거나 몸집이 작은 개들처럼 울타리 아래를 쑤석거리지 않는다. 오디의 방식은 활주라고 설명할 수밖에 없다. 오디는 앞발을 울타리 꼭대기에 걸고 미끄러지듯이 울타리를 넘는다.

오디는 우리와 지내는 게 불행해서 탈출하려고 했을까? 그런 것 같지는 않다. 나는 오디가 더 많은 사람과 사귀고 싶어서, 낯선 사람의 사랑을 찾기 위해 그랬을 거라 생각한다. 우리가 오디에게 아무리 많은 사랑을 퍼부어도 충분하지 않았을 것이다. 오디에게는 우리가 채워줄 수 없는 구멍 같은 게 있었다.

오디가 울타리 뛰어넘기를 좋아한다는 걸 안 뒤에는 내가 대부분 현장에서 오디를 잡았다. 가끔 울타리에 반쯤 올라간 오디를 발견하고 엄하게 꾸짖으면 오디는 몸통을 바닥으로 스르륵 내리고 최대한 죄스러운 표정으로 바라본다. 몇 번은 탈출에 성공했다. 이런 모험 가운데 한번은 오디가 빌을 찾아갔다. 어느 봄날 저녁, 나는 퇴근하고 집에 도착하자마자 전화를 받았다. "오디세우스라는 붉은 개와 함께 사시죠?" 그가 물었다. "네, 우리 개예요." 내가 대답했다. "저기, 오디가 지금 우리 차고에서 놀아요. 돌아다니다가 인사하러 왔나 본데 차에 치이기라도 할까 봐 제가 데리고 있었어요." 내가 데리러 갔을 때 오디는 오지 않으려고 했다. 이 일로 빌이 오디에게 약간 정이 든 모양이다.

2010년 7월 3일, 에스티스파크

일주일 동안 묵을 통나무집에 도착했다. 지금은 늦은 시간인데다, 짐을 싸고 도착하고 짐을 푸는 긴 하루를 보낸 터라 피곤하다. 마침내 모두 잠자리에 들게 하고 침대로 파고드니 이제야 여기 평온하게 있는 것이 다행스럽다. 미처 불을 끄기도 전에 오디가 짖는다. 몇 분 뒤 거실로 걸어간다. 구름 같은 짜증 한 덩이가 머리 위를 맴돈다. 오디는 바닥 한가운데 누워서 나를 본다. 나가자고 문 옆에서 기다리지도 않고. 하긴 밖에 나갈 이유가 있을까? 저녁 산책에서 방금 돌아왔는데. 그러니 소변을 보려는 것도 아닐 테고. 배가 고픈가?

나는 하면 안 되는 걸 알면서도 한다. 오디에게 두 번째 저녁을 주는 것. 그러면 안 되는 걸 안다. 오디가 짖는 것과 보상을 연관

지을 수도 있기 때문이다. 나 또한 짖는 걸 부추기고 싶지 않다. 그러나 개들은 통나무집에 오면 식욕이 넘친다. 나는 침대로 들고 싶은 생각뿐이다. 오디는 두 번째 밥그릇을 받는다(그리고 다른 개들도. 모든 게 공평한지 항상 눈에 불을 켜고 있으므로).

침대로 돌아온 나는 다시 불을 끄고 자리를 잡는다. 고요하다. 그때 또 시작된다. 첫 번째 짖는 소리. 1~2분 침묵. 두 번째 짖는 소리. 그리고 세 번째. 내 안의 인정 많은 나는 오디가 안쓰럽다. 오디는 불안하고 외롭고 혼란스러워하니까. 오디 생각에 짠하다. 매정한 나는 끊임없이 짖는 소리가, 두어 시간도 방해받지 않고 절대 잘 수 없다는 사실이, 매일 새벽 4시에 내 몸을 침대에서 끌어내야 하는 일이 지긋지긋하다. 나는 정말 오디의 결말이 좀 더 빨리 오기를 바란 적이 한 번도 없었나? 이 생각이 내 마음 한구석에 있다. 밝은 곳으로 나오기를 꺼리는 뱀파이어처럼.

15분쯤 오디를 무시한다. 오디가 진정되거나 다른 사람이 문제를 해결하기 바라면서. 결국 나는 한 번 더 따뜻한 이불을 젖히고 일어난다.

짜증이 나서 야단치려고 거실로 나간다. 오디가 같은 자리에 있겠거니 하고. 그런데 오디가 없다. 거실에도, 소파에도, 주방에도 없다. 나는 마침내 욕실 바닥에 널브러진 오디를 발견한다. 일어서려고 버둥거려도 미끄러운 욕실 바닥에서는 어떤 정지 마찰력도 찾지 못했으리라. 시원한 바닥에 누우려고 욕실로 들어왔을 수도 있고, 변기에서 물을 마시고 넘어졌을 수도 있겠지.

나는 오디의 뒷다리를 조심스럽게 올리고 밖으로 이끈다. 이제 오디를 들어 오디가 즐겨 자는 소파 위에 내려준다. 마침내 나는 무거운 마음으로 이불 속으로 기어든다. 모든 게 고요하다.

🌲 2010년 7월 4일, 에스티스파크

오늘 산행(180미터 정도 거리)에서 오디는 지난번 통나무집에 왔을 때보다 눈에 띄게 느렸다. 바위를 헛디뎌서 한 번 넘어졌다. 아무도 신경 쓰지 않았으면 오디는 작은 모험을 하러 사라졌을 것이다. 잘못된 방향으로 터벅터벅 걸어 자신만의 웅숭깊은 용무를 보러 갔겠지.

🌲 2010년 7월 7일, 에스티스파크

어젯밤에는 오디와 다른 녀석들을 데리고 헬즈 힙 포켓 Hell's Hip Pocket 목장까지 꽤 긴 산책을 했다. 500미터 남짓한 거리지만 오디에게는 상당히 먼 길이다. 오디의 왼쪽 뒷다리가 더 나빠진 듯하다. 발을 거의 들지 못해서 끌고 다니다시피 한다. 다리 전체가 이상한 각도로 틀어진 것 같다. 오디의 몸은 한쪽으로 비틀어져서 한두 걸음마다 뒷부분이 주저앉는다. 예전에는 이런 일이 열 걸음 혹은 열다섯 걸음마다 일어났는데, 이제는 그 빈도가 한 걸음 건너 한 걸음이다. 그래도 오디는 즐거운 시간을 보내는 듯하다. 삶의 질은 여전하다.

이틀 전에는 오디가 나와 함께 침대에서 잤다. 집에서는 절대로 침대에서 자지 않는데, 여기 통나무집에서는 침대를 토파즈의 영역으로 생각하지 않나 보다.

오디를 들어 계단을 올라가거나 내려갈 때 혹은 차 뒷자리에 태울 때, 오디가 자꾸 나를 물려고 한다. 고개를 한껏 빼도 멀리까지 닿지 않으니 그저 메기 입술을 비죽거려서 이빨을 드러낸다. 어느 날에는 용케 내 팔을 물었는데, 턱에 힘이 거의 없고 이렇다 할 이빨도 없어서 그렇게 아프지 않았다.

세이지에 따르면 이렇다고 한다.

  오디의 토템 동물은 물소
  마야의 토템은 사슴
  토파즈의 토템은 주머니곰

🌲 2010년 7월 8일, 에스티스파크

오디한테 새로운 종양이 생겼다. 혀끝에 작고 둥글납작한 붉은색 혹.

오늘 밤에는 오디와 다정한 한때를 보냈다. 나는 벽난로 옆 안락의자에서 편안하게 몸을 말고 책을 읽었고, 오디는 바닥 한가운데 누웠다. 그건 '순간을 사는' 순간 가운데 하나다. 나는 혼자 생각했다. 오디가 자신이 사랑받는 걸 알아야 한다고. 오디는 뒤에 남겨지고, 제외되고, 옆으로 밀릴 때가 많으니까. 내가 오디를 얼마나 사랑하는지 보여줄 기회가 몇 번이나 더 남았을까? 나는 온몸으로 오디를 감싸고 머리에서 꼬리까지 털을 쓰다듬으며 앞다리를 차례로 쓸어내렸다. 그렇게 한참 오디를 껴안았다. 질투심에 사로잡힌 토파즈가 오디와 내 얼굴 사이로 코를 들이밀어서 마법 같은 순간은 깨졌지만.

🌲 2010년 7월 9일, 에스티스파크

오디를 데리고 도로에 산책을 나갔다. 날이 뜨거워 오디가 개울로 내려가서 더위를 식혔으면 하는 마음이 간절했다. 물속에서 나른하게 시간을 보내는 건 오디의 인생에서 큰 낙이었다. 가슴 높이 물에 서 있는 건 좋아하지만, 수영은 확실히 좋아하지 않는다. 오디는 열 살 무렵까지 헤엄을 제대로 배우지 않았는데도 다리를 어찌나 휘젓는지 물속에 터빈이 생겼다. 벌더 저수지Boulder Reservoir에서는 오디를 구슬려서 헤엄치게 하려고 나와 세이지가 핫도그에 줄을 묶고 물속으로 던졌다. 오디는 물속 미끼를 향해 몸을 살짝 움직였다. 핫도그를 향한 오디의 갈망은 서서히 그러나 확실히 깊은 물에 대한 두려움을 압도했다.

드디어 오디를 개울로 데리고 내려가기에 마땅한 곳을 발견했다. 오디가 내리막을 내려가는 걸 도와줘야 했지만. 오디는 시원한

물에 발 담그는 걸 즐기는 듯했다. 물도 몇 번 핥았다. 그때 물속에 잠긴 나뭇가지에 발이 엉켜서 주저앉았고, 그 자리에서 일어나지 못했다. 오디의 흰자위가 번득였다.

오디는 내가 토파즈와 마야를 산책시키러 간 틈에, 세이지와 크리스 몰래 통나무집에서 빠져나갔다. 방충망을 밀어서 연 게 틀림없다. 오디가 혼자서 그 딱딱한 시멘트 통나무집 계단에 덤볐을 걸 생각하면 몸이 움츠러든다. 오디가 넘어지는 걸 벌써 세 번이나 봤다. 아마 오디는 먼 길을 내려갔을 것이다. 산비탈을 가로질러 이웃의 통나무집까지 갔다가 우리 통나무집으로 돌아왔겠지. 그 모험에서 어떤 사고를 겪은 게 분명하다. 머리에 털이 빠진 부분이 생기고 그 자리에 핏자국이 남은 걸 보면.

통나무집에서 지내는 동안 위그암 초원Wigwam Meadow을 서너 번 거닐었다. 나와 크리스가 우리의 재가 뿌려졌으면 하는 곳. 이제 비탈길을 올라 초원으로 들어갈 수 없는 오디는 길에 남아 푹 파인 바퀴 자국을 찬찬히 항해한다.

🌲 2010년 7월 11일, 집

오늘은 오디가 100년쯤 늙어 보인다. 오디의 뒷다리가 현저히 나빠졌다. 그래도 사무실 의자에 올라가긴 했는데 내려오려고 몸을 일으킬 때 애먹었다. 걸으려고 하면 뒷발이 자꾸 엇갈리고, 발이 말려 발가락으로 바닥을 딛는 것이 더 심해졌다. 오디의 몸 전체가 한쪽으로 틀어져 보인다. 오디의 얼굴을 똑바로 들여다보면 눈은 뿌옇고 흐릿한 원반 같다. 가장 걱정스러운 건 오디가 음식을 거부한다는 사실이다. 저녁도 눈곱만큼 먹고, 요리할 때 주방을 어슬렁거리지 않는다. 나의 개밥 진공청소기가 고장 났다.

이틀 전에 오디를 보고 오늘 다시 만난 리즈조차 달라진 점을 말한다. "세상에." 리즈가 뒷문으로 들어서며 말을 잇는다. "오디 좀 봐…." 리즈의 눈에 눈물이 고인다. 정이 많은 리즈는 오디를 10년째 봐왔고 오디를 대단히 사랑한다. 리즈의 감정은 표면 바로 잠재했다가 쉽게 호출된다. 리즈의 눈을 보자 나도 눈물이 차오른다.

"때가 됐다는 걸 어떻게 알아요?" 리즈가 묻는다. 그리고 이번 주에 대해 무슨 얘기를 했지만 잘 들리지 않았다. 오디에게는 시간이 아주 많다. 나는 몇 달 단위를 생각 중이다. 어쩌면 1년도. 몇 주는 안 되고, 며칠은 절대 아니다. 오늘 밤 오디의 모습에 겁먹은 나는 약간 울렁거리는 상태로 잠자리에 든다.

🌲 2010년 7월 14일

오디가 활기를 되찾았다. 다시 생기가 돌고 저녁도 토파즈의 밥까지 먹었다.

물질적인 아름다움에 집착하는 이유가 뭘까? 꽃은 만개할 때 미의 절정에 이르지만, 마침내 씨앗을 맺고 그 가능성이 완전히 실현되는 건 꽃이 진 다음이다. 그제야 꽃이 자신의 비밀을 다음 세대에 전할 준비가 된 것이다. 오디는 물질적인 아름다움을 많이 잃었다. 사실 누가 자세히 보면 오디에게 수두룩한 까만색 덩어리와 쥐젖, 작고 붉은 주머니에 바로 "으으" 하는 소리가 나올지 모른다. 하지만 오디는 아직 자신의 가능성을 실현하는 중이다.

🌲 2010년 7월 30일, 에스티스파크

주말을 보내려고 통나무집에 갔다. 롱몬트의 타오르는 더위(35.5도)에서 탈출할 목적도 있었다. 개조 작업에 필요한 물건을 실은 터라 오디와 토파즈는 뒷자리에 밀어 넣고, 마야는 앞자리에 탄 세이지의 무릎에 앉히는 수밖에 없었다. 반쯤 갔을까, 파인우드 스프링스Pinewood Springs를 막 지날 때쯤 나와 세이지는 무시무시한 냄새를 맡았다. 분명 개의 방귀와 상관있지만 훨씬 더 심한 냄새.

나는 통나무집에 도착하기 전에 차를 세워 상황을 확인하고 싶지 않았다. 너무 더워서 그저 목적지까지 안전하게 개들을 데려가고 싶었고, 붐비는 산길에서 뒷문을 열어 토파즈나 오디가 뛰쳐나가는 위험을 감수하기 싫었기 때문이다. 우리는 창문을 열고 달렸다. 숨을 깊이 들이쉬지 않으려고 애쓰면서.

마침내 통나무집에 도착해서 차 뒷문을 열었다. 그동안 내가 두려워한 사태가 벌어졌다. 오디가 난생처음 대변 실수를 했다. 오디가 있던 담요는 소변과 대변 범벅이다. 일단 담요는 진입로에 둔다. 나중에 집에서 처리하자. 오디가 주변의 냄새를 맡고 영역을 표시하도록 시간을 준 다음, 나는 오디를 데리고 계단에 올라 욕조로 간다. 눈에 보이는 건 고대 유물처럼 오래된 샴푸뿐이다. 오디는 싸구려 향수 같은 냄새를 풍기며 주말을 보낸다.

통나무집에서 우리의 고요한 밤. 여기서 내게 간절한 잠을 보충할 수 있기를.

침대에 쓰러졌다. 오디가 한 시간 동안 짖었다. 그러다 멈췄다.

3시 30분. 오디가 짖었다. 크리스가 오디를 내보내 소변을 보게 했다.

3시 50분. 오디가 또 시작했다. 내가 데리고 나가 오줌을 누였다. 그런 다음 오디를 소파 위로 올려 담요로 편안하게 해주었다. 오디가 뛰어내렸다. 나는 오디를 다른 침실로 데려가 침대에 올리고 옆에 누우려고 했다. 어쩌면 오디가 외로워서 짖을지도 모른다는 생각에. 오디가 나를 물려고 하더니 침대 아래로 뛰어내렸다. 나는 포기하고 침대로 돌아갔지만 잘 수 없었다. 오디 생각에 마음이 어지러웠다. 결국 다시 잠이 든 건 6시쯤.

8시 15분. 오디가 짖는 소리. 내가 일어나자 작고 귀여운 똥 덩어리 두 개가 소파에 놓였다. 이상하게도 냄새가 전혀 나지 않는다.

오디에게 바닐라 아이스크림을 좀 준다. 오디가 제일 좋아하는 군것질. 오디는 녹아내리는 누르스름한 덩어리의 냄새를 맡더니 신중하게 좌우를 살핀다. 마야와 토파즈를 포치로 내보내자 그제야 아이스크림을 핥는다. 허겁지겁 먹지 않는다. 흔치 않은 일이다. 혀끝의 시원하고 달콤함을 음미하는 중일까? 오디가 아이스크림을 핥는데 뒷다리가 가라앉는다. 몇 번 핥고 나니 엉덩이가 땅에 닿을 지경이다. 오디는 핥기를 잠시 멈추고 몸을 끌어올리지만 곧 바로 다시 가라앉는다.

🌲 2010년 7월 31일, 집

이제 집. 통나무집과 집에서 벌어진 일로 긴 하루를 마치고 지친 몸으로 침대에 쓰러졌다. 내가 편안해지려는 찰나, "윙윙". 다스 베이더 화재경보기다. 10초 뒤 "윙윙". 다시 "윙윙". 울고 싶다. 너무 피곤하고 오디가 왜 짖는지 도무지 모르겠다. 방금 나가서 소변도 봤고, 저녁도 배불리 먹었고, 아직 한밤중도 아닌데…. 왜, 왜, 대체 왜?

나와 크리스는 침대에서 마주 보고 눈을 굴린다. 크리스가 말한다. "쟤 왜 저래?"

"누가 알겠어?" 나는 베개로 머리를 감싸고 한숨을 쉰다. 짖는 소리가 사라지길 빌면서. 그리고 기적적으로 소리가 사라진다. 조용하다.

잠시 뒤 세이지가 우리 침실 문을 열어젖히며 외친다. "오디가 방금 마루에 똥 쌌어요." 복도를 걸어 나오는데 냄새가 독가스 담벼락처럼 우리를 타격한다. 나는 마루의 시커먼 덩어리 두 개를 피해 조심조심 발걸음을 옮겨서 키친타월을 가지러 주방으로 향한다. 그때 내 작은 발가락 아래 질척한 게 느껴진다. 출입구 한가운데 얌전하게 놓인 세 번째 덩어리.

우리가 청소하자 오디는 피아노 아래서 우리를 살핀다. 나는 밑으로 기어 들어가서 오디를 안아주며 말한다. "걱정 마. 우린 너한테 화 안 났어. 너도 어쩔 수 없었잖아."

죄책감이 든다. 잠자리에 들려고 할 때 오디가 짖는 소리를 두세 번 들었다. 하지만 늑대가 나타났다고 외친 소년의 부모처럼….

🌲 2010년 8월 8일

오디가 출입문에서 멈춘다. 안전과… 무엇의 문턱? 불안전? 오디가 킁킁거린다. 마치 앞으로 나갈지 말지에 대한 자신의 대답이 자그마한 바람의 기류에 실린 것처럼. 오디는 코로 위쪽을 가리키고 옆 주름을 넓히며 고개를 왼쪽으로 살짝 돌린다. 그러더니 천천히 뒤로 돌아서 다시 안으로 걸어 들어간다.

🌲 2010년 8월 17일

어젯밤 오디가 대변을 보느라 고생했다. 시도하고 또 시도했다. 개들이 대변 볼 때 하는 쭈그린 자세로 마당에 털썩 주저앉기를 반복했지만 찔끔찔끔 흔적만 남겼다.

✸ 2010년 8월 23일

거실 바닥에 똥이 또 있다. 오디가 나가고 싶어 하는 소리조차 못 들었다.

✸ 2010년 8월 24일

오디가 주방으로 가는 길목에 줄곧 서 있다. 오디를 지나가려면 몸을 돌려 벽 쪽으로 바짝 붙어야 한다. 내가 지나갈 때마다 오디가 물어뜯으려고 덤빈다. 오디의 상상에서는 내가 핫도그 한 조각을 들고 있기라도 한 걸까.

✸ 2010년 9월 3일

오디를 사랑해주려고 피아노 아래 바닥으로 내려갔다. 건너편 방에서 지켜보던 토파즈는 으르렁대고 낑낑거리더니 뛰어나와서 나와 오디 사이를 비집고 얼굴을 들이민다. 가엾은 오디는 불안한 나머지 관심을 즐기지 못한다.

행동주의 심리학자들에게 상반되는 조언을 들었다. 어떤 학자는 무리의 서열 싸움에 개입하지 말라고, 개입하면 서열이 낮은 동물(말할 것도 없이 오디)에게 상황이 더 나빠질 뿐이라고 했다. 심지어 토파즈가 오디를 완전히 무릎 꿇리면 토파즈를 칭찬해주라고 했다. 다른 학자는 개입해서 오디를 보호하고 토파즈에게 누가 진짜 대장(바로 나!)인지 보여주라고 했다. 어떻게 하지?

오늘 오디의 연애에 대해 생각해보았다. 오디는 개 버전의 말보로 맨이나 로버트 레드퍼드가 되어야 할 것 같다. 믿기지 않을 만큼 잘생겼으니까. 각도를 잰 듯 완벽한 선을 자랑하는 붉은색 제왕. 다부지고 강인한 표정과 뚜렷한 머리 위 시상능. 털과 어울리게 색을 맞춘 코와 눈. 잔물결 모양 근육. 그러나 오디의 연애는 이상하게도 빈약했다. 우리가 오디의 실질적인 번식의 열정을 수술로 눌렀기 때문이다. 그렇다 해도 오디가 일시적인 관심 이상의 감정을 보인 암컷은 두 마리밖에 떠오르지 않는다. 둘 다 오디의 사랑에 화답하지는 않았다.

사만다Samantha는 거대하고 살이 늘어진 검정 바탕에 갈색 무늬가 있는 블러드하운드다. 걸음걸이가 어색하게 한쪽으로 기운 사만다의 엉덩이는 이상한 각도로 휘었다. 사만다는 근사한 블러드하운드의 소리를 냈다. 이건 토파즈가 오기 전, 그러니까 내가 규칙적으로 개 공원에 가던 때 얘기다. 오디는 보통 다른 개들에게 관심이 없었다. 개 공원에 가는 건 사람들 때문이기에, 오디는 지나가는 모든 사람에게 토닥임과 쓰다듬을 받을 때까지 모걸음으로 번갈아가며 다가갔다. 그런데 사만다가 나타나자 오디는 사만다만 보았다. 사만다가 어디를 가든 따라다녔다. 오디는 사만다의 엉덩이에 코를 대고 킁킁대며 등에 올라타려고 안간힘을 썼지만, 사만다는 시종일관 달아나려고 했다. 사만다는 몸집이 오디의 두 배에 가까워서 오디가 뒷다리를 높이 세우고 몸을 꼿꼿이 펴야 앞발로 사만다의 엉덩이를 잡을 수 있었다.

사만다는 오디가 성가신 게 분명하지만 순한 태도를 보였고, 오디의 성적인 접근에 놀랍도록 관대하게 대처했다. 사만다는 이따금 고개를 돌려 작게 으르렁댔지만 오디를 무시했다. 민망하게 거기 서 있던 나는 사만다의 입장을 생각해 어정쩡하게 외쳤다. "오디, 무례하게 굴지 마." "오디, 당장 내려와." "오디, 이제 그만해."

오디의 다른 여자 친구는 같은 개 공원에서 만난 치와와 믹스인데, 이름은 꽃과 관련 있던 것 같다. 아마 데이지? 데이지는 두말할 것도 없이 내가 본 개 중에서 미적으로 가장 아쉬웠다. 빵 한 덩어리 정도 되는 크기였는데, 그 위에 올라타려고 애쓰는 오디를 보자니 웃기다 못해 약간 슬펐다. 데이지에게 앞발조차 두를 수 없자, 오디는 데이지의 뒤로 가서 허공에 대고 교미하는 시늉을 했다. 당혹스러운 쾌락의 표정을 지으며. 올라타는 게 반드시 성적으로 끌린다는 표시가 아니라는 건 안다. 특히 가해자가 오디처럼 고환이 제거된 경우에는. 하지만 나는 오디가 데이지에게 열렬한 감정을 품었다고 생각한다.

오디가 올라타려고 한 다른 건 크리스의 의대 친구인 채드Chad의 머리뿐이다. 우리는 크리스의 아파트에 있었고, 채드는 바닥에 큰대자로 누워 애완동물 페럿과 놀았다. 그런데 다음 장면에서 오디가 채드를 덮쳐 다리 사이로 채드의 머리를 잡고 빙빙 돌렸다. 순간, 방 안에 깊고 경악스러운 정적이 흘렀다. 채드는 비명을 질렀고 나와 크리스는 웃음을 터뜨렸다.

🌲 2010년 9월 4일, 에스티스파크

통나무집. 오디가 더 늙어 보이지만 길을 따라 내려가는 산책은 여전히 즐긴다. 오디의 뒷다리가 더 비틀거린다. 느릿느릿 걷는 동네 산책과 달리 오디는 여기서 실제로 빠르게 걸으려고 애쓴다. 심지어 중간중간 한 번에 몇 걸음씩 뻣뻣하게 뛰기도 한다. 나는 숨을 죽인다. 도로 개울 쪽을 따라 비죽하게 늘어선 차임벨 꽃 위로 오디가 금방이라도 넘어질 것 같아서.

4 통증

통증pain : '벌', 특히 범죄에 대한 벌. '아플 때 느끼는, 기쁨과 정반대 상태.' (라틴어에서 '고뇌, 곤란, 고통') ('형벌penal' 참조)

개들이 싸우는 바람에 새벽 4시에 깼다. 누가 싸움을 걸었는지 못 봤지만, 토파즈가 침대 위에 있을 때 마야도 침대로 올라오고 싶어 했을 것이다. 토파즈가 안 된다고 하자 마야는 왜 안 되냐고 하고, 토파즈가 절대 안 된다고 하자 마야가 안 되는 이유를 증명하라고 한 모양이다. 그런 다음 이빨과 털, 다리와 꼬리의 토네이도가 몰아쳤는데, 내 머리 근처가 토네이도의 눈이었나 보다. 나는 부지불식간에 전형적인 실수를 저질렀다. 싸움을 끝내려고 한 녀석을 꽉 잡아 둘을 갈라놓은 뒤 나에게서 떼어놓으려고 한 것이다. 손에서 깊은 통증이 느껴지더니 곧 따뜻하고 축축해졌다.

몇 초 뒤, 폭풍우가 지나가고 우리는 피해를 살피기 위해 불을 켰다. 바닥과 벽에는 핏자국이 흩뿌려졌다. 마야는 한쪽 귀가 찢어져서 구멍이 났고, 피투성이가 된 살점이 뒤집힌 채 대롱대롱 매달렸다. 토파즈는 신체적으로 괜찮았지만 감정적으로 엉망이었다. 토파즈의 귀는 아래로 접혔고 당황한 나머지 엉덩이는 움츠러들고 꼬리는 다리 사이로 숨겼다. 토파즈는 지혈하려고 마야의 귀를 수건으로 감싼 나와 난장판이 된 바닥을 치우는 남편을 지켜보았다. 우리는 마야를 꼭 잡고 매달린 살점을 제자리에 붙였다. 한두 시간 기다리다가 동물 병원에 가면 수의사를 만날 수 있는지 알아보았다.

그리고 내 상처를 닦아내려고 크리스의 사무실로 갔다. 과거에도 여러 번 그랬지만 집에 의사가 있다는 사실에 감사한다. 나는 오른쪽 손바닥에 두 군데, 손등에 한 군데 깊은 자상이 났다. 남편이 상처를 꼼꼼히 씻어내느라 구멍 깊숙이 식염수를 뿌렸는데, 너무 아파서 식은땀이 나고 머리가 핑 돌았다. "미주신경성 실신이야. 바닥에 누워." 남편이 말했다. '그걸로 죽을 수도 있나' 궁금했다. 상처를 씻어내고 붕대를 감는 과정이 끝나자 크리스는 엎드리라고 했고, 나는 엉덩이에 파상풍 주사를 맞았다.

우리는 5시 30분쯤 다시 침대로 올라갔다. 손이 욱신거려서 잘 수가 없었다. 이 책과 통증에 대한 장을 생각했다. 동물도 인간과 같은 방식으로 통증을 느낄까? 마야도 나와 비슷한 걸 느꼈을까? 개한테 물리면 개도 사람만큼 아플까?

데즈먼드 모리스Desmond Morris는《Dog Watching도그 워칭》에서 《The Treatment of Canine Madness 광견병의 치료》라는 18세기 책을 인용한다. "상처를 낸 개의 털을 상처 부위에 도포할 것을 권한다." 나는 겨우겨우 침대에서 기어 나와 가위로 토파즈의 털을 조금 자른다. 차마 상처에 토파즈의 털을 붙이기 뭐해서 살짝 춤을 추며 털을 내 머리 위로 뿌린다. 털이 치유력을 발휘하기 바라면서.

고통과 동물의 죽음 : 인도적인 종점

네브래스카대학교University of Nebraska 의대의 동물실험운영위원회Institutional Animal Care and Use Committee 재임 당시 느닷없이 든 생각 가운데 여전히 생생한 것이 있다. '윤리적인' 논의는, 우리가 그런 논의를 하는 것도 매우 드문 일이지만, 동물의 고통으로 귀결됐다는 사실이다. 우리는 동물이 연구에 사용되어야 하는지 토론하지 않았고(이건 동물실험운영위원회가 다루는 요점에서 벗어나므로), 우리가 실험동물에게 가하는 도덕적 모욕이 고통뿐인가라는 더 다루기 쉬운 질문도 논하지 않았다. 만장일치 표결(실험동물의 표는 제외하고)로 끝나지 않고 그나마 약간의 문답을 이끌어낸 내용은 고통 범주 E에 관한 미국 농무부의 지침US Department of Agriculture's guidelines뿐이다. 고통 범주 E는 다음과 같다. '잠재적으로 고통스럽거나 스트레스가 많은 절차를 적절하고 충분한 마취약, 진통제 혹은 진정제로 완화하지 않고 겪는 동물들.'

위원회의 인가를 받은 대다수 프로토콜에서 고통은 사실상 문제가 아니었고, 그 연구는 동의를 얻었다. 무통으로 간주되는 프로토콜 가운데 통증을 수반하지 않는 것도 있었고, 통증은 있지만 진통제가 투여되는 것도 있었다. 다시 말해서 강력한 진통제를 주고 배를 가르면 사실상 아무런 고통도 가하지 않는 게 된다. (선문답: 경험하지 않은 고통도 여전히 고통인가?)

죽음 자체는 동물에게 상해가 아닌 듯하다. 사실상 '미국수의사회가 승인한 사전 외과 시술을 포함하지 않는 안락사 시술'은 고통 범주 C 실험에 포함된다. 고통 범주 C는 다음과 같다. '통증이나 곤란을 전혀 유발하지 않거나, 일시적이거나 경미한 통증이나 곤란을 유발하는 시술. 통증을 경감하는 약물 사용이 요구되지 않는 시술.' 게다가 잠재적으로 고통스러운 모든 실험 절차에는 '인도적인 종점'이 있는데, 이는 통증이나 고통이 연구자가 고려하기에 도덕적으로 견디기 어려운 수준에 이르는 지점, 우리가 사려 깊고 인도적인 행동을 취해야 하는 지점으로 정의된다. 즉 동물을 죽여서 고통을 덜어주라는 것이다.

반려동물 관련 문헌에서도 고통은 의사 결정, 특히 생애 말기 결정에 윤리적인 버팀대 역할을 한다. 동물이 죽어야 할지 말지, 언제 죽어야 할지(우리가 능동적으로 동물의 생명을 끝내야 할 때)와 관련된 질문은 대개 고통이 관건이다. 동물이 상당한 고통을 겪는가? 그렇다면 죽음이 인도적인 선택, 윤리적인 종점이다. 죽음은 통증 관리의 최후 수단이다. 사실상 동물 복지에 대한 폭넓은 대중적·철학적 토론조차 고통을 중심으로 돌아간다. 가장 중요한 도덕적 질문은 동물이 고통을 겪을 수 있는가(고통이 일반적으로 육체적인 통증과 동일하다고 간주한다면)이다.

동물은 통증을 느낄까?

얼마나 이상한 질문인지! 아닌가? 대답은 너무나 뻔해 보인다. 그러나 많은 과학자와 철학자에게는 간단한 문제가 아니다.

통증은 정의하기도, 측정하기도 쉽지 않다. 통증은 자극에 대한 생물학적 반응이고, 실질적 혹은 잠재적 조직 손상에서 비롯된 결과다. 통증은 중대한 진화적 기능을 수행한다. 통증이 없으면 유기체는 부상을 피할 수 없기 때문이다. 이쯤에서 우리가 더 나아가려면 논쟁의 첫 번째 중대한 사항을 언급해야 한다. 우리는 인간의 통증을 정의한 적이 있는가? 동물의 통증은? 혹은 둘 다?

통증은 정서 반응이 뒤따르는 생리적인 사건 혹은 일련의 사건이다. 생리적인 사건은 통각 수용이라 불린다(부상이나 '상해noci'의 감지). 통각 수용이 발생하는 동안 신체는 조직 손상이 일어났거나 일어날지 모르니 이 신호를 척수로 보내라는 신호를 받는다. 미국국립연구회의National Research Council의 실험동물통증고충위원회 Committee on Pain and Distress in Laboratory Animals에 따르면 "통각 수용기"는 조직 손상과 관련된 내부 혹은 외부 환경, 예를 들어 특질과 강도, 위치, 자극의 지속도 등에 대한 정보를 처리하는 말초신경계와 중추신경계다. 통각 수용기의 상당 부분은 통증 인식을 생산하지 않는 척수반사의 존재가 입증하듯, 척추와 다른 대뇌피질 하부 수준에서 일어난다". 통각 수용기는 원시적 감각 능력으로 척추동물과 무척추동물에 널리 분포되었다. 이는 과학적·철학적 소란이 일어나는 부분이 아니다.

통증의 의식적 인식이 경계가 모호해지는 지점이다. 통증은 통각 수용과 결부된 불쾌한 감정 경험이라 일정 수준의 신경학적 복잡성이 요구된다. 국제통증연구학회International Association for the Study of Pain는 다음과 같이 말한다. "유해 자극으로 통각 경로에서 유발된 활동은 통증이 아니다. 우리는 통증에 직접적인 신체적 원인이 있다고 인식하는 경우가 많지만, 통증은 항상 심리적 상태다." (이해했는가?) 두뇌가 아주 작고 단순한 유기체라면 통각 수용기가 있어도 통증을 경험하지 않을 수 있다. 미국국립연구회의는 "부호화 과정은 궁극적으로 통증을 야기할 수 있지만 통증의 인식 perception(통각), 즉 감각 정보를 불쾌로 해석하는 것과는 질적으로 다르다. 통증의 인식은 유해 자극(예를 들어 열 자극이나 화학 자극, 기계 자극)에 의한 별개의 감각기(통각 수용기) 집합의 활성화, 척수와 뇌간, 시상, 최종적으로 대뇌피질의 처리에 좌우된다"고 설명한다.

멀지 않은 과학의 과거에는 통증이 인간의 특유한 능력으로 여겨진 때가 있었다. 비인간 동물nonhuman animals은 신경학적 복잡성이 결여되었기 때문에 통증을 전혀 경험하지 않는다는 주장이 제기되었다. 이 과학적 신념은 과학자, 특히 과학적인 환경 밖에서 동물과 접하는 과학자(예를 들면 애완동물이 있는 이)의 상식적인 관찰에 거의 확실히 위배되었다. 하지만 이런 신념은 동물 연구에 중요한 사상적 발판으로 존속됐다. 일설에 따르면 이 추정은 그 약점에 대한 증거가 충분한데도 오늘날까지 공고히 남았다고 한다.

물고기의 감각 : 어떤 동물이 통증을 경험할까?

지난 주말에 로키산국립공원Rocky Mountain National Park으로 산행을 갔다. 산길을 따라 드림 레이크Dream Lake 가장자리를 지나가는데, 우리 딸 또래로 보이는 소년이 있었다. "물고기를 잡았어!" 소년이 우리 딸을 오래 쳐다보며 외쳤다. "와서 볼래?" 우리는 호수쪽으로 넘어가는 길이었고, 소년은 멸종 위기에 처한 민물송어를 잡은 것 같았다(물론 불법). 호숫가에서 펄떡거리는 송어의 분홍색과 갈색 비늘이 빛을 받아 반짝였다. 소년이 월척을 뽐낼 때 물고기는 입에 낚싯바늘이 걸린 채 허공에서 몸부림쳤다. "잠깐만, 낚싯바늘 빼는 걸 보여줄게." 소년은 갈고리 끝을 확 잡아당겼다.

남편이 소년에게 허둥지둥 다가가 플라이낚시 할 때 물속에서 어떻게 물고기를 잡는지 보여주겠다며 낚싯바늘을 뺐다. "잡았다가 놔주는 이유는 우리가 물고기를 살려두면 물고기 개체 수를 좋은 상태로 유지할 수 있기 때문이야." 남편이 다정하게 설명했다. 그러고 나서 물고기 입속의 낚싯바늘을 당기기 전에 미늘을 잘라낼 수 있도록 소년에게 철사 절단기를 갖다 달라고 부탁했다. 소년은 철사 절단기가 없다고 했고, 남편은 낚싯바늘을 그대로 두는 편이 물고기에게 낫다고 설명했다. 소년이 낚싯줄을 자를 칼을 찾으러 뛰어가고 나는 길을 따라 멀어졌다. 더는 볼 수가 없었다.

뒤따라온 남편에게 어떻게 됐는지 물었다. "물고기는 갔어." 남편이 답했다. "아, 안 돼…" 나는 풀밭에 늘어진 물고기가 떠올라 한탄했다. "아니, 갔다고. 헤엄쳐서 멀리. 괜찮을 거야." 남편은 소년이 물고기를 풀어주는 걸 도와주면서 다음번 낚시 탐험에서는 미늘이 없는 낚싯바늘을 쓰는 걸 생각해볼 이유에 대해 설명했다. 그 민물송어는 입에 낚싯바늘이 낀 채로 사는 데 적응해야 할 것이다. 특대형 입술 고리를 한 것처럼.

이 일은 내가 동물의 고통에 대해 쓰는 동안, 우연히 《Do Fish Feel Pain?물고기도 통증을 느낄까》라는 흥미로운 책을 읽는 도중에 일어났다. 물고기는 내가 생각한 것보다 지능이 높고 감각이 있으며, 통증도 느끼는 것으로 밝혀졌다. 나는 오랫동안 물고기에 대해 편견이 있었음을 깨달았다. 물고기를 좋아해서 먹지는 않지만 늘 물고기가 약간 원시적이라고 여겼다. 그 물고기 책 덕분에 이 생명체 내부에서 내가 생각한 것보다 훨씬 많은 일이 일어난다는 걸 알았다. 금붕어는 매우 지적이고 쉽게 지루함을 느낀다. 여러 물고기가 사실상 통증을 인지하고 느낀다. 아마도 나만큼. 나는 이제 어떤 생명체가 어떤 것을 느끼는지, 나의 개인적인 도덕 체계에서 어떤 것이 가치 있어야 하는지 내 가정에 확신이 없다.

물고기의 인식력에 대해 읽을수록 내 딸의 방에 있는 어항에 불편한 마음이 든다. 모든 생명을 신성하게 여기는 집 안 환경을 만들려고 애썼지만(우리는 피를 빨아먹으려는 진드기와 모기를 현행범으로 잡아서 정당방위로 죽이는 경우를 빼고는 벌레를 고의로 죽이지 않는다), 어떤 생명에는 다른 생명보다 마음을 쓴다. 물고기는 순위가 매우 낮았다. 우리 집에는 거피들이 사는 40리터짜리 어항이 두 개 있는데 하나에는 수컷, 다른 하나에는 암컷이 들었다(거피가 새끼를 많이 낳고 번식력이 왕성하다는 걸 안 뒤, 암컷과 수컷을 떼어놓을 수밖에 없었다). 하나 남은 암컷은 혼자 헤엄치며 돌아다니고, 대부분 까만색 작은 펌프 뒤에 숨어서 지낸다. 물고기가 외로움을 타는지 모르지만 나는 이제 이 작은 거피가 걱정된다.

어떤 동물이 통증을 느끼는가라는 질문의 답은 과학자들이 동물의 생리와 인식 능력에 대해 알아감에 따라 지속적으로 진화 중이다. 통각 수용 신경은 척추동물과 무척추동물에 걸쳐 널리 확인된다. 인간과 해삼은 둘 다 신체 손상을 감지하고 자극에서 물러나는 반응을 한다. 그러면 어떤 동물이 통각 수용 정보를 처리하고 통증을 느끼기에 충분히 복잡한 두뇌가 있을까?

자극에 대한 생리적·행동적 반응을 바탕으로 강력한 추론이 도출될 수 있다. 지난 20년간 진행된 연구는 포유동물이 통증을 경험하고 느끼는 능력은 조류에서 어류까지 이어진다는 사실에 충분한 증거를 제공했다. 물고기는 통증에 경계 행동, 호흡 증가 등 다른 척추동물과 동일한 여러 가지 행동적·생리적 반응을 보인다. 물고기에게 모르핀을 주면 이런 반응은 약해진다.

무척추동물에 대한 자료는 결론에 이르지 못한다. 기생충과 파리, 진드기, 모기 같은 무척추동물은 신경계가 작고 인식 능력이 제한적이라 고통을 느끼지 않을 가능성이 크다는 의견에 무게가 실리는 듯하다. 문어 같은 두족류는 두뇌가 커서 판단하기 더 어렵다. 바닷가재와 갑각류에 대해서는 아직 배심원의 판결이 내려지지 않은 상태다. 일부 과학자는 갑각류에게 오피오이드 펩티드*와 오피오이드 수용체가 있는 것이 통증을 느끼는 능력의 표시라고 해석했지만, 대다수 과학자는 회의적인 입장이다. 동물과 고통에 대해 알수록 우리를 놀라게 할 만한 사실을 접하리라 생각한다.

고통의 척도

팜스프링스Palm Springs 동물 보호소는 올봄에 '클러스 포 퍼스 Claws for Paws'라는 행사를 주관한다. 해마다 열리는 모금 행사로, 코

----

* 구조와 기능이 모르핀과 유사한 화학전달물질

첼라 밸리Coachella Valley에서 유일하게 동물을 죽이지 않는 동물 보호소를 위해 꼭 필요한 수입을 만들어낸다.

이 먹음직스러운 바닷가재 요리를 500그램짜리 한 마리 통째로 세금 포함 단돈 20달러에 점심이나 저녁으로 드실 수 있습니다. 그릴에 구운 메인 바닷가재와 집에서 만든 코울슬로, 컨페티 라이스confetti rice, 갓 구운 디너 롤, 각종 소스까지. 맥주와 와인도 구입해서 드실 수 있습니다. 한 단계 높여서 세금 포함 25달러로 스테이크(미국 농무부 초이스 등급 그릴 스테이크 170그램)와 500그램짜리 바닷가재 한 마리를 통째로 드세요. 혹시 양이 부족하다 싶으면 바닷가재 두 마리(500그램짜리 두 마리 통째로)를 세금 포함 35달러에 드세요.

동물을 죽이지 않는 동물 보호소를 위해 모금하는 건 아주 좋은 생각이다. 하지만 도덕적으로 약간 빗나간 것 같지 않은가? 끓는 물이 담긴 냄비 위에 매달린 바닷가재들이 빈정대는 소리가 들리는 것 같다. "이봐! 동물한테 신경 써줘서 끔찍하게 고맙네!"

다른 동물보다 통증과 고통이 문제가 되는 동물이 따로 있을까? 개와 고양이에게는 중요하지만 바닷가재와 젖소에게는 그렇지 않을까? 한 생명체 입장에서 판단하면 통증과 고통, 죽음은 전적으로 중요하다. 그러나 어떤 동물이 고통 받을지 우리가 도덕적 판단을 한다는 점을 생각해보면, 누가 고통을 겪어야 한다면 어떤 동물이 다른 동물보다 중요한 방식으로 고통 받을지 결국 우리가 판결

한다. 억지로 동물에게 고통스러운 실험을 해야 한다면(통증과 고통이 가장 중요한 요소라면) 침팬지보다 개미를 쓰는 편이 나을 것이다. 더 정확히 말하면 그 선택이 그나마 덜 나쁘리라.

나는 침팬지와 개처럼 인지적·정서적으로 복잡한 동물이 설치류와 물고기처럼 덜 복잡한 동물보다 풍부한 경험을 할 것 같다. 생물학자 도널드 브룸Donald Broom은 다른 관점을 제시한다. 그는 두뇌가 더 복잡한 동물이 덜 복잡한 동물보다 통증에 효과적으로 대처할 것이라고 가정한다. 뇌가 복잡하면 더 다양하게 반응하고, 유연하게 행동한다. 어쩌면 물고기는 더 복잡한 동물만큼 고통을 효과적으로 감당하지 못해서 결과적으로 더 고통 받을지 모른다.

고통의 비통증적 원인

한 인간을 가족과 모든 인간적인 접촉에서 매우 조심스럽게 분리한 다음, 이동 중에 긁히거나 멍들지 않도록 편안한 콘크리트 감옥에 두면 그 사람은 행복할까? 그 사람은 자신이 그곳에 왜 왔는지, 그곳이 어디인지, 자신의 아이와 남편에게 무슨 일이 일어났는지 모른다고 하자. 특별히 할 일도 없다. 책이나 종이, TV도 없고, 그저 뚫어지게 쳐다볼 창문 없는 벽과 팔다리를 펴고 움직일 수 있는 공간뿐이다. 불은 규칙적인 간격으로 켜지고 꺼진다. 나쁘지 않지만 단조로운 음식이 기계 장치로 움직이는 식판에 담겨 벽 한 면의 구멍을 통해 배달된다. 남은 인생을 이 이상한 장소에 머물러야 할 수도 있다. 누가 알겠는가? 육체적인 통증은 없다. 몸은 완전히 멀쩡하다. 그 사람은 고통스럽지 않을까?

동물 복지 관련 문헌에서 고통은 흔히 곤란이라는 용어와 짝을 이룬다. 예컨대 발의된 연구 계획의 상대적인 잔혹함을 평가하기 위해 실험동물운영위원회Institutional Animal Care and Use Committees에서 사용하는 B–E 척도는 실제로 '통증과 곤란 척도'라 불린다. 동물의 고통이 외과적 절개의 통증을 훨씬 넘어선다는 사실을 정부가 인식한 건 잘된 일이나, 곤란의 정의('스트레스 요인에 대한 적응이 균형 상태를 유지할 만큼 충분하지 않아서 부적응 행동이 나타나는 상태')는 모든 것을 상당히 모호하게 남겨둔다.

잠재적인 스트레스 요인의 목록은 무한하다. 우선 질병과 불편, 부상 같은 생리적 스트레스가 포함될 것이고, 과도한 조작과 사회적 고립, 예측할 수 없는 환경 등 심리적 스트레스, 권태와 불안, 사별, 공포 같은 정서 상태도 스트레스 요인이다. 곤란은 다른 말로 스트레스가 고통을 유발하기에 충분할 만큼 극심해진 상태다. (곤란은 '따로, 떨어진'이라는 라틴어 접두사 dis–와 '꽉 끌어당기다, 달라붙다'라는 뜻이 있는 stringere가 결합한 말에서 유래한다. 밀착되어야 할 것을 해체한 것이다. 정신을 말하는 걸까?)

'고통'은 비과학적인 용어지만, 우리의 통증 어휘에서는 중요한 말이다. 나에게 동물의 고통이라는 개념은 윤리적으로 더 모호한

'동물의 곤란'보다 견인력이 강하다. 동물과 인간의 고통은 등가가 아니지만, 동물이 상처나 질병에 따른 육체적인 통증과 곤란을 넘어서는 다양한 고통을 겪을 것이라는 사실을 경험으로 추론할 수 있다. 동물의 삶의 질을 판단할 때(삶을 지속하는 것이 너무 고통스러운지 묻는 일) 우리는 반드시 고통의 광범함을 고려해야 한다.

뻔한 말 같지만 동물의 의식과 고통에 대한 회의론이 건재하다는 사실을 유념해야 한다. 신중한 과학자와 철학자는 동물이 고통을 겪는지, 이 고통이 어떤 형태를 취하는지 확실히 알 수 없다고 말할 것이다. 사실 '고통'의 정의조차 파악하기 어렵다. 동물행동학자 마리안 스탬프 도킨스Marian Stamp Dawkins는 고통을 "극도로 불쾌한 주관적 (정신적) 상태의 다양한 범위 가운데 하나를 경험하는 것"으로 정의하면서, 이것이 대략 "우리가 얻을 수 있는 최대한 정확한 정의"라고 말한다.

도킨스는 관찰 가능한 행동과 주관적 경험에는 해석상의 간극(인간과 동물에게도 존재하는 간극)이 있다고 지적한다. "우리는 그 간극을 메우려고 각자 믿음의 도약에 가까운 무엇을 만들어내고, 이 동물 혹은 저 동물이 뇌 구조나 행동에서 '우리와 비슷'하므로 우리처럼 고통을 느낄 거라는 일종의 가정을 한다." 이 간극을 메우거나 메우지 않는 데는 여러 가지 방법이 있다. 어떤 사람들은 뇌 구조의 유사성을 주장하고, 다른 사람들은 행동의 연관성을 주장한다.

과학자들이 여전히 인간 의식을 이해하지 못한다는 점, 무엇이 인간을 대단히 똑똑한 컴퓨터와 다르게 만드는지, 우리 신경계의 전기 자극이 사랑이나 수치심, 고통 같은 감정에 정확히 어떻게 '의식 경험'을 일으키는지 여전히 갈피를 잡지 못한다는 점을 기억할 필요가 있다. 그런데도 우리는 인간의 의식을 부인하지 않는다. 인간 의식의 철학적·과학적 불가사의함에도 말이다. 우리는 다른 인간에 대해서는 해석상의 간극을 기꺼이 뛰어넘는다.

도킨스는 동물의 감정에 회의적이기 때문에(우리는 동물이 주관적 정서 상태를 경험하는지 전혀 '인식'할 수 없다) 비인간 동물에게 '고통'이라는 단어를 적용하려면 "믿음의 도약이 필요하다"고 생각한다. 도킨스가 옳을 수도 있다. 그리고 도킨스도 내키지는 않지만 이 도약을 하지 못할 이유가 없다고 인정한다. 나에게는 이 도약이 지극히 작으면서 필수적이다. 동물이 고통을 느낀다는 것을 부인하는 데 훨씬 더 가파른 도약이 필요하다.

동물 감정의 생리적 근원을 연구한 신경생리학자 자크 판크세프 Jaak Panksepp는 동물의 뇌를 연구해서 특정한 화학물질의 수치 변화 같은 생리적 사건을 측정함으로써 동물에게 감정이 있다는 걸 '알 수 있다'고 믿는다. 그는 모든 포유동물에게 추구와 분노, 공포, 욕망, 배려, 당황, 유희 같은 동일한 기본 정서 체계가 있다는 상당한 증거를 제공한다. 전적으로 정서적인 것은 아니지만 다른 감정 체계도 존재한다. 통증과 쾌락, 혐오, 허기, 갈증이 이에 해당한다. 이런 정서 체계가 있다면 심원한 고통의 필수적인 원료는 갖춘 것 아닐까? 그러니 우리는 철학적인 크레바스를 뛰어넘는 이 모든 과정을 생략해도 좋지 않을까?

동물의 통증과 인간의 통증

동물이 느끼는 통증은 밀접하게 연관된 두 가지 도구로 평가할 수 있다. 첫째, 호흡과 맥박 같은 임상적 상태의 측정값에 동물이 통증을 느끼는 때를 나타내는 행동적 신호를 결합하는 객관적인 점수 체계다. 통증에 대한 동물의 행동적·생리적 반응은 여러 포유류에서 유사하다. 심장박동 수와 호흡이 증가하고 정상 행동이 중단되는 모습을 보인다. 아픈 동물은 전형적으로 덜 움직이고, 덜 먹고, 사회적으로 움츠러든다. 통증 감지의 역치(유해 자극이 가해지는 동안 통증이 처음으로 인지된 지점)는 인간과 다른 온혈 척추동물이 근본적으로 동일하다. 만성 통증에 대한 장기적인 심리 반응도 종을 불문하고 비슷하다. 동물은 의기소침해지고 만성적인 불안을 경험한다.

둘째, 과학자들은 통증 등가 검사pain-equivalence test를 사용한다. 인간의 통증이나 비인간 동물의 통증이 본질적으로 동일하다는 가정 아래 자문해보자. "이건 나한테 아플까?" 그렇다는 답이 나오면 동물에게도 통증을 유발할 것이라고 추정할 수 있다. 의료적인 개입이나 질병의 추이가 우리에게 고통스럽다면 동물에게도 고통스러울 것이라고 추측해야 한다. 통증의 종류와 치료의 양상, 다양한 진통제의 유효성, 약의 부작용, 통증 경험의 심리적 뉘앙스 등 인간의 통증에 대해 우리가 아는 많은 사실이 동물의 통증 연구에서 얻은 결과물이라는 점을 (몇 번이고) 상기할 필요가 있다. 과학을 위해서라도 동물의 통증은 우리의 통증과 마찬가지다.

그럼에도 동물의 통증을 정확히 측정하는 데 많은 어려움이 따른다. 동물의 통증이 우리의 통증과 비슷하지만, 우리가 느끼는 통증과 똑같지는 않을 것이다. 예를 들어 통증 감지의 역치가 여러 종에서 유사하다고 해도 통증 내성tolerance 역치(피험자가 견딜 수 있는 최대 고통)는 그렇지 않다. 이는 종에 따라 다양하게 나타날 수 있고, 특정한 종에서도 상당한 차이가 있다. 연구에 따르면 인간의 통증 내성은 나이와 성별, 경험, 문화적 태도, 명상, '기폭제'(연상의 힘)에 따라 조절될 수 있다고 한다.

동물에게 통증이 어떻게 느껴질지 경험으로 추론하는 것은 우리와 가장 유사한 동물일 때 특히 효과적이다. 브라운트라우트*처럼 생리와 신경 회로가 우리와 매우 다르다고 여겨지는 종일 때는 좀 더 어려워진다. 진드기와 거미, 다른 무척추동물은 통증의 잠재적 신호를 해석할 만큼 해당 동물의 행동에 대해 충분히 알지 못하고, 등가에 대한 가정이 우리와 너무 다른 생명체는 고통을 경험할 수 없다는 잘못된 추측으로 연결될지 모른다.

'중개 통증 의학translational pain medicine'이라는 용어는 보통 설치류에 대한 연구를 인간의 임상 실습으로 중개하는 것을 말한다. 앞서 동물 연구가 인간의 통증과 치료에 대해 우리가 아는 많은 부분을

---

*
　연어목 연어과의 민물고기

제공했다고 말했다. 그러나 통증 연구자들이 그 '중개'가 불완전하게 작동하는 데 낙담한다는 점에 주목할 필요가 있고, 이는 인간과 동물의 등가를 과도하게 여기는 것의 위험성을 환기한다. 공통의 통증 모델이 실제 임상 조건을 반영하지 않는다는 점도 문제다. 예를 들어 아주 일반적인 통증 모델 하나가 아세트산을 생쥐나 들쥐의 피하에 주사해서 작열감을 유도하는 아세트산 비틀림 실험acetic acid writhing test이다. 하지만 피부 아래 아세트산을 넣으려고 병원에 갈 사람이 몇이나 될까?

게다가 통증 연구자들은 핥기, 물기, 소리내기 등 설치류의 통증 측정에 사용되는 다수의 행동 반응이 '제뇌除腦' 동물(뇌간을 절개하거나 절단한 동물)에게 나타날 수 있다는 사실에 주목한다. 척추동물의 척수는 결부된 두뇌가 없어도 유해 자극에 반응한다. 통증의 의식적 인식을 연구하기 위해서는 대뇌피질 구조를 포함하는 행동 계측이 필요하다. 이는 행동 반응이 동물의 머릿속에서 무슨 일이 일어나는지 보여주는 신뢰할 만한 지표인가라는 질문을 제기한다.

동물 모델 사용에 또 다른 교란 변수는 통증의 개별적 특질이다. 거의 모든 통증 연구는 스프라그다울리Sprague Dawley 수컷 성체 단일 종에게 수행된다. ('스프라그다울리'는 1920년대에 스프라그다울리동물회사가 개발해 의학 연구에서 광범위하게 사용되는 알비노 쥐 품종이다.) 믿을 만한 결과를 얻는 가장 좋은 방법은 데이터 포인트의 집합을 수집할 때 교란 변수의 가능성을 중시하지 않는 것이다. 그러나 인간은 스프라그다울리 수컷과 매우 다르다. 여성

인간은 통증과 진통제에 남성 인간과 다르게 반응한다. 인종과 민족, 연령, 경험적 배경, 기분 등도 통증의 인식과 다양한 진통제의 효과에 영향을 준다. 개인은 각자 통증에 고유한 반응을 보이고, 이 개별적 차이는 동물 심지어 그 사랑스러운 수컷 쥐 사이에서도 발견된다.

마지막으로 우리는 인간 정신과 동물 정신의 차이점이 통증으로 유발되는 고통에 어떻게 영향을 미치는지 생각해야 한다. 인간 정신이 대단히 복잡하기 때문에 상대적으로 정신이 덜 복잡한 다른 동물보다 우리가 고통을 깊이 겪으리라 가정할 수 있지만, 이는 사실이 아닐지 모른다. 과학자와 수의사, 철학자가 내놓은 다음 관찰을 생각해보자. 과학자는 스트레스에 대한 부신 반응이 사람보다 동물에서 뚜렷하다는 사실에 주목한다. 왜일까? 사람은 동물에게는 부족한 심리적 도구를 사용해서 스트레스 상황에 대처할 수 있기 때문이다. 예컨대 우리는 왜 바늘에 찔려야 하는지 이해한다.

수의사는 동물이 사람보다 극심한 통증에 시달릴 수도 있다고 암시한다. 통증은 감각 식별 차원과 동기 정동 차원으로 나뉘는데, 동물은 첫 번째 차원이 제한되기 때문에 두 번째 차원에서 더 두드러진 반응을 보일 수 있다고 한다. 철학자는 지적한다. "동물이 실제로 현재 엄연히 일어나는 일에 속박되었다면, 우리에게는 동물의 고통을 덜어주려고 더 애써야 할 의무가 있다. 동물은 스스로 고통의 중단을 고대하거나 예측하거나 희미하나마 고통의 부재를 기억할 수조차 없기 때문이다. …동물이 고통 받는다면 그들의 우주는 전부 고통이다. 지평선은 없다. 그들은 그들의 고통 자체다."

인간의 통증은 동물의 통증과 동일하지 않다. 그러나 우리가 인간의 통증을 이해함으로써 동물이 무엇을 느끼는지 조심스럽게 추론할 수 있을 만큼 그 둘은 유사하다. 공감은 인지적인 추론의 기술, 즉 다른 이의 감정과 필요를 '직감'하고 적절하게 반응하는 것이다. 우리는 늘 상대에게 이를 행한다. 우리는 동물에게도 같은 것을 할 수 있다.

통증의 역설

동물의 통증은 역설을 보여준다. 한편으로는 동물에 관한 과학적 연구가 동물은 통증을 느끼지 않는다는 가정 아래 진행된다. 동물은 통증 수용기가 있지만, 감정이 없으므로 통증을 느끼지 않는다는 것이다. 다른 한편으로는 인간의 통증에 대한 생리학 연구, 심지어 심리학 연구조차 동물의 통증과 인간의 통증은 본질적으로 대등하다는 과학적 전제 아래 전통적으로 동물 모델을 이용해 수행되었다.

콜로라도주립대학교Colorado State University에서 생명윤리학과 철학을 가르치는 버나드 롤린Bernard Rollin은 과학에 이 역설에 대한 해명을 요구하는 데 앞장선 사람 중 하나다. 롤린 박사는 1980년대

연구 기관들에 동물운영위원회를 설립하는 데 관여했고, 동물 복지 개선을 위해 수의사와 연구자, 소 목장 주인, 양돈 농업인과 함께 일하는 데 생애를 바쳤다. 롤린 박사가 《The Unheeded Cry무시된 비명》을 쓴 1990년대 초는 동물의 감정을 부인하는 일이 다반사였다. 그러나 20년이 지나자 동물 인지 연구는 어떤 합리적인 의심의 여지도 없이 동물은 의식이 있고, 모든 복잡한 감정을 다양하게 경험하며, 통증을 감지하는 데 필요한 인지 기관이 있다는 사실을 증명했다.

나는 진보된 동물 인지과학이 특히 수의사들 사이에서 동물의 통증을 대하는 태도에 어떤 영향을 미쳤는지 알고 싶었다. 롤린 박사는 수의사나 수의학과 학생들과 긴밀하게 협력하는 분이니 상황이 어떻게 변했는지 평가하기에 좋은 입장인 듯했다. 콜로라도는 내가 사는 곳과 멀지 않아서 그분을 직접 찾아뵙기로 했다.

어느 상쾌한 겨울 아침, 우리는 콜로라도주립대학교 철학과에서 만났다. 내가 도착했을 때 롤린 박사는 복도 탁자에 기대서 통화 중이었다. 전화로 약속해서 직접 만난 적은 없지만, 굵은 목소리와 또박또박한 말투로 자유롭게 욕설하는 걸 보고 그분을 쉽게 알아봤다. 키는 작지만(후하게 봐도 170센티미터쯤) '존재감'이 있다. 우리가 앉아서 이야기한 회의실을 꽉 채우는 느낌이 들 정도로. 가슴이 딱 벌어지고, 희끗한 턱수염이 얼굴을 뒤덮어 카를 마르크스Karl Marx와 약간 비슷해 보였다. 롤린 박사가 나에게 처음 건넨 말은 할리데이비슨을 탄다는 사실이고(검은 부츠와 재킷으로 보아 적역이다),

벤치프레스 227킬로그램을 든다는 여담도 곁들였다. "모두 나한테 어쭙잖은 수작을 못 부리지요." 그가 덧붙였다. 롤린 박사는 자신의 철학 사상을 밀어붙일지 몰라도 유순한 면이 있는 분이다.

나는 그에게 지난 10년 혹은 20년간 함께 일하는 수의사와 학생들 사이에서 통증 관리에 대한 태도가 어떻게 변했는지 물었다. 박사는 한숨을 내쉬고 머리를 긁적이더니 희끗한 머리를 쓸어 넘기며 말했다. "그 사람들은 야만인입니다. 진짜 그래요."

분명 내 얼굴에 놀라움이 드러났을 것이다.

"수의대 학생들의 최근 분위기는 예전보다 훨씬 좋지 않아요. 맥빠지는 일이죠. 나는 남성 우월주의자가 아닙니다." 그는 의자에 앉아 몸을 앞으로 숙이고 나를 지그시 보며 말을 이었다. "날 그렇게 생각한다면 좋을 대로 해요. 그래도 아니니까. 하지만 수의대 학생 92퍼센트가 여성이라는 얘기는 해야겠어요. 그런데 상황이 점점 더 나빠져요. 동정심을 발휘하면 시류에 역행하는 게 됩니다."

과학이 동물의 통증을 인정하는 과정이 왜 이렇게 더딘지 묻자 그가 답했다. "이데올로기가 겹겹이 있으니까요. 그게 이유지요." 박사의 수의대 학생들은 하나같이 졸업할 때쯤 동물이 통증을 느낀다는 걸 믿지 않는 교수나 학우, 개업 수의사와 접촉한다. 그들 중 일부는 여전히 동물의 통증을 무시할 것이다. 그들은 그렇게 생각하도록 가르침을 받았다.

롤린 박사는 경력 초기에 과학자들이 동물의 통증이 실재한다는 걸 좀처럼 인정하지 않고, 인정해도 순전히 기계론적인 용어로 개념화했다고 지적했다. 1960년대에도 수의사는 동물의 통증을 심각하게 여기도록 훈련받지 않았다. 학생들은 염화숙시닐콜린succinylcholine chloride 같은 쿠라레 유사제(근육 이완제)를 사용해서 말을 거세하라고 배웠다. 이런 약은 신경 근육의 붕괴를 유발하지만 의식을 잃게 하지는 않는다. 박사는 수의대 학장의 말을 인용한다. "마취와 통각 상실증은 통증과 아무런 관계가 없다. 그건 화학적인 억제 방법이다." ('화학적 억제' 아래 하는 수술을 잠시 생각해보자. 근본적으로 마비되었지만 통증과 수술이 진행되는 것은 여전히 자각하는 상태. 당신이 생각하는 최악의 악몽은 무엇인가? 자, 이제 화학적 억제 아래 하는 수술과 당신의 악몽을 비교해보라.)

박사는 과학자들이 통증을 정신 상태나 의식 형태라기보다 기계적이고 생리적인 사건('통각 수용')으로 취급해 동물이 느끼는 통증의 역설을 얼버무리려 한다고 말했다. 과학자들은 통증 반응에 대해 말하면서 동물의 감정feelings 관련 질문을 묵살했다. 스트레스의 개념에서도 유사한 일이 일어난 결과, 스트레스는 공포와 불안, 다른 여러 고통을 포함하는 두루뭉술한 표현으로 사용된다. 따라서 유해한 상황은 동물에게 자각이나 의식(혹은 과도한 공감)을 불러일으키지 않고도 해로운 영향을 준다고 말할 수 있다.

롤린 박사는 과거 수의대 최전선에서 본 사건 때문에 괴로운 듯하다. 참전한 퇴역 군인처럼 끔찍한 이야기를 차례로 회상한다. "다중 수술이 뭔지 아시죠?" 그가 물었다. 내가 고개를 젓자, 그는 교수가 된 지 얼마 안 됐을 때 수의과 학생 몇 명이 문제가 생겼다고 찾아온 일을 이야기했다. 학생들은 동물 수술을 당연히 동물에게 실습하면서 배웠다. 어느 수술 수업에서 학생들은 개에게 실습하는 중이었다. 학생들은 각자 개를 한 마리씩 가지고, 이 개들(수술 수업 하나에 약 120마리)에게 각각 아홉 가지 수술을 집도하기로 했다. 아홉 번째 수술이 끝나면 개는 죽음을 당한다. 그가 당시 마취제나 마취 없이 하는 수술이 흔했다는 걸 상기시켰다. "이런 동물을 위한 통증 조절은 없었습니다." 개는 수술과 수술 사이에 약간 회복 시간을 보낸 뒤, 다시 칼 아래 놓인다.

"한 학생이 그러더군요. 수술 중간에 교수가 점심시간을 줘서, 수술대 위에 개들을 그냥 두고 가서 점심을 먹었다고요." 나는 할리데이비슨을 타는 이 남자의 눈에 눈물이 차오르는 걸 봤다.

동물의 통증에 대한 오래된 태도는 새로운 접근 방식에 자리를 내준다. 롤린 박사는 자신이 목격한 (현재 일어나거나 일어나지 않는) 일에 낙담하지만, 나는 상황이 나아진다는 인상을 받는다. 2001년 미국수의사회의 동물복지포럼Animal Welfare Forum에서 개회 연설을 맡은 쉴라 A. 로버트슨Sheilah A. Robertson 박사는 단언했다. "동물이 통증을 느낀다는 과학적인 증거는 압도적이다. 이제 우리가 할 일은 다음 단계로 넘어가 동물을 어떻게 도울까 같은 더 중요한 주제를 논하는 것이다."

동물의 통증에 대한 우리의 반응을 바꾸기 위해 열심히 활동하는 사람 가운데 콜로라도 윈저Windsor에서 수의사로 일하는 로빈 다우닝Robin Downing이 있다. 그녀는 버나드 롤린이 묘사한 것과 도그

마가 매우 유사한 1980년대에 수의대를 다녔다. 동물의 통증은 동물을 억제하는 중요한 수단으로 여겨질 때다(통증은 다치거나 아픈 동물들을 잠잠하게 만들었으므로). 다우닝 박사는 자신에게 변화가 일어난 때를 정확히 기억한다. 박사는 장폐색이 생긴 레드힐러를 치료해달라는 요청을 받았다. 그녀에게는 세 가지 선택지가 있었다. 개를 안락사 시키는 것, (수술의 통증이 개를 죽일지 모른다는 사실을 충분히 알면서도) 가능한 방법이 없으므로 진통제 없이 수술하는 것, 새로운 방법을 찾는 것. 박사는 세 번째 선택지를 고른다. 통증 관리를 전공한 인간 의사와 상의한 뒤, 힐러를 마취하고 성공적인 수술을 집도하기 위해 배운 의술을 사용했다. 그때부터 다우닝 박사는 인간 통증 전문가와 협업했고, 동물 통증 관리를 널리 알렸다. 최초로 동물 통증 관리 병원을 개원했고, 국제수의통증관리아카데미International Veterinary Academy of Pain Management를 설립했다.

그럼에도 다우닝 박사는 동물의 통증 지형이 매우 황량한 상태라는 사실에 수긍한다. 동물이 겪는 통증 절대다수는 충분히 다뤄지지 않거나 잘못 처리되거나 전혀 취급되지 않고, 너무나 많은 불필요한 통증이 존재한다. 많은 환경에서 일상적인 통증 관리가 실행되지 않고, 애완동물의 보호자가 다른 선택지를 알지 못한다는 이유로 많은 개와 고양이가 안락사 당한다. 수의사들이 동물의 통증을 이해하고 치료하는 데 참담할 정도로 훈련되지 않았다. 이제는 수많은 선택지가 통용되는데도 거의 잘 이용되지 않는다.

기본적인 자유로서 통증 치료

통증은 절대악이 아니다. 중요한 진화적 기능을 수행해 동물이 안전하게 생존할 수 있도록 만들기 때문이다. 그러나 약물로 관리할 수 있거나, 동물의 요구에 세심하게 주의를 기울이면 완화할 수 있거나, 동물에게 의도적으로 가해지는 통증처럼 치료되지 않은 통증은 세상에 없는 편이 낫다. 다우닝은 우리가 통증을 효과적으로 관리할 수 있다면 반려동물의 생존 확률이 커지고 삶의 질도 나아질 것이라고 말한다.

인간의 영역에서는 통증 치료에 접근할 기회가 기본 인권에 포함된다. 인권감시단Human Rights Watch은 2009년 〈제발 우리를 더는 고통스럽게 만들지 마세요 : 인권으로서 통증 치료 접근권Please, Do Not Make Us Suffer Any More : Access to Pain Treatment as a Human Right〉이라는 보고서를 발행했다. 보고서에 따르면 세계보건기구는 세계 인구의 80퍼센트 정도가 "중위의 통증과 극심한 통증에 대해 치료 접근권이 전혀 없거나 충분하지 않고", 해마다 수천만 명이 생애 말기에 치료되지 않은 통증에 시달린다고 추산한다. 세계보건기구는 치료되지 않은 통증을 주요한 공중 보건의 위기로 지목한다.

이는 개발도상국 국민에게 특히 부합하는 사실이다. 국제법에 따르면 국가는 적절한 진통제를 이용할 수 있게 해야 할 의무가 있다. 진통제를 제공하지 않는 것은 건강권 침해고, 경우에 따라서는 잔혹하고 비인도적인 대우를 금지하는 조항을 위반하는 행위다.

보고서에는 최소한 모든 국가가 "필요한 모든 사람이 이용할 수 있어야 할 필수적인 약"으로 간주되는 모르핀의 이용 가능성은 보장해야 한다고 기재되었다.

치료되지 않은 통증은 개와 고양이에게도 공중 보건의 위기가 될 수 있다. 동물의 통증에 대한 관심은 동물을 소유하거나 치료하는 이들의 기본적인 도덕적 책무고, 통증을 다루지 않는 것은 잔혹하고 비인도적인 일이다. 나는 동물 복지와 관련해 권리라는 말을 쓰는 것을 좋아하지 않는다. 대신 여섯 가지 자유라는 말을 선호한다. 영국농장동물복지위원회가 브람벨 보고서를 수정한 다섯 가지 자유 가운데 두 번째는 '통증과 부상, 질병에서 자유'다. 이 자유를 보장한다는 건 동물을 돌보는 데 통증 관리를 기본 신조로 삼는다는 뜻이다.

이 자유가 충분히 실현되려면 아직 멀었다. 너무나 많은 동물이 (사랑과 보살핌을 받는 반려동물조차) 통증에 시달린다. 주인의 방치나 학대, 수의사의 부주의 때문에. 그러나 애완동물의 주인이 자신의 동물이 고통 받는다는 사실을 모르거나 통증을 효과적으로 관리하는 방법을 이해하지 못해서(나도 이 부분에서 낙제점이었다), 어떤 이유가 됐든 수의사가 할 수 있는 만큼 동물의 통증을 덜어주지 않아서 그런 경우가 가장 흔하다.

통증을 이해하는 일은 중요하다. 통증은 애완동물의 노화, 임종, 죽음에 대한 결정을 하는 데 중대한 부분이기 때문이다. 좋든 싫든 통증은 생애 말기 수많은 결정의 방향을 좌우하는 주축이다. 통증이 동물의 안락사 여부에 영향을 미친다면 우리의 결정을 어떤 방식으로 이끄는 것이 맞을까? 동물이 느끼는 통증이 적절하게 관리되면 호스피스 돌봄과 자연사가 안락사보다 나은 대안이 될까? 달리 말해 우리는 통증에 대한 효과적인 치료가 부족하기 때문에 동물을 안락사 시키는 걸까?

개선의 여지

롤린과 다우닝이 지적하듯이, 수의학에서 진통제를 사용하지 않은 건 그리 오래전 일이 아니다. 마취 없이 수술되고, 암이나 퇴행성 관절염 관련 만성 통증이 근본적으로 무시되었다. 요즘은 이런 일이 거의 일어나지 않지만, 세심한 통증 관리는 수의학의 다른 분야보다 여전히 뒤떨어진다. 동물의 통증에 대한 우리의 지식을 고려하면 통증 치료가 일관성이나 표준화 절차를 갖추지 못했다는 사실, 그 효과성이 거의 주목받지 못한다는 사실은 매우 놀랍다.

콜로라도주립대학교 수의학과가 조사한 바에 따르면, 대다수 수의사는 동물이 사람만큼 통증을 경험한다는 데 동의하지만 통증을 치료하는 시기에 관해서는 의견이 분분하다. 일부 수의사는 이후 이어질 수술에서 동물을 얌전하게 만드는 데 통증이 필요하다고 믿고, 의도적으로 통증을 치료하지 않는다. 자료에 따르면 남자

수의사, 수의대를 졸업한 지 10년 이상 된 수의사는 통증을 치료할 가능성이 더 적다.

수의학 생태학자 케빈 스태포드Kevin Stafford는 《The Welfare of Dogs 개들의 복지》에서 심상치 않은 통계자료를 제시한다. 그는 영국에서 93퍼센트, 캐나다에서 84퍼센트 수의사가 정형외과 수술에 진통제를 사용한다고 기록한다. 이는 정형학과 수술의 7~16퍼센트는 진통제 없이 한다는 의미다. 그는 이어서 "수의학에서 진통제 사용은 시술의 고통스러움에 대한 평가에 영향을 받는 것으로 보인다. 개흉술의 68퍼센트, 십자인대 수술의 60퍼센트, 측이도 절제술의 53퍼센트, 유방 절제술의 34퍼센트, 치과 진료의 32퍼센트, 회음 탈장 복원술의 29퍼센트, 발가락 절단의 22퍼센트에 진통제가 사용되지만 난소·자궁 절제술에서는 6퍼센트, 거세술에서는 4퍼센트만 진통제를 쓴다"고 밝힌다.

수의학의 관행은 진행 중인 수의학 연구에 따라 형성되는데, 상당히 많은 연구가 다양한 시술과 여러 통증 관리 도구의 상대적인 고통스러움을 평가하는 데 집중한다. 그러나 이 도구들은 수의사가 수행하는 정교한 작업에 적용하기에는 투박하다. 예를 들어 '행동 기반 혼합 통증 등급behavior-based composite pain scales에서 파생된 통증 점수'에 근거하면 난소·자궁 절제술을 받은 개의 통증 경험은 난소 절제술을 받은 개와 비교해서 아무런 차이가 없다는 추정에 이른다. 난소·자궁 절제술을 받은 개의 절개 길이가 난소 절제술을 받은 개보다 훨씬 길고, 난소·자궁 절제술은 난소뿐만 아니라 난소와 자궁을 '모두' 제거하는 수술인데도 말이다. 두 시술의 고통에 차이가 없다는 것이 사실일 수도 있지만, 통증 점수 체계가 통증을 간명하게 밝히는 만큼(혹은 밝히기보다?) 통증을 모호하게 만들기도 한다. 심지어 수술 후 개에게 진통제를 투여하는 것도 효과적으로 통증을 완화하는지 확신할 수 없다. 수의사도 효과적인 투여량과 효과성의 지속 시간에 대한 정보가 부족하기 때문이다.

효과적인 통증 관리는 동물의 통증에 대한 수의학적으로 명확한 이해뿐만 아니라 동물에게 세심한 보호자가 되려는 애완동물 주인의 의향과 능력에 달렸다. 우리 동네 휴메인소사이어티에서는 난소 제거나 중성화 수술에 앞서 진통제 공급 여부가 동물 주인의 결정에 맡겨진다. 나는 고양이나 개가 아니지만 누가 내 난소를 잘라낸다면 틀림없이 바이코딘vicodin이나 코데인codeine • 그리고 위스키 한두 잔을 강력하게 원할 것이다. 그곳의 자원봉사자 말로는 많은 사람들이 추가로 15달러 내기를 포기한다고 한다. 어쩌면 진통제가 추가 요금을 내야 하는 선택 사항으로 제시되는 탓에 반드시 필요한 게 아니라는 인상을 받지 않을까?

사람에게 그렇듯 동물의 만성 통증은 급성 통증보다 훨씬 심각한 문제일 수 있다. 상당수 만성 통증은 치료되지 않는다. 만성 통증은 징후가 더 미묘하고, 우리에게 동물의 통증을 알려주는 분명

• 통증을 다스리는 진통제

한 신체 손상이 없으므로 급성 통증보다 알아채기 어렵다. 만성 통증은 보통 점진적으로 진행되기에 (퇴행성 관절염에서 비롯된 통증처럼) 행동 변화도 서서히 나타날 수 있다. 그래서 우리가 반려동물을 잘 돌본다 해도 관심의 레이더에 잡히지 않는다. 둔화 같은 여러 행동 변화는 노화 때문일 수 있지만, 기저의 (고통스러운) 질병 진행은 치료되지 않는다.

퇴행성 관절염은 개에게 일반적인 관절 질환이고 만성 통증의 흔한 원인이다. 스태포드는 미국에서 퇴행성 관절염을 앓는 개는 1000만 마리에 달하고, 그중 소수가 치료를 받는다고 추산한다. 치료 받은 개 가운데 다수는 효과적이지 못한 방식으로, 짧은 기간 동안 적은 통증 의학으로 다뤄질 것이다.

또 다른 일반적인 시나리오는 동물을 위해 최선을 다하는 애완동물 주인이 유해한 행동을 하는 것이다. 예컨대 나는 〈뉴욕타임스〉 블로그 '웰 펫츠Well Pets'의 최근 게시물에서 이부프로펜ibuprofen이 개에게 유독할 수 있다는 사실을 배웠다. 우리의 통증에 도움이 되는 약이 똑같은 방식으로 애완동물을 돕는 건 아니라는 이야기다.

블로거는 다리에 관절염이 걸린 저먼셰퍼드의 불편을 덜어주려고 했다. 내과의인 그녀는 고용량 이부프로펜이 도움이 되리라 판단했다. 이부프로펜을 몇 번 투여한 뒤 개는 밥을 먹지 않았고, 방광을 통제할 수 없었다. 다정한 개 주인은 수의사에게 전화했고, 개를 즉시 동물 병원에 데려오라는 말을 들었다. 알고 보니 이부프로펜은 궤양과 내출혈, 신장 손상 심지어 신부전(즉 죽음)까지 유발할 수 있다고. (저먼셰퍼드는 동물 병원에서 3000달러 청구서를 받은 뒤 괜찮아졌다.)

동물이 아프다는 걸 어떻게 알까?

좋은 질문이지만 안타깝게도 정확히 대답하기 어려운 질문이다. 동물의 통증을 치료할 때 어려운 점 가운데 하나는 언제 통증이 있는지 아는 것이다. 인간의 통증 의학에서 지표가 되는 원칙은 '통증은 환자가 아프다고 하는 것'이다. 우리는 통증의 주관적 속성을 반복해서 상기했다. 심지어 동일한 자극도 상이한 개인에게 대단히 다른 영향을 미칠 수 있다. 어떤 사람은 간단한 독감 예방주사를 거의 인지하지 못하지만, 그 주사가 더없이 아픈 사람도 있다. 그러나 동물 환자는 무엇이 아픈지 우리에게 말로 표현하지 못한다.

우리는 증가한 호흡과 맥박처럼 곤란의 단서를 제공하는 생리적 사건을 측정할 수 있지만, 이런 것들이 동물이 어떻게 느끼는지 그다지 많은 걸 알려주지 않는다. 미국국립연구회의는 "동물이 경험하는 통증의 정도를 평가하기 위해 일반적으로 용인되는 객관적인 기준은 없다"고 결론을 내린다. 로빈 다우닝은 수의사들에게 중대한 난제 가운데 하나는 동물의 통증을 측정할 간단하고 객관적이며 일관된 도구가 부족하다는 사실이라고 믿는다.

수의사는 훈련받은 덕분에 통증의 행동 징후를 읽기 가장 좋은 위치에 있지만, 개별 동물과 보내는 시간이 지나치게 적다. 병원 방문 15분으로는 겨우 어떤 신호만 읽을 수 있다. 수의사가 동물과 잘 아는 사이가 아닐 경우 더욱 그렇다. 동물을 가장 잘 아는 반려인은 숙련된 기술이 없고, 훈련받지 않았으며, 관찰력이 없을 수 있다. 내가 오디의 통증을 못 보고 지나친 건 오디의 행동을 정교한 방식으로 읽지 못하고, 무엇을 봐야 하는지 몰랐기 때문이다.

통증을 느끼는 많은 동물은 정상 행동과 신체 모습이 달라진다. 통증의 징후가 소리내기와 몸부림, 발버둥처럼 분명할 수도 있다. 그러나 그 신호는 자율신경계의 변화(타액 분비, 동공 확대, 심장박동 수 증가), 헐떡거림, 체온 상승, 몸 떨림, 입모立毛(즉 소름)처럼 좀 더 미묘한 경우가 더 많다. 국제수의통증관리아카데미는 반려동물에게서 발견해야 할 통증의 징후를 다음과 같이 밝혔다. 자세(쑥 들어간 복부, 축 늘어진 고개, 동그랗게 구부린 허리), 기질 변화(공격성, 사회적 상호작용의 회피), 소리내기(통증의 가장 덜 일반적인 신호), 움직임(움직이기를 꺼림, 눕거나 앉아서 보내는 시간이 길어짐, 절뚝거림), 식욕 감퇴, 털손질의 감소. 〈개의 통증을 알아채는 방법How to Recognize Pain in Your Dog〉이라는 자료에서는 본능을 믿으라고 말한다. 개가 아프다는 생각이 머릿속에 스치면 개는 아픈 게 맞을 것이다.

정상 행동의 변화를 감지한다는 건 정상 행동이 어떻게 보이는지 안다는 뜻이다. 내가 오디를 속속들이 알지는 몰라도, 오디나 개의 행동에 대해 알아야 할 모든 것을 안다고 말할 수는 없다. 그리고 당혹스럽게도 통증의 행동 신호 가운데 하나는 통증을 드러내지 않는 것이다. '극기stoicism'는 많은 종에서 발견되는데, 특히 고양이에게 뚜렷이 나타난다. 극기는 생존하는 데 확실히 필요하다. 아프다는 사실을 포식자에게 알리지 말 것. 들키면 표적이 되므로.

동물 행동의 레퍼토리는 개체나 종에 따라 다양하다. 특정 동물의 신호를 읽으려면 그 동물의 고유 언어를 알아야 한다. 쥐의 털은 부풀어 오르고 푸석해진다. 말은 눈꺼풀의 특정 근육이 수축된다. 수의사는 인간과 비슷한 행동 신호를 동물이 느끼는 통증의 증거로 읽어내라고 배웠지만, 이런 기법은 잘 통하지 않았다.

예를 들어 젖소는 수술 후 바로 먹는다. 통증을 느끼는 인간은 먹지 않으므로, 먹는 소는 분명 통증을 느끼지 않을 것이라는 추론이 가능하다. 그러나 반추동물은 통증이 있어도 먹어야 진화적으로 유리할 것이다. 먹지 않는 젖소는 더 약해질 뿐만 아니라 포식자에게 약해 보이기(무리와 함께 풀을 뜯지 않는 젖소는 이상이 있는 것이므로) 때문이다. 마찬가지로 개는 통증을 느끼지 않는다고 추정했다. 개가 복부 수술 직후 일어나서 돌아다니기 때문이다. 하지만 개의 복부 근육계는 사람과 다르다. 개는 복근이 몸을 꼿꼿이 세우지 않는다(개의 내장은 장간막 '띠'에 매달렸다). 통증을 느낄 때 동물이 인간과 다르게 행동하는 여러 가지 예도 비슷하게 설명된다.

치료되지 않은 통증에 가장 많이 시달리는 건 노령 동물일 것이다. 나를 포함한 많은 사람이 애완동물의 노화에 수동적으로 접근한다. 통증이나 불편, 장애의 징후가 크고 분명해질 때까지 기다렸다가 그제야 위험을 무릅쓰고 수의사에게 간다. 이 시점이 되면 동물의 의료 문제는 상당히 진행된 상태라 치료하기 어렵고 통증도 크다. 많은 애완동물의 주인은 통증이나 질병의 징후가 명백할 때조차 문제를 '그냥 늙어가는' 탓으로 돌리고, 동물을 위한 의학적 주의를 소홀히 한다.

오디는 고통스러울까? 오디가 나이를 먹고 장애가 심각해질수록 나는 이 질문을 수없이 했다. 작년에는 통증에 관한 문헌에 푹 빠져서 지냈지만 여전히 확신이 없다. 최대한 추측해보면 심하지는 않아도 약간 그럴 것 같다. 오디는 몸이 경직되었고, 내가 등 아래쪽을 만지면 물 때도 있다. 정반대로 내가 요리하느라 오디를 주방에서 내쫓으려고 하면 나를 물려고 한다. 오디는 지난 2년 동안 거의 쉬지 않고 헐떡거렸는데, 이건 후두마비 때문인 듯싶다. 리마딜Rimadyl 같은 관절염 약이나 진통제 트라마돌은 효과가 없는 것 같다. 수의사는 오디가 절뚝거리는 건 신경학적 결손이 원인이라서 통증은 느끼지 않을 거라고 한다. 내가 이 말을 믿는지 잘 모르겠다. 오디는 늘 그렇듯 수수께끼 같은 존재니까.

아주 묘하게도, 오디가 아파 보이지 않는다는 것 때문에 오디의 생애 말기는 더 복잡하게 느껴진다. 오디가 아팠다면 나는 치료로 통증을 최대한 덜어주려고 했을 테고, 어느 시점에 통증이 극심해지면 오디를 안락사 시켜 고통에서 벗어나게 했을 것이다. 그러나 저울에 놓인 추 역할을 하는 통증이 없다면 나는 무엇으로 오디의 고통을 측정해야 할까? 피아노 다리 뒤 구석진 자리에 갇힌 오디가 약한 뒷다리 때문에 일어날 수 없을 때, 오디가 자기 배설물을 깔고 누운 모습을 보일 때, 하루에도 몇 번씩 넘어져서 내가 일으키기 전까지 뒤집힌 딱정벌레처럼 허우적거릴 때, 고꾸라지지 않고는 개 밥그릇 쪽으로 고개를 숙일 수 없을 때, 오디가 내내 걱정스러운 표정을 지을 때… 이 모든 것이 고통의 눈금으로 어떻게 나타날까? 특히 다른 때는 온전해 보이고, 항상 배고프고 발밑에 있고 크고 붉은 평소 모습 그대로라면?

통증 치료

동물 통증의 가장 일반적인 '치료'는 안락사다. 때로는 죽음이 사실상 적절한 선택인지 모른다. 그러나 동물의 통증을 관리하는 훨씬 덜 가혹한 방법이 있다. 가능한 치료의 선택지 목록은 인간의 통증과 유사해 보인다. 국소마취제(리도카인)와 스테로이드(프리드니손), 오피오이드(모르핀, 트라마돌), 비스테로이드성 소염·진통제(카프로펜, 멜록시캄)가 이에 해당한다. 열과 얼음, 마사지, 영양물, 물리 치료와 운동, 침술, 동종 요법, 글루코사민 콘드로이틴 같은 기능 식품을 포함한 비약물 치료도 동물의 통증에 도움이 된다.

이 모든 선택지에도 동물의 통증을 치료하기는 까다로운 일이다. 인간의 통증 치료를 동물에게 바로 적용할 수는 없다(혹은 반대로도). 예를 들어 진통제 메페리딘meperidine은 사람의 경우 효과적인 통증 관리를 위해 네 시간마다 투여한다. 그래서 개와 고양이에게도 네 시간마다 약을 주었다. 연구 결과 동물에게 그 약의 효과성은 보통 두 시간째 정점에 이르고, 그 후에는 통증 완화 효과가 없다는 사실이 밝혀지기 전에는.

통증 치료는 알맞은 통증의 종류도 목표로 삼아야 한다. 통증의 근원은 피부나 뼈, 힘줄, 근육 혹은 장기일 수도 있고, 신경병증성(신경, 척수, 두뇌) 통증일 수도 있다. 각기 다른 질병의 과정은 여러 가지 통증(장기 대 신경병증성 통증, 만성 대 급성 통증)을 다양한 수위의 불편으로 유발한다. 그러므로 효과적인 통증 치료는 통증의 원인과 유형, 종, 개체별 통증 내성, 배경적 건강 상태를 포함한 여러 가지 요소에 따라 좌우된다.

진통제는 부작용이 있을 수 있어서 통증에 따라 균형을 조절해야 한다. 진통제 투여량은 개체에 따라 달라질 수 있고, 적절한 통증 완화와 허용할 수 있는 부작용 사이에서 균형을 잡기 위해 후속 관리도 종종 필요하다. 부작용은 종에 따라 차이를 보이기도 하고(신부전 같은 비스테로이드성 소염·진통제의 부정적인 부작용은 개보다 고양이에게서 훨씬 일반적이다), 품종마다 심지어 개체마다 다르게 나타날 수 있다.

국제수의통증관리아카데미는 두 가지 기본적인 통증 관리 전략을 추천한다. 첫째, 복합적인 치료법(다양한 약을 조합하거나 약물과 마사지, 물리치료를 병행하는 방법 등)을 사용해서 통증을 조절하라는 것.

서로 다른 몇 가지 요법을 쓰면 상승 반응을 이끌어낼 수 있어서 단일 약품이나 요법보다 일반적으로 효과적이다. 둘째, 선제적 치료라 불리는 방법이다. 통증이 시작되기 전에 진통제를 쓰면 통증 반응이 약화된다. 통증이 '활개를 치기' 시작하면 치료가 훨씬 어렵다. 의사가 부기와 통증을 유발하는 간단한 수술 처치에 들어가기 한두 시간 전에 이부프로펜을 먹으라고 종종 말하는 이유도 이 때문이다.

로빈 다우닝은 통증 관리 피라미드의 이미지를 사용한다. 맨 아래층은 비마약성 진통제, 가벼운 마약성 진통제, 침술과 같은 비약물 치료, 신경계의 특정한 수용체를 표적으로 해서 다른 진통제의 작용을 보완하는 보조 물질처럼 상대적으로 경미한 통증 치료의 조합으로 구성된다. 통증이 악화되면 새로운 수단을 추가하고, 점점 더 강한 약물과 더 많은 투여량으로 올라간다. 목표는 통증보다 앞서가는 것이다. 어느 시점에는 우리가 동원할 방편 중에 효과적인 치료가 안락사뿐인 단계에 도달할 수도 있다.

여기서 가능한 결론은 통증 관리가 숙련된 수의사에게도 간단한 일이 아니라는 것이다. 동물에게 세심히 신경 쓰고 통증의 행동 신호를 정확히 해석했다 해도 바로 수의사에게 달려가 약 한 병을 움켜잡고 모든 걸 뚝딱 끝낼 수는 없다는 뜻이다. 통증을 제대로 치료하려면 다양한 약을 쓰거나 약물의 조합을 시도해야 한다. 약의 부작용과 치료의 스트레스를 상쇄할 다른 통증 관리 기법도 병행한다. 약과 레이저 치료, 수중 트레드밀, 특별한 음식, 침술… 이 모든 것에는 시간과 돈이 든다.

안타깝게도 기초적인 지식과 끈기, 재원, 심각하게 아프거나 다친 동물의 통증 관리를 최적화하는 데 필요한 모든 것을 할 시간이 있는 애완동물 주인은 극소수다. 그토록 많은 애완동물 주인이 통증을 겪는 동물을 돌보는 데 결국 양가감정이 드는 이유가 바로 이 때문이다. 우리가 할 수 있는 모든 일을 하는 것은 극도로 어렵고, 열심히 노력해도 동물을 편안하게 돌보는 데 미흡할 수 있다. 이때가 바로 우리가 관계된 모든 사람을 위해 안락사가 최선의 탈출구일지 모른다고 생각하는 때다.

저울의 다른 편(오디는 행복할까?)

반려동물의 생애를 끝내는 문제를 생각할 때 우리는 대개 반려동물의 통증에 집중한다. 반려동물이 느끼는 쾌락에 비해 통증의 단계가 얼마나 높을까? 삶의 질을 평가할 때 우리는 가상의 저울 한편에 통증을, 다른 한편에 쾌락을 놓는다. 도덕적인 절박함 때문에 아마 통증에 약간 더 무게를 실은 채. '통증'이 온갖 고통의 약칭이듯, '쾌락'은 기쁨과 행복, 환희, 만족을 포함하는 긍정적인 안녕의 약어다. 우리는 동물이 표현하는 쾌락의 신호를 좀 더 잘 알아볼 수 있을까? 오디는 행복할까?

생물학자 조너선 밸컴Jonathan Balcombe이 이 주제에 대해 펴낸 책세 권에서 주장하듯이, 동물은 분명히 쾌락을 경험한다. 심지어 인간이 접근하기 어려운 고유한 쾌락을 경험할 수도 있다. 새는 필요에 따라 노래하는 것이 아니라 노래가 쾌락을 주기 때문에 노래한다. 수컷 새는 특히 암컷에게 노래를 불러줄 때 도파민 수치가 증가한다. 쥐들은 다른 쥐와 놀 때나 친숙한 인간 조련사가 배를 간지럽힐 때 웃는다.

토파즈는 프리스비를 잡으려고 공중으로 점프할 때 하늘을 나는기쁨을 느낀다. 프리스비를 물어 와서 내 발치에 던지고 눈을 반짝이며 나를 바라본다. 발은 춤을 추고 얼굴은 웃는다. 눈이 오면(아, 그 황홀경!) 토파즈는 내 옆에서 껑충댄다. 반짝이는 눈으로 나를 보며 코를 내 손가락에 대고 나서 마야를 쫓아 내달린다. 그러다 갑자기 영감이 떠올랐다는 듯 멈춰서, 아주 작은 제설차처럼 코를 눈에 파묻고 주둥이와 얼굴이 하얘질 때까지 새로운 방향으로 돌진한다. 토파즈는 거대한 눈 더미 속으로 돌진해 사라진다. 눈 밖으로 기어 나와서 눈을 털고 같은 일을 반복한다. 행복이란 아침 산책길에 새를 쫓아다니거나, 뒤쪽 포치에서 다람쥐 TV를 보거나, 공원에서 갓 자른 잔디 위를 구르는 마야다. 아이들 가운데 있거나, 녹이려고 조리대에 얹어둔 버터 한 덩이를 먹는 오디다.

나는 쾌락을 덜 과학적으로 들리는 행복이란 단어와 뒤섞었다. 사실 '행복'은 과학적인 맥락에서 동물에게 거의 쓰지 않는 말이다. 수의사 프랭크 맥밀란Frank McMillan은 그 이유가 동물은 오직 순간을 살고, 일시적인 감정을 경험한다는 흔한 믿음 때문이라고 추측한다. 동물은 삶의 궤적을 전체로서 인지적으로 평가하지 않는다는 것이다. 동물은 순간의 쾌락과 사소한 행복은 느끼지만, 인간과 같은 방식으로 진정한 행복을 느끼지는 못한다고. 맥밀란은 이 도그마에 도전한다. 그는 동물도 '진정한' 행복을 경험할 수 있다고 믿는다. 말하자면 오랜 시간에 걸쳐 모든 게 다 좋다는 확산적 감각이 있다는 뜻이다.

인간에게는 감정적 설정 지점(행복의 기준)이라 불리는 것이 있다. 인생의 사건이 일시적으로 오르막이나 내리막을 만들어도 사람은 몇 달 이내에 행복의 기준선으로 돌아가는 경향이 있다. 복권에 당첨되거나 갈망하던 보상을 받은 사람은 크게 기뻐하지만, 그 전율은 머지않아 사라지고 행복의 측면에서 원래 있던 자리로 돌아간다. 마찬가지로 극심한 부상(마비가 되거나 시력을 잃은)이나 엄청난 상실(배우자의 죽음)로 괴로워하는 사람도 대개 몇 달 안에 기준치 행복을 회복한다. 맥밀란에 따르면 동물도 일시적인 감정의 기복이 있음을 시사하는 자료가 충분하다고 한다. 동물은 기분의 변화를 넘어서는 기준치 정서 안정성이 있다. 한 연구에서 개 주인들의 평가에 따르면, 뒷다리가 마비된 개들의 정신적 태도가 마비 전과 다름없다고 나타났다. 오디의 설정 지점은 무사태평해서 행복한 마야와 열정적으로 행복한 토파즈에 비해 상대적으로 낮다. 조리대에서 핫도그 봉지를 통째로 훔친 전율이 사라지면 오디는 늘 똑같이 구슬픈 본연의 모습으로 돌아간다.

맥밀란이 지적한 대로, 삶의 만족감은 전체로서 인생에 대한 사색적인 평가다. 동물은 우리처럼 인지적인 평가를 내릴 수 없을지 모른다. 하지만 인간의 삶에 대한 만족감에 기여하는 여러 가지 요소는 동물과도 관련이 있다. 세상과 왕성한 관계 맺음, 자극을 제공하는 환경, 욕구와 목표를 실현하는 능력, 성취의 감각, 통제의 감정 같은 것 말이다.

동물의 고통과 사분면

《영국왕립학회보 B Proceeding of the Royal Society B》('생물과학biological science'의 B)는 최근호에 마이클 멘들Michael Mendl과 올리버 버만Oliver Burman, 엘리자베스 폴Elizabeth Paul이 쓴 〈동물의 정서와 기분 연구를 위한 통합적·기능적 골자An Integrative and Functional Framework for the Study of Animal Emotion and Mood〉라는 에세이가 실렸다. 이 글에는 동물 정서를 바라보는 첨단의 시각이 있다. 글이 말하는 바와 말하지 않는 바는 모두 흥미롭고, 동물의 쾌락 문제에 관해 새로운 정보를 제공한다.

동물 정서에 대한 연구는 대부분 공포, 불안, 행복 같은 개별적인 정서에 초점을 맞췄다. 하지만 정서를 이해하는 데("정서란 정확히 무엇인가?" "어떤 내면의 늪에서 정서가 발생하는가?"와 같은 질문에 대답하는 데) 중요한 골자를 제공하려는 시도도 있었다. 저자들은 이런 골자에 대해 관점을 제시하고, 정서를 면밀하게 간소화한 시각 자료를 제시한다.

중학교 수학을 떠올리는 이 시각 자료는 정서를 2차원 공간의 사분면에 표현한 기본적인 함수다. 이 격자판은 연구자들이 핵심 정동 체계라 부르는 것을 나타낸다. 두 차원은 유인성(x축)과 각성 수준(y축)을 보여준다. 공포나 슬픔, 기쁨 같은 개별적인 정서 상태는 이 핵심 정서 공간 내의 '위치'다(도표 1 참고). ('정동'은 심리학에서 정서나 기분을 의미하는 용어다. '유인성'은 해당 자극의 끌어당기는 힘(정적 유인가)이나 회피하려는 힘(부적 유인가)의 척도다.)

정서는 유기체에게 보상(음식, 성욕, 주거)을 추구해서 획득하고, 처벌(더위, 추위, 포식자의 공격)을 피할 동기를 부여하기 위해 설계된

도표 1. 핵심 정동 체계. 두 차원은 유인성(x축)과 각성 수준(y축)을 보여준다. 공포나 슬픔, 기쁨 같은 개별적인 정서 상태는 이 핵심 정동 공간 내의 '위치'다. 마이클 멘들, 올리버 버만, 엘리자베스 폴에게서 응용한 〈동물의 정서와 기분 연구를 위한 통합적·기능적 골자〉, 《영국왕립학회보 B》, 277(2010), pp. 2895~2904.

생물학적 체계다. 그래프 오른쪽에 보이는 정서(Q1과 Q2)는 보상과 연관이 있다. 행복한, 들뜬, 차분한 정서가 여기 해당한다. 처벌을 피하는 데 도움이 되는 정서는 Q3과 Q4에 나타난다. 공포, 불안, 슬픔이 그것이다. 유인성을 나타내는 x축은 강력하게 부정적인 것 (Q3과 Q4의 맨 왼쪽)부터 강력하게 긍정적인 것(Q1과 Q2의 맨 오른쪽) 까지 이어진다. 반면 각성 수준을 나타내는 y축은 낮은 것(Q2와 Q3) 에서 높은 것(Q1과 Q4)으로 움직인다. 이런 정서의 '차원적' 이론은 인간의 정서 연구에서 두각을 나타냈다. 멘들과 버만, 폴은 동물 정서도 인간 정서와 유사하므로 이 모델은 둘에게 모두 적합하다고 주장한다.

동물도 사람과 마찬가지로 한 번에 한 가지 정서를 경험하고, 그 다음 다른 정서로 넘어가는 것이 아니다. 동물에게는 기분 상태가 있다. 수정 구슬 속의 이미지처럼 소용돌이치는 정서의 덩어리가 있고, 그중 일부가 잠시 뚜렷해졌다가 배경으로 멀어지는 것이다. 핵심 정동 상태는 특정 자극에 대한 반응으로 발생한다.

그러나 연구자들은 정동 상태가 일종의 배경처럼 존재하기도 하고, 특정 자극이 없을 때도 일어난다고 말한다. 이를 가리켜 부동성 기분free-floating moods이라 한다. 기분 상태는 예컨대 행복이나 열광, 우울처럼 더 오래 지속되는 경향성이다. 이런 것이 동물의 감정적 설정 지점이다. 연구자들은 "예를 들어 동물이 위협적인 사건을 빈번하게 겪는 환경에 있어서 정서 상태가 대개 Q4에 속하면, 이 누적 경험을 반영하는 장기적인 고각성 부정적 기분 상태가 발현될지 모른다. 이런 사건을 피하는 데 자주 성공하거나 일반적으로 안전한 환경에 있다면, 장기적인 저각성 긍정적 기분 상태(Q2 : '느긋한'/'차분한')가 된다"고 말한다.

이처럼 지금 내가 느끼는 기분이 '핵심 정동 공간' 어디에 나를 위치시킨다. 지금 나는 약간 Q2의 순간이지만 다크초콜릿 한 덩어리를 가져오려고 일어나면 몇 분 안에 Q1로 올라갈 수 있다. 오디는 Q3 어디쯤에 위치한 기분 상태인 듯하다. 낮은 만성 불안이 오디를 끈덕지게 괴롭힌다. 오디의 컵은 절반이 비었다. 오디가 이맛살을 찌푸리는 방식을 보면 알 수 있다. 특히 이런 때. 산책하기 전 오디는 조심스럽게 문으로 다가간다. 그런 다음 한 발을 문밖으로 내딛기도 전에 코를 들어 킁킁거린다. 나는 오디가 무엇을 찾는지 짐작도 못 하지만, 가끔 오디는 '그것'을 찾아내고 몸을 돌려 안으로 철수하거나 출입구에 서서 꼼짝도 하지 않는다. 오디의 거부에 양가감정이 보이면 나는 목줄을 잡고 오디를 문밖으로 당긴다. 그러면 오디는 "당신은 세상에서 제일 나쁜 개 주인이에요"라는 듯한 표정으로 나를 본다.

수많은 심리 연구와 자체 검사로 알 수 있듯이, 기분 상태는 의사 결정과 인지 평가에 영향을 미친다. 예를 들어 기분이 나쁜 사람은 모호한 자극에 부정적으로 반응하지만, 행복한 사람은 낙관적 편향을 보이는 경향이 있다. 이는 동물이 경험하는 기분 상태가 무엇인지 정확히 알지 못해도 동물의 의사 결정 방식을 관찰해서 기저 기분을 추론할 수 있다는 뜻이다. 행복한 동물에게 낯선 소리는 탐색으로 이끄는 초대가 될 수 있지만, 불안하고 우울한 동물은 똑같은 소리에 위축되거나 달아날 수 있다.

양과 쥐, 개, 돼지에 대한 연구는 기분 상태가 의사 결정에 영향을 미친다는 사실을 확인해준다. 예컨대 뉴캐슬Newcastle의 연구 팀은 풍요로운 환경에 사는 돼지는 지루하게 사는 돼지보다 낙관적이라는 사실을 발견했다. 행복한 돼지는 불확실한 소음에 접근해서 원하는 걸 얻을 수 있는지 확인해볼 가능성이 높았다. 개의 낙관주의와 비관주의에 관한 마이클 멘들(우리의 기분 상태 에세이 저자)의 연구에 따르면, 집에 혼자 남겨질 때 극심한 불안을 보이는 개는 혼자서 잘 지내는 개보다 부정적인 기저 기분 상태라고 한다. 이로써 오디에 대해 내가 품은 의혹이 사실임이 확인됐다. 오디는 딱 Q3 부류의 개다.

정서 연구가들은 개별 정서와 핵심 정동 체계가 어떻게 결부되는지에 대해 의견을 달리한다. 어떤 이들은 핵심 정서 상태(유인성과 각성)가 현재 환경 자극의 평가와 결합할 때 공포나 흥분 같은 특정 정서 상태를 일으킨다는 일종의 하향식 모델을 믿는다. 다른 이들은 개별 정서가 먼저 생기고, 핵심 정서는 특정한 정서 경험의 인지적 추출물의 일종이라고 주장한다.

나의 목적에는 한두 가지를 제외하고 그리 중요하지 않은 문제다. 첫째, 인간의 정서와 동물의 정서 연구에 똑같은 기본 모델을 사용해야 한다는 점이 인상적이다. 인간도 동물에 속한다는 말은 당연해 보이지만, 이 사실은 사람들이 비인간 동물을 바라보는 방식, 특히 과학에 엄청난 변화를 가져온다. 10년 전만 해도 상당수 비전문가뿐만 아니라 수의사와 과학자도 대부분 동물이 통증을 느낀다거나 정서가 있다는 의견에 회의적이었고, 의식의 존재에 대해서는 더욱 그랬다는 사실을 떠올려보라. 동물이 많은 것을 느낀다는 사실을 인정하지 않는 사람이 여전히 많다는 걸 부인하는 게 아니다. 그러나 그런 부인은 과학적 신조라기보다 오히려 철학적 입장(합리화)에 가깝다.

둘째, 동물 정서 연구의 실질적 진보를 목격하는 건 흥분되는 일이다. 우리가 동물이 느끼는 정서의 주관적 경험에 접근할 수 있는 부분은 제한적이라도(우리는 동물의 언어를 잘 이해하지 못하므로) 이 주관적 경험은 측정 가능한 신경적 · 행동적 · 생리적 · 인지적 변화(예를 들어 두뇌 활동과 심장박동 수, 코르티솔의 변화)를 동반한다. 동물의 정신은 너무나 은밀해서 무시해도 된다는 주장은 엉터리다.

셋째, 동물 정서에 대한 대다수 연구가 Q4, 즉 처벌 회피 시스템 내의 높은 각성(다시 말해 공포와 불안 상태)에 집중된다. 수많은 연구와 모델이 동물에게 이런 상태를 유도해서 연구를 진행했다. 멘들과 버만, 폴은 "공포와 불안 연구에 몰두하는 거대한 산업이 있다. 대체로 이런 상태를 유도하기 위한 검사 개발을 기반으로 한다"고 지적한다. 그에 반해 다른 차원의 동물 정서 연구는 충분히 발달하지 않았다. 과학자들은 (고각성 Q1 정서를 일으키는) 보상 체계의 신경생물학은 탐구했지만, 동물의 행복과 우울처럼 다른 Q2 혹은 Q3 상태에 대해서는 알려진 바가 훨씬 적다. 동물의 정서를 다방

면에 걸쳐 좀 더 확실하게 이해한다면 분명 동물을 더 나은 방식으로 대할 수 있을 것이다.

넷째, 통증은 기분 상태가 아니지만 기분 상태와 밀접한 연관이 있다. 통증은 부정적인 기분을 느끼는 이가 더 심하게 느낄 수 있다. 만성 통증이나 심한 통증은 부적정인 감정을 일으키기도 하고, 시간이 흐르면 만성적으로 부정적인 기분 상태가 될 수 있다. 통증과 정서가 연관되는 방식은 개인마다 매우 다르므로, 우리는 보호자로서 동물의 종이나 해당 동물의 세세한 특성에 적절하게 맞출 필요가 있다. 여기서 핵심은 통증을 고통과 동일시하는 것이 단순한 문제가 아니라는 점이다. 통증도, 고통도, 통증과 고통을 고유의 방식으로 경험하고 처리하는 개인의 성격적 태도도 매우 다양하기 때문이다.

다섯째, 동물의 고통에 대한 생각. 동물에게 죽음이 적당한 시기에 대한 많은 설명은 가상의 저울에 쾌락과 통증의 무게를 달고 어느 쪽이 더 무거운가 보는 것에 기댄다. 그러나 나는 이것이 호소력 있고 어쩌면 불가피할지라도 기만적으로 보인다. 정서 상태는 일시적이고 지속적으로 변하기 때문에 Q3과 Q4에 있는 존재 역시 우리의 일부고, 이는 동물도 마찬가지다. 우리는 동물이 느끼는 모든 Q3과 Q4 정서가 '나쁘다'고, 그러므로 깨끗이 지워야 한다고 성급하게 결론 내려서는 안 된다. 나는 많은 사람이 긍정적인 정서만 있는 삶을 선택할 것이라 생각하지 않는다. 모든 부정적인 정서가 지속적인 방식으로 동물에게 해를 끼친다고 가정해서도 안 된다.

우리도 늙어서 죽음에 가까워지는 것이 공포와 불안, 슬픔을 야기한다고 추측하는 경향이 있지만, 이것이 모든 사람에게 참은 아니듯 모든 동물에게 적용되는 사실이 아니란 점이 중요하다. 이는 늙고 병든 이들이 통과하는 감정일 것이다. 하지만 기저 기분 상태는 여전히 행복할 수 있다.

고통에 대해서는 어딘가 선을 그어야 한다는 점을 분명히 하고 싶다. '구름의 은빛 가장자리'가 없고, 빛 근처에는 도저히 가닿지 못할 만큼 다루기 힘들고 견디기 어려운 고통이 있다. 부끄럽게도 수많은 동물이 Q4에 속하는 정서만 경험하며 비참하게 산다. 공장식 농장에서 손바닥만 한 철망 우리에 갇힌 닭이나 주인의 변덕에 따라 벌을 받고 주거와 음식, 물이 불안정하게 제공되는 학대 가정의 개처럼. 우리가 돌보는 동물과 함께 이뤄야 할 목표는 바탕이 되는 직물은 긍정적이지만 슬픔과 고통, 공포, 걱정이 구석구석 어두운 색 실을 엮어내는 삶의 조건을 만드는 일이 되어야 한다.

무엇이 동물을 행복하게 만드는지 누가 결정해야 할까?

생애 말기 결정에서 우리가 일종의 통증/쾌락의 무게 달기에 관여한다면 무엇을, 얼마나 저울에 올릴지 정하는 심판관은 누가 되어야 할까? 오디의 경우 쾌락/통증의 계산을 확정하기가 몹시 어려웠다. 역설적으로 통증 부분이 어려웠다. 오디의 장애가 고통스러운 것이 아니기 때문이다. 관절염처럼 대단히 고통스러운 질환이 야기하는 문제와 달리, 오디의 뒷다리에 생긴 문제는 올바른 신호가 뇌에서 다리로 전달되지 않는 신경학적인 것이다. 오디는 다리와 발에 거의 감각이 없는 것 같다. 오디가 관절을 꺾어서 바닥을 디디면 끔찍하게 아파 보이지만, 수의사는 오디가 그다지 느낌이 없을 거라는 말로 나를 안심시켰다. 오디의 몸 상태는 오디에게는 괴롭지만 나에게는 판단하기 어려운 방식으로 나타났다.

쾌락 부분도 어려웠다. 오디의 삶은 언제나 불안과 내적 혼란으로 가득했기 때문이다. 이 만성적으로 부정적인 정서는 오디가 늙으면서 더 악화된 듯하고, 이제 오디는 기뻐 보이는 경우가 드물다. 누가 쓰다듬어주거나 기름진 프라이팬을 핥을 때처럼 분명히 쾌락을 경험할 때조차. 그래서 나는 오디가 아프니까 내가 오디의 삶을 끝내야 한다고 확실히 말할 수가 없다. 오디가 명확하게 쾌락의 순간을 경험한다는 말도 못 한다. 오디가 나에게 수수께끼 같다 해도 오디의 통증/쾌락 계산에 판단을 내려야 할 존재는 여전히 나라고 생각한다. 내가 오디를 제일 잘 아니까.

동물과 함께 살고, 동물에게 무엇이 중요한지 확정하는 위치에 있는 건 대개 우리다. 내 친구 팬지Pansy의 와이마라너* 핀Finn의 이

---

* 독일 바이마르 지방의 귀족들이 사육하던 사냥개

야기가 떠오른다. 핀은 열네 살 때 다리를 베였고, 팬지는 핀을 수의사에게 데려갔다. 수의사는 몇 가지 검사를 하더니 핀의 다리를 꿰맬 수 없다고 했다. 핀에게 심장 질환이 있어서 마취하는 것이 위험하기 때문이다. 수의사는 핀의 심장을 검사하고, 가능하면 심장 수술을 해서 다리를 꿰매는 고생을 견딜 수 있게 하자고 제안했다. 팬지는 거절했다. 여기저기 찌르고 쑤시는 것과 동물 병원 케이지에서 홀로 시간을 보내는 것은 결코 핀이 그 나이에 원하는 삶이 아니라고 생각했기 때문이다. 수의사는 퉁명스럽게 나무랐다. "핀이 토끼를 쫓다가 죽기를 바라진 않죠?" 팬지는 조금도 망설이지 않고 대답했다. "제가 바라는 게 바로 그거예요." 팬지는 핀의 목줄을 움켜잡고 병원 문을 나섰다.

당신에게는 인격이 있다

개나 고양이와 사는 사람이라면 누구나 동물에게도 각자를 고유하게 만드는 속성의 집합체(기질, 행동, 정서, 사고방식), 즉 인격이 있다는 걸 안다. 여기서 '인격'은 유감스러운 어휘 선택이다. 어쩌면 '금수격animality' 혹은 '견격'이나 '묘격'이라고 하는 편이 나을 것이다. 그러나 '인격'이란 말이 우리에게 익숙하고, 동물의 인격을 연구하는 과학자들도 이 단어를 사용하므로 나도 '인격'을 고수하겠다.

동물 인격 연구 분야는 지난 10년간 꽃피웠다. 연구자들은 특정 종에 속하는 개별 동물의 행동 특성이 서로 다르고, 때로는 그 차이가 현저하다는 사실을 알아냈다. 이런 기질의 개별적 특징은 평생에 걸쳐 유지되고, 환경이 변해도 마찬가지인 것으로 보인다. 과학자들은 이 개별적 차이를 침팬지부터 펌킨시드선피시, 흰뺨기러기, 거미까지 폭넓은 종에서 발견했다. 더 놀라운 점은 과학자들이 인간의 인격 유형에 적용하는 신경성neuroticism, 성실성conscientiousness, 외향성extraversion, 경험에 대한 개방성openness to experience, 호감성agreeableness이라는 다섯 가지 카테고리를 이용해서 동물의 인격을 신뢰할 만한 방식으로 검사하고 묘사할 수 있다는 사실이다.

오디는 사람들과 어울리기 좋아하는 성격이다. 주변에 사람이 있으면 공과 프리스비를 쫓지도, 다른 개들한테 관심을 보이지도 않는다(사랑스러운 블러드하운드 사만다와 빵 덩어리 데이지만 빼고). 오디는 외향성이 높게 나올 것이다. 나라면 신경성도 매우 높게 매기고, 경험에 대한 개방성은 중간, 호감성과 성실성은 낮게 주겠다. (오디의 자기 평가는 보나마나 다르겠지만.) 오디를 아는 친구와 가족은 내 평가에 놀랄지 모른다. 호감성에 대해서는 내가 틀렸다고 말할 수도 있다. 오디는 사람들이 만나고 싶어 하는 개들 가운데 가장 다정한 개라고 항변하면서. 오디가 다정한 건 맞지만, 좋아서 기꺼이 응하는 건 아니다. 마음속으로는 반대다.

진화생물학자 데이비드 슬론 윌슨David Sloan Wilson은 동물의 인격에 대해 말한다. "처리하는 정보가 적은 이들은 환경에 크게 신경쓰지 않고, 불도저처럼 인생을 밀어붙이며 산다. 주변 정보를 항상 흡수하는 민감한 이들은 가치 있는 정보를 수집하기 때문에 좋기도 하지만, 정보에 매몰될 수도 있다." 연구에 따르면 민감한 사람들은 '전반적인 영역'에 섬세함을 보인다. 홀마크Hallmark TV 광고에 감동을 받고, 폭력적인 영화에 괴로워한다. 카페인 같은 약물에 민감하고, 피부도 로션과 세척제에 민감하게 반응한다. 오디는 민감한 개다. 멀리서 들리는 총성처럼 희미한 소음에 민감해서 불안 발작에 내몰리고, 문밖에 도사린 온갖 위험한 냄새에 민감하며, 하늘에 떠 있는 구름이나 내 친구 리즈의 떠들썩한 웃음소리에도 민감하다. 나를 미쳐버리게 할 정도로 충분히 민감하다.

보통은 인간을 설명하는 데 사용되는 특성으로 동물이 설명될 수 있는 것처럼, 인간도 동물과 비교해서 이야기할 수 있다. '내 안의 동물'(나의 영적 토템)을 발견하려고 간단한 인터넷 테스트를 해보니, 나와 가장 일치하는 동물은 박쥐라고 한다. 나는 이 결과에 마음이 상하지 않는다. 박쥐가 아주 흥미롭다고 생각한다. 점성술의 예측처럼 나의 동물 묘사에서 일말의 진실을 본다. "박쥐는 진짜 새가 아니고 매끈한 비행 기술을 통달하지 못했기에, 사회적 상황에서 종종 불편해 보인다. 그러나 이 사회적 어색함에 대한 보상으로 많은 박쥐 인격은 다른 이들의 동기를 직관적으로 읽어내는 타고난 레이더를 뽐낸다."

동물 인격 연구는 여러 가지 이유로 중요하다. 특히 동물의 통증을 이해하고 치료하고 최소화하고 (그리고 방지하고!) 동물의 쾌락을 최대화하기 위해서 우리는 개별 개체의 고유함에 관심을 쏟아야 한다.

완화 치료 : 생애 말기의 고통/통증 관리

완화하다palliate : '치유 없이 경감하다.' 라틴어 palliare는 '은폐물로 가리다, 감추다'.

인간 의학에서 통증 치료는 종종 완화 치료palliative care라 불린다. 일반적인 완화 치료는 효과적인 통증 관리의 모든 측면을 포함하지만, 상당수 완화 치료는 생애 말기에 일어나고 호스피스와 짝을 이루는 경우가 많다.

완화는 호스피스처럼 돌봄의 철학을 바탕으로 한다. 질병을 치료하거나 생명을 연장하는 데 초점을 맞추기보다, 증상의 위중함을 줄이고 환자를 더 편안하게 해서 삶의 질을 높이는 데 무게를 두는 것이다. 통증 조절이 주를 이루지만 그보다 큰 개념이다. 신체적인 통증은 물론, 심리적 · 사회적 · 실존적 고통에 대한 포괄적이고 전체적인 대응이다.

인간 의학에서 완화 치료는 상대적으로 늦게 발달했다. 30년 전만 해도 의대생들은 통증 관리에 대해 배우는 것이 많지 않았고, 통증 치료를 거북해하는 경우가 많았다. 이제는 의학에 통증 관리와 완화 치료를 다루는 하위 전공이 따로 있다. 개선이 필요한 부분이 아직 많지만, 우리는 이전보다 통증을 잘 다룬다. 동물을 위한 완화 치료도 더디게 발전해왔다. 수의학은 통증 관리에 대한 관심이 높아지고, 고령 동물과 장애 동물의 필요에 세심하게 대응해야 한다는 목소리가 커짐에 따라 인간 의학과 유사한 과정을 거치는 듯하다(20년쯤 뒤처지긴 했지만).

이제 안락사는 노화나 통증에 대한 첫 번째 방어책이 아니다. 더 많은 사람이 단순히 수술이나 약을 제공하는 것을 넘어, 동물의 필요에 폭넓게 주의를 기울이는 돌봄의 철학을 기꺼이 받아들인다. 다음 장에서 살펴보겠지만 동물 호스피스는 점점 늘어난다. '짐승처럼 죽다'라는 말이 고통 없는 평화로운 죽음과 연관되기까지 갈 길이 멀지만, 우리는 이를 향한 중요한 발걸음을 내디뎠다.

오디 일기 2010년 9월 20일~10월 24일

2010년 9월 20일

이틀 동안 캔자스에 다녀오느라 개들을 팬지네 맡겼다. 우리가 개들을 데리러 가자 오디는 나를 보고 정말로 행복해하는 것 같았다. 꼬리를 흔들고 내 다리를 딛고 일어섰다. 요즘은 보통 무관심했는데.

집으로 돌아온 오디는 눈에 띄게 늙어 보였다. 뒷다리가 더 약해져서 서 있을 때도 무게를 버티지 못했다. 이틀 만에 상태가 나빠질 수도 있을까? 오디가 똑바로 서려고 안간힘을 써도 뒤쪽은 즉시 가라앉는다. 중력이 끌어당기는 힘을 거스르지 못하고 주저앉는 걸 세 번이나 봤다. 오디의 뒷다리는 몸통 밑에 거북하게 쭉 뻗쳐 나온 채 몸을 일으킬 수 없을 정도까지 미끄러졌다. 내가 번번이 오디의 궁둥이를 들어줘야 했다. 애견용 휠체어를 알아봐야 할까.

오디는 배가 고파 죽을 지경인가 보다. 나는 개들한테 네이처스 밸런스Nature's Balance 간식(직접 잘라주는 진짜 고기 종류)을 주었다. 오디는 최대한 많이 먹으려고 안달이 났다. 숟가락으로 떠준 통조림 간식도 꽤 많이 받아먹었다. 그다음에는 내가 손으로 간식을 약간 먹였다. 오디는 먹고 또 먹었다. 개가 많이 늙으면 손으로 먹이를 쥐야 한다는 이야기를 들은 적이 있는데, 이제 나도 오디에게 손으로 먹일까 보다. 내 손 위의 먹이를 진공청소기처럼 빨아들이는 내내 다리가 가라앉아서, 오디는 거의 그러나 완전히 앉은 건 아닌 자세였다.

🪣 2010년 9월 22일

어젯밤 오디는 안절부절못했다. 새벽 1시 30분쯤 밖으로 나가자고 짖었다. 늘 그렇듯이. 나가서 소변을 보고 들어왔다. 늘 그렇듯이. 보통 우리는 들어와서 다시 잠든다(혹은 오디는 자고 나는 침대로 돌아가 불면증 환자 신세가 된 사람답게 멀뚱히 있고). 그런데 어젯밤에는 오디가 나갔다 들어온 지 5분쯤 뒤에 짖었다. 대변도 봐야 하는데 잊었나 싶어서 오디를 다시 내보냈다. 오디는 나갔다가 그냥 들어왔다. 잠시 뒤 오디가 짖는 소리를 들었다. 크리스가 일어나 오디를 내보내려고 했지만 오디는 문 옆에 그냥 있었다. 무슨 일이지? 어디가 불편한가?

오늘은 새로운 수의사에게 전화를 했다. 왕진 수의사라고 팬지가 추천했다. 의사가 내일모레 오기로 했다. 오디의 뒷다리에 대해 다른 의견을 듣고 싶다. 오디가 더 잘 움직일 수 있게 도울 방법이 있는지도 궁금하고.

📖 2010년 9월 27일

오디는 급속히 나빠지는 것 같다. 더 많이 자고, 덜 일어서고, 산책에도 관심이 덜하다. 이틀 동안 두 집 건너 있는 데일Dale과 멜리사Melissa네 진입로까지 나간 게 전부다. 어젯밤에는 마당에 나갔다가 들어오더니 다시 나가고 싶어 했다. 먹는 것도 줄어서 매우 수척해졌다. 내가 집에서 음식을 만들어주면 여전히 관심을 보이며 먹겠지. 손으로 통조림을 줘도 먹을 것이다. 그게 아니면 먹지 않는다. 내가 오디의 아침을 준비하는 동안 주방 입구에 서 있는 걸 보면 배가 고픈 모양인데 먹지 않는다.

지난 목요일에 새로운 수의사가 왔다. 아주 매력적인 사람이다. 개들도 그녀를 마음에 들어 했다(심지어 토파즈도 짖지 않고 귀를 "안녕" 하고 인사하는 모양으로 내리고 꼬리를 마구 흔들었다). 수의사는 오디가 서서 걷는 모습을 관찰하고 여기저기 만졌다. 뒷다리를 차례로 들고 오디의 발을 털이 난 쪽이 아래로 가게 두었다. 잠시 뒤 오디는 발을 바로잡았지만 시간이 걸렸다. "보세요, 오디는 뭐가 어떻게 된 건지 못 느낍니다. 뇌에서 발로 신호가 곧바로 전달되지 않는 거예요." 수의사가 말했다.

"확실히 신경학적 문제예요. 좋은 소식은 오디가 실제로 고통스럽지 않다는 겁니다. 그저 뒷다리에 감각이 별로 없는 거죠." 수의사는 말을 이었다. 나는 나쁜 소식을 들을 차례라는 걸 알기에 탁자 앞에 앉아 가만있었다. "나쁜 소식은 우리가 할 수 있는 일이 별로 없다는 겁니다."

수의사는 시도해볼 만한 선택지는 스테로이드 치료라고 한다. 이동성과 후두마비에 도움이 될 거라고. 오디의 나이를 생각하면 약물 치료 전에 혈액 종합 검사를 받아야 할 것 같다고 했다. 혹시 모르니까 안전을 위해서.

채혈해야 해서 수의사가 혈관을 찾고 바늘을 꽂을 수 있도록 내가 오디의 머리를 잡는다. 오디는 노쇠한 것치고 놀라운 힘을 보여준다. 나와 수의사는 피 한 병을 뽑으려고 오디가 움직이지 않게 붙들고 15분 정도 몸싸움을 한다. 오디는 내내 헐떡거리며 벌벌 떨고 내 팔을 물려고 버둥거린다. 수의사는 문을 나서고야 안도한 듯 내일 전화로 검사 결과를 알려주겠다고 한다.

2010년 9월 28일

수의사가 전화해서 오디의 간 효소 수치가 위험할 정도로 높다고 알려주었다. 뼈암이나 간암 때문인 듯한데, 확실히 알기는 어렵다고 한다. 우리는 다른 검사를 더 할지 딜레마에 빠진다. 수의사는 검사를 더 했으면 하지만 나는 잘 모르겠다. 수의사에게 생각해보겠다고 말한다. 채혈할 때를 생각하면 공격적으로 찌르고 쑤시는 일을 더 하는 것이 오디에게 얼마나 큰 스트레스가 될지 상상도 하기 싫다.

나와 크리스는 검사 결과에 따른 추가 정보로 우리가 얻을 것이 무엇인지 생각해본다. 우리는 공격적인 치료를 할 계획이 없다. 어차피 뼈암이나 간암에는 치료법이 없고, 있다 해도 오디의 나이를 생각해서 거절할 가능성이 높다. 오디가 무슨 암인지 알기 위한 검사는 진행할 수 있지만 그 검사로 무엇을 얻을까? 한 가지 장점이라면 우리가 상대하는 병에 대해 더 많이 알 테니, 혹시 내출혈 같은 비상사태가 발생해도 따로 원인을 찾을 필요가 없다는 것. 특히 위급할 때. 오디에게 의료적 응급 상황이 생기면 그대로 끝이리라.

오디의 간 효소 수치가 높아서 스테로이드 치료는 틀렸다. 스테로이드가 간에 부담을 줄 수 있기 때문이다. 실망스러운 소식이다.

혈액검사 덕분에 오디의 갑상샘이 제대로 기능하지 않는다는 사실도 알았다. 수의사는 트리오산Thryosin을 권한다. 오늘 밤부터 오디에게 써볼 생각이다.

🪣 2010년 10월 3일

집에 왔더니 오디가 땅콩버터 과자 한 봉지를 조리대에서 끌어내려 마룻바닥에 비닐을 갈기갈기 찢어놓았다. 기쁘다. 오디가 아직 기력이 있구나! 게다가 바닥에 내가 청소할 부스러기는 하나도 남지 않았다.

🪣 2010년 10월 4일

오디가 갑상샘 약을 먹으면서 기운이 더 좋아졌다. 더 긴 시간

깨어 있고, 어제는 산책도 꽤 나가고 싶어 하는 것 같았다. 뒷다리는 더 나빠졌다. 방금 거실에서 이상한 소리(쿵 소리와 탁 소리)가 들렸다. 오디가 바닥에서 일어나지 못하고 있다. 우리는 곳곳에 카펫과 깔개를 깔았다. 나무 바닥은 오디가 돌아다니기 불편하다. 그러나 오디는 아무것도 덮지 않은 나무 바닥을 기어코 찾는다. 오디가 너무 비틀거려서 항상 넘어지기 직전 같다(그러다 넘어진다).

2010년 10월 8일

드디어 기온이 완벽하다. 가을의 정점에 균형 잡힌 온도. 무슨 이유인지 오디는 다시 혼자서 밖으로 나갈 수 있다. 개 출입문은 아니고 사람이 다니는 문으로 나간다. 우리는 미닫이문을 아예 열어놓고, 뒤쪽 베란다 문은 밤에 살짝 열어둔다. 올해는 모기도 끝났고 토파즈가 지키니 사이코 킬러가 쳐들어올 걱정도 없지만, 쥐는 좀 걱정된다. 그래도 위험을 감수할 만하다. 밤에 몇 번씩 일어날 필요가 없다는 건 믿기 어려운 호강이므로.

갑상샘 약을 먹고 일주일이 지나자 오디는 더 좋아 보이기도, 더 나빠 보이기도 한다. 덜 먹고 불쌍해 보일 정도로 말랐다. 그러나 정신은 맑아 보인다.

오디는 지난 며칠 동안 산책 나가기를 거부했다. 어느 때는 토파즈와 마야를 따라 옆 마당까지 나오지만, 다시 안으로 들어가고 싶어 한다. 어쩌다 걸어도 앤Anne과 마이크Mike네 진입로까지 6미터쯤 간다. 그리고 멈춰서 나를 바라보며 내가 돌아오기를 기다린다. 집으로 돌아오는 오디의 발걸음은 살짝 가쁘다.

오디가 음식을 잘 먹지 않고 개 먹이에는 입맛이 돌지 않는 것 같아서 특별한 아침 식사를 준비했다. 참치 통조림을 얹은 사료. 오디는 게걸스럽게 먹어 치웠다. 그런데 급히 먹었나 보다. 거실 바닥에 먹은 걸 몽땅 토했다.

수의사에게 검사는 더 하지 않겠다고 말했다.

2010년 10월 9일

세이지가 안티 트와일라잇Anti-Twilight 밤샘 파티에 간다기에 나와 크리스는 어젯밤 통나무집에 갔다. 오디를 통나무집에 데려가는 일이 점점 더 어려워진다. 오디는 롱몬트에서 차에 타지 않겠다고 버텼다. 여행에는 조금도 관심을 보이지 않는다. 차 뒷자리의 오디는 비참하기 짝이 없다. 이동하는 내내 서서 헐떡거리고, 가장 불편하고 좁디좁은 공간에 몸을 구겨 넣는다(토파즈에게서 떨어지려고?). 뒷자리에 개들과 함께 주전자나 여행 가방 같은 물건이라도 실으면 오디는 어떻게 해서든 그 위에 올라선다. 바닥에 아무리 공간이 많아도.

새벽 1시 30분쯤 오디가 나가겠다고 짖었다. 내보냈더니 터벅터벅 걸어서 소변을 보고 바로 들어왔다. 이 시점부터 나와 크리스는 잠을 못 잤다. 크리스는 결국 거실로 가서 히터 옆에서(추워서!) 잠을 청했고, 오디는 거기서 서성거리다 기어코 양탄자에 똥을 싸고 그대로 밟아서 치댔다. 드디어 미스터리가 풀렸다. 아침에 바닥에서 똥을 발견할 때마다 단순히 발로 밟은 게 아니라 마치 누가 버터 칼로 카펫이나 나무 바닥에 펴 바른 것처럼 보였기 때문이다. 우리는 오디가 똥 위에 드러누웠나 했지만, 오디의 몸에는 똥이 거의 묻지 않았다…. 똥 묻은 발로 이리저리 짓이긴 게 틀림없다.

2010년 10월 14일, 집

밤에 쿵 하는 소리가 들렸다. 오디가 사무실에서 넘어져서(아마 소파에서 내려오려고 하다가?) 못 일어났다. 내가 오디를 거들어야 했다. 이게 새벽 2시 30분이다. 새벽 4시 30분에 오디가 서성거리다 쿵 찧는 소리가 들렸다. 옴짝달싹못하는 건 아닌지 확인하러 갔다. 오디는 주방 출입구에 서 있었다.

오디가 점점 더 말라간다. 내가 손으로 먹이를 줘야 한다. 오디가 그걸 좋아하니까.

2010년 10월 15일

우리(세이지와 친구 두어 명, 나와 크리스)는 주방으로 우르르 몰려갔다. 여자애들은 소리를 지르고 키득거리며 크리스가 화려하게 장식한 핼러윈 장식의 공포를 경험하겠다고 밖으로 나갔다. 오디는 밤새 주방 근처를 서성댔다. 여자애들의 관심을 독차지한 토파즈는 힐러 특유의 소리로 열심히 짖더니, 갑자기 오디의 아킬레스건(토파즈가 제일 좋아하는 공격 포인트)을 향해 덤볐다.

토파즈가 물자 오디는 쓰러졌다. 나는 토파즈를 떼어냈지만 오디는 발을 헛딛고 다리를 뻗은 채 바닥에 퍼졌다. 흰자위를 번뜩이며 필사적으로 다리를 모으려고 애썼다. 내가 오디를 도우려고 했지만, 다리를 건드릴 때마다 고개를 휘저으며 나를 물려고 했다. 오디가 바닥에서 버둥거리자 녹색을 띤 똥 세 덩어리가 삐져나왔다. 오디가 매대기를 치는 바람에 똥은 오디의 등에 온통 뭉개졌다.

2010년 10월 19일

오디와 마야, 토파즈를 산책시키다가 이웃집 앤을 만났다. 앤은 오디에 대해 한마디 했다. "오디가 마지막으로 봤을 때(두어 주 전쯤)하고 많이 달라 보이네요." 그렇다, 너무 말랐다. 갈비씨 오디.

오늘 아침에 오디의 문제를 한 가지 더 알았다. 먹이를 먹으려고 하는 모습을 봤는데, 밥그릇으로 고개를 숙일 때마다 몸이 옆으로 기운다. 균형을 잡으려면 고개를 들어야 해서 넘어지지 않고는 밥그릇에 입을 댈 수가 없다. 그러니 항상 배가 고플 수밖에.

좀 높은 쟁반에 오디의 밥그릇을 올려두니 훨씬 나은 것 같다. 진작 알아채지 못한 내가 원망스럽다.

🏮 2010년 10월 22일

오디가 일어서서 취한 것처럼 위태롭게 한쪽으로 치우쳐 걷는다. 왼쪽 뒷다리는 거의 기능하지 않는 것 같다. 오늘따라 훨씬 더 심하다.

소파에 박혀 있던 오디가 마침내 몸을 일으켜 바닥으로 뛰어내렸는데, 철퍼덕 넘어져서 납작하게 퍼졌다. 오디가 어찌어찌 소파로 뛰어오르는 모습을 보면 나는 화들짝 놀란다.

온 집 안에 카펫과 깔개를 깔았다. 오디가 갈 가능성이 있는 곳은 어디나. 요가 매트와 욕실 깔개, 현관 매트까지 바닥을 덜 미끄럽게 하는 데 도움이 되는 건 뭐든지. 집이 이상해 보여도 어쩔 수 없다.

오디는 요즘 핫도그를 주로 먹는다. 다른 건 대부분 거부한다.

오늘은 오디가 싱숭생숭한 모양이다. 사무실 입구로 몇 번이고 와서 우두커니 나를 바라본다. 절대 들어오지 않고 딱 입구까지 온다.

🏮 2010년 10월 24일

오늘 밤에 세이지가 물었다. "엄마, 오디 코가 왜 저래요?" 간밤에 무슨 변화가 있었나 보다. 오디의 코는 이제 갈색 검버섯이 난 붉은색이 아니라 탁한 황갈색처럼 보인다. 나는 무릎을 꿇고 오디의 얼굴을 들여다보았다. 오디의 코는 생물 토양 피막이나 흑갈색 이끼 덩어리처럼 거뭇하고 딱딱하다. 건조하고 거칠고 비늘로 뒤덮인 것 같다. 전체적으로 정상이 아니다. 내일 수의사에게 연락해야겠다.

밤에 오디 소리가 들린다. 아직 뒷문을 열어둬도 좋을 만큼 (간신히) 따뜻해서 오디를 내보내기 위해 우리가 일어날 필요는 없다. 하지만 나는 여전히 잠을 못 이룬다. 오디가 집 안을 어슬렁거리는 소리, 침실 밖 복도에서 유령처럼 이리저리 오가는 소리가 들린다. 참 요란한 유령이다.

5 동물 호스피스

개를 향한 사랑에 사로잡혀 사는 우리 같은 사람은 개를 건강하고 행복하게 만들기 위해 자신이 할 수 있는 일을 한다. 강아지 때부터 개를 보살피고 훈련하고 먹이고 산책을 시키고 인사와 놀이, 먹기, 자기 같은 일상의 의례를 창조한다. 그러다 동물을 사랑하는 것이 우리에게 무엇을 요구하는지 명확하지 않은 지점에 맞닥뜨린다. 내가 오디에게 그랬듯, 우리는 시간이 흐르면서 느닷없이 이런저런 것을 놓고 무엇이 개를 행복하고 건강하게 만들지 확신이 없어진 자신을 발견한다. 그건 마치 안개가 자욱한 절벽을 따라 죽음의 골짜기로 내려가는 길을 찾아 헤매는 기분이다. 동물을 절벽 끝으로 떠밀 일은 없는 길.

이 책을 시작하기 전에 제한적인 내 경험에 근거해서 오디에게 질 낮은 삶이 남은 때가 다가올 테고, 그다음에는 '지금이 그때인가? 너무 이른가? 너무 늦었나?' 고민할 거라 예상했다. 나는 언젠가 마음먹어야 할 것이다. 우리는 울먹이며 오디를 차 뒷자리에 싣고 수의사를 만나러 가겠지. 오디의 죽음을 위해 예약을 잡는 일은 이상하게 느껴질 것이다. 죽음이 작동하는 방식이 아니므로.

설정이 모조리 틀렸다. 오디는 불안에 떨 것이다. 동물 병원을 싫어하니까. 오디는 숨을 거칠게 몰아쉬고, 눈동자는 한쪽으로 몰리고, 꼬리는 축 늘어질 것이다. 소독약 냄새가 진동하겠지. 오디는 쇠로 된 차가운 수술대에 놓일 것이다. 나는 오디를 저버리는 기분이 들 테고, 낯선 수의사와 시술자 앞에서 눈물 흘리는 나 자신을 의식할 것이다. 순식간에 파란 주사를 쿡 찔러 오디의 생명을 끝내는 이들은 오디의 삶의 영광도, 불안하지만 용감한 오디의 정신도, 인간 생명체에 대한 오디의 불가해한 사랑도 알지 못하리라.

나는 늙고 병든 동물을 무턱대고 파란 주사 아래로 떠밀지 않고 돌볼 방법이 있는지 고민했다. 우리에게 필요한 건 생애 말기 돌봄을 위한 더 많은 선택지 같다. 우리에게는 동물의 통증을 이해하고 관리할 더 나은 방법과 죽음에 이르는 고통을 완화하거나 자연사를 가능하게 하는 더 많은 선택지, 동물의 삶의 질을 생각하는 더 확실한 방법이 필요하다.

동물 호스피스

인간 호스피스와 비슷한 것이 동물에게도 필요하다. 조사를 시작하면서 내가 이 생각을 처음 한 사람이 아니란 걸 금세 알았다.

애완동물 호스피스라고도 불리는 동물 호스피스는 존재한다. 오디의 기력이 쇠퇴할 무렵에는 호스피스가 내 레이더망 밖에 있어 놓치고 말았지만, 내가 이 책을 마무리할 때쯤 되자 동물 호스피스는 훨씬 더 확고하게 자리 잡았고 널리 이용할 수 있었다. 어떤 점에서는 나도 오디에게 호스피스 돌봄을 제공했다고 볼 수 있지만, 지금 아는 걸 1년 전에 알았다면 더 나은 선택을 하고 오디의 생애 말기를 더 편하게 만들어줄 수 있었으리라.

'호스피스'라는 용어가 동물 돌봄의 맥락에서 사용된 지는 20년 가까이 되었다. 2001년 미국수의사회는 '수의학적 호스피스 돌봄을 위한 지침Guidelines for Veterinary Hospice Care'을 발표해 업계의 기준을 정하려고 시도했다. 그럼에도 수많은 애완동물의 주인은 물론이고 수의사조차 호스피스에 대해 충분히 알지 못하고, 병들고 죽어가는 동물에게 제공되는 통증 관리와 완화 돌봄의 선택지 범위는 여전히 좁다. 그나마 최근에는 동물 호스피스가 가시성과 추진력을 조금씩 얻어가는 듯하다. 나는 한 달에 한 번쯤 인터넷에서 동물 호스피스 자원을 찾아보는데, 검색되는 서비스 범위가 매번 확대된다.

왜 지금일까? 동물 호스피스 운동의 출현은 부분적으로 인간 호스피스에 동화된 결과다. 동물에 대한 태도 변화가 명시적으로 드러난 것이기도 하다. 동물의 인지적·정서적 복잡성에 대한 민감성이 높아지자 동물에 대해 책임감이 강해지고, 특히 동물이 죽음에 이르는 방식과 동물의 통증 치료에 더 세심하게 주의를 기울이는 것이다. 연령에 따른 애완동물의 구조도 바뀌었다. 노쇠하고 아픈 반려동물 집단은 점점 더 커진다. 수의학적 치료가 발전하고 동물의 수명이 길어짐에 따라 노령 동물 집단은 확대되고, 갈수록 더 많은 동물이 질병과 장애가 생기는 나이까지 장수할 것이다. 아울러 애완동물의 주인은 훨씬 복잡한 치료 선택지를 마주한다. 인간 의학처럼 가부를 결정해야 할 지점이 늘어나는 것이다. 동물을 위한 생애 말기 돌봄의 지형은 점점 더 복잡해진다.

동물 호스피스가 확대되기는 해도 그 정확한 본질은 여전히 모호하다. 현재 동물 호스피스는 생애 말기 돌봄으로 이어지는 모든 범주의 접근법을 의미한다. 이런 다양한 접근법 내부에는 근본적으로 무엇이 동물에게 좋은 죽음인가에 대한 철학적 이견이 존재한다. 호스피스 분야가 확장됨에 따라 호스피스의 구체적인 목적과 실행, 철학적 책무는 분명해질 가능성이 높다. 그러므로 현재 '동물 호스피스'는 죽어가는 동물에게 삶의 질과 죽음의 질을 극대화하려고 애쓰는 접근법을 가리키는 총칭이다.

동물 호스피스에는 정확히 무엇이 포함될까?

호스피스는 명확히 말하면 여타 수의학적 돌봄과 달리 죽어가는 동물을 돌보는 과정에 지시되고, 처치의 목표는 명시적으로 치유가 아니라 일시적 완화다. 호스피스 돌봄은 불치병에 걸리거나 죽어가는 동물에게 안위와 통증 완화 치료를 제공해 동물이 말로에 가급적 양질의 삶을 누리게 하는 것을 목표로 한다. 동물 호스피스는 인간 호스피스와 마찬가지로 암과 신장 질환 같은 불치병의 공격적 치료에 대안을 제공한다.

동물 호스피스는 동물을 돌보는 사람과 수의사가 취하는 사고방식이다. 관심의 초점은 치료에서 돌봄으로 바뀌고, 죽음은 불가피한 결과로 공공연하게 받아들여진다. 호스피스 돌봄은 대개 동물의 삶을 연장하지만 그게 호스피스의 목적은 아니다. 캐스린 마로치노Kathryn Marrochino는 톰 윌슨Tom Wilson을 인용해서 말한다. 동물 호스피스는 동물에게 "그때가 오면 내가 널 위해 곁에 머무르고, 삶의 노래가 끝날 때까지 너와 함께 춤을 출게"라고 말하는 것이라고.

대다수 의사가 동물 호스피스를 조기 안락사의 대안으로 본다. 늙고 병들고 장애가 있는 동물이라도 충분히 질 좋은 삶을 영위할 수 있지만, 동물의 주인과 수의사가 다른 선택지를 모르기 때문에 너무 일찍 안락사 당한다. 치료적 선택지로 안락사를 택할 가능성은 언제나 있다.

동물 병원은 인간 호스피스가 제공하는 다양한 전문 기술을 보유하지 않았다. '돌봄 팀'이라고 해봐야 수의사와 수의 테크니션이 전부다. 하지만 동물 호스피스는 수의사와 수의 테크니션, (인간) 고객, 환자(동물)로 구성된 팀 접근법에 역점을 둘 수 있다. 수의사는 고객에게 다른 치료 선택지(예를 들어 재활과 동종 요법, 침술)와 정서적인 지지 방안(애완동물 사별 상담, 동물 예배당)을 교육하고, 돌봄 네트워크를 확장하도록 사전에 조치할 수 있다.

필요한 경우 수의사를 방문할 수 있지만 동물 호스피스는 주로 집에서 진행된다. 왕진하는 수의사도 많다. 집이 동물에게 가장 편안한 공간이고, 동물 보호자에게도 편리하기 때문이다. 수의사는 일반적으로 초진을 위해 집을 방문해서 동물의 상태를 검토하고, 애완동물 주인에게 치료와 돌봄의 목적을 설명한다. 이때 수의사와 동물 주인은 치료 계획을 세울 수 있다. 수의사는 동물에게 무엇이 필요한지 주인이 이해하도록 돕고, 약을 먹이는 방법과 주사를 놓는 방법 같은 기본적인 기술을 지도한다. 내가 살펴본 수의학을 기반으로 한 호스피스 서비스는 대부분 자연사를 희망하는 애완동물 주인을 지원하지만, 안락사 서비스도 제공한다.

동물 호스피스의 가장 유용한 면은 통증과 불편을 완화하고(약물 투여, 마사지, 물리치료가 포함된다) 동물의 기쁨을 극대화하는 것(예를 들어 사회적 상호작용과 교제, 정신적 자극, 놀이, 산책, 인간적인 접촉, 맛있는 음식)이 포함된다는 점이다. 늙거나 아픈 동물을 위한 돌봄에는 자세 바꾸기와 목욕, 대소변 보조가 들어간다. 동물에게 특별한 식이요법이 필요할 수도 있고, 먹거나 마시는 데 도움이 필요할 수 있다. 호스피스 돌봄을 하기로 결정한 애완동물 주인은 통증과 고통의 행동 신호에 대한 교육을 받고, 주사 놓기 같은 기본적인 기술을 배워야 한다. 동물 호스피스에서 돌봄의 부담은 동물 주인에게 정통으로 (그리고 육중하게) 떨어지고, 이 사실이 선택지와 선택의 전망을 결정할 수 있다.

호스피스 돌봄이 모든 이를 위한 선택지는 아니라는 사실을 반드시 말해두고 싶다. 동물 호스피스에는 상당한 시간과 돈, 일정 수준의 기술과 교육, 큰 책임을 감수할 의지가 필요하다. 경솔한 호스피스 돌봄은 동물에게 불필요한 고통을 초래하기 쉽다.

인간 의학에서는 보통 1차 진료를 한 의사가 환자를 호스피스 시설에 보내고, 그다음은 완화 치료 전문의와 호스피스 업무를 전문으로 하는 간병인 네트워크에 의뢰한다. 동물의 경우 일반적으로 호스피스 시설이 없고, 대기 중인 완화 치료 전문 수의사 집단도 없다. 항상 만나는 담당 수의사가 직책을 바꿔 호스피스 수의사가 되는 경우가 대부분이다. 이는 수의사에게 쉽지 않은 변환이고, 상황이 어렵기는 애완동물 주인도 마찬가지다. 완화 치료 기술 훈련을 전공한 수의사가 거의 없기에, 많은 이들이 호스피스 돌봄을 낯설거나 불편하게 여긴다.

호스피스와 완화 치료

호스피스는 죽어가는 환자를 대상으로 하는 완화 치료 유형이다. 그러나 호스피스와 완화 치료 사이에 명확한 선이 없고, 동물에 대해서는 두 가지가 밀접하게 관련된다. 일부 호스피스 지지자는 두 용어를 연결해서 '동물을 위한 호스피스와 완화 치료'를 통합된 개념으로 말해야 한다고 생각하기도 한다. 호스피스와 완화 치료를 연속체로 생각하면 살날이 상대적으로 많이 남은 동물과 아직 적극적으로 죽어가지 않는 동물에게도 호스피스 돌봄이 적절하다고 인식할 수 있다.

인간 환자들은 보통 남은 수명이 6개월 미만일 때 호스피스 시설에 들어온다. 대다수 인간 질환에는 상대적으로 훌륭한 생존 통계가 존재하기에, 의사는 환자가 얼마나 더 생존할지 합리적으로 추정할 수 있다. 특정 진단을 받은 동물의 평균 생존 기간은 이용 가능한 통계가 훨씬 적어, 동물이 정확히 언제 말기에 이를지 판단하기 어렵다. 그래서 동물의 생애 말기 돌봄 기간은 더 기약이 없고, 동물의 수명에 견주면 6개월은 꽤 긴 시간이다.

개나 고양이의 시간으로 비등한 '진짜 생애 말기'는 한 달쯤 될 것이다. 그러나 동물을 위한 호스피스와 완화 치료는 한 달 이상 혹은 6개월 정도 잡아야 할 경우가 많다. 동물에게 호스피스 돌봄은 우리가 동물의 질병을 치유하는 것이 불가능하거나 지나치게 부담이 된다고 판단할 때, 우리의 사고방식을 '병을 고치는 것'에서 그야말로 안위와 삶의 질을 극대화하는 것으로 전환할 때 시작된다.

동물 호스피스 옹호자 중 한 사람은 수의 종양학자 앨리스 빌라로보스Alice Villalobos다. 그녀는 철학적 이견을 주장하며 자신의 접근을 인간 호스피스와 구분하기 위해 '퍼스피스pawspice'라고 부른다. 빌라로보스는 인간 호스피스처럼 환자가 생존할 수 있는 시간이 얼마 남지 않을 때까지 기다리는 대신 동물 환자가 진단받자마자 호스피스를 제공해야 한다는 입장이다. 호스피스를 단순히 죽음을 기다리는 것으로 보지 말고 선행적으로 완화 치료를 적용하는 것으로 여기기 때문이다. 빌라로보스에게 동물 호스피스는 주로 계속되는 공격적인 치료, 특히 다양한 암 치료에 대안을 제공한다.

퍼스피스의 목적은 동물이 통증과 고통 없이 죽음을 맞도록 돕고, 동물의 삶의 질이 수용할 만한 수준에서 수용할 수 없는 수준으로 변하는 때를 알아내도록 반려인을 돕는 것이다. 빌라로보스는 퍼스피스를 불치병의 진단과 죽음 사이의 중대한 시간을 채우는 충전재로 본다. 암에 걸린 동물이 가장 일반적인 후보자지만, 호스피스와 완화 치료는 기약이 없는 시간 동안 병들고 늙고 죽어가는 모든 동물에게 제공되어야 마땅하다.

빌라로보스는 "애완동물 주인에게 동물이 죽을 것이라는 점과 그 사실을 알고 잘 대처해야 한다는 걸 알리는 일은 중요하다"고 설명한다. 수의사들은 동물의 죽음에 대해 고객과 이야기하는 데 능숙하지 않다. 인간 의학과 마찬가지로 수의학에도 '할 수 있다 정신'이 있다. 더 '할 수 없다'는 것이 명확할 때 수의사와 고객은 대개 안락사에 기댄다. 빌라로보스는 다른 방법, 치유하려는 쪽에서 위안하고 돌보려는 쪽으로 변화가 필요하다고 말한다.

호스피스의 중대한 필요성

대다수 동물 병원은 호스피스 서비스를 명시적으로 제안하지 않는다. 나는 롱몬트의 몇몇 수의사에게 호스피스 돌봄을 제공하는지 물어보았는데, 의사들은 진심으로 어리둥절해 보였다. "호스피스라면 어떤 걸 말씀하시는지 잘 모르겠네요." 한 의사가 답했다. 수의사들은 고객이 대다수 동물에게 가치가 극히 적은 치료를 포기하는 결정을 납득하고, 동물의 삶의 질을 극대화하도록 기꺼이 돕는다. 하지만 애완동물 주인이 호스피스나 완화 치료에 대해 알지 못하면 굳이 권하지 않는다.

치료를 이어가거나 안락사 시키는 것, 두 가지를 선택지로 볼 수도 있다. 수의사가 호스피스에 대해 알지 못하면 상담하거나 선택지를 제안하지 않을 테고, 완화 치료 관련 기술이 충분하지 않으면 죽어가는 동물을 편안하게 돌보는 일을 효과적으로 돕지 못한다. 그 결과, 늙거나 불치병에 걸린 동물에게 흔한 결론은 조기 안락사가 되고 만다. 완화 치료 수의사 로빈 다우닝은 나에게 말했다. "안락사가 아닌 선택지를 가진 주인이 없어서 얼마나 많은 개와 고양이가 죽는지 끔찍할 정도입니다."

동물 호스피스와 효과적인 완화 치료에 대한 수요는 이용 가능한 서비스의 규모보다 훨씬 크다. 그래도 호스피스에 관심 있는 수의사가 늘어나고, 지난 10년간 동물 호스피스를 전문화하려는 노력, 의제의 구체적인 의미와 업무의 범위(그리고 소유의 의미도)를 설정하려는 노력이 있었다. 앞서 언급한 것처럼 미국수의사회는 동물이 훈련된 인력에게 적절한 통증 관리와 규칙적인 추적 관리를 받는 것을 목표로 '수의학적 호스피스 돌봄을 위한 지침'을 통해 산업적 기준을 설정하고자 했다.

두 수의사 집단이 호스피스를 정의하고 장려하는 데 특히 적극적이다. 미국인간-동물유대수의사회American Association of Human-Animal Bond Veterinarians는 자신들의 임무를 "사회에서 인간과 동물의 긍정적인 상호작용을 육성하는 데 수의학 공동체의 역할을 증진하는 것"으로 정의한다. 이 단체는 자신들이 "생애 말기 환자에게 연민 어린 안위 돌봄을 제공하고, 애도 과정에서 가족을 지원하는 제도"라 정의한 호스피스에 관심이 있다.

국제동물호스피스완화치료협회International Association for Animal Hospice and Palliative Care는 조기 안락사의 대안, 동물 병원의 케이지 격리나 집에서 부적절한 치료에 따른 고통의 대안으로 호스피스를 장려한다. 호스피스는 삶 자체의 길이가 아니라 질 높은 삶의 길이를 연장하는 방법이다. 이 단체는 수의사와 애완동물 주인을 대상으로 호스피스 돌봄의 유용성과 확실한 혜택에 대한 의식을 높이는 데 힘쓴다.

동물 호스피스와 완화 치료는 상승세를 타는 듯하다. 내가 인터뷰한 어느 수의사는 현재 미국에 60~75가지 수의학적 완화 치료 서비스가 있고, 그 숫자는 다달이 증가하는 추세라고 판단했다. 다른 수의사는 해마다 일종의 생애 말기 돌봄을 전공한 의사에게 치료 받는 동물은 현재 미국에서 1000~1만 마리로 10년 전에 비해 10배 정도 증가했다고 추정했다.

호스피스 자원봉사자

인간 호스피스 업무에서 자원봉사자는 핵심 요소다. 자원봉사자는 환자와 가족에게 사회적 지원 제공을 보조하고, 환자들이 씻고 먹는 등 일상에 필요한 일을 할 수 있게 거들고, 돌봄에서 벗어나 휴식이 필요한 환자의 가족이 일시적으로 쉴 수 있게 돕는다. 그에 반해 동물 호스피스에는 자원봉사자가 거의 존재하지 않는다. 불행한 일이다. 애완동물 주인이 직장에 있는 동안 잠깐 와서 동물을 살펴보고, 가능하면 약을 투여하거나 침구를 갈아주는 등 간단한 지원만 있어도 호스피스는 많은 사람에게 더 현실적인 선택지가 될 수 있기 때문이다.

자원봉사자가 동물 호스피스에 제공할 수 있는 것에 대한 모델로 콜로라도주립대학교 아거스연구소Argus Institute가 운영하는 '애완동물 호스피스Pet Hospice' 프로그램이 있다. 이 프로그램은 현재 미국에서 유일하게 수의대를 기반으로 하는 호스피스다. 애완동물 호스피스는 콜로라도의 동물 병원에 제공되고, 자원봉사 인력은 대부분 수의대 학생이다. 의사 결정 과정 보조, 안락사 전·중·후에 필요한 지원은 물론이고 애도 상담도 제공한다. 동물 호스피스는 동물 병원에서 고객과 동물을 만나고, 고객이 원하면 내원 시간 동안 함께 있어준다. 자원봉사자는 투약이 필요한 경우 집에 방문해서 호스피스 돌봄을 제공하기고, 안락사를 실행하지는 않지만 안락사가 진행되는 동안 자리에 참석해 버팀목이 되어주기도 한다. 이 프로그램은 동물과 동물의 주인뿐만 아니라 수의대 학생에게도 유익하다. 동물을 보살피고 통증 관리와 사별 같은 생애 말기 문제를 다루며 가치 있는 실무 경험을 하기 때문이다.

자원봉사 활동으로 진행되는 또 다른 획기적인 프로그램은 샌프란시스코동물학대방지협회San Francisco Society for the Prevention against Cruelty to Animals가 운영하는 '포스피스Fospice' 프로그램이다. 내가 알기로 불치병을 앓는 보호소 동물을 위해 고안된 호스피스 프로그램은 포스피스가 유일하다. 포스피스는 훈련된 자원봉사자가 생명을 위협하는 질병에 걸린 고양이나 개를 집으로 데려가 죽을 때까지 돌보는 위탁 간호 프로그램이다. 생명을 위협하는 질환에는 신부전과 조기 심부전, 천천히 자라는 림프종처럼 통증이 없는 암이 포함된다. 동물은 보호소의 자산이자 주요 책임이고, 모든 수의학적 치료와 약물, 특별한 음식은 물론 안락사와 화장 서비스도 보호소에서 공급한다. 포스피스 자원봉사자는 날마다 동물에게 절실한 돌봄과 사랑, 교제를 제공한다. 동물에게 안락사가 필요한지 여부와 시기를 판단하는 일도 자원봉사자에게 위임된다.

독립 호스피스

　현재 호스피스는 대부분 가정과 동물 병원에서 진행되지만, 늙고 병들고 다친 동물에게 호스피스 돌봄을 제공하는 독립 주거 보호 시설도 몇 군데 있다. 보호 시설에는 단순히 동물의 요구를 감당하지 못하는 다정한 주인의 손에 이끌려 입소된 동물도 있고, 버려졌다가 어쩌다 운이 좋아서 죽음을 당하지 않고 구조된 동물도 있다. 이런 시설의 가장 고무적인 점은 '상처 받은' 동물도 다른 동물만큼 사랑과 애정이 필요하다는 사실, 우리가 가망 없다는 꼬리표를 붙였을지 모를 동물에게도 살아갈 날이 충분하다는 사실에 대한 인식이라고 생각한다. 보통 이런 보호 시설은 수의사가 아니라 평범한 사람이 운영한다. 모든 보호 시설에 적용할 수는 없겠지만, 나는 이런 시설이 전체적인 수의학적 돌봄과 안락사에 반대하는 자연사에 평균 이상으로 헌신적이라고 느꼈다.

　브라이트헤이븐동물일반요양호스피스BrightHaven Holistic Retreat and Hospice for Animals는 게일 포프Gail Pope가 설립·운영하는 노령 장애 동물을 위한 비영리 동물 보호 시설로, 캘리포니아 산타로사Santa Rosa에 있다. 브라이트헤이븐은 자신을 본질적으로 호스피스라고 규정하지 않지만, 안락사의 대안으로 호스피스를 제공한다. 브라이트헤이븐의 많은 동물이 주삿바늘 아래까지 갔다 온 경우에 해당한다. 회복 가능성이 없는 불치병으로 진단 받자, 주인은 동물을 돌볼 수 없거나 돌보고 싶지 않았던 것이다. 보호 시설에서는 이런 동물에게 애정 어린 환경에서 살다가 죽을 기회를 만들어준다. 가장 중점을 두는 사항은 동물 간호와 죽음에 전체적으로 접근하는 것이다.

게일은 나와 통화할 때 말했다. "전통적으로 수의학계에서는 수의사가 이제 도움이 될 만한 치료가 없다고 판단하면 보호자는 안락사 시점이 올 때까지 기다려야 합니다. 이때가 말기 돌봄과 안락사 사이에 빈 시간이죠. 호스피스가 있으면 이 기간도 치유의 시간이 됩니다. 동물이 따로 보살핌을 받으니까요." 그녀는 동물도 자신이 죽어간다는 걸 안다고 말한다. 죽어가는 동물이 그예 집 한가운데로 가서 침대에 누우면 다른 동물들이 모여든다고. 게일은 "동물은 더 진화된 존재예요. 다른 에너지 세계에 살아서 죽음을 평온하게 받아들여요"라고 덧붙인다.

또 다른 주거 호스피스는 뉴욕 델리Delhi에 수전 마리노Susan Marino가 설립한 에인절스게이트동물호스피스Angel's Gate Hospice for Animals다. 에인절스게이트는 특별한 도움이 필요한 동물을 받아서 여생을 보낼 보금자리를 제공하고 재활에도 집중한다. 에인절스게이트는 브라이트헤이븐과 마찬가지로 통합 치료와 대체 요법, 생식, 자연사에 우선순위를 둔다. 에인절스게이트의 안락사 비율은 5퍼센트 정도로 알려졌다.

더 어두운 호스피스

호스피스에 대한 소비자의 관심이 늘어남에 따라 착취의 기회도 늘어난다. 예를 들어 호스피스라는 몇몇 곳은 가면을 쓴 안락사 서비스에 불과하다. 자세히 보면 실제로 제공하는 서비스는 신속한 죽음이 전부라는 걸 알 수 있다.

일부 수의사와 동물 호스피스 세계를 가까이 접하는 사람들은 영리에 목적을 둔 호스피스에 대해 음울하게 말했다. 이런 곳은 수의 테크니션이 직원으로 일하고, 수의사가 가끔 들르는 작은 창고 같았다. 병들거나 나이가 아주 많은 애완동물을 집과 멀리 떨어진 상설 거주지에서 지내게 할 만큼 부유한 고객을 위해 고안되었다고 한다. 병이 깊은 동물을 노상 살피고 따라다니며 뒤치다꺼리할 시간이 있는 사람이 얼마나 될까. 이런 호스피스가 있다면 기르던 동물에게 책임감을 느끼고 죄책감을 달래기 위해 돈을 기꺼이 지불할 애완동물 주인은 반길지 모른다.

이런 시설이 실제로 존재하는지 확인할 수는 없었다. 실재하든 아니든, 그 존재의 환영은 호스피스가 정답고 연민 어린 말로 들리지만 추한 것이 되기 쉽다는 점을 일깨운다. 동물 호스피스 수요가 늘어나면 부도덕한 사람들이 그것을 기회로 삼으리라는 상상을 하기는 어렵지 않다. 애완동물 사별과 사망 기념품 시장이 북적거리니, 사업적 가능성을 손쉽게 가늠하는 사람이 있을 것이다. 미국수의사회가 지침을 세웠다는 건 좋은 첫걸음이지만, 이 지침은 자발적으로 호스피스 서비스를 제공하기로 결정한 수의사들에게 적용될 뿐이다. 기업심이 왕성한 개인이 간단히 호스피스 매장을 여는 것을 금지할 법은 없다.

수의사들의 우려 중 하나는 수의사가 아닌 사람들이 호스피스를 여는 걸 좋은 생각이라고 여길 것이라는 점이다. "나는 동물을 사랑하니까 호스피스를 열어서 죽어가는 동물들을 도울 거야" 하고. 수의사를 주축으로 하는 호스피스에서 활동하는 사람이 말했다. "호스피스 일을 하는 사람이 동물이 죽을 때까지 '같이 있어주려고' 죽어가는 동물을 입양했다고 해서 깜짝 놀랐어요. 그 사람들은 수의사가 아니에요. 통증 관리에 대해서는 아무것도 모르죠."

수의사들이 이익을 독점하려 한다고 의심할 수도 있다. 나는 수의사들의 걱정에 어느 정도 타당성이 있지 않을까 싶다. 적절한 통증 관리가 얼마나 어려운 일인지 알기에, 동물의 요구에 맞게 간호할 수 있도록 사람들을 훈련하는 일은 중요하다. 에인절스게이트의 수전 마리노나 브라이트헤이븐의 게일 포프는 수의사가 아니다. 게일은 통증 관리를 동종 요법으로 접근해 사람들에게 비난 받았다고 솔직히 털어놓았다. 에인절스게이트도 페타의 '조사'를 받는 등 논란의 중심에 선 적이 있다.

나는 동물 호스피스 세계에 어느 정도 적대감과 영역주의가 있다고 느낀다. 내 의견은 이렇다. 수의사와 비수의사 모두 동물 호스피스 활동을 적극적으로 하는 사람들은 동물 복지에 열성적이기 때문에 그렇게 한다. 의도는 (거의) 선하다. 핵심은 통증 관리와 자연사에 대한 철학 차이, 우리 삶에서 반려동물의 역할에 대한 광범위한 철학적 불일치다. 극단적으로 단순화하고 과장해서 말하면, 수의사 기반의 호스피스는 관습적이고 과학적인 경향이 있다. 진통제는 계산기로 적정량을 산출하고, 통증의 징후는 과학적 모델을 바탕으로 한다. 늘 그런 건 아니지만 수의사 기반 호스피스 종점은 일반적으로 안락사다.

그에 반해 보호 시설 기반의 호스피스는 좀 더 전체적이고 정신적인 방향으로 기운다. 동물 커뮤니케이터가 죽어가는 동물의 욕구를 해석하고, 통증 관리에 방향 요법과 동종 요법을 쓴다. 보호 시설 기반의 호스피스는 안락사를 피하고, 진통제를 포함한 관습적인 의학적 치료조차 삼가는 경우가 많다. 이상적인 종점은 '자연스러운' 죽음이다.

자연사

동물 호스피스는 안락사의 대안이 아니다. 분명히 말하지만 어느 시점에는 안락사가 연민 어린 행동 방침이 되는 경우가 꽤 많다고 생각한다. 호스피스는 주로 동물이 자연사하기를 원하는 사람들이 이용하지만, 파란 주사의 상습 사용을 찬성하는 사람들도 '자연사가 무엇을 의미하고 동물에게 어떤 가치가 있는지 시간을 들여 생각해야 한다.

사회학자인 내 친구 레슬리 어바인Leslie Irvine이 최근에 전화를 했다. 스무 살이 된 자신의 고양이 키튼Kitten이 죽어가는데, 고양이가 세상을 떠나기 전에 와줄 수 있느냐고 했다. 키튼은 안타깝게도 내가 도착하기 전에 죽었다. 레슬리는 키튼의 죽음에 대해 이야기하고, 마지막 며칠 동안 벌어진 일을 나와 나눴다.

키튼이 쇠퇴 징후를 보일때, 나와 마크Marc는 동의했다. 키튼이 고통스러워하지 않는 한 안락사 시키지 않겠노라고. 우리는 키튼이 삶에서 자연스럽게 퇴장하기를, 서두르지 않기를 바랐다. 우리는 키튼이 죽는 모습을 보는 게 두렵지 않았다. 고양이는 고통을 잘 견디기도 하므로, 고통의 시점을 어떻게 알아챌지도 이야기를 나눴다. 우리는 키튼에게 통증의 징후가 없는지, 어디로 틀어박히지 않는지 관찰했다. 키튼은 마지막까지 우리 곁에 있는 게 편안해 보였다. 주춤해서 물러나거나 숨 쉬는 데 어려움을 겪지 않았다. 이제 와서 생각하니 목요일에 이리저리 돌아다닌 게 '말기 불안'이었나 싶다. 하지만 괴로움이나 몸부림은 아니었다. 평소보다 느리게 여기저기서 잠시 멈췄지만, 항상 해온 것에 가까웠다.

레슬리는 키튼이 "삶에서 자연스럽게 퇴장하기를 바랐다". 이유를 묻자 레슬리는 동물이 제 수명을 온전히 살다 가게 해줘야 한다고 답했다. 나는 키튼의 죽음에서 품위 있고 정당한 무엇을 발견한다. 키튼은 내가 상상하는 '좋은 죽음'에 가깝게 죽었다. 고통스럽지 않았고, 사랑하는 반려인에게 둘러싸여 그저 숨을 거둔 것이다. 레슬리와 그녀의 남편은 자연사를 선호했다. 키튼이 고통스러워했다면 기꺼이 안락사를 택할 준비가 되었지만.

죽음은 기회의 시간이 되기도 한다. 사람은 죽어가면서 변한다. 인간의 발달은 삶의 맨 끝까지 계속되기 때문이다. 그래서 죽음의 과정은 개인과 가족이 깊이 성장하는 시간이 될 수 있다. 어떤 이에게 자연사의 가치는 명료하게 정신적인 것, 예컨대 하나의 존재에서 다른 존재로 이행하는 시간이다. 우리는 동물의 정신과 마음에서 무슨 일이 일어나는지 알 수 없지만, 어쩌면 동물도 죽을 때 심오한 무엇을 경험할지 모른다는 가능성을 열어둬야 한다.

이 때문에 자연사에 끌린다. 다른 상황이 동일하다면 오디를 위한 나의 바람도 이와 유사하다. 동물의 죽음의 정신적 차원에 관심을 두고, 동물의 소멸을 의례화하는 것이 동물의 삶의 가치나 인간과 동물 유대의 힘을 긍정하는 방법이라고 깨닫는 것은 가치 있는 일이다. 하지만 '자연사'라는 말을 '부자연스러운 죽음'(혹은 그와 유사한 것)과 대립적으로, 특정한 죽음을 지칭하기 위해 사용하는 건 지나치다고 생각한다. 모든 죽음은 자연스럽다. 죽음이 일어나는 곳이 별이 빛나는 하늘 아래 야생이든, 쇠로 만든 차가운 수술대든, 피아노 아래 오트밀 색 개 침대든 마찬가지다. 안락사는 굶주림이나 탈수, 복합 장기 부전에 따른 죽음 못지않게 자연스럽다. 동물이 우리의 보살핌 아래 놓이는 순간부터 동물의 삶과 죽음의 모든 측면에 전적인 통제권이 우리에게 있으니, 진정 '자연에 맡기는 상태'가 될 수 있는지 의문이다.

물론 자연사와 안락사를 대립시킴으로써 도덕적인 지형을 단순화할 수 있다. 우리가 이런 의미에서 자연사를 약속한다면, 우리의 책임은 동물이 죽을 때 곁에 머무르고 위안을 제공하는 것에 한정된다. 하지만 도덕적 단순화는 우리가 원하는 게 아니다. 호스피스 돌봄에도 같은 주의를 폭넓게 기울여야 한다. 호스피스와 안락사가 극명하고 대립적인 선택지로 제시되면 우리는 동물의 희생으로 도덕적 지형을 지나치게 단순화한 것이다. 《Geriatrics and Gerontology of the Dog and Cat 개와 고양이의 노령 동물학》을 쓴 조니 호스킨스Johnny Hoskins의 말에 귀 기울여보자. 그는 수의학 의료진이 동물 주인에게 호스피스 돌봄('생애 말기 돌봄')이 가능하고, 즉각적인 안락사의 대안으로 호스피스 돌봄이 존재한다는 사실을 알려야 한다고 말한다.

호스피스 돌봄을 즉각적인 안락사의 대안으로 제시하는 것이 동물에게 항상 득이 되는 건 아니다. "모든 진행성 불치병의 경우, 동물은 고통이 단순히 필연적이거나 온당하지 않은 지점에 도달한다. …호스피스 돌봄이 단지 고통의 대안으로 인식되면 안락사를 피할 이유를 간절히 찾는 어떤 주인은 죄책감 없이 안락사 선택지를 거부하기 위한 수단으로 만족스럽게 호스피스 돌봄을 붙들 것이다." 되풀이하지만 호스피스는 고통의 대안이 아니다. 호스피스의 목적은 분명 고통을 최소화하는 것이지만, 때로 고통이 우리의 모든 노력을 능가할 수 있다.

　로빈 다우닝은 동물 호스피스 업계에서 안락사 금지를 포함해 인간 호스피스와 정확히 똑같은 원칙을 적용하는 것을 지지하는 흐름이 있다고 했다. "양심도 없어요! 안락사는 가능한 선택지고, 우리는 동물에게 안락사를 적용할 자유가 있습니다. 안락사를 해야 하고요. 그것이 윤리적인 일이에요." 로빈 다우닝이 보기에는 저울추가 '오늘 안락사를 시키자'와 '자연사'의 양극단을 왔다 갔다 한다. 그녀는 그게 마음에 들지 않는 것이다. 우리는 좀 더 균형 잡힌 자리로 돌아갈 필요가 있다. 나는 그녀에게 자연사로 떠나보낸 동물이 몇이나 되는지 물었다. 그녀는 의사 경력 25년 동안 "그리 많지 않았다"고 대답했다. 로빈 다우닝은 동물이 정말 천국으로 갈 날이 될 때까지 살도록 두자는 생각에 민감한 입장이었다. 자연사가 동물에게 이로운 경우는 많지 않다.

　우리 동네 수의사에게 자신의 동물이 자연사하기를 바라는 고객이 몇이나 되는지 물었다. "놀랍게도 생각하시는 만큼 많지 않아요." 그가 답했다. 자연사가 좋은 죽음이 되는 경우는 매우 드물고, '자연적인 원인'은 대부분 동물에게 아주 불쾌한 경험인 것 같다고 했다. 예를 들어 신장 질환은 고양이에게 두 번째로 주된 사인인데, 탈수와 독소 축적에 따른 발작 가능성을 동반하기 때문에 결코 즐거운 경험이 아니다.

　자연사가 동물에게 언제나 더 좋다는 가정은 위험하다. 그러면 대개 자연사가 더 바람직할까? 우리는 종종 불필요하게 죽음을 서

두른다. 죽음이 전개되는 동안 동물이 상당히 고통스러워한다면 죽음을 앞당기는 편이 인도적인 길이리라. 물론 우리가 '상당한 고통'을 어떻게 정의하고 판단하는가 하는 점이 성가신 문제의 핵심이다. 동물이 느끼는 고통의 신호를 읽어내는 능력이 뛰어난 사람이 있고, 통증의 신호를 알리는 데 능숙한 동물이 있다. 애완동물의 반려인으로서 우리의 주관적인 가치관은 분명 우리 시각에 색깔을 덧입힐 것이다. 우리가 자연스러운 소멸에 강하게 끌리면 고통의 신호를 다르게 '읽을 것'이다. '괴로움에 시달리는 동물의 신호'라기보다 '영혼을 이행하는 신호'로.

언어에 대한 주석

안락사 없이 일어나는 죽음을 묘사하는 데 사용하기에 가장 적합한 말은 무엇일까? '자연사'는 가장 분명한 선택지고 직관적인 호소력도 있다. '자연사'는 불필요하게 죽음을 독촉하지 않고, 파란 주사의 폭력성을 피해 모든 것을 자연에 맡긴다는 긍정적인 함의가 있다. 그러나 이 용어에도 문제가 있다. 동물의 생애 말기 돌봄에 종사하는 많은 이들이 자연사라는 말에 불편함을 느낀다.

'자연사'라는 단어의 위험성 중 한 가지는 죽음이 조력 없이 이뤄져야 한다는 암시를 준다는 점이다. 좋은 죽음에는 긴밀하고 지속적인 도움이 필요한 경우가 많다. 통증을 관리하고 동물을 편안하게 만들기 위한 여러 가지 개입도 수반된다. 그저 의자에 앉아 지켜보는 방식으로 죽음에 수동적으로 접근하는 것이 자연스러울지 몰라도 동물에게 좋은 경우는 거의 없다. 몇몇 지지자에 따르면, 동물 호스피스를 초기 인간 호스피스 분야에서 그랬듯이 치료 거부와 연관 짓지 않는 것이 중요하다고 한다. 이는 인간 호스피스가 벗어나려고 애써온 강력한 고정관념이고, 인간 호스피스 운동의 성장을 늦춘 원인이다. 가정에 기반을 둔 호스피스 개념을 발전시킨 첫 비영리 단체인 니키애완동물호스피스재단Nikki Hospice Foundation for Pets은 '호스피스 조력 자연사'라는 말을 일관되게 사용할 것을 장려한다. 꽤 좋은 표현이라 생각한다.

우리가 의도적으로 독물 주사를 사용한 죽음을 설명하는 데 어떤 말을 쓸지는 여전히 어려운 문제다. 그것을 안락사라고 부를 수 있을까? 최종 완화? 완화적 진정? 이 문제는 다음 장에서 다시 짚어보려 한다.

동물의 고통과 삶의 질

삶의 질Quality of life은 생명윤리와 인간 의학의 지대한 관심사이자 각자의 관점에서 판단한 개인의 전반적인 안녕을 평가하는 도구로 사용된다. 삶의 질 문제는 종종 처치와 완화 치료, 죽음에 대한 결정을 내리는 근거가 된다. 2000년 들어 수의학의 어휘로 들어온 삶의 질이라는 말은 우리가 동물의 생애 말기 돌봄의 방향을 찾을 때 중요한 도구다.

수의사 프랭크 맥밀란은 특히 동물에게 삶의 질이란 말을 사용할 수 있게 하는 데 기여했다. 그는 복지와 안녕이 외부의 평가(동물의 삶의 질을 판단하는 인간)인 데 반해 삶의 질은 '내면의 관점'을 뜻한다는 점은 다르지만, 삶의 질이 복지와 심리적 안녕에 밀접하게 관련된다고 말한다. 동물의 삶의 질 문제가 지닌 어려움은 명확하다. 삶의 질을 평가하는 주체가 인간이기에, 동물의 삶의 질을 평가하려면 우리가 동물의 머릿속에 들어가 그 내면의 관점으로 삶의 질이 어떻게 보이는지 알아내려고 노력해야 한다는 점이다.

인간 의학에서 삶의 질은 안녕과 행복의 주관적 평가(환자인 당신이 신체적·정서적 삶의 질을 어떻게 판단하는가)를 나타내지만, 실제로 삶의 질이라는 개념은 신생아와 유아, 정신적으로 장애가 있는 사람, 치매에 걸린 노인, 혼수상태에 빠진 환자, 심한 질병이 있는 환자처럼 그런 판단을 스스로 명확히 표현할 수 없는 이들에게 사용되는 경우가 많다. 우리는 그 대신 동물을 대할 때 본질적으로 생기는 삶의 질 대리 평가에 의존한다. 대리 평가는 까다로운 문제다.

맥밀란은 인간 의학에서 대리 평가의 정확도는 공정하지 않은 것으로 입증되었다고 지적한다. 이를테면 청소년 환자 연구에서 부모가 한 감정과 주관적 상태의 대리 평가는 청소년이 한 자기 평가와 현저히 일치하지 않았다. 우리가 10대 청소년보다 개와 고양이에 대해 잘 알지도 모르나, 이종 간의 대리 평가는 아직 상당한 불확실성을 내포한다고 말할 수밖에 없다. 맥밀란은 선호 검사와 혐오 학습, 수요곡선 분석 같은 행동 연구 기술이 언젠가 동물의 사적인 느낌을 더 잘 이해하고 우리의 대리 평가 정확도를 더 신뢰할 수 있게 만들 거라고 믿는다. 그러나 현재 우리는 직감으로 아슬아슬하게 비행한다.

우리에게 어떤 선택지가 있을까? 동물이 자신이 삶을 어떻게 느끼는지 우리가 평가할 방법이 있을까? 각각의 동물은 고유하고, 자신의 선호와 주관적 상태가 있다. 삶의 질은 대단히 개별화되어 무엇이 동물을 행복하게 만드는지 '정상'이나 평균이 없다. 맥밀란은 정서 균형 모델을 제안한다. 정신적 자극과 건강, 불쾌한 감정 경험, 통제 수준 등 동물의 삶의 질에 기여하는 주요인을 바탕으로 긍정적인 정서(쾌락)가 부정적인 정서보다 큰지 평가하는 것이다. 삶의 질은 매우 좋음에서 나쁨까지 연속적으로 나타난다.

맥밀란은 애완동물의 생활에서 삶의 질에 영향을 미치는 요인을 목록으로 만들라고 제안한다. 동물에게는 각각의 감정과 경험에 관련된 유쾌 정서나 불쾌 정서가 중요하다. 유쾌 정서는 긍정적인 감정(즐거움, 성적 자극, 정신적 자극)과 긍정적인 신체감각(좋은 음식, 사회적 친밀감)을 아우른다. 부정적인 정서에는 통증과 배고픔 같은 신체감각은 물론이고 불안과 외로움, 우울 같은 부정적인 감정도 포함된다. 맥밀란은 동물에게는 유쾌 정서보다 불쾌 정서가 강한 영향력이 있다(불쾌 정서가 삶의 질 척도에서 더 큰 '무게'를 지닌다)고 말한다. 가장 절박한 위협 자극은 가장 강력한 불쾌 정서와 관련된다(예를 들어 산소 부족에 따른 극도의 불쾌감, 조직 손상에 따른 극도의 통증).

우리는 기본적으로 긍정적이든 부정적이든, 동물의 삶의 질에 영향을 미치는 모든 요소를 감안해서 이런 정서의 상대적인 강도와 지속 시간을 평가한다. 그런 다음 긍정적인 것과 부정적인 것의 상대적 균형을 측정하고자 노력한다. 저울이 부정적인 쪽으로 확연히 기울면 삶을 지속하는 것이 동물에게 가치 있는 일인지 생각해본다.

오디의 삶의 질을 재는 저울에는 무엇을 올려야 할까? 오디의 쾌락에는 침대에 눕기(자거나 그냥 멀뚱거리는 것), 짧은 산책, 이웃집 장미에 영역 표시하기, 집에서 만든 별식 햄버거와 치즈, 밥, 당근 먹기, 마야가 주둥이를 핥아줄 때 받기, 우리의 관심(좋기도 하고 싫기도 한 것 같지만), 사람들 특히 아이들에게 인사 건네기가 포함된다. 뒤뜰에 나가서 이것저것 뒤적거리는 것, 코를 하늘로 쳐들고 서 있기도 좋아하는 것 같다.

오디의 불쾌 목록은 꽤 길다. 수의사가 심하지 않을 거라지만 뒷다리에 약간 통증이 있을 테고, 이빨도 아플 것이다. 몸이 제구실을 하지 않을 때 괴로워 보인다. 토파즈에게 공격을 당할지 모른다는 두려움 속에 산다. 자신을 제외한 나머지 인간·개 가족이 모험을 떠나면 외로울 수도 있다(나는 알 도리가 없다). 난청은 오디를 상당히 고립시킨다. 나쁜 시력은 오디를 불안하게 만드는 것 같다.

예전만큼 음식을 즐기지 못한다(햄버거를 줄 때만 먹는다. 심지어 핫도그도 매력을 잃어간다). 오디의 저울은 여전히 즐거움 쪽으로 기운다고 어느 정도 확신하지만, 이런 '정서'의 무게를 어떻게 측정해야 할지 모르겠다. 균형이 바뀌면 내가 알아챌 수 있을까?

몸이 건강한 사람이 사지 마비 환자나 그와 유사한 상태로 살고 싶지 않다고 말하기는 쉬울지 모르나, 장애가 있는 건강한 사람은 많은 경우 삶의 질이 매우 높다고 말한다. 선천적인 장애가 있는 많은 이들은 충만한 삶을 영위할 방법을 찾는다(눈에 띄는 장애가 없는 사람들보다 큰 행복과 만족감을 찾는 경우도 많다).

비슷한 맥락에서 우리는 동물이 살고 싶어 하는 상태인지 아닌지 성급하게 결론 내려서는 안 된다. 예를 들어 사람들은 고양이가 눈이 멀면 전혀 살고 싶지 않을 거라고 생각할지 모른다. 그러나 그웬 쿠퍼Gwen Cooper가 쓴 《Homer's Odyssey호머의 오디세이》에서 장애가 거의 선물로 보일 정도로 활기와 흥분, 사랑이 넘치는 눈먼 고양이를 만난다. 선천적으로 귀가 멀었지만 즐겁고 충만하게 산 순백색 그레이트데인이 나오는 《Amazing Gracie》를 읽어봐도 그렇다. 수많은 개들이 한쪽이나 양쪽 다리를 잃고도 대단히 잘 적응한다. 동물의 삶을 견디기 힘들게 만드는 부상과 장애도 있지만, 우리는 그런 판단을 내릴 때 신중해야 한다.

게다가 우리 중 다수는 직접 경험하거나 들은 적이 있다. 애완동물에게 오래 의지한 나머지, 동물을 놓아주는 편이 낫다는 게 자명한데도 동물의 삶의 질이 나쁘다는 노골적인 단서를 무시하는 친구나 지인 말이다. 사랑은 때로 우리가 현실을 보지 못하게 만든다. 내가 오디의 삶의 질을 판단하기 가장 좋은 위치에 있다 해도 좀 더 '객관적인' 관찰자에게 조언을 구해야겠다는 생각이 든다. 내가 고통스러워서 오디의 죽음을 생각할 수 없다는 이유로 오디의 문제를 과소평가할까 두렵다.

내 친구 리즈(다른 어떤 친구보다 오디를 잘 알고, 오디의 평생에 걸쳐 알고 지냈다)는 우리 집에 놀러 오면 걱정스럽게 말한다. "세상에, 너무 슬프다. 예전의 오디는 어디로 가고 껍질만 남았네." 크리스는 반복적인 노출을 통해 나를 둔감하게 만들겠다는 듯 며칠 간격으로 묻는다. "오디를 보낼 때가 다가오는 것 같아. 안 그래?"

퍼스피스 척도

앨리스 빌라로보스의 퍼스피스 'HHHHHMM 삶의 질 척도'는 동물이 어떻게 지내는지 평가하는 간단한 방법인데, 맥밀란의 삶의 질 정서 균형 척도보다 덜 번거롭다. 내가 퍼스피스 척도를 높이 평가하는 부분은 애완동물 평가에 구체적인 고려 사항(아픔, 배고픔, 수분, 위생, 행복, 이동성, 나쁜 날보다 좋은 날이 많은지)을 1~10단계(1이 낮고 10이 높다)로 제공하고, 심지어 안락사 결정에 이르는 명확한 점수(35점)까지 제시한다는 점이다. 35점 이상은 용납 가능한 삶의 질을 뜻한다. 용납 불가능한 점수(35점 미만)는 안락사가 최선의 선택일 수 있다.

이는 삶의 질에 대한 동물의 주관적 평가에서 동물의 신체적인 안녕에 대한 우리의 평가로 관심을 옮기고, 어림짐작을 덜어낸다. 물론 구체성의 느낌 때문에 우리의 판단에 섞인 고통스러운 주관성을 가릴 수도 있다. 지금까지 살펴보았듯이 삶의 질 평가는 실제로 게슈탈트*다.

퍼스피스 척도를 사용해서 오늘(2010년 11월 26일)의 오디를 판단해보면 다음과 같다.

아픔Hurt 6점. 오디가 통증을 많이 느끼는 것 같지는 않지만, 이 판단에 확신이 서는 건 아니다. 수의사는 오디의 다리가 신경학적 문제라 사실상 뒤쪽에 감각이 별로 없을 거라고 한다. (그래서 바닥에 똥을 싸는 것 같다. 오디는 자신이 변을 보는지 잘 모른다.) 내가 가끔 오디의 몸을 살살 마사지해주려고 하면 갑자기 고개를 쳐들고 물려고 하거나, 무턱대고 몸부림치면서 달아난다. 이런 때 보면 약간 불편한 게 아닌가 싶다. 불안해 보일 때가 많으니 정서적인 고통도 겪는 것 같다.

배고픔Hunger 6점. 오디는 매우 수척해지고 종종 개 사료를 거부하지

---

* 형태(부분이 모여서 된 전체가 아니라 체계화된 구조를 갖춘 전체로서 형상과 상태)

만, 각종 간식이나 집에서 만든 햄버거와 밥에는 식욕이 아주 좋다.

수분 Hydration 9점. 오디는 여전히 별 어려움 없이 물을 마신다. 10이 아니라 9를 매긴 건 이동성이 부족해서 물을 충분히 마시지 않는다고 생각하기 때문이다.

위생 Hygiene 4점. 집 안에서 실수하는 경우가 잦아진다. 오디는 가끔 똥을 싸고 그 위에 눕거나 그대로 밟는데, 이러는 횟수도 점점 빈번해진다. 어젯밤처럼 대변과 소변을 다 보는 일은 처음이다. 나가겠다고 짖지도 않았다. 오디의 방광이 약간 새나 보다. 오디가 소파에서 자면 젖은 자국이 종종 남는다. 입 냄새는 끔찍하지만 오디는 전혀 신경 쓰지 않는다. 오디의 털이 짧아서 털 뭉치는 문제가 안 된다. 비듬이 많이 떨어지지만 오디의 털은 여전히 근사하다.

행복 Happiness 6점. 내가 이걸 어떻게 판단하지? 오디는 많이 불안하고 쓸쓸해 보인다. 뭔가 원하는 게 있는 듯 방으로 들어와서 그냥 서 있곤 한다. 다른 개들이 뭘 하는지(개들이 간식을 기대하며 지나가는 사람들에게 짖거나 꼬리를 흔들 때) 관심이 있어 보인다. 이웃집으로 짧은 산책을 가는 걸 좋아하는 듯하다.

이동성 Mobility 4점. 오디는 아직 나지막한 소파에 올라가고, 짧은 산책을 하고, 밖으로 나가거나 먹기 위해 돌아다닌다. 엎드린 자세에서 일어나는 건 쉽지 않아서 가끔 넘어진다. 똑바로 서서 몇 초 이상 버티지 못하고 몸 뒤쪽이 바닥으로 주저앉는다.

나쁜 날보다 좋은 날이 많은지 More good days than bad 7점. 오디에게는 정말로 좋은 날과 나쁜 날이 없다. 지난 몇 주간 눈에 띄게 서서히 나빠지지만, 많은 날이 거의 똑같아 보인다. 집 안에서 심각한 똥 사태가 일어나는 일이 오디에게 나쁠까, 나한테 나쁠까?

오디의 점수 (최고 점수 70점 중에서) 42점. 내 예상보다 낮은 점수라 속이 좀 쓰리다. 오디가 35점을 향해 내려간다.

애완동물을 위한 사전 의사 결정서

연구 결과 대다수 사람들은 예후가 매우 좋지 않거나 그 상태가 영구적이고 정상적인 생활이 불가능할 정도로 심각하면 삶을 연장하고 싶어 하지 않는다고 한다. 그러나 의료 체계 내로 들어가면 너무 아파서 자신을 변호할 수 없는 사람에게 주어지는 기본 선택지는 전망과 무관하게 지나치다 싶을 정도로 치료를 더한다. 사전 의사 결정서는 생애 말기 돌봄과 죽음을 개선하기 위한 노력에서 중요한 요소가 되었다. 원치 않는 치료와 연명의 지독한 소용돌이를 피하고 싶은 이들을 돕는 데 특히 요긴하다.

생전 유서라고도 부르는 사전 의사 결정서는 개인이 스스로 변호할 수 없는 경우, 어떤 의학적 결정을 원하는지 다른 이들에게 알리기 위해 준비하는 기록 문서다. 예컨대 사전 의사 결정서에는 심장정지가 오면 심폐 소생술을 거부한다고 명시할 수 있다. 식물인간 상태에서 생명을 유지하고 싶지 않다는 뜻을 밝힐 수도 있다.

사전 의사 결정서는 무엇보다 환자가 침습적 치료와 무의미한 치료를 거부하는 수단으로 부각됐지만, 가능한 모든 개입을 즉시 원한다는 내용을 기입할 수도 있다.

사전 의사 결정서는 '모험적인 조치 없이'와 같은 지시가 위험할 정도로 모호하기 때문에 논란이 많다. 의사와 가족이 일상적으로 결정서를 묵살한다는 사실도 여러 연구에서 반복적으로 밝혀진다. 그럼에도 사전 의사 결정서의 사용은 차츰 늘어난다. 사전 의사 결정서를 옹호하는 이들의 주장에 따르면, 결정서는 사람들이 죽음과 죽음의 과정에 대해 생각하고 말하게 만든다는 점이 가장 중요한 기능이다. 죽어가는 이들도 극소수를 제외하고는 의사나 가족과 죽음에 대해 실제로 이야기하지 않으므로, 사전 의사 결정서는 솔직한 논의를 장려한다는 점에서 환자의 복지를 극적으로 향상하고, 환자와 가족의 고통을 줄이는 것으로 보인다.

《Geriatrics and Gerontology of the Dog and Cat》을 쓴 호스킨스는 동물을 위해 변형된 사전 의사 결정서를 사용하라고 제안한다. 핵심은 사람의 사전 의사 결정서와 마찬가지로 사람들이 동물의 죽음에 대해 생각하고 이야기하게 만드는 데 있을지 모른다. 애완동물의 생애 말기 선호와 희망, 가치에 대해 애완동물과 이야기할 수는 없다. 하지만 사전 의사 결정서를 작성하는 일은 우리와 동물에게 무엇이 중요한지 고려하게 만든다. 호스킨스는 다음과 같은 질문을 포함하라고 권한다. 주로 돌보는 사람이 누구인가? 그 외에 누가 돌봄과 의사 결정에 관여하는가? 마지막 시간을 집에서 보내고 싶은가, 동물 병원에서 보내고 싶은가? 동물에게 어떤 활동이 가장 중요한가?

그런 다음 삶의 질을 나타내는 요인의 목록을 마련하고, 그 요인이 얼마나 강력하게 동물의 안락사를 고려하게 만드는가를 바탕으로 순위를 매긴다. 예를 들어 떨어진 이동성, 사회적 침잠, 줄어든 식욕 혹은 물이나 음식의 거부, 날마다 복용하는 약, 간호의 필요성, 시력이나 청력의 상실, 실금, 만성 통증을 순위에 따라 나열할 수 있다. 이는 여러모로 인간의 삶의 질 척도와 유사하다.

동물을 위한 사전 의사 결정서에는 이로운 점이 많다. 이름이 제시하듯 결정서는 반려인과 동물을 위해 좋은 죽음이 무엇을 의미하는지 충분히 생각하는 어려운 과정을 시작하고 연마하게 한다. 이런 경험은 죽음의 현실을 강화한다. 분별 있는 결정을 내리기 더 쉬워지고, 가족 구성원과 반려인, 수의사의 대화가 활발해진다. 수의사가 동물의 죽음에 대한 우리의 가치나 선호와 의견이 다를 수 있고, 가족 구성원 사이에서 놀라운 이견을 발견할 수도 있다. 이런 대화는 아이들에게 가족의 일원인 애완동물의 죽음에 대한 감정을 이해하고 처리할 시간을 주기도 한다. 사전 의사 결정서는 돌보는 사람들에게 죽어가는 동물을 보살피는 데 무엇이 필요할지 어느 정도 인식을 제공할 수 있다.

돌보는 사람이 된다는 것

보다시피 맥밀란의 삶의 질을 결정하는 요인 중 일부는 동물의 삶의 질에 관한 것이고, 일부는 주인의 삶의 질이나 돌봄의 자원(시간, 돈, 정서적 에너지)에 관한 것에 가깝다. 동물의 삶의 질에 직접적으로 관계되는 항목만 포함되어야 한다는 주장이 있을 수 있다. 그러나 그건 비현실적이고 불공평하다. 어떤 사람이 어느 시점에 이르러 수고를 감당하면서 동물을 위한 사전 의사 결정서를 작성한다면 애정 어린 보살핌에 헌신할 사람이고, 돌봄의 자원은 다른 자원에서 마법처럼 저절로 생겨나는 게 아니기 때문이다.

콜로라도주립대학교 아거스연구소의 호스피스 광고지에는 '애완동물의 삶의 질을 생각하세요'라는 문구 다음에 '당신의 삶의 질을 생각하세요'라는 말이 있다. 그들은 자신에게 다음 질문을 해보라고 말한다.

내 애완동물을 돌보는 데 얼마나 많은 시간을 쓸 수 있는가?

애완동물을 돌보는 데 비용이 얼마나 들까?

내 삶에서 나의 다른 책임(일, 양육)은 무엇인가?

고려해야 할 다른 대상(배우자, 아이들 혹은 애완동물)은 누구인가?

가족 구성원이나 친구 중 누가 도와줄 수 있는가?

현재 내가 삶에서 받는 다른 스트레스는 무엇인가?

인간 호스피스와 생애 말기 돌봄의 연구에 따르면 평균적으로 간병인은 돌봄에 4년 반을 쓰고, 간병인 중 4분의 3은 여성이다. 죽어가는 동물을 돌보는 인간 간병인에 대한 유사한 연구는 알지 못하지만, (특히 호스피스 위주로 죽음에 접근한다면) 돌봄의 기간이 때로는 상당하고 요구되는 일의 강도도 매우 높을 것이다.

동물의 요구와 우리의 시간과 에너지를 빨아들이는 다른 수많은 일 사이에서 어떻게 균형을 잡을까? 어느 정도 돌봄이 적당한지, 어느 정도 희생이 필요한지 계산하는 공식은 없다. 나는 죽어가는 동물을 위해 온전히 곁에 있어주려고 일을 그만두거나 휴가를 내는 사람들의 감동적인 이야기를 수없이 들었다. 감동과 동시에 죄책감과 분한 감정이 들었다. 나는 이 기준에 부응할 수 없다. 아이를 돌보는 일을 제쳐놓을 수 없다. 일을 그만두고 싶지도 않다. 모르긴 해도 우리 중 많은 이들이 어떤 선택을 하든 죄책감에 시달릴 것이다. 우리는 결코 할 수 있는 만큼 해내지 못한다.

인간 호스피스 팀에서 제공하는 중요한 서비스 중 하나는 호스피스 직원이 와서 주된 간병인에게 몇 시간 혹은 하루 동안 돌봄을 멈추고 쉴 수 있게 해주는 임시 간병이다. 안타깝게도 동물 호스피스에는 일시적으로 도와줄 직원이 없다. 친구와 가족은 죽어가는 동물을 돌보는 일에 무엇이 필요한지 이해하지 못하고, 도와줄 생각도 못 할 수 있다.

나는 종종 오디에게서 벗어나 일시적인 휴식이 필요하다고 느낀다. 아침에 게슴츠레한 눈으로 비틀대며 빅의 커피숍에 들어서면서(오디의 기력이 쇠해지는 몇 달 동안 나는 중요한 단골손님 중 하나가 되었다) 밤에 한 번도 깨지 않고 자는 공상에 잠긴다. 더 크게 보면 오디를 내보내느라 하룻밤에 두세 번씩 일어나는 건 참을 만하다. 바닥에서 대소변을 치우는 일? 이것도 견딜 수 있다. 오디가 점점 더 몸을 통제하지 못해서 쫓아다니며 오물을 치워야 하니 갈수록 힘들어진다는 사실은 인정할 수밖에 없지만, 그래도 적응할 수 있다. 오디가 비교적 자주 나가야 하기 때문에 집을 비울 수 없는 것도 괜찮다. 나는 집에서 일하고 가족도 대부분 근처에서 활동하므로. 그러나 혼자 살고, 집에서 먼 직장에 상근하거나 여행해야 하는 사람, 더러워진 카펫을 새로 사는 것조차 쉽지 않을 만큼 살림이 빠듯한 사람에게는 이 똑같은 과업이 얼마나 어려울까.

자원의 적절한 사용

미국동물병원협회American Animal Hospital Association가 설문 조사한 결과에 따르면, 애완동물 주인 63퍼센트가 매일 동물에게 "사랑해"라고 말한다. 이는 대다수 사람들이 배우자에게 그 말을 듣는 횟수보다 잦을 테고, 일부 아이들이 듣는 것보다 많을지 모른다. 이 애완동물 주인 중 상당수는 동물과 한 침대를 쓴다. 여기서 동물은 개와 고양이에 국한되지 않는다. 사람들은 돼지, 페럿, 토끼, 새,

온갖 오싹오싹하고 스멀스멀한 것과 함께 잔다. 그러다 보니 많은 사람이 배우자나 아이를 위한 치료만큼 동물을 위한 수의학적 치료를 찾으리라는 건 놀라운 일이 아닐지 모른다. 동물이 목숨을 이어갈 기회가 생긴다면 무엇이든 시도할 가치가 있다. 우리 개와 고양이는 신장 투석을 하고, 화학요법을 받고, 고관절 대치 수술에 심지어 줄기세포 이식도 한다.

우리가 동물을 위한 생애 말기 돌봄을 더 큰 맥락에서 보면 관점이 달라질까? 예를 들어 우리가 전체로서 의료 서비스와 의료 서비스를 더 널리 이용할 수 있게, 더 지속 가능하게 만들어야 할 필요성을 본다면 애완동물을 위해 검증되지 않은 줄기세포 치료와 몇 달 혹은 1년 동안 삶을 연장할 뿐인 암 치료처럼 실험적이고 값비싼 치료에 많은 돈을 써야 할까?

내가 좋아하는 동물 관련 블로그 가운데 패티 쿨리Patty Kuhly의 '풀리 베티드Fully Vetted'(블로그의 이전 이름은 두리틀러Dolittler*)가 있다. 패티 쿨리는 어느 날 이웃 블로그의 글을 게시했다. 《Speaking for Spot스팟을 대신해 하는 말》이라는 책을 써서 애완동물 주인들이 동물을 위한 복잡한 의료 서비스 의사 결정의 세계를 항해할 수 있도록 길잡이가 되어준 수의사 낸시 케이Nancy Kay의 글이다. 케이

---

* 휴 로프팅Hugh Lofting이 1920년에 발표한 작품 《The Story of Doctor Dolittle닥터 두리틀 이야기》에서 따온 이름으로 추정. 1998년에 영화화됨.

박사는 독자들이 애완동물의 안녕을 최대한 변호할 수 있도록 지식과 수단으로 무장시키고, 최첨단 수의학적 치료를 평가하는 방법에 지대한 관심을 보인다. 케이 박사는 일부 '팬의 메일'을 다음과 같이 서술한다.

> 저는 지난 10년 전후로 개들이 너무나 중요해진 것에 짜증이 납니다. 개는 애완동물이에요, 그냥 동물. 최근에 어느 아프리카 마을 사람들의 힘든 삶과 가난에 관한 책을 읽었습니다. 그 사람들은 그렇게 사는데 미국의 개들은 유명 디자이너의 옷을 입고, 지극정성으로 수발을 받고, 최고 의료 서비스를 누리고, 최고 음식을 먹고, 애지중지 보살핌 받는다는 사실을 생각하니 수치스러웠습니다. 도대체 미국이 어떻게 된 겁니까?

암에 걸린 나의 개가 화학요법을 받기 위한 1000달러와 굶주린 아프리카 마을 사람들을 구하기 위한 1000달러처럼 단순한 등식으로 생각하면 해답은 간단하다. 이건 등식이 어떻게 나오는가 하는 문제가 아니다. 어린 시절에 들은 꾸지람이 떠오른다. "콩 다 먹어. 아프리카에는 굶주리는 아이들이 있단다." 밉살스러운 아이는 이렇게 대답할지 모른다. "그럼 이 콩을 봉투에 넣어서 그 불쌍한 애들한테 보내줘요." 안타깝게도 미국의 콩은 아프리카 원조 물자로 쉽게 바뀌지 않는다. (도덕적인 요소는 고스란히 남는다. 많은 이에게 음식이 부족할 때 음식을 낭비하는 것은 부끄러운 일이다.)

사실상 동물을 애완동물로 들인 사람은 다른 물건 대신 동물에 돈을 쓰는 편을 택한다. 덜 비싼 차를 몰거나 TV를 덜 사겠지. 누가 알겠는가? 과소비는 애완동물 주인뿐만 아니라 대다수 미국인의 문제다. 미국인은 공격적일 정도로 많은 음식을 낭비한다. 그러나 애완동물 주인이라고 다른 이들보다 낭비하지는 않는다. 버릴 음식을 애완동물 덕분에 유용하게 사용하므로 어쩌면 그 양은 더 적을 것이다.

애완동물에 돈을 쓸 때는 분명 더 나은 방법과 더 나쁜 방법이 있다. 애견용 유명 디자이너 옷과 다이아몬드 박힌 칼라는 사람들을 위한 유명 디자이너 옷과 다이아몬드 박힌 휴대전화 못지않게 도덕적으로 옹호하기 쉽다. 그리고 스타일이 정말 문제가 된다면 왜 개를 차별하나? 유명 디자이너의 옷은 지나칠지 몰라도 좋은 음식과 수의학적 돌봄은 지나치지 않다. 애완동물을 위해 '최고' 음식을 사는 일은 전적으로 타당해 보인다. 좋은 재료로 만든 영양가 높은 음식을 '최고'라고 한다면 말이다. '최고' 음식은 가장 비싸기 일쑤다(사람의 음식도 마찬가지).

개의 정크푸드는 당연히 가장 싸다. 하지만 우리가 먹인 음식 때문에 개들이 비만과 당뇨, 암에 시달린다면 이런 질병의 증상과 고통을 조금이라도 덜어주는 것이 우리의 책임 아닐까? 동물에게 처음부터 가장 좋은 음식을 먹이는 편이 두루 더 낫고, 장기적으로 더 저렴하지 않을까? 예방의학은 구조 의학보다 전체적으로 비용 효율이 훨씬 높다.

나는 소비 문제가 애완동물과 관련될 때 속을 태웠다. 육식동물 한 무리를 돌보려면 고기를 사야 한다는 사실이 특히 괴로웠다. 내 개들이 지구에 사는 대다수 사람보다 많이 먹을 때 죄책감이 들고, 부당하다고 느낀다. 그러나 이 문제의 해결책은 내 개들을 잘 먹이는 일을 그만두는 게 아니라 좋은 일에 더 많은 에너지를 투자하는 것이다. 토파즈가 빛의 속도로 끝내지만 없으면 못 사는 특별 간식과 프리스비(일단 물면 프리스비가 산산조각 나야 끝난다) 같은 걸 사는데 드는 부수비용은 더 마음이 쓰인다.

우리는 날마다 동물에게 사랑한다고 말할 수 있고, 친구와 지인에게 "나는 동물을 사랑하는 사람이야!"라고 선언할 수도 있다. 하지만 동물을 향한 우리 감정에는 모순이 있다. 우리는 동물에게 음식과 의료 서비스, 간식, 장난감을 제공하느라 연간 470억 달러가 넘는 돈을 쓴다. 하지만 우리가 애완동물을 사랑하는 바로 그 순간에도 해마다 주인 없는 동물 600만 마리가 사랑해줄 사람이 없어서 죽음을 당한다.

건강과 의료에 돈을 쓰는 것에 대한 더 까다로운 문제도 있다. 미국휴메인소사이어티에 따르면 개 주인들은 평균적으로 동물 병원에 가는 데 연간 248달러를 쓰고, 고양이 주인들은 219달러를 쓴다. 물론 나이가 많거나 심하게 아픈 애완동물을 둔 주인은 그 액수가 훨씬 더 많고, 이 숫자에는 약값이 포함되지 않았지만 평균치고 꽤 적은 액수다. 합리적으로 따져보자. 카이저가족재단Kaiser Family Foundation에 따르면 미국에서 사람의 평균 의료비는 1인당 약

5711달러다. 다른 관점을 보면 미국의 평균적인 소비자는 1년에 알코올성 음료에 457달러를 쓰고, 오락에 2698달러를 쓴다. 도대체 미국이 어떻게 된 건지, 정말로.

우리는 가장 소중하게 여기는 것에 돈을 쓴다. 우리를 행복하게 만들고 삶의 질을 높이는 것 말이다. 동물은 우리를 행복하게 만든다. 케이 박사가 지적하고 수많은 연구가 뒷받침하듯, 인간과 동물의 유대는 인간에게 긍정적인 영향을 미친다. 애완동물이 있으면 스트레스가 낮아지고 건강에 도움이 되며, 일반적으로 동물의 주인은 더 행복하고 안정되어 인간 사회에 기여할 수 있다. 맥주 한 팩과 평면 TV에 대해서도 똑같은 말을 할 수 있을까?

얼마나 많은 것이 너무 많은 것일까?

내 생각에 애완동물 주인들이 제각기 마주해야 하는 가장 난처한 질문은 다음과 같다. 내 동물에게 얼마를, 어떤 치료에 써야 할까? 자원이 제한적이라면 애완동물의 필요와 다른 필요와 욕구 사이에서 어떻게 균형을 잡을까? 개에게 값비싼 치료를 받게 해주려고 우리 아이의 대학 학자금에 손대야 한다면 냉정하게 생각해볼 일이다. 이 계산을 쉽게 만들어줄 공식은 존재하지 않는다. 구강 질환을 앓는 자신의 개를 단순히 '개일 뿐이니까'라는 이유로 치료하지 않기로 한 사람의 선택처럼 누구의 선택에 내가 진저리 칠 수는 있지만, 성급하게 판단하지 않는 편이 좋겠다. 대다수 사람들은 최선을 다하고, 우리가 짐작한 것보다 나은 이유로 특정한 선택을 하는 경우가 많기 때문이다.

나는 오디의 치료에 대해 선택을 했다. 오디의 문제가 무엇인지 좀 더 분명히 알아낼 수 있을지 모를 진단 검사는 거절했다. 오디의 복지에 근거한 결정이라고 정당화할 수 있지만, 재정적인 이유도 일부 있다. 그럴 수밖에 없다.

호스피스 경로로 가는 편이 공격적인 치료보다 일반적으로 덜 비쌀지 모르고, 비용을 제한해야 하는 필요나 비용을 제한하려는 바람이 애완동물을 치료하려는 시도를 포기하는 쪽으로 몰아가는 경우도 종종 있다. 그러나 동물 호스피스 돌봄은 무료가 아니고, 즉각적인 안락사보다 비용이 많이 드는 것은 거의 확실하다. 돈은 동물 호스피스를 널리 이용하는 데 장벽일 수 있다. (역설적으로 인간 호스피스의 핵심 원칙 중 하나는 결코 돈이 장벽이 되어서는 안 된다는 것이다. 호스피스 돌봄은 지불 능력과 무관하게 이용 가능하다.)

기르던 동물을 전적으로 기부에 의지하는 브라이트헤이븐 같은 보호 시설에 두고 오거나, 콜로라도주립호스피스돌봄센터Colorado State's Hospice Care center에서 몇 킬로미터 거리에 살지 않는다면 호스피스 돌봄에 비용을 지불할 것을 예상할 수 있다. 동물을 위해 뭔가 더 할수록 비용도 많이 든다. 진통제 자체는 비교적 비싸지 않고,

인간의 위로와 사랑에는 돈이 들지 않으므로 호스피스 기본 계획은 감당할 수 있을 정도일 것이다. 그러나 항상 오르막이 있다. 예를 들어 수의사나 테크니션이 약물을 투여하거나 그 방법을 가르치러 집에 오면 비용을 지불해야 한다. 동물 침술이나 동종 요법, 마사지, 물리치료에 비용을 들이기로 결정할 수도 있다. 어쩌면 특별한 치료식이 권장될지 모른다(이런 것은 일반적으로 꽤 비싸다). 인간 의학과 마찬가지로 단계적인 시스템이 있어, 더 부유한 환자는 더 좋은 서비스에 접근 가능하다. 동물보험에 가입한 사람은 상대적으로 적어서 돈은 인간 의료보다 훨씬 첨예한 문제다.

오디가 내리막길로 접어들었을 때(우리가 호스피스 모드로 바뀌었다고 말할 수 있을 무렵) 한 달 동안 든 비용은 다음과 같다. 개 물침대(70달러), 혈액 종합 검사(160달러), 왕진 두 번(회당 80달러), 티로신(15달러), 프레드니솔론(15달러), 추가적인 갑상샘 기능 검사(100달러). 내가 오디를 오래 살려둘수록 집에서 만든 오디의 별식인 햄버거와 밥, 핫도그, 키친타월, 네이처스 미러클Nature's Miracle 얼룩·악취 제거제에 돈이 든다. 수의사는 방문할 때마다 100달러씩 드는 재활 치료와 레이저치료(아직 값을 묻지 않았다)를 적극적으로 추천한다. 그녀는 오디의 이동성에 도움이 되는지 보려면 침술(이것도 아직 가격을 알아보지 않았지만, 내 추측으로는 오디가 자동차로 이동하는 걸 그리 좋아하지 않기 때문에 최소한 100달러가 추가로 들 것 같다)을 반드시 시도해봐야 한다고 생각한다.

동물의 죽음에 대한 새로운 접근

호스피스의 훌륭한 후보가 될 만한 수많은 동물이 누릴 삶이 여전히 많이 남았음에도 동물이 다른 방법으로 늙어가고 죽어갈 수 있다는 사실을 주인이 알지 못하기 때문에 결국 안락사 된다. 애완동물 안락사는 이 나라에 깊이 뿌리박혀서 사람들은 다른 가능성을 생각조차 하지 않는다. 동물 호스피스 지지자 중 한 사람이 나에게 말한 대로 수의학의 일반적인 접근은 '치료하거나 죽이거나'다. 동물이 실질적으로 치료될 수 없거나 인간 보호자가 치료를 지속할 의사가 없을 때, '안락사' 옆의 상자에 체크 표시를 해야 한다. 다른 선택지가 없거나 그렇게 보이면 동물을 돌보는 다음 단계는 패배를 인정하는 것이다. 이런 의미에서 호스피스는 동물의 죽음에 대한 혁신적인 사고방식이다. 동물 호스피스는 동물이 어떻게 죽을 수 있는지, 연민 어린 돌봄이란 어떤 것인지에 대해 가능성을 확장하고 창의적인 생각을 자극한다.

나는 확실히 동물 호스피스의 팬이다. 호스피스가 조기 안락사의 의미 있는 대안이라고 강력하게 믿지만, 호스피스 돌봄이 안락사를 대치하거나 안락사의 필요를 제거하리라 믿지는 않는다. 호스피스 돌봄은 기껏해야 조기 안락사가 자주 채우는 빈자리를 채우고, 생애 말기 돌봄의 선택지를 확장하고, 완화 치료에 크게 필요한 관심을 끌어모으는 정도일 것이다. 완화 치료와 호스피스, 안락사가 결합하면 동물의 죽음에 골디락스Goldilocks 접근 방식을 찾을 수 있다. 너무 이르지도 늦지도 않게, 딱 알맞게.

호스피스는 많은 것을 할 수 있다. 호스피스는 진단과 안락사 사이의 공간을 확장하고 채운다. 좋은 죽음의 다른 가능성을 제시해 안락사의 지배적인 담화에 변화를 가져올 수 있다. 호스피스는 죽어가는 동물의 삶의 질을 높인다. 단지 죽어가는 과정을 연장하는 것이 아니라 삶을 연장하는 방법을 제안한다(이 구분이 모호하다는 건 인정하지만). 호스피스는 죽어가는 과정을 덜 고통스럽고, 덜 지연하고, 덜 쓸쓸하고, 더 품위 있게 만든다. 호스피스는 사람들이 늙고 병든 동물을 위한 생애 말기 돌봄에 대해 창의적으로 생각하게 한다. 반려동물의 임박한 죽음에 대한 사람들의 비통함과 거부감을 직접적으로 다루고, 동물의 필요에 바탕을 두고 치료 결정을 내리도록 돕는다.

무엇보다 호스피스는 우리에게 죽음의 계곡으로 내려가는 완만한 길을 제시한다. 동물을 벼랑 끝에서 퉁명스럽게 밀치는 대신, 우리와 동물이 손을 맞잡고 천천히 걸어갈 수 있는 길 말이다. 좋은 경험이 쌓이면 호스피스는 우리 반려동물에게 좋은 죽음의 가능성을 제시하고, 여섯 번째 자유를 달성하게 할 것이다.

오디 일기 2010년 10월 25일~11월 28일

⟨⟩ 2010년 10월 25일

오디가 오늘 아침에 일어서느라 고생을 했다. 오른쪽 뒷다리가 버티지 못해서 자꾸 뒷다리끼리 엉켰다. 오디를 대할 때 신체적으로 아파 보이지 않는다는 점이 특히 힘들다. 통증이 없으면 오디의 삶의 질을 평가하기 더 어렵다. 불안해서 헐떡거리는 시간이 많은 걸 보면 심리적인 통증에 시달리는 것 같다. 하지만 오디는 언제나 불안해했다.

⟨⟩ 2010년 10월 30일

오디가 대변을 보는 데 어려움을 겪는다. 밖에서 쭈그려 앉았다가 마당 둘레에서 휘청하며 꼬리를 떠는 오디를 보았다. 뒷다리에 설사 방울을 묻혀서 들어왔다. 내가 닦아주면 오디는 나를 물려고 한다.

오디는 이제 모든 개 사료를 거부한다. 심지어 깡통에 담긴 부드러운 음식도. 핫도그와 잘게 자른 통조림 햄, 애견용 '스튜'는 먹을 것이다. 큰 덩어리는 뭐든 씹지 못한다. 오디의 이빨이 제구실을 하지 못한다. 내가 큰 조각을 주면 오디는 그걸 땅에 떨어뜨리고 고개를 숙여 다시 집느라 쩔쩔맨다.

🔊 2010년 핼러윈 밤

뭔가 긁어대고 미끄러지는 이상한 소리 때문에 오전 6시쯤 일어났다. 오디는 카펫이 깔리지 않은 사무실 구석에 갇혀서 벽에 낀 상태였다. 일어나려고 애면글면했지만 성공하지 못했다. 내가 들어 올리자 어색하게 버르적거렸다. 나는 침대로 돌아가 잠시 잠을 청했다. 8시, 일어나서 복도에 들어서자 똥 냄새가 났다. 오디가 바닥에 실수하고 자기 똥을 밟아서 온 집 안에 작은 발자국을 찍었다. 주방으로, 피아노 아래 공간으로, 사무실로 들어갔다 나온 오디의 발자취를 더듬었다. 청소하려면 긴 하루가 되겠다.

우리는 세 시간 동안 바닥을 치웠다. 카펫을 모두 걷어서 빨고, 여기저기 떨어진 똥 덩어리를 줍고, 집 안 구석구석 쓸고 닦았다. 어느 구석에 똥이 있을 것 같은 찜찜한 기분이 들었다.

오디가 앞발로 똥을 뭉갰기 때문에 씻겨야 했다. 벌벌 떨며 헐떡거리는 오디를 잡아서 욕조에 담그고 따뜻한 물을 틀자, 오디의 발이 삐끗하며 미끄러졌다. 오디는 세 다리로 서지 못하기 때문에 더러운 발 하나도 들어 올려 씻을 수가 없다. 오디가 무거워서 몸을 잡고 한 발을 번쩍 들지도 못한다. 나는 거기 막막하게 있었다.

도와달라고 외치자 크리스가 들어왔다. 남편이 욕조 가장자리에 걸터앉아 위에서 오디를 잡았다. 내가 수건을 잡으려고 손을 뻗었는데, 크리스는 목욕이 끝난 줄 알고 오디를 놓았다. 오디가 벌렁 자빠졌고, 온몸에 똥물을 뒤집어쓰자 불안 수준이 몇 단계 치솟았다. 나는 똥과 함께 붉은 털 한 무더기를 씻어냈다. 오디가 미친 듯이 털갈이하거나, 탈모가 시작됐거나, 아파서 털이 빠지나 보다. 내가 손가락빗으로 오디의 젖은 털을 쓸어내릴 때마다 털이 한 움큼씩 빠진다. 오디의 꽃씨가 하수구로 씻겨 내려간다.

카펫을 모조리 빨았기 때문에 오디는 딱딱한 마룻바닥과 씨름해야 했다. 세 번 넘어졌고, 내 도움 없이 일어나지 못했다. 오늘은 나도 마지막이 가까워지는 느낌이다. 오디를 볼 때마다 걱정스럽고 측은하다. 하루에도 최소한 100번은 오디나 나 자신에게 "가엾은 오디"라고 말해야 한다. 우리 집에 오는 손님도 그렇게 말한다. 이런 '객관적인' 목소리에 귀 기울여야 할 것 같다. 주된 보호자인 나는 너무 친밀해서 다른 사람들이 보는 걸 보지 못할 수도 있으므로(보고 싶지 않기 때문에). 나는 오디를 계속 살 수 있는 존재, 나와 함께 머물 수 있는 존재로 보고 싶다.

크리스가 조심스럽게 묻는다. "때가 다가오는 것 같지 않아?" 그 '때'… 우리는 슬쩍 에두른다. 그렇다. 오늘은 말해야 한다. 오디는 기쁨보다 괴로움이 클지 모른다는 사실을. 음식도 그다지 즐기는 것 같지 않다. 핫도그조차. 내가 사랑을 건네려고 할 때도 오디는 딴 세상에 있는 듯 보인다. 나는 하루에도 수없이 오디 옆에 앉아서 착하다, 사랑한다 말한다. 하지만 오디는 예전처럼 내게 꼬리를 흔들지 않는다.

오디도 혼란스러워 보인다. 유령처럼 집 안을 헤매다가 벽 앞에서 멈춘다. 몸을 돌려세우는 방법이 떠오르지 않아 얼떨떨한 것처럼 보인다. 몇 번이고 밖에 나갔다가 들어온다. 뭔가 찾는데 그게 뭔지 잘 기억나지 않는다는 듯.

나와 크리스는 때가 되었다는 걸 어떻게 아는지에 대해 이야기 나눴다. 우리의 생각은 다음과 같다.

> 동물이 일어설 수 없어서 자신의 대변 속에 누워야 할 때
> 동물이 크나큰 통증에 시달릴 때
> 남은 시간을 즐거움보다 괴로운 상태로 보낼 때
> 기쁨의 순간이 없을 때

2010년 11월 1일

오늘은 오디의 왼쪽 눈이 이상해 보인다. 아침에 눈에 염증이 있는 것 같더니, 지금은 눈이 반쯤 감기고 움푹 들어갔다.

2010년 11월 2일

모르페우스Morpheus는 잠과 꿈의 신이다. 모르핀과 말기 진정에 대해 생각한다. 우리가 오디를 편히 잠들게 할 수 있으면 좋을 텐데.

《Final Crossing마지막 횡단》에 따르면 1907년 인류학자 방주네프Arnold van Gennup는 '통과의례'라는 말을 만들었다. 모든 인생에는 3부로 된 위대한 이행이 있다.

분리 : 존재의 오래된 방식을 버리는 것
경계 : 세계 사이의 시간
결합 : 새로운 생명으로 재탄생

조지프 캠벨Joseph Cambell은 《천의 얼굴을 가진 영웅The Hero with a Thousand Faces》에서 말한다. 각자 인생 이야기와 각각의 문화적 신화는 영웅이 하는 여행의 변형이다. 각각의 여행은 위대한 횡단으로 구성된다. 영웅의 이야기는 모닥불 가에서 전해진다. 우리도 모닥불에 둘러앉아 오디의 이야기를 해야 한다.

🐾 2010년 11월 3일

오늘은 오디가 오르락내리락 기복이 심했다. 오르락 : 오디가 통조림 햄, 핫도그, 통조림 음식 등을 먹는 것처럼 먹었다. 내리락 : 오디의 뒷다리가 더 나빠졌다. 근육에 경련이 일어났는지 30분 동안 왼쪽 뒷다리가 뻣뻣했다. 오디는 걷지 못하다시피 하고, 온몸을 지탱하기에 너무 약한 나머지 뒷다리로 버티다가 자꾸 무너졌다. 이 때문에 스트레스를 받았는지 심히 불안한 모습으로 내 곁에 꼭 붙어서 거칠게 숨을 몰아쉬었다. 아픈 것 같진 않지만 잘 모르겠다. 좀 있으니 오디의 다리가 편안해진 모양이다.

어젯밤은 힘들었다. 오디가 세 번, 토파즈가 세이지의 방에서 나가고 싶다고 한 번, 마야가 밖으로 나가겠다고 한 번 나를 깨웠다. 오디와 함께 나간 마야는 이웃집 창문 바로 아래서 미친 듯이 짖었다. 세이지까지 우리 침대로 파고들어서 나를 한 번 깨웠고, 그 뒤로 100번쯤 팔꿈치로 내 갈비뼈를 찌르고, 온몸으로 날 덮쳐서 숨을 못 쉬게 하고, 이불을 독차지했다. 나는 잠을 꿈꾼다. 모르페우스여, 나를 도우소서.

2010년 11월 4일

오늘 아침에는 오디가 우리와 산책하고 싶어 했다. 오디는 어느 때보다 느렸지만, 세 집 위인 토드Todd와 데비Deby네까지 가는 데 성공했다. 냄새를 맡고 맑은 공기를 들이마시는 게 즐거워 보였다. 하지만 오디의 걸음걸이가 눈에 띄게 한쪽으로 쏠렸다. 삐딱한 모양새가 마치 게 같았다. 오디의 뒷다리는 앞다리를 곧장 따라가지 못하고 바깥쪽으로 빠진다. 걸음마다 특히 왼쪽 뒷다리는 땅바닥에 닿을 정도로 내려앉는다. 오늘은 어제와 걸음새가 유난히 다르다. 걱정이 된다.

오디도 불안한지 오전 내내 집 주변을 어슬렁거렸다. 생 베이컨과 습식 사료로 아침은 먹었으니 좋은 징조다.

부모님과 점심을 먹고, 세이지를 학교에서 데려와 치과 교정을 받으러 갔다가 장을 보러 가야 해서 한두 시간 집을 비운다. 4시 30분쯤 돌아왔을 때, 뭔가 잘못됐다는 걸 알아챘다. 냄새가 좋지 않다. 현관 입구에도, 주방에도 아무것도 보이지 않는다. 그 와중에 마야와 토파즈는 우리를 반기며 경중경중 뛰어다닌다. 거실로 들어서니 오디가 보인다. 피아노 다리와 개 침대의 나무틀 한쪽 모서리 사이의 공간에 찌그러져 박혔다. 나는 오디에게 다가가기도 전에 오디가 대변을 깔고 앉았다는 걸 안다. 뒷다리는 밖으로 뻗었고, 앞다리는 앉은 자세를 유지하려고 버둥대느라 마룻바닥에 미끄러진다. 나는 구석으로 기어들어 오디의 궁둥이 아래 대변 속으로 손을 집어넣고 엉덩이를 들어 올린다. 오디는 일어서자 비틀거리며 뒷문으로 내뺀다. 엉덩이가 녹갈색 범벅이 된 채로.

세이지가 뛰어와서 우뚝 멈춘다. "아, 으으…" 그러고 다시 밖으로 뛰어나가 앞쪽 포치에서 숙제를 한다.

어디부터 시작해야 할지 모르겠다. 장 본 물건을 차에 둔 채 낡은 옷으로 갈아입고 욕조에 물을 채운 다음 밖에서 오디를 데려온다. 키친타월로 닦을 수 있을 만큼 똥을 닦아내고, 오디를 들어서 욕조에 넣는다. 이번 주에는 내 허리가 시원찮아서 30킬로그램짜리 오디를 들고 나르는 일이 쉽지 않다. 문지르고 헹구고, 문지르고 헹구고. 마침내 깨끗한 물이 흘러내릴 때까지. 수건으로 오디를 닦아주고, 오디는 착한 개라고 안심시킨다.

잠깐 쉬면서 수의사에게 전화한다. 그런 다음 마룻바닥과 피아노 아래 카펫을 닦는다. 집 안에 냄새가 진동한다. 그제야 들어온 세이지가 코를 찡그리며 말한다. "집에서 양로원 냄새 나요."

나는 수의사에게 묻는다. 오디에게 항불안제를 줘서 일어서거나 걷지 못하는 걸로 괴로워하지 않게 해야 할지, 오디에게 기저귀를 채워야 할지. 기저귀는 채우지 말라고 한다. 항불안제도 주지 말라고 한다. 수의사는 오디를 상당히 아프게 할 가능성이 있지만, 스테로이드를 투여해보자고 제안한다. 지금 우리에게 선택지가 많지 않다. 오디의 간 효소 수치가 높아 스테로이드는 피해왔지만, 신경학적 손상이 심한 점을 고려하면 일단 시도해보는 편이 좋다는 게 수의사의 생각이다. 스테로이드가 도움이 될지, 오디를 더 아프게 만들지 하루 이틀 내 알 수 있다고. 나는 내키지 않아서 생각해보겠다고 한다.

그녀는 침술과 애견 물리치료도 권한다. 이런 시도가 필사적인 노력이라는 건 수의사도 인정한다. 엑스레이를 찍어서 오디의 척추에 지장이 있는지 봤으면 하는 것 같기도 하다. 척추에 문제가 있으면 허리 수술을 해야겠지만, 수의사는 "오디 나이에 수술을 권하고 싶지는 않아요"라고 말한다. 그럼 엑스레이는 왜 찍나 싶다. 나는 "생각해볼게요"라고 대답한다.

오디 삶의 결말에 대해 더 많이 생각하지만, 오디를 안락사 시킨다는 생각을 하면 지금도 몸이 벌벌 떨린다. 내 생각에 오디는 아직 적극적으로 죽어가지 않으니까. 오디는 여전히 무척 생생하다. 산책도 계속하고, 상쾌한 공기도 들이마시고, 영역 표시도 하고,

핫도그도 좋아한다. 연거푸 며칠은 아니라도 오디가 일어서지 못하면 상황이 진행되는 속도에 따라 내 마음도 바뀌지 싶다.

◐ 2010년 11월 8일

크리스가 한밤중에 운동기구 속에 있는 오디를 발견했다고 했다. 오디의 다리는 발판 사이에 끼었다. 오디가 어떻게 거실 끝 쪽 구석까지 갈 방법을 찾았는지 상상도 못 하겠다. 개들은 그 뒤로 절대 가지 않는다. 오디가 자신이 어디 있는지 헷갈렸나 싶다. 크리스가 덜그럭거리는 소리를 듣고 살펴보러 갔다. 다행이다. 다리가 낀 채 넘어졌으면 오디는 뼈가 부러졌을 것이다.

어제 수의사와 다시 통화했다. 오디에게 스테로이드를 써보겠다고 말했다. 이제 그 정도 위험은 무릅쓸 가치가 있는 것 같다. 수의사는 처방전을 준비해서 베르투Berthoud에 있는 자신의 병원 밖 보관함에 넣어두겠다고 했다. 토요일에는 바빠서 20~30분씩 차를 몰고 약을 사러 갈 수 없었다. 오늘도 글 쓰는 작업에서 벗어나 짬을 낼 수 있었지만 가지 않았다. 이유를 생각해본다. 나는 분명 저항한다. 스테로이드가 겁난다. 오디를 아프게 하고 싶지 않다.

수의사가 나한테 계속 가보라고 하는 애견 재활원에 대해서도 같은 양가감정이 든다. 다음 주로 약속을 잡았지만 늑장을 부린다. 차에 실려 낯선 곳으로 가는 건 오디에게 스트레스가 될 테고, 그곳에서 과연 어떤 도움을 받을 수 있을지 의문이다. 가라앉는 타이타

닉 호에 땜질하는 기분이랄까. 이동성이 좋아지면 오디에게 큰 도움이 될 테지만, 오디의 몸과 마음 상태를 생각하면 치료에 실보다 득이 많은지 잘 모르겠다. 시도해보지도 않고 이런 결론을 내리면 안 된다는 건 안다. 아마 나는 약속대로 오디를 데려갈 것이다.

크리스가 스테로이드를 써보는 건 위험하지만 좋은 생각이라고 한다.

🐟 2010년 11월 10일

어젯밤 오디에게 프레드니솔론*을 시작했다. 오늘 오디가 기적적으로 정말 똑바로 일어섰다. 오디의 엉덩이가 평범한 개의 엉덩이처럼 보인다. 오디의 간이 걱정되지만…. 뭔가 좋지 않은 징후가 나타나는지 계속 지켜본다.

🐟 2010년 11월 12일

프레드니솔론 나흘째. 오디가 나아졌다. 확실히 더 많이 움직인다. 그래서 나를 미치게 만든다. 오디는 이제 기운이 뻗치고, 나를 졸졸 따라다니면서 헐떡거리는 데 기운을 쓴다. 하루 종일 거기 있

---

*
스테로이드계 항염증제

다. 나의 바로 뒤, 바로 옆에서 헐떡거린다. 크리스는 스테로이드를 쓰면 걸신들린 듯 배가 고플 수 있다고 한다. 이렇게 나를 쫓아다니는 것이 몹시 배고프다는 의미인지도 모른다. 여윈 오디를 생각해서 원하는 건 거의 무엇이든 먹인다. 크리스는 스테로이드 때문에 정말 '녹초가 되기'도 한다고 했다.

⊙ 2010년 11월 16일

오디 때문에 미치고 팔짝 뛰겠다! 내가 컴퓨터 앞에서 일하든, 피아노 연습을 하든, 요리하든, 책을 읽든, 하루 종일 나를 따라다니며 헐떡거린다. 그냥 나를 바라보고 씨근거린다. 항상 주둥이를 내 코앞에 들이대서 고약한 입 냄새를 최대한 맡게 만든다. 원하는 게 뭘까? 필요한 건? 괴로운가? 스테로이드 때문일까?

지난주에는 지시대로 스테로이드 복용량을 서서히 줄였다. 스테로이드를 덜 줄수록 더 움직이지 않는 상태로 돌아간다. 조금이나마 복용하는 것이 아예 먹지 않는 편보다 나아 보이지만, 기적은 구름처럼 사라졌다. 오디에게 간부전 징후가 나타나지 않는 건 좋은 소식이다. 하지만 내가 무엇을 하든 오디의 불안을 달래지 못하는 것 같다.

오디의 방광이 조금씩 샌다. 소파에 젖은 자국이 눈에 들어온다. 오디가 잠을 자는 딱 그 자리다. 소파 덮개가 있어서 다행이다.

✍ 2010년 11월 18일

　오디는 이제 눈이 어지간히 안 보이는 모양이다. 귀는 분명 거의 멀었다. 어제 내가 60센티미터쯤 뒤에서 불렀는데 오디는 고개를 돌리지 않았다. 목소리를 높여도 오디에게는 들리지 않았다. 내가 손뼉을 치자 오디가 돌아보았다.

　오디의 코는 요즘 거칠거칠하고 갈라진 상태다.

　크리스는 호스피스 돌봄으로서 프레드니솔론을 이야기한다. 내가 크리스에게 오디의 간에 미칠 영향이 걱정된다고 할 때 그런 얘길 했다. 이건 안위 돌봄이다. 우리는 오디가 최대한 삶을 즐기도록 만드는 일을 할 것이다. 비록 그 일이 오디의 생명을 조금 단축할지라도. 우리는 물러날 수 없는 자리에서 내려가는 에스컬레이터로 발을 내디뎠다.

　한밤중에 따끈따끈한 똥을 밟는 불운을 경험했다. 감기에 걸린 크리스가 코를 골아서 나는 지하실에서 잤다. 머리 위에서 오디가 초조하게 우왕좌왕하는 소리가 들렸다. 금방이라도 밖에 나가자고 짖지 싶어서 차라리 빨리 해치우기로 마음먹었다. 나는 따뜻한 이불을 젖히고 벌떡 일어나 비틀거리며 계단을 올랐다. 평소 밖에 나갈 준비가 되었을 때와 달리 오디가 뒷문 바로 옆에 없었다. 거실에서 오디의 소리가 들렸다. 주방에 발을 들여놓는 순간, 그게 거기 있었다. 따뜻하고 부드럽고 질펀한 느낌… 발을 내려놓기도 전에 냄새가 코를 강타했지만 너무 늦었다. 그곳에는 커다랗고 뭉그러진 덩어리 하나와 작은 똥 자국 몇 개가 있었다.

재밌는 건 내가 정말로 안도했다는 사실이다. 이번에는 오디가 아직 똥을 밟지 않았고, 온 집 안에 발자국을 찍어놓지 않았기에 청소가 상대적으로 쉬웠다. 개똥에는 특별한 뭔가가 있다. 살갗으로 스며들어 몇 번이고 손을 씻어도 냄새가 말끔히 없어지지 않는다. 나는 다시 침대로 기어올라 잠을 청할 때까지 은은하고 불쾌한 악취에 둘러싸였다.

✍ 2010년 11월 21일

우리가 축구 경기장에서 집으로 돌아온 저녁, 오해의 여지없는 그 냄새가 집 안에 가득했다. 오디가 거실에 있는 작은 러그에 똥을 싸서 밟은 다음 바닥 구석구석과 자기 물침대, 피아노 아래 있는 오트밀 색 애견용 뼈다귀 침대 위까지 돌아다녔다. 우리가 집을 비우는 동안 오디를 주방처럼 좁은 공간에 가둘 필요가 있다. 아니면 오래 집을 비우지 않든가. 네 시간쯤 집을 비웠는데 너무 길었나 보다.

눈에 보이는 족족, 냄새 나는 족족 똥을 치웠지만 그 흔적을 모조리 찾지는 못한 것 같다. 내가 사는 곳은 응가 마을.

우리는 오디에게 먹이던 프레드니솔론을 끊기로 했다(크리스가 제안했고 나는 동의했다). 오디가 비참해 보인다. 게다가 오디 때문에 우리는 완전히 돌아버릴 지경이다. 오디는 우리가 있는 곳이라면 어디든 쫓아와서 노상 헐떡거린다. 소파에 앉아 간식을 먹으면 오디가 코앞에서 헐떡헐떡한다. 주방 한가운데 서 있기도 한다. 오디를 내쫓으면 마음이 좋지 않다. 마야나 토파즈는 절대 주방에 서 있지 못하게 하면서 왜 오디만 봐줄까? 내가 오디에게 특별 대우를 하는 건 사실이지만, 오디가 늙었다는 이유로 우리 집의 다른 개들과 똑같은 규칙에 따라 살지 않아도 된다고 여겨선 안 된다.

주방에서 내쫓으면 오디는 나를 물려고 한다. 요즘 고약하게 군다. 내가 그냥 "나가"라고 하면서 손가락으로 가리켜도(오디를 포함한 모든 개는 이게 명령임을 알지만) 오디는 꿈쩍하지 않는다. 손으로 오디를 어르고 달랜다. 오디는 의족을 딛고 뻣뻣하게 뛰어오르고 도는 듯하다가 흰자위를 드러내며 내 팔을 자기 턱 사이에 집어넣으려고 한다. 오디는 종종걸음으로 거실로 가다가 내가 주방으로 돌아와 요리하려고 하면 또 주방 한가운데로 들어와 헐떡거린다. 나는 낮은 목소리로 툴툴댄다. "오디, 그만 좀 헐떡거려."

나는 (솔직히 내가 온전히 신뢰하는지 단언할 수 없는) 수의사와 인간 의학 훈련을 통해 훌륭한 통찰을 갖춘 크리스에게 서로 다른 메시지를 받는다. 수의사는 오디를 재활원에 데려가라고, 레이저치료가 특히 도움이 될 거라고 한다. 크리스는 스테로이드 먼저, 재활원은 그다음 식으로 한 번에 한 가지 치료를 해서 정확히 무엇이 도움이 되는지 알 수 있게 하자고 한다. 내가 레이저치료 얘기를 꺼내자 크리스는 회의적인 듯 말한다. "그건 돈 낭비일 거야."

2010년 11월 24일

오디는 꼬박 하루하고 이틀 밤 동안 스테로이드를 끊었다. 훨씬 덜 들떠 보이고, 끊임없이 헐떡거리던 것도 멈췄다. 평소처럼 여전히 헐떡거리지만 하루 24시간, 일주일 내내 그러진 않는다. 게다가 애처롭게도 뻣뻣한 몸과 처진 엉덩이로 돌아간 것 같다. 오디는 '처진 엉덩이'의 새 지평을 연다.

2010년 추수감사절

오디를 데리고 레프트핸드캐니언에 올라갔다. 처음에는 오디를 짊어지고 작은 언덕을 넘어야 했지만, 다음엔 평지라 수월했다. 오디도 기분 좋은 것 같았다.

2010년 11월 28일

오후 무렵부터 오디가 넘어졌다. 근육 경련이 있는 것처럼 뒷다리가 뻣뻣하게 굳어서 피아노 뒤에 갇히는 또 다른 사건과 함께. 오디는 거실 바닥 한가운데서 넘어지고, 그다음엔 욕실에서 넘어졌다. 지난 몇 시간 동안 적어도 열 번은 넘어졌고, 초조한 모습으로 숨을 거칠게 몰아쉬며 우리 곁을 맴돈다. 오디의 시선은 "나한테 무슨 일이 일어나는 거예요?"라고 묻는 듯 나에게 고정되었다.

크리스는 오디가 계속 넘어지면 수요일까지 오디를 떠나보내기로 결정해야 한다고 말한다. 오디는 고통 받는다고. 나는 대답할 수가 없다. 생각을 밀어내는 기분이다. 이틀 전만 해도 나는 오디에게 퍼스피스 척도 42점을 주었다(안락사 점수보다 7점이나 높게). 오디가 그렇게 빨리 거꾸러질 수는 없다. 나는 오디를 개 재활원에 데려가야겠다고 생각한다. 그곳 사람들은 오디의 문제에 좋은 해결책을 알겠지. 어쩌면 특효약이 있을지도 모른다. 나도 안다. 아침이 되면 재활원에 전화하지 않으리란 걸. 오디의 문제를 고칠 수 있는 척, 이 상태를 연장하는 건 오디에게 가혹해 보인다. 오후 내내 오디를 쫓아다니며 일으켰다. 마침내 오디가 자기 물침대에서 잠들 때까지.

오디는 저녁 식사로 신선한 햄버거와 밥 한 그릇을 뚝딱 해치운다. 나는 이 모습에 기분이 나아진다. 음식은 삶의 욕구를 보여주는 지표 아닌가. 내일은 더 나은 날이 되겠지.

6 파란 주사

극단적인 과정이나 장기간 고통 없이 죽어갈 수 있다면, 동물 호스피스는 삶을 갑작스럽게 끝내지 않도록 도와주는 역할을 한다. 통증과 완화 치료에 명민한 주의를 기울이도록 유도하기도 한다. 그러나 상황이 동물에게 가혹해지면 상대적으로 덜 고통스럽게 죽음을 맞도록 돕는 선택지도 있다. 이는 나에게 매우 좋은 일처럼 보인다. 좋은 죽음은 여러 가지 형태를 띨 수 있으므로 우리는 그 가능성을 받아들여야 한다.

동물 안락사의 지형에는 함정과 위험이 들끓는다. 안락사는 고작해야 우리가 책임지는 생명을 깊이 아끼고 존중한다는 단언 정도가 될 수 있다. 안락사는 여러 가지 다른 것이 되기도 한다. 살해의 도구가 되기도 하고, 책임을 회피하는 방식이 되기도 하며, 학대의 무기나 우리가 동물의 생명을 얼마나 하찮게 여기는지 보여주는 거울이 되기도 한다.

살해의 용어 혹은 우리가 뜻하는 바를 말하기

안락사euthanasia는 문자 그대로 좋은 혹은 편안한 죽음(그리스어 eu '좋은, 잘'+thanatos '죽음')을 의미한다. 웹스터사전에 따르면 안락사 혹은 안락사 시키다는 '가망 없이 아프거나 다친 개체를 최대한 고통스럽지 않게 자비의 이름 아래 의도적으로 죽이다'라는 뜻이다. 안락사는 다양한 맥락에서 사용되는 말이고, 각각의 맥락에서 그 의미는 때로는 미세하게, 때로는 과격하게 달라진다. 자세히 보면 안락사의 정의는 크게 두 가지 범주로 나뉜다는 걸 알 수 있다. 동물을 고통 없이 인도적으로 죽인다는 맥락에서 안락사라는 단어는 일반적으로 긍정적인 함의가 있다. 사람들과 관련해서 안락사라는 단어를 쓰면 대개 위험한 분위기가 만들어진다.

정의에 관한 혼란은 인간의 생애 말기 담화 고유의 특성이다. 이를테면 사람들은 능동적인 안락사와 수동적인 안락사, 자발적인 안락사와 비자발적인 안락사, 타의적인 안락사를 구별하는 데 (성공하지 못하고) 진땀을 뺀다. 생명 유지를 중단하거나 보류하는 것을 안락사라고, 혹은 내가 몇 번 목격했듯 '제한적 안락사limited euthanasia'라고 잘못 부르는 경우도 있다. 말기 진정 반대자는 이걸 '느린 안락사'로 칭한다. 의사 조력 자살physician assisted suicide에 반대하는 많은 이들은 엄밀히 따지면 안락사가 아닌데도 이것을 안락사로 부를 것이다. 생명윤리학자들은 수십 년간 생애 말기 용어를 정리하려고 노력해왔다. 언어에 유의하는 것은 의도와 동기를 명료하게 밝히도록 유도하고, 해당 정책과 절차의 도덕적 파급 효과를 이해하는 데 도움이 되기 때문이다.

같은 종류의 신중한 윤리적 작업이 동물의 죽음에도 적용되어야 한다. 그 작업의 내용은 다를 것이다. 인간의 생명윤리에는 복잡한 용어가 지나치게 많아서 탈인 반면, 동물의 생명윤리에는 용어가 없어서 문제다. 우리 곁에서 동물이 죽는 방식을 서술할 단어가 턱없이 부족하다. '안락사'는 폭넓은 살해 행위를 설명하는 용어가 되었다. 안락사라는 용어는 너무 많은 영역을 포함하고, 너무 많은 도덕적 뉘앙스를 모호하게 한다.

'안락사'가 우리가 의미하는 바를 말하는 맥락으로 사용되는지, 단지 죽을 준비가 되지 않은 동물을 죽이는 행위를 완곡하게 표현하는 맥락으로 사용되는지 언어로 구분할 수 있어야 한다. 다양한 안락사를 애완동물의 주인이 요청하고, 수의사가 행한다. 이들 가운데 일부는 윤리적으로 적절하고, 일부는 그렇지 않으며, 다수는 그 사이 회색 지대에 속한다. 미묘한 차이를 드러내는 언어를 사용해 우리의 행동과 동기를 명료하게 할 방법은 없을까? 예를 들어 '편의적 안락사convenience euthanasia'와 '조기 안락사premature euthanasia' 처럼 적절한 경우에 그 용어를 변경할 수 있지 않을까?

다소 까다롭지만 나는 보호소의 건강한 동물을 죽이는 것 역시 크게 생각할 때 동물에게 호의를 베푸는 행위로 판단한다 해도 '안락사'로 부르지 말아야 한다는 입장이다. 건강한 동물을 죽이는 것은 인간의 목적에 부합하는 일이지, 동물에게는 득이 되지 않기 때문이다. 수의사와 보호소 동물을 대변하는 사람들은 이 점에서 동의하지 않을지 모른다. 몇몇은 죽음의 과정이 좋으면(우리가 보호소 동물을 위해 괴로움과 통증이 없는 죽음을 실현할 수 있다면) 죽음 이면의 이유가 무엇이든 '안락사'로 불려야 한다고 했다. 정답이 무엇인지 확신할 수 없지만 언어에 대한 신중한 논의는 분명 필요하다.

약간의 도덕적 요소

개와 다른 반려동물을 우리 삶과 가정에 들일 때, 동물의 전 생애에 걸쳐 동물을 돌볼 책임을 받아들이는 것이다. 우리는 동물의 삶을 언제 무엇을 먹을지, 언제 어디서 배설할지, 어디서 살지, 언제 나가고 들어올지, 교미할지 말지, 누구와 할지, 새끼를 낳을지 말지, 누구와 낳을지, 많은 경우 언제 어떻게 죽을지 등 다방면에서 통제한다. 마지막 순간을 책임진다는 건 정확히 무슨 뜻일까? 적극적으로 동물의 생명을 끝낼 강력한 이유가 과연 있을까? 오디의 생명을 끝맺는 것은 정말 좋은 결정이 될 수 있을까? 지금쯤이면 안락사가 옳은 일이 될 법하다는 생각이 명확해져야 한다. 나는 안락사가 너무 자주, 너무 이르게, 잘못된 이유로 행해진다고 생각하기도 한다. 안락사라는 행위가 도덕적으로 합당한 상태에 대해 신중하게 생각할 필요가 있다.

무엇

우리가 하는 일은 동물을 안락사 시키는 결정으로 접어들지 모르는 약간의 고려 사항을 확인하고자 하는 것이다.

왜

안락사는 동물이 뚜렷하게 고통 받는 경우, 이 고통을 완화하기 위해 할 수 있는 방법이 없는 경우 적절한 선택이다. 동물을 편안하게 하는 것이 궁극적인 목적이기에, 안락사는 불편을 덜어줄 방법이 없을 때 최선의 선택지가 될 수 있다. 캘리포니아대학교 데이비스캠퍼스University of California, Davis에서 수의 윤리학을 가르치는 제럴드 태넌바움Jerrold Tannenbaum 교수는 안락사가 정당하게 받아들여지는 세 가지 경우를 제안한다. 첫째, 수의학이 치료나 해결책을 제시하지 못하는 질병으로 동물이 고통 받을 때. 둘째, 질병이 완화적인 조치가 유효하지 않을 정도로 극심한 통증을 야기할 때. 셋째, 인간 고객이 자발적이고 합리적인 결정을 내리는 것이 심리적으로 가능할 때. 이는 더 어려운 사안을 판단하기 위한 출발점이 될 수 있다.

모든 안락사 사례는 '이 고유한 동물에게 최선은 무엇일까?'라는 질문으로 시작해야 마땅하다. 그리고 우리가 이해하려고 최선을 다했는지 확실히 하기 위해 노력해야 한다. 5장에서 다룬 삶의 질 이야기가 대부분 여기에 필요하다. 좋은 점과 나쁜 점을 저울질하고, 퍼스피스 척도나 맥밀란의 삶의 질 척도로 계산한다. 통증이 있는가? 얼마나 심한가? 내 동물이 여전히 기쁨의 순간을 경험하는가? 나쁜 날이 좋은 날보다 많은가? 다른 이들은 뭐라고 말하는가? 수의사는? 친구들은? 다른 가족 구성원은?

언제

동물의 죽을 때를 선택하는 일, 동물을 죽음에 이르게 하기 위해 예약하는 일은 언제나 이상하게 느껴진다. 그러나 이것이 바로 우리가 하는 일이다. 오디의 그 예약은 2010년 11월 29일 오후 6시 30분이었다.

적기를 택하는 일은 동물 주인에게 가장 고통스러운 문제다. "때가 되면 동물이 알려준다"거나 "때가 되면 안다"는 말을 종종 들어봤으리라. 과연 그럴까? 나는 그 말을 믿지 않는다. 동물 주인이 알지 못하고, 동물이 알려줄 수도 없다. 무엇을 하든 너무 이르거나 늦은 게 아닌지 몹시 괴로워할 것이다. 정답은 그 전에도, 그 후에도 결코 알 수 없다. 죽을 때를 정한 것이 잘못이었는지, 이 어마어마한 책임감이 그저 조금 더 큰 힘을 지닌 손에, 같은 한계와 맹점으로 고민하는 이에게 늘 맡겨져서는 안 되는 것 아닌가 하는 의문에 시달리리라.

나는 적당한 때가 있다는 관념(우리가 명중시켜야 하는 일종의 도덕적 과녁)을 한쪽으로 치워야 한다고 생각한다. 우리의 목표는 어떤 때를 정확히 집어내는 일이 아니라 너무 이른 것과 늦은 것 사이에서, 성급과 지연 사이에서 중용을 찾는 일이다. 수의사와 함께 노력하면 동물의 질환이나 부상을 이해하고, 동물이 어떤 쇠퇴와 변화를 경험하는지 알고자 애쓸 수 있다. 특히 우리가 호스피스 방식으로 전환하면 치료 목표를 분명히 하고(일종의 사전 의사 결정서를 사용해서 애완동물이 무엇을 소중하게 생각하는가? 당신은 무엇을 가치 있게 여기는가?), 어떤 선택지가 있는지 결정하며(다양한 치료, 완화 치료, 각 선택지의 혜택과 부담을 최대한 파악한다), 남은 시간의 양과 질을 저울질할 수 있다.

어쩌면 동물이 눈에 보이지 않는 경계를 넘어 고통으로, '이제 언제든 좋겠다'는 영역으로 들어서는 때, 그 균형을 깨뜨리는 분수령이 될 만한 사건이 생길지 모른다. 오디에게는 일어설 수 없던 날, 넘어지고 또 넘어져 어디서든 누가 일으켜주기를 마냥 기다리던 날이 그 사건이다. 내 일기를 돌이켜보니 긴 마무리가 보인다. 오디는 한참 동안 고통의 영역으로 고된 여행을 하고 있었다. 나는 내가 선택한 때가 확실하다고 생각할까? 전혀 아니다.

애완동물의 생애 말기를 다룬 글에서 흔히 반복되는 말은 다음과 같다. 너무 이른 것이 너무 늦은 것보다 훨씬 낫다. 수의학에서는 "내 친구를 한 시간 늦게 돕느니 차라리 한 달 일찍 돕겠다"는 유명한 말이 있다. '너무 늦은 것'은 동물에게 끔찍할 수 있기 때문이다.

내가 '동물이 알려준다'는 확신을 꺼리는 이유가 무엇일까? 이 말은 책임을 동물에게 떠넘긴다. 동물이 먹기를 거부하고, 혼자서 침잠하는 등 고통 받는다는 신호를 줄 수도 있다. 우리가 이 신호를 읽어내야 한다. 이전까지 모든 것이 충분히 명료했다 해도, 그 신호는 이해하기 어려울 수 있다. 동물의 통증을 해석하는 일은 쉽지 않다. 우리가 동물의 행동 언어를 이해하는 데 필요한 작업을 지속적으로 하지 않는 한, 그것을 알지 못한다. 동물의 '신호'에 대한 우리의 해석은 대체로 자신의 이익과 추측, 무지, 동물에 대한 사랑으로 탁해진다.

우리 동네 수의사 한 분에게 사람들이 너무 오래 기다리는 것 같은지 물었다. "네, 아주 많이 그렇죠. 동물 주인에게 이기적인 거라고, 동물을 보내주셔야 한다고 말해야 할 때도 있어요. 동물이 얼마나 아픈지 지적하면 대부분 제 말에 따르세요." 수의사는 휴가 직전과 새해 첫날 안락사 요청 건수가 치솟는다는 얘기도 해주었다. 그때 사람들이 '우리가 너무 오래 붙들었어. 새해를 새롭게 시작할 때야'라고 생각하는 것 같다고.

어디

내가 이 책을 시작했을 때, 애완동물을 위해 안락사를 선택한다면 동물 병원에 가는 수밖에 없다고 생각했다. 나는 오디가 심하게 아프기 오래전부터 이 걱정을 했다. 오디는 동물 병원을 싫어하니 검진하는 동안, 아니 동물 병원 근처에 가기도 전에 불안 발작이 시작되리라. 오디의 마지막 순간이 악취가 나는 장소에 있다는 불안으로 가득하다니 생각하기도 싫었다. 그러나 다른 대안을 알지 못했다. 수의사가 주차장으로 나와 자동차 뒷자리에서 동물을 안락사 시키는 경우도 있다는 이야기를 어디서 읽었다. 이 편이 훨씬 나아 보였다. 오디는 차를 좋아하니까. 하지만 나에게 주차장은 죽음을 맞기에 미적으로 만족스럽고 평화로운 장소가 아니다. 내가 가는 동물 병원을 떠올려본다. 붐비는 교차로, 커트네 세탁소 맞은 편, 허름한 퀄리티 리큐어 상점 옆에 자리 잡은 곳. 별로다.

집으로 와서 안락사를 해주는 수의사가 있다는 이야기를 누가 했다. 동네 안내 책자를 뒤진 끝에 그 수의사를 찾았다. 홈투헤븐 가정안락사서비스Home to Heaven In-home Euthanasia Service의 캐슬린 쿠니Kathleen Cooney 박사다. 안락사에 대해 신이 나는 건 이상하게 들리겠지만, 나는 오디의 선택지가 늘어났다는 사실에 얼마나 안도했는지 모른다. 집은 맞춤한 장소다.

홈투헤븐은 1년 365일 24시간 응급 안락사 서비스를 제공한다. 쿠니 박사는 풀타임 안락사 수의사다. 그녀와 그녀의 수의사 팀은 매우 바쁘다. 홈투헤븐은 일주일에 약 30건을 소화한다(콜로라도 북부와 와이오밍 남동부 260~390제곱킬로미터). 쿠니 박사의 업무는 몇 년 전 병원을 차린 뒤 많은 사람들에게 가정 안락사의 선택지가 알려지면서 꾸준히 늘었다. 쿠니는 죽음을 결과로 기탄없이 수용하기에, 자신의 일을 조금도 불결하게 여기지 않는다. 우리가 동물에게 제공하는 해방의 선물로서 안락사에 대한 열정이 있다. 그녀는 안락사에 대한 나의 질문에 답해주는 조력자다. 나는 그녀의 일에서 안락사의 가능성을 본다.

쿠니 박사의 안락사는 대부분 그녀가 생각하는 최고 장소인 집에서 치러진다. 그리고 그녀가 응급 안락사로 여기는 많은 일이 같은 날 벌어진다. 한밤중에 수많은 연락이 오는데 그녀는 사실 그걸 좋아한다. 밤에는 한산하고, 사람들이 방문을 고맙게 여기기 때문이다. 쿠니는 이동 거리에 따라 160~250달러를 부과한다(사체 처리 비용이 포함되지 않은 금액이다). 이 비용은 동물 병원 내원보다 비싸지 않고, 2~3배까지 나올 수 있는 구급병원보다 훨씬 저렴하다. 집에서는 텃세를 부리고 방어적인 태도를 보이지만 동물 병원에서는 차분한 동물도 있다. 이는 개별적이라 동물마다 다를 것이다. 이 부분에 대한 쿠니 박사의 기본 지침은 동물이 가장 안심할 수 있고 스트레스 덜 받는 장소를 선택하라는 것이다.

쿠니 박사는 아직 시도된 적 없는 모험에도 착수했다. 얼마 전, 최초로 동물을 위한 안락사센터를 연 것이다. 이곳은 가정 안락사를 좋아하지 않거나 감당할 수 없는 사람들을 위한 대안이자, 동물 병원 안락사의 대안이다. 그녀는 안락사를 행할 때 모든 것을 느리고 고요하게(모든 서비스를 제공하는 전통적인 동물 병원에서는 도달하기 어려운 상태로) 만들어야 한다고 말한다. 안락사 일정은 하루의 흐름에 크게 지장을 줄 수 있고, 동물과 인간 가족을 위해 고요하고 평화로운 공간을 만들기란 불가능에 가깝다. 안락사센터는 집에서 하는 안락사보다 저렴해서 폭넓은 고객에게 재정적으로 이용 가능한 안락사 서비스가 될 것이다.

나는 공개일 직전에 콜로라도 러브랜드Loveland 변두리에 있는 안락사센터를 방문했다. 북서쪽으로 로키산맥이 보이는 평평하고 탁

트인 농지다. 센터는 쿠니 박사의 집 바로 옆 별채 차고 자리에 있다. 집처럼 보이고, 집처럼 느껴지도록 설계한 것이다. 안락사실은 자연광이 충분히 드는 작고 정갈한 거실 같다. 색채 배합은 청색과 황갈색으로 소파와 2인용 안락의자, 작은 책꽂이가 있다. 금속 탁자와 의약품으로 가득한 금속 캐비닛이 없다는 점이 눈에 띈다. 그리고 소독용 세척제가 아니라 집같이 평범한 냄새가 난다. 카펫 가운데는 큰 개들이 쓸 법한, 예쁜 무늬가 들어간 애견용 침대가 있다. 작은 동물들은 동물과 가족이 원하면 소파에서 안락사 시킬 수 있다. 뒤쪽에는 울타리가 쳐진 마당이 있어서 다른 동물 가족도 데려올 수 있다.

누가

누가 안락사를 진행해야 할까? 이건 쉬운 질문이다. 숙련되고 다정한 수의사.

누가 안락사 시술에 참석해야 할까? 나는 동물을 동물 병원이나 보호소에 데려다주고 곧바로 왔다는 사람을 많이 만났다. 그들은 말한다. "도저히 감당이 안 돼서요" 혹은 "너무 슬퍼서요"라고. 부당한 일이다. 물론 어떤 사람은 안락사 시술을 목격하지 않는 편이 나을 수 있다. 어떤 사람은 동물이 죽는 모습을 보면 자신이 잔뜩 긴장하거나 이성을 잃으리란 걸 안다. 동물은 공감하는 능력이 뛰어나서 이런 정서에 동조해 걱정하고 불안해할 수 있다. 우리는 동물이 평화롭게 죽기를 바란다. 그러므로 어떤 상황에는 다정하고 상냥하지만 지나치게 감정적이지 않은 다른 사람이 자리하는 편이 타당할 수 있다.

친구와 가족을 데려가야 할까? 시술은 동물에게 차분하고 조용한 시간이 되어야 하지만, 친구와 가족을 데려가지 말아야 할 이유는 없다. 사별 전문가들은 아이들이 애완동물이 안락사 당하는 걸 봐야 하는지 의견이 분분한데, 아이들이 애완동물의 마지막 길에 동석하는 데 긍정적인 가치가 있다는 쪽으로 무게가 실린다. 이 결정은 개인적인 선택이므로 상황의 특수성과 아이의 발달 정도에 따라 크게 달라질 수 있다.

다른 동물은 안락사 자리에 함께 있어야 할까? 이 질문에는 수의사와 행동주의 심리학자에게 다른 답을 들었다. 어떤 사람들은 안 된다고 답한다. 죽음이 트라우마가 되므로 다른 동물은 죽음을 목격하지 말아야 한다는 것이다. 하지만 경야經夜*에는 반드시 참석해야 한다. 동물들이 사체를 보고 냄새를 맡아야 하기 때문이다. 다른 동물이 모든 과정에 참석해야 한다고 말하는 사람도 있다. 친구들이 함께 있는 편이 안락사 되는 동물에게 이롭고, 남은 동물에게도 소중한 경험이 되기 때문이다. 나는 쿠니 박사가 행하는 안락사에 함께 사는 다른 동물이 참석하는 경우가 많은지 물었다. 그녀는 지나치게 지장을 주지 않는 한, 다른 동물도 종종 그 자리에 초

---

*
장사를 지내기 전에 가까운 친척과 친구들이 죽은 사람의 관 옆에서 밤을 새우는 일

대한다고 답했다. 다른 동물이 무슨 일이 일어나는지 안다고 생각하는지도 물었다. "그런 때도 있고, 아닌 때도 있어요." 쿠니는 동물이 죽음을 그 자체로 이해한다고 생각하지는 않는다. 그러나 동물도 어떤 변화는 인식할 수 있다.

쿠니 박사는 두 가지 이야기를 들려주었다. 쿠니 박사가 어느 집에서 누런 래브라도레트리버 한 마리를 안락사 시켰다. 누런 래브라도레트리버가 죽을 때 친구 래브라도레트리버 두 마리는 다른 방에 있었는데, 죽음의 순간에 그 둘이 울부짖기 시작했다. 래브라도레트리버는 그런 소리를 잘 내지 않고, 두 마리도 평소 그런 적이 없었다고 한다. 둘을 방에 들어오게 하자 사체 쪽으로 달려가 곁을 지켰다.

쿠니는 다른 집에서 고양이 한 마리를 침대에서 잠들게 했다. 그 집에는 고양이 두 마리와 개 한 마리가 더 있었다. 나머지 동물은 안락사가 진행될 때 자리에 없었는데, 사체를 치운 뒤 세 마리가 모두 침실에 들어가더니 침대에 올라가 죽은 고양이가 있던 자리를 중심에 두고 동그랗게 몸을 웅크렸다.

어떻게

안락사를 진행하는 대리인의 숙련된 기술과 적절한 선택은 불필요하게 지연되고 스트레스가 많은 죽음과 좋은 죽음의 차이를 만든다. 나는 쿠니 박사가 수의사의 안락사 기술을 향상하고자 집필해 출판을 앞둔 《In-Home Pet Euthanasia Techniques 애완동물 가정 안락사 기법》을 정독했다. 나는 복잡한 안락사 시술에 놀랐다. 간단한 약물 주입과 거리가 멀었다.

약물 투여량과 다양한 주사의 장단점을 상세히 알아야 하고, 건강 상태에 따라 조치가 어떻게 달라지는지, 모든 복잡한 수의학적 결정이 어떻게 내려져야 하는지 파악하는 동시에 극도로 흥분해서 감정적으로 혼란에 빠진 애완동물의 인간 가족에게 안락사 시술이 어떻게 보일지 유념해야 한다. 쿠니 박사가 책 전반에 언급한 대로 안락사 시술은 안락사 주사액이 바닥나는 것부터 심장 내 주사를 놓는 동안 심장박동을 놓치는 것, 혈관에 구멍을 내는 것까지 여러 가지 방식으로 잘못될 수 있다. 수의사는 이런 함정을 피하는 방법과 예기치 못한 상황에 대비하는 방법을 알아야 한다.

안락사 대리인은 세 가지 기본적인 메커니즘으로 사망을 야기한다. 첫째, 직접적 혹은 간접적 저산소증(신체 혹은 두뇌 같은 신체 일부의 산소 부족). 둘째, 생명 기능에 필요한 신경세포의 직접적인 기능 저하. 셋째, 두뇌 활동의 물리적인 중단과 생명에 필수적인 신경세포의 파괴. 미국수의사회는 동물을 죽일 때 허용 가능한 24가지 방식과 허용 불가능한 17가지 방식을 세부적으로 검토한 내용을 제안한다. 허용 가능한 방식은 흡입 물질(흡입용 마취제, 이산화탄소, 질소, 아르곤, 일산화탄소)과 비非흡입 물질(바르비투르산유도체barbituric acid derivatives, 펜토바르비탈 화합물pentobarbital combinations, 수화 클로랄chloral hydrate, T-61, 트리케인 메탄 설포네이트tricaine methane sulfonate, 일반 마취제 사용 후 투여하는 염화칼륨), 물리적인 방식(관통 캡티브 볼트, 두부 타격,

발포, 경추 탈구, 참수, 감전사, 극소의 방사능, 흉부 압박, 죽임 덫kill traps, 침연maceration,* 방혈, 실신, 척수 절단)이 있다.

미국수의사회는 '동물에게 공포나 괴로움을 야기하지 않고 수행될 수 있다면', 주사 가능한 안락사 물질(정확히 말해 비흡입 물질) 사용을 가장 신뢰할 수 있고 신속하며 인도적인 방식으로 인정한다. 반려동물을 안락사 시키기 위해 수의사를 찾아가거나 부를 경우, 수의사가 사용할 기법이 바로 이것이다. 이 기법은 흔히 치사 주사lethal injection라는 말보다 주사 안락사euthanasia by injection로 불린다. 대다수 수의사는 펜토바르비탈나트륨sodium pentobarbital이나 펜토바르비탈 화합물 같은 바르비투르산유도체를 사용한다. 바르비투르산유도체는 인간 의학에서 수술을 위한 마취를 유도하려고 사용하는 약물이다. 의식상실과 통각 상실을 유발하고, 투여량을 높이면 심혈관과 호흡 계통을 억제한다. 따라서 동물은 의식을 잃고, 몇 분 뒤 심장과 폐의 기능이 정지된다.

쿠니 박사는 의학적인 사유가 있는 경우가 아니라면 안락사 전에 동물에게 자일라진xylazine 같은 진정제를 준다. 수의사 사이에서 보편적인 일은 아니지만, 쿠니 박사는 안락사 전에 진정제를 쓰는 것이 안락사 시술에 필수적인 부분이 되어야 한다고 믿는다. 그것이 동물에게는 더 평화로운 죽음을, 가족에게는 더 편안한 시간을

---

* 연화를 위해 물이나 다른 연화제에 담그는 방법

허락하기 때문이다.

잘 알려지지 않은 록 밴드의 이름이기도 한 페이탈 플러스Fatal-Plus는 흔히 사용되는 안락사 액제다. 시장에 나온 다른 약물은 유타솔Euthasol, 슬립어웨이Sleepaway, 뷰타나시아-D Beuthanasia-D, 소컴-6 Socumb-6, 리포즈Repose, 솜리셀Somlethal이 있다. 나는 이런 약 이름이 약간 섬뜩한 쪽으로 대단히 흥미로웠다.

페이탈 플러스는 오디의 주사에 사용된 약물이다. 순수한 펜토바르비탈나트륨이기에 분류 II 규제 약물Schedule II Controlled Substance에 속하고, 마약단속국Drug Enforcement Agency의 규제를 받는다. 뷰타나시아-D(페니토인나트륨phenytoin sodium과 결합된 펜토바르비탈나트륨) 같은 일부 화합물 제제는 분류 III 규제 약물인데, 남용이 쉽지 않아서 분류 II 규제 약물보다 제약이 덜하다. 이런 약물을 사려면 대개 수의학 자격증이 필요하다. 보호소는 안락사 약물을 대량으로 구입하는데, 많은 주에서 안락사를 보호소 운영에 필수적인 부분으로 인식해 수의사가 없어도 구입과 사용을 허락한다.

한 수의사는 페이탈 플러스가 '똥값'(1밀리미터에 33센트)이라고 말했다(오디의 경우, 주사 비용은 2달러 정도). 안락사 제제에는 일반적으로 분홍색이나 파란색 염료가 들었다. 치료 목적으로 사용하는 약물과 구분하기 위해서다. 소파를 하나 더 먹어 치우거나 조리대에서 과자 접시를 한 번 더 훔치면 주사를 놓겠다고 오랜 세월 동안 오디를 협박했는데, 주사기 속 용액은 결국 파란색이었다.

처방전이 필요한 약에는 활성 성분과 비활성 성분, 약효, 부작용, 금기 사항이 상세히 적힌 설명서가 들었다. 페이탈 플러스의 설명은 다음과 같다.

페이탈 플러스Fatal-Plus®

지시 : 종에 상관없이 모든 동물의 신속하고 인도적인 안락사를 위해 사용함.

체중 4.5킬로그램당 1밀리리터를 투여함.

활성 성분 : 펜토바르비탈나트륨

작용 : 순차적으로 대뇌피질과 폐, 심장을 저하시켜서 전형적인 안락 사를 초래함. 표적 기관에 대한 작용은 비할 데 없는 속도와 효과성, 특이성으로 인도적인 안락사를 제공함. 동물의 기력 상실과 동시에 즉각적인 의식불명이 유도됨. 펜토바르비탈의 깊은 마취 이후 혈압 저하와 호흡 중단, 뇌사가 발생함. 심장 기능이 신속하고 불가역적으 로 멈춤.

승인되면 펜토바르비탈나트륨 약제보다 나을지 모르는 신약이 개발 중이라는 소식을 내 정보원에게 들었다. 프로포폴propofol 혼 합약이다(프로포폴은 친숙하게 들릴지 모른다. 콘래드 머레이Conrad Murray 박사가 마이클 잭슨Michael Jackson에게 투여해 팝 스타를 죽음에 이르게 한 그 약). 페이탈 플러스보다 1밀리리터당 15센트 정도 비싸지만, (내 비 밀 정보원에 따르면) 더 많은 비용을 지불할 만하다. "전국의 수의 사들이 모두 쓸 겁니다." 프로포폴은 수면제고 어느 정도 기분 전환 효과가 있지만, 다른 약물과 섞이고 분리될 수 없기 때문에 유일하게 사용 가능한 용도는 안락사가 될 것이다. 이런 특성 때문에 잠재적인 남용 가능성이 제거되면 페이탈 플러스와 다른 바르비투르산유도체 약물보다 덜 엄격한 규제가 가능하다. 동물 사체 내 약품 잔여물에 대한 면밀한 연구는 실행되지 않았지만, 그 약물은 바르비투르산유도체가 없으면 식용동물에 사용해도 잠재적으로 안전하다는 의미다(바르비투르산유도체가 든 사체를 먹은 야생동물이나 다른 동물이 그 때문에 죽을 수 있다. 펜토바르비탈나트륨의 심각한 문제점).

나의 소식통이 가장 흥분한 것은 프로포폴 혼합약이 안락사의 '부작용'을 완전히 제거할 수 있다는 점이다. 나는 안락사의 부작용이라 할 만한 일이 무엇인지 한참 생각하다가 물어볼 수밖에 없었다. 수의사들이 연축과 심장정지 호흡이라고 부르는 것, 안락사 되는 동물을 지켜보는 가족의 마음을 뒤흔들 수 있는 다른 죽음의 징후가 부작용이라고 한다. 이상적인 안락사 액제는 죽음이 잠을 흉내 내게 만든다.

정확히 무엇이 '죽는 것'일까?

우리에게 불편한 질문을 몇 가지 던져본다. 죽음은 정확히 어떤 모습일까? 잠든 것처럼 보일까? 무엇이 혹은 누가 죽으면 그 죽음은 항상 분명할까?

죽음은 간단한 명제가 아니다. 전문적으로 말하면 죽음은 생명을 지속하는 다양한 생물학적 기능의 종결이다. 그러나 생물학적 기능은 서서히 정지한다. 죽음은 때로 장기간 연장되기도 하는 생리학적 과정이다.

죽음은 생리학적 과정이므로 이 과정에는 우리가 죽음이 공식적으로 발생했다고 결정할 법한 여러 시점이 있다. 예를 들어 죽음은 호흡이 멈출 때 일어날까, 두뇌가 정지할 때 일어날까? 적어도 사람에 대해서는 정확히 언제 죽었는지 의견이 분분하다. 합의가 되지 않는 이유는 의학이 발달함에 따라 죽음의 의미에 대한 생각이 계속 변한다는 사실에 어느 정도 기인한다. 호흡 중단이라는 죽음의 전통적 정의는 1960~1970년대에 걸쳐 두뇌 기능에 중심을 둔 정의로 바뀌었다. 인간의 신체는 기계의 도움으로 호흡 같은 기본 기능을 수행할 수 있지만, 두뇌 활동이 없으면 그 사람은 죽은 것으로 간주되고 공표된다.

죽음의 법적 정의에 이런 변화를 일으킨 추동력은 부분적으로 철학('인격personhood'의 필수 요소는 물질적 육체성이 아니라 의식이라는 합의의 확산)과 관련되었고, 어느 정도는 실용적(이식 가능한 장기의 필요성)인 이유였다. 그러나 뇌사조차 명확한 개념은 아니다. 학자들은 죽음이 두뇌의 전기적 활동의 불가역적 중단('뇌사', 현재 대다수 주에서 죽음의 법적 정의)으로 정의되어야 하는지, 신피질 내 기능의 중단('고등 뇌사')으로 정의되어야 하는지 논쟁 중이다. 신피질이 인격과 사고의 중심이라고 추정되기 때문이다.

동물의 죽음에 대한 정의나 개념적 해석을 놓고 비슷한 논란이 벌어진 적이 있을까? 내가 알기로 없다. 사람들은 동물의 죽음에는 인간의 죽음처럼 고민하지 않는다. 동물이 그다지 중요하지 않기 때문이기도 하고, 일반적으로 동물에게 '인격'처럼 철학적으로 도전적인 지위를 허락하지 않기 때문이기도 하다. 아주 최근까지 동물은 연명을 위한 첨단 의료의 대상이 아니었다. 죽음의 정의를 모호하게 만들 수 있는 인공호흡기와 경피 내시경하 위루술 percutaneous endoscopic gastrostomy 같은 처치가 이에 해당한다(물론 인간을 위해 그런 기술을 개발할 때 실험의 기반이 되는 경우는 제외하고).

개념의 모호함은 차치하고, 사람이나 동물이 실제로 죽는 때는 명확하지 않을까? 그렇지 않다. 사체를 손가락으로 찌르고 움직이는지 지켜볼 수도 있겠지만, 죽음을 확신하려면 사후경직이나 부패하는 냄새가 발생할 때까지 기다려야 한다. 한 인간이 사망했다고 아무나 선고할 수 없다. 사실상 죽음에는 의학박사가, 죽음의 관할과 정황에 따라서는 구급대원이나 공인된 간호사가 내린 의학적 진단이 필요하다. 하지만 전문 의료진조차 실제로 죽지 않은 사람을 사망했다고 공표하는 실수를 범하는 경우가 있다. 어떤 사람

• 수액이나 영양분을 공급하기 위해 내시경으로 위 내강에 샛길을 만드는 수술

이 저체온 상태거나 신경안정제를 복용했다면 진찰할 때 죽은 것으로 보일 수 있다. 영안실이나 시체 방부 처리대에서 깨어난 사람의 사례가 보고되었고, 죽은 것으로 오판될지 모른다는 깊은 공포 때문에 경보 장치가 내장된 관이 발명·판매된다.

동물은 어떨까? 죽음이 명료할까? 당연히 그렇지 않다. 열 살짜리 로트와일러 미아Mia의 이야기가 적절한 사례다. 미아의 가족은 극심한 관절염에 시달리는 미아를 지켜본 끝에 안락사 시키기로 결정했다. 수의사는 표준 절차를 거쳐 안락사를 수행했고, 슬픔에 잠긴 미아의 주인은 사체를 집으로 가져와 다음 날 묻어주려고 차고에 두었다. 다음 날 아침, 차고 문에서 반기는 미아를 보고 주인은 기함했다.

이 사례를 두고 인터넷 애완동물 토론 그룹에서는 절망적인 반응이 쏟아졌고, 그리 효과적이지 않은 방법으로 안락사 당한 개들에 대한 보고가 수없이 뒤를 이었다. 이런 일이 절대 일어나지 않으리란 걸 어떻게 알까? 우리는 알 수 없다. 동물은 사망진단서를 받지 않는다. 생물학에 얼마나 무지하든, 합당한 증거가 있든 없든, 누구나 동물이 죽었다는 선고를 할 수 있다. 안락사 된 동물이 사체 수거 트럭이나 화장터로 옮겨질 때까지 냉동고에 보관된다면, 안락사가 완전한지 우리가 어떻게 확신할 수 있을까? 수의사이자 저널리스트 패티 쿨리는 동물이 완전히 죽었는지 확인하기 위해 다음 체크리스트를 권한다.

1. 맥박의 부재(손으로 만져 진단)

2. 심장박동의 부재(청진기로)

3. 호흡 운동의 부재

4. 잇몸이 분홍색에서 잿빛을 띠는 색으로 변화(사후 창백)

5. 사후경직(10분에서 몇 시간 사이에 일어날 수 있음)

안전장치로 몇 가지 지표를 보탤 수 있다. 사망 후 신체가 서서히 차가워지는 사후 체온 하강, 혈액이 하체로 침강해 생기는 사반死斑, 부패와 그에 동반되는 냄새까지. (진지하게 말한다. 사망했는지 확인하는 일은 우리 책임이다.)

동물과 동물의 가족에게 좋은 죽음을 만들어주고자 하는 안락사 수의사의 업무 가운데 하나는 치사 주사에 뒤따르는 죽음의 자연스러운 과정을 알고, 동물에게 무슨 일이 일어나는지 이해할 수 있도록 가족을 준비시키는 일이다. 캐시 쿠니는 《In-Home Pet Euthanasia Techniques》에서 죽음의 과정을 설명한다. 바르비투르산유도체 투여 후 사망이 어떻게 일어날 수 있는지 의사들에게 알리기 위함이다. 사망의 신체 징후는 (인간을 포함한) 모든 동물에게 보편적이지만, 해당 동물의 기본적인 건강 상태와 진정제 투여 여부, 안락사 방식에 따라 다를 수 있다.

뇌사는 대부분 치사 주사가 투여된 직후 일어난다. 이 단계에서 동물은 근육을 실룩거리거나 다리를 쭉 뻗는 등 '살아 있는 듯한' 신체 움직임을 보일 수 있다. 두 번째 단계는 호흡 정지다. 이 상태에서 동물의 호흡은 느리고 주기적인 양상에서 몹시 급하고 빠른 들숨으로 바뀔 수 있고, 이후에는 호흡이 완전히 멎는다. 두뇌의 호흡중추가 기능을 멈춰도 동물은 여전히 임종 호흡을 할 수 있다. 중간중간 길게 중단되는 듯하다 날카롭고 불규칙적인 들숨이 이어진다. 쿠니는 동물이 입을 크게 벌릴 수도, "쌔근거리는 소리를 낼 수도, 숨을 쉴 때마다 몸을 웅크릴 수도 있다"고 예고한다. 이런 임종 호흡으로 동물이 질식 상태로 보일 수 있기 때문에, 이 과정은 순전히 반사 현상이고 동물은 무슨 일이 일어나는지 전혀 알지 못한다고 가족을 안심시킬 필요가 있다.

마지막 단계는 심장박동 정지다. 쿠니의 설명에 따르면, 심장은 대개 약물 투여 후 30초 이내 박동을 멈춘다고 한다. 심장의 전기적 활동은 "생명의 신체 징후가 전혀 남지 않아도, 안락사 후 28분까지 일어날 수 있다"고 덧붙인다. 청진기로 심장박동을 들을 때 "가슴에서 희미하게 팔딱거림이 느껴져도 애완동물이 죽었다고 봐도 무방하다". 이는 마지막 전기 자극의 소리이기 때문이다. 하지만 "정맥 내 주사나 심장 내 주사 후 90초가 되었는데도 규칙적인 심장박동이 들리면 뭔가 잘못된 것"이라고 경고한다. 동물은 죽지 않았다. 쿠니 박사는 투여량이 모두 혈관으로 들어갔는지 확실히 하기 위해 주사한 자리를 확인하고, 들어가지 않았다면 전체를 다시 투여해야 한다고 말한다.

마침내 우리는 사후 부작용이라고 불리는 단계까지 왔다. 쿠니는 사망의 가장 흔한 부작용을 몇 가지 나열한다. 꼬리 말림, 대변 혹은 소변, 눈꺼풀 열림, 수염이나 발의 경련, 꼬리털 부풀림, 다리와 엉덩이, 목의 늘어남, 근육 연축(작은 불수의근의 수축과 이완). 이런 변화는 사망 후 몇 분 이내 일어나고, 우리가 준비되지 않았으면 동물이 아직 살아 있는 게 아닌지 불안할 수 있다.

편의적 안락사

수의사가 인간 고객의 요구를 받고 일상적으로, 두말없이 건강한 동물을 안락사 시키던 때가 그리 오래전이 아니다. 안락사의 동기에 구분을 두는 사람도 없었고(모두 한 가지였으므로), 도덕적인 관점에서 그리 심각하게 받아들이지도 않았다. 이제 많은 수의사들이 건강한 동물을 안락사 시키기 꺼린다. 도덕적으로 수상쩍은 요구를 칭하는 용어까지 있다.

'편의적 안락사'는 주인의 요구에 따라, 주인의 편의를 위해 건강한 애완동물을 죽이는 것을 말한다. 이 말은 보통 비난의 표현으로 쓰인다. 버나드 롤린은 《An Introduction to Veterinary Medical Ethics 수의학 윤리 개론》에서 정확히 무엇을 편의적 안락사로 불러야 하는지 몇 가지 사례를 든다. 다섯 살이 된 건강한 코커스패니얼과 사는 여자가 이사하는데 새 아파트에는 개를 데려갈 수 없고, 자신의 남자 친구는 개를 좋아하지 않는다고 수의사에게 안락사를 부탁한다. 다른 여자는 자신이 아기를 낳은 뒤 집 안 곳곳에 오줌을 싸는 다섯 살짜리 수컷 고양이를 데려온다. 수의사에게 고양이를 처분해달라고. 한 브리더는 경미한 피개교합*이 있는 6주 된 건강한 강아지를 데려온다. 개가 전시할 만한 품질이 아니라는 이유로 안락사를 요구한다.

편의적 안락사는 얼마나 자주 일어날까? 통계를 제시할 수 없으니 내가 만난 모든 수의사는 편의적 안락사는 실제로 일어난다고, 자신을 불편하게 만든 안락사 요청 사례를 쉽게 떠올릴 수 있다고 말했다는 사실을 밝히고 넘어간다. 우리는 이런 안락사 요구에 딱히 문제 삼지 않는 수의사를 도처에서 만날 수 있을 것이다. 어떤 수의사는 고객(인간)의 요청은 불법이 아니면 수용한다는 전제로 일한다. 꼬리 자르기와 발톱 제거, 귀 자르기, 편의적 안락사가 모두 일상 업무다. 다른 극단의 수의사 몇몇은 사업 결과가 어떻든 이런 안락사를 단호히 거부한다.

내가 만난 수의사는 대부분 도덕적 지형이 모호하다고 했다. 편의적 안락사는 꺼림칙하지만, 동물에게 최선이라고 믿기 때문에 종종 수행한다는 것이다. 많은 경우 최초 대응은 동물을 죽이지 않도록 고객을 설득하는 데서 시작한다. 수의사는 이 시도가 실패하면 대개 고객의 말을 따른다. 추론 과정은 다음과 같다.

---

*
아랫니가 윗니보다 튀어나온 상태

주인이 직접 하려고 하거나(좋은 선택지가 아니다), 동물을 보호소에 넘기거나(끔찍하게 스트레스 받으며 며칠을 보낸 다음 제대로 혹은 형편없이 죽음을 당할지 모른다. 마찬가지로 좋은 선택지가 아니다), 해주겠다는 수의사를 찾을 때까지 다른 병원을 전전할 것이다(그 과정이 길어질 뿐이다). 수의사는 편의적 안락사에 동의하는 것으로 적어도 동물을 위해 그 과정을 평화롭고 신속하게 마치리라는 점은 보장할 수 있다.

경계 사례

편의적 안락사가 많은 경우 동물에게 득이 되지 않는다는 사실은 꽤 명확하다. 그러나 까다로운 경우도 있다. 동물이 심한 고통에 시달리고, 죽음이 임박했지만 주인이 동물을 위해 안락사를 요청하지 않는다면? 내가 만난 수의사들은 이런 경계 사례에 대해 말할 때 감정이 북받치는 듯했다. 저마다 이에 관련된 이야기가 많았다. 캐시 쿠니는 "이 일에 오래 종사하다 보면, 잘 살 수 있을 법한 애완동물을 안락사 시켜달라고 요구하는 가족을 만난다"라고 쓴다. 내가 무수히 들은 말은 수의사들이 거의 언제나 고객의 판단에 따르고, 쿠니 박사가 지적한 대로 "판단하지 않으려고(혹은 너무 많이 판단하지 않으려고) 노력한다"는 것이다.

쿠니 박사는 사람들의 요구에 불편해지는 경우가 거의 없다고 말하면서, 고객의 요구가 결국 합리적이라고 느낀 사례를 몇 가지 제시한다. 사례를 들으니 생각할 거리가 생긴다. 각각의 사례는 정당해 보이지 않지만 잘못된 것도 아니다. 나는 마침내 동물의 인간 보호자가 이런 결정을 내릴 가장 좋은 위치에 있다는 쿠니 박사 말이 맞겠거니 생각하기로 한다.

때때로 동물이 불치병 진단을 받으면 그 가족은 휴가를 떠나기 전에 동물을 안락사 시켜달라고 요청한다. 쿠니 박사에게는 충분히 이해가 되는 요구다. 가족이 떠나면 동물은 스트레스를 받고, 가족이 집을 비운 동안 죽거나 적어도 응급 상황이 발생할 수 있다. 그녀는 뼈암 진단을 받은 개 한 마리를 예로 들었다. 그 가족은 진단 받은 날 안락사를 요청했다. 쿠니는 가족의 요구를 이해했다. 뼈암에 걸리면 뼈가 부러지기 쉽다. 개를 공원이나 하이킹에 데려가면 개의 다리는 바로 부러진다. 이제 응급 상황이다. 개는 아파하고 겁을 먹는다. 그러면 개가 스트레스 받은 상태에서 안락사가 진행된다.

쿠니는 언젠가 소변 실수를 하는 고양이를 안락사 시켰다. 튼튼한 고양이지만 집 안에, 양탄자에, 가구에 오줌 싸기를 멈추지 않았다. 가족은 건강검진, 페로몬 스프레이, 새집으로 이사하기까지 가능한 모든 방법을 시도했다. 쿠니는 이 고양이를 안락사 시켰다. 만원인 보호소로 가면 나이와 행동 문제 때문에 입양될 가능성이 낮다고 판단했기 때문이다. 고양이는 보호소에서 몇 달 동안 스트레스 받다가 안락사 될 것이다.

그녀는 극심한 불안에 시달리는 두 살짜리 복서*도 안락사 시켰다. 그 개의 주인은 호스피스 병동에 있었고, 살날이 열흘 정도 남은 상태였다. 개는 만신창이였고, 입양 가정을 찾으려는 시도는 모조리 실패했다.

쿠니는 두 마리를 함께 안락사 시키는 경우도 빈번하다고 한다. 예컨대 한배에서 태어나 평생 함께 산 개 두 마리가 있다. 둘 다 늙었지만 한 마리가 몸이 더 좋지 않은 상태인 경우가 이에 해당한다. 고양이와 개를 만날 때도 있다. 오랫동안 한집에 살아서 유대가 강한 사이다. 가족은 남은 동물이 친구를 잃고 괴로워할 것을 걱정해 동시에 안락사 시키는 편이 나을지 고려할 수 있다.

놀랍도록 흔한 이 시나리오는 어떤가. 어떤 사람이 죽을 때 자신의 동물을 안락사 시켜달라고 유언장에 명시하는 것 말이다. 사람들은 자신의 다정한 동물 친구를 돌봐줄 사람이 아무도 없다고 느끼거나, 자신의 반려동물이 크나큰 상실감에 빠질 것이므로 삶이 지속되기보다 죽는 편이 낫다고 여길 수 있다. 애완동물이 자신과 같은 관 속에 묻히기를 원하는 사람도 있다. 그래서 즉각적인 죽음이 요구되는 경우라면?

이 세상에 사는 동물의 운명에 절망한 모든 이들을 위해, 우리는

---

* 불도그와 마스티프를 교배한 개의 품종

동물 안락사의 세계에 수많은 뉘앙스가 있다는 사실에 용기를 내야 한다. 사람들이 좋은 동기와 나쁜 동기를 윤리적으로 구별하고, 경계 사례에 대해 고민한다는 사실과 인도적인 방식을 완성하는 일에 큰 관심이 있다는 사실에도. 이 모든 것이 아주 좋다.

나쁜 개!

행동 문제는 개들이 동물 보호소에 버림받는 주요인으로 여겨지고, 해마다 같은 이유로 보호소 개들 25~70퍼센트가 주삿바늘 아래 놓인다. 수의사가 반려동물에게 행하는 안락사 가운데 상당수가 공격성이나 집 안을 더럽히는 행동처럼 해결되지 않는 행동 문제 때문이다.

인간에게는 이상한 습관이 있다. 동물에게 의지가 있다는 건 대부분 부인하면서 우리가 성가시게 여기거나 용납하지 않는 행동에는 개가 온갖 심술 맞고 짓궂은 생각을 하는 양 미친 듯이 인격화한다. 물어뜯긴 신발이나 조리대에서 사라진 음식에 대한 일반적인 반응이 가장 확실한 증거다. "저 개 좀 봐! 쟤도 자기가 잘못한 걸 알아!" 최근 대다수 연구에 따르면, 개들은 죄책감이 없고 양심의 가책도 느끼지 않는다. 그러나 공감 능력은 뛰어나다. 조리대의 스테이크를 먹은 걸 후회해서가 아니라 우리가 화났기 때문에 움츠러드는 것이다. 얄궂게도 행동 문제는 대개 주인의 잘못에서 비롯된 경우가 많다. 훈련에 충분한 시간과 에너지를 쓰지 않거나, 개의 행동을 이해하지 못하거나, 부지불식간에 자신의 개를 실패의 함정에 빠뜨리는 주인이 문제다.

다행히 사람들이 행동 문제의 원인과 해결책을 잘 이해하면서 '나쁜 개' 안락사는 덜 필요해지는 추세다. 행동 문제를 보이는 개들이 뼛속까지 나쁜 게 아니라, 우리가 개들이 알아들을 수 있는 용어로 설명하지 않았기 때문에 개들이 우리 기대를 이해하지 못한다는 사실을 더 많은 사람들이 안다. 분리 불안 같은 심리 장애를 치료하기 위한 새로운 약물을 이용할 수 있고, 새로운 연구의 도움을 받아 동물 행동의 정서적·심리적 뉘앙스를 이해할 수 있다. 우리가 중재자 역할을 할 수 있도록 안내하는 동물행동학자도 늘어난다.

명심해야 한다. 행동 문제는 빈약한 사회화와 훈련의 결과인 경우가 많고, 애완동물의 주인에게도 상당한 사회화와 훈련이 필요하다는 사실을. 어떤 행동 문제(특히 집 안을 더럽히는 문제)는 의료 문제로 거슬러 올라가고, 어떤 행동 문제는 우울과 권태, 불안에서 기인한다. 모두 세심한 돌봄, 더 많은 운동과 자극으로 개선하고, 이런 방법이 실패하면 치료를 통해 해결할 수 있다.

직접 하는 안락사

안락사 시술은 쉬운 것처럼 들린다. 약물 한 가지를 재빨리 주사하면 되니까. 직접 하는 건 어떨까? 매력적인 제안이다. 시간과 장소를 선택할 수 있고 비용도 저렴하다. 얼마나 많은 사람들이 집에서 안락사를 시도하는지 확인할 길은 없지만, 〈USA투데이USA Today〉 보도에 따르면 이 주제는 인터넷에서 폭넓게 논의되고, 저마다 직접 하는 안락사 일화를 다양하게 접할 수 있다고 한다.

첫 번째 문제는 페노바르비탈나트륨을 집에서 쓸 수 없다는 사실이다. 페노바르비탈나트륨은 규제 약물이라서 자격증을 소지한 수의사나 동물 보호소만 구입할 수 있다. 대다수 약물처럼 불법적으로 구할 수는 있을 것이다. 하지만 사람들은 좀 더 용이한 다른 선택지를 택할 가능성이 높다. 몇몇 온라인 토론에서 '심장을 멈추게 하는 약'의 사용을 설명하던데, 무슨 약인지 잘 모르겠다. 다른 가능성도 떠오른다(지금 이 순간 집에 얼마나 많은 독약이 있을까).

사람들이 안락사를 직접 하려고 마음먹은 이유를 생각해본다. 동물을 잘 죽이는 문제에 견주자니 많은 이유가 보잘것없다. 큰 이유는 돈이다. 개나 고양이를 수의사에게 데려가 안락사 시키면 수백 달러가 든다. 구두쇠처럼 구는 것이 핑계가 될 수는 없지만, 재정 제약은 합리적인 관심사다. 보호소는 대체로 안락사 서비스를 할인 가격으로 제공하고, 가끔은 무료로 진행하기도 한다. 우리 동네 보호소에서는 40달러를 부과하고, 예약도 필요하지 않다.

어떤 사람들은 동물의 생명을 집에서 마치는 편이 동물 병원에 가는 것보다 편하다고 여긴다. 동물 병원까지 가는 노정이 고통스럽거나 번거롭다고 생각할 수도 있고, 그곳에서 맞는 죽음이 동물에게 평화롭지 않다고 믿을 수도 있다. 타당한 걱정이지만 많은 수의사들이 집으로 와서 동물에게 안락사를 행한다. 왕진 서비스가 외딴 시골까지 제공되지 않겠지만, 동물 병원에서 하는 안락사의 불편함과 집에서 망쳐버릴 가능성의 험악함을 저울질해보라.

사람들에게 생기는 또 다른 문제는 타이밍이다. 동물이 주말이나 휴가를 끼고 안락사 되어야 하는데, 그런 때는 동물 병원과 보호소가 문을 닫는다. 하루 이틀 사이에 급속도로 악화된 열다섯 살 시추를 둔 여성의 시도가 인터넷에서 회자되었다. 시추가 매우 고통스러워하는 듯하자, 여자는 즉시 개를 안락사 시키려고 노심초사했다. 그녀는 동네에서 그 주에 안락사 일정을 잡겠다는 수의사를 찾을 수 없었고, 구급병원은 비싼 비용 때문에 가고 싶지 않았다. 여자는 담당 수의사에게 다시 전화 걸어 진통제를 부탁했지만, 수의사는 개의 상태로 보아 진통제 때문에 개가 죽을 수도 있다(!)면서 거절했다. 여자는 다시 궁지에 몰린 기분이 들자, 직접 안락사 시키기에 이르렀다(대단히 비참한 나머지 우발적으로).

단순히 자립심이 강하고 진취적이라서, 수의학적 문제에 식견이 있다고 자만하는 사람도 있으리라. 인터넷에서 이산화탄소를 이용해 작은 포유동물을 안락사 시키는 방법을 상세히 설명해둔 것을 보았다. 정신 나간 과학자가 되는 상상을 한다. 세이지의 쥐 닌자

Ninja를 커다란 플라스틱 통이나 지퍼 백에 넣고, 따로 준비한 식품 보관용 플라스틱 용기에 베이킹소다와 식초를 넣은 다음, 두 용기를 호스로 연결한다. 이제 양손을 쓱쓱 비비고 나지막이 킬킬대며 화학반응을 지켜보는 것이다. 인터넷에서 찾아보니 미국수의사회는 체중이 900그램 미만인 소동물에게 이산화탄소 사용을 승인한다고 나온다. 나는 어쩐지 이게 불편하다.

우리는 집에서 하는 안락사(한 사람이 연민의 마음으로 병들어 괴로워하는 동물의 생명을 끝내려고 하는 것)와 더 보편적인 관행, 즉 달갑지 않은 동물을 집에서 처분하는 것을 구분해야 한다. 후자의 동기는 이기적이다. 원하지 않는 어떤 대상을 가장 적은 수고로 제거하는 것이기 때문이다. 이를테면 내 아버지의 친구는 요양 시설에 들어가기로 결정한 뒤, 자신의 사냥개 두 마리를 농장 들판으로 데리고 나가 소총으로 쏜 경험을 태연하게 묘사했다. 우리 지역 신문에는 누가 봐도 머리에 총을 쏴서 말을 처분하려고 한 말 주인 이야기가 실렸다. 지금껏 살펴본 바와 같이 안락사에는 기술이 필요하다. 이 사건의 경우, 총알이 말의 얼굴을 으스러뜨렸지만 뇌는 비껴갔다. 말 주인은 잠시 그 자리에 머물면서 자신의 방법이 효과적이었는지 확인하지 않은 게 분명하다. 말은 피투성이가 된 채 비틀거리다 길가 도랑에서 행인에게 발견됐다.

보호소에서 살해

동물 애호가와 활동가들이 보호소에서 동물을 죽이는 것은 동물이 겪을 더한 고통을 막으려는 연민에서 비롯된 행동이라고 믿는다. 연민이든 아니든 '안락사'라는 말을 모든 살해를 망라하는 포괄적인 용어로 사용하는 데 주의해야 한다. 안락사라는 용어가 실제로 일어나는 현실을 은폐하기 때문이다. 전국의 보호소와 쉼터에서 일어나는 죽음은 매우 다양하고, 이 죽음 가운데 상당수는 몹시 끔찍하다. 포획 도구에 붙잡힌 개가 겁먹은 다른 개 열 마리와 함께 콘크리트 오븐으로 떠밀려 들어간 다음 일산화탄소를 마시는 무서운 경험을 '좋은 죽음'으로 묘사하려면 상상력을 아무리 거칠게 잡아 늘려도 역부족일 것이다. 대다수 보호소 살해가 (제대로 된 환경에서) 상대적으로 스트레스와 통증이 없는 주사로 진행된다 해도 여기에 안락사라는 이름표를 붙여야 하는지 신중하게 생각해볼 일이다. 어쩌면 '연민 살해'가 더 정확한 표현이리라.

우리는 지금 수많은 동물의 죽음에 대해 이야기한다. 최근 자료에 따르면 해마다 전국의 보호소에서 개 150만 마리와 고양이 180만 마리가 안락사 되고, 중서부와 애틀랜타 남부가 차지하는 비율이 가장 높다. 국제동물법연구소International Institute for Animal Law는 안락사의 방식과 적용에서 보호소 사이에 큰 차이가 있다고 보고한다. 일리노이와 미시간, 노스캐롤라이나, 텍사스는 가스실 사용을 아직 허용한다. 이런 죽음은 무섭고 고통스러우며 시간을 오래

끈다(가스실에서 동물이 죽기까지 30분 이상 걸리기도 한다)는 증거가 충분한데도. 연구소는 "부적절한 훈련과 불충분한 자금, 동물의 고통에 대한 무관심, 시술 방식을 바꾸고 업데이트할 필요를 인식하지 못하는 데서 비롯되는 문제는 시골의 작은 보호소부터 도시의 큰 시설까지 어디서나 발견된다"고 지적한다. 안락사의 인도적인 방식에 대한 합의와 인도적인 기법의 시행이 시급하다.

보호소 안락사에 대한 전문가 더그 파케마Doug Fakkema는 주사 안락사의 강력한 옹호자다. 그는 보호소에서 일어나는 모든 죽음은 펜토바르비탈나트륨 주사로 하는 것이 이상적이라고 말한다. 파케마와 인도적인 단체, 수의사들이 단일 약물을 사용하는 방식에 관심을 보이는 이유는 펜토바르비탈나트륨 주사가 통증의 위험이 가장 적고, 오류가 발생했을 때 용납 가능한 범위가 넓으며, (동물이 치르는) 오류의 비용을 최소화할 수 있는 시술이기 때문이다.

국내 보호소와 쉼터에서 수의사가 안락사를 행하는 경우는 드물다. 동물을 죽이는 작업은 대개 수의학적인 정규교육을 받지 않은 저임금 보호소 직원이나 동물 단속 공무원의 몫으로 떨어진다. 일부 주에서는 안락사를 행하는 보호소 직원에게 공인 안락사 테크니션Certified Euthanasia Technician이 되기 위한 교육을 몇 시간 수료하게 한다. 정식 교육이 필요 없는 주도 있다. 파케마는 모든 주에서 16시간 인증 과정을 의무화해야 한다고 생각한다. 그래도 좋은 테크니션은 충분하지 않다.

보호소 안락사가 얼마나 인도적인지는 상당 부분 그 일을 행하는 사람에게 달렸다. 파케마는 주사 안락사에 대해서도 "그 일을 하는 사람은 필히 인도적이어야 한다. 동물은 반드시 사랑받으며 어루만지는 손길을 느껴야 한다"고 말한다. 슬픈 역설도 덧붙인다. "이 일을 하고자 하는 사람은 누구든 이 일을 해서는 안 된다."

흔히 자금이 부족해 심각한 예산 제약을 견디며 운영되는 보호소에서 처리해야 하는 어마어마한 동물을 생각하면 비용은 중요한 고려 사항이다. 가스실은 한꺼번에 많은 동물을 죽일 수 있기 때문에 오랫동안 주사 안락사보다 저렴하고 효과적이라고 여겨졌다. 가스도 펜토바르비탈나트륨보다 싸다. 가스실을 완강하게 고수하는 보호소가 드는 대표적인 이유는 빠듯한 예산이다.

파케마는 이에 이의를 제기할 목적으로, 노스캐롤라이나의 주립 동물 보호소에 대한 세부 비용 분석 행렬을 내놓았다. 날마다 평균 15마리가 안락사 된다. 장비 비용, 개인 비용, 재료비, 인건비 등 시술과 관련된 모든 잠재 비용까지 고려하면 일산화탄소 가스실에서 실행되는 동물 한 마리당 안락사 평균 비용은 2.77달러다. 이는 관리자 한 명이 진정제를 사용하지 않고 안락사를 진행할 경우 드는 비용인데, 이 두 가지 조건은 동물의 잠재적인 스트레스를 늘린다. 관리자를 두 명으로 늘리고 진정제를 사용하는 최상의 시나리오라면 한 마리당 비용은 4.98달러로 올라간다. 주사 안락사 비용은 한 마리당 2.29달러에 불과하다.

파케마의 이상 세계에서는 전국의 보호소들이 주사 안락사로 전환하고, 안락사 절차에 진정제 사용이 포함될 것이다. 그곳에서는 보호소 직원이 건강한 동물을 죽이는 일을 일상적인 업무로 하지 않아도 되리라. 현재 죽음을 당하는 동물의 숫자를 보면 이 이상 세계는 까마득해 보인다. 파케마는 한 가닥 희망을 제시한다. 자료에 따르면 우리는 지금 건강한 동물이 일상적으로 안락사 당하지 않는 시대를 향해 간다고 한다. 최근 자료(동물 340만 마리)는 보호소 살해의 최저 신기록이다. 미국은 최근 대규모 중성화를 시작했고, 이것이 초과된 동물의 숫자에 반영되는 데 10년 정도 걸린다. 샌프란시스코는 현재 동물 개체 수를 유지하기 위한 대체율에 매우 가까워졌다고 한다(조금 아래 위치한 프레즈노Fresno는 미국 내 최고 안락사 비율을 보유하지만). 파케마 박사의 말이 맞기를 바란다.

애완동물 평가

이 책을 연구하는 동안 우연히 〈Shelter Dogs보호소 개들〉이라는 다큐멘터리영화를 발견했다. 배경은 북부 뉴욕의 론드아웃밸리 사육장Rondout Valley Kennels이고, 영화의 중심인물은 사육장 주인이자 감독 수 스턴버그Sue Sternberg다. 스턴버그와 그녀의 직원들은 사육장 개들을 입양시키기 위해 노력하지만, 이런 노력이 실패하면 뒤돌아보지 않고 살해한다.

다큐멘터리 속 장면은 가슴이 아프다. 카메라는 콘크리트 비탈

길을 지나 근처에 위치한 노 킬no-kill 보호소로 우리를 이끈다. 어떤 개들이 평생을 보낼 곳이라고 한다. 이런 개들은 삶의 질이 매우 낮다. 엄청난 스트레스를 받고, 기본적으로 인간이나 다른 개들과 사회적 상호작용이 없으며, 삶에 기쁨이라고 할 만한 것이 거의 없다. 입양되지 않는 개의 생명을 끝내는 편이 보호소 환경에 남겨두는 것보다 인도적이라는 스턴버그의 강경한 도덕적 입장은 어느 정도 설득력이 있다.

〈Shelter Dogs〉를 보고 마음이 어지러웠다. 론드아웃사육장의 생사의 일면은 철저하게 불편한 감정을 남겼다. (4장 동물 성격의 맥락에서 간단히 언급한) 기질 검사 프로그램을 엄격하게 고수한다는 점 때문이다. 기질 검사 혹은 보호소 용어로 TTTemperament Testing는 수줍음shyness과 공격성aggression, 반응성reactivity, 보호성protectiveness 등 개의 인격의 다양한 측면을 측정하려고 시도한다. ('기질temperament'과 '인격personality'이라는 용어를 사용하는 데 약간의 혼란과 비일관성이 있다는 점을 언급한다. 기질은 보호소 환경에서 자주 사용되는 용어다. 인격이라는 말이 지나치게 인간적인 범주에 속하기 때문이 아닐까 싶다.)

이 검사는 개를 다양한 자극이나 위협(낯설거나 시끄러운 소리, 갑자기 우산을 펼치는 행위나 이상한 차림을 한 낯선 사람의 접근)처럼 시청각적으로 놀라운 것에 노출하는 방식으로 진행된다. 빗자루에 고무손을 연결해서 개를 만지려고 할 때 무는지 확인하기도 한다. 많은 보호소에서 개가 위험한지, 심각한 문제 행동을 보일 가능성이 있는지 알아내 입양 가능성을 평가하려고 이런 기질 검사를 사용한다. 검사는 비교적 빠르고 쉽다. 소요 시간은 15~30분.

수 스턴버그는 전국적으로 알려진 기질 검사 전문가를 자처하고, 전국에서 열리는 워크숍을 통해 자신의 대표 상표인 '애완동물 평가Assess-a-Pet' 프로그램을 유포한다(그렇다, 상표로 등록되었다). 그녀의 웹 사이트에는 다음과 같은 문구가 있다. "전국적으로 유명한 수 스턴버그의 기질 검사가 개들이 하는 행동을 이해하고 향후 가정 입양에 성공할지 알려주는 절차와 응답을 보호소에 제공합니다. 애완동물 평가™가 사교성이 좋아 한 가족의 애완동물이 될 동물을 보호소에서 찾아드리므로, 동물 보호소는 누구나 새로운 개를 찾을 수 있는 최고의 장소가 될 겁니다."

나는 동물행동학자가 아니라서 애완동물 평가 도구의 신뢰도나 실용성을 판단할 수 없다. 기질 검사의 유용성은 알지만(보호소들은 죄 없는 아이들을 다치게 할 동물을 입양시키고 싶어 하지 않는다), 나를 불편하게 만드는 부분이 더 있다. 마치 자판기에서 나온 완벽한 페이스트리처럼 지나치게 포장된 느낌이다. 사교성 있고 순응적인 개를 강조하는 것 역시 걱정스럽다. 모든 개들이 어떤(다정한/친절한) 특성에 들어맞기를 기대하는 것은 개의 다양한 성격에 대한 모욕으로 느껴진다. 유순하고 사교성 있게 타고난 인간은 그리 많지 않은데, 개들에게는 왜 훨씬 더 많은 걸 기대할까? 낯선 사람이 빗자루에 묶은 커다란 고무손으로 어루만지려고 하면 나라도 물어뜯으리라.

이런 기질 검사는 임의적으로 보일 수 있다(스트레스 받은 개가 매우 인위적인 환경에서 30분 동안 검사받는다). 검사 결과가 동물의 생사를 가르기 때문이다. 많은 보호소들이 자신의 방식을 깊이 신뢰하지만, 이런 기질 검사의 타당성은 실증적인 근거가 빈약하다. 다시 말해 안락사를 당하는 '공격적인' 개들이 실제로 누구를 문 적이 있는지는 아무도 모른다. 수많은 동물 옹호자와 과학자들은 동물의 기질에 대한 지속적인 연구가 동물 복지에 유익한 영향을 줄 것이라 믿는다. 나도 그 믿음이 옳다고 생각한다.

명백한 것은 기질 검사가 더 나은 실증적 근거를 갖춰야 한다는 점이다. 기질 검사를 통해 미래의 문제 행동을 발견할 수 있는지, 있다면 어떤 방식으로 하는 기질 검사가 그것을 가능하게 하는지 알아야 한다. 게다가 동물들이 개성이 풍부한 고유의 존재라는 합의는 동물을 향한 존중과 공감을 키우는 데 보탬이 된다. 기질 검사는 개와 인간의 행복을 극대화하는 방식으로 둘의 성격을 연결하는 데 유용한 도구가 될 수도 있다. (기질 검사에 대해서는《뉴욕타임스매거진The New York Times Magazine》에 실린 찰스 시버트Charles Siebert의 에세이 〈새로운 재주New Tricks〉를 참고하기 바란다.) 나에게 중요한 건 우리가 동물을 잘 이해할수록 더 나은 상황에서 동물의 생애 말기 결정을 내리리란 점이다.

죽일까 말까, 그것이 문제로다

타깃Target은 영웅이고, 그 역할에 적격이다. 얼굴에 있는 셰퍼드의 기품 있는 줄무늬와 황금빛 털을 보라. 아프가니스탄의 떠돌이 개 세 마리 가운데 하나인 타깃은 테러범이 미군 막사 안에서 자폭하려던 시도를 좌절시켰다. 테러범이 구내로 들어가려고 하자, 개들은 갑자기 출입구에서 남자를 가로막으며 으르렁거렸다. 그는 입구에서 자폭했고, 자신과 개 한 마리의 목숨만 앗아 갔다. 생존자 타깃과 루퍼스Rufus는 병사들에게 입양됐고, 마침내 미국으로 귀환해 유명 인사가 되었다. 타깃은 〈오프라 윈프리 쇼The Oprah Winfrey Show〉에도 출연했다.

애리조나 플로렌스Florence의 새 집 마당에서 탈출한 타깃은 동물 단속반에게 잡혀 그 지역 보호소로 간다. 타깃은 목걸이도, 마이크로칩도 없었기에 보호소에서는 주인이 나타나기를 바라는 마음으로 웹 사이트에 타깃의 사진을 올렸다. 이게 금요일이다. 월요일에 타깃을 찾으러 보호소를 방문한 주인은 타깃이 PTS('잠들게 하다put to sleep'라는 보호소 용어) 되었다는 사실을 알았다. 아무래도 그날 동물을 안락사 시키는 보호소 직원이 케이지에서 엉뚱한 개를 고른 모양이다. 타깃의 비극적인 이야기는 동물 살해에 반대하는 움직임을 자극했고, 나중에 노 킬 운동으로 알려졌다.

다큐멘터리영화 〈Shelter Dogs〉의 수 스턴버그처럼 보호소에서 죽이는 것이 그나마 덜 나쁘다고 믿는 사람들이 있다. 페타도 안락사에 찬성한다. 그들은 평생 개집에서 살거나, 거리를 떠돌며 "굶주리거나 추위에 떨거나 차에 치이거나 병에 걸려 죽거나", 훨씬 더 불쾌하게 "잔인한 아이들에게 괴롭힘이나 어쩌면 죽음을 당하거나, 실험실에 팔아넘길 목적으로 동물을 구하는 중개인에게 잡히는 것"보다 안락사 당하는 개를 보는 편이 낫다고 한다. 페타는 "원하는 사람이 없는 반려동물은 많고 좋은 입양 가정은 부족하기에, 때로는 보호소 직원이 할 수 있는 가장 인도적인 일은 동물에게 개와 고양이가 흔히 '과잉'으로 여겨지는 세상에서 평화로운 해방을 선사하는 것"이라고 결론짓는다.

보호소 산업은 다음과 같은 진실을 둘러싸고 구조화된다. 애완동물 과잉은 막대한 문제고, 실행 가능한 해결책은 불필요한 동물을 죽이는 것뿐이다. 시간이 꽤 걸리겠지만, 사람들이 동물에 대해 책임감 있게 행동할 때까지 우리는 어마어마한 숫자의 불필요한 동물을 죽이는 불행한 과업을 꼼짝없이 떠맡는다. 보호소에서는 고양이와 개만 죽는 게 아니다. 수많은 페럿과 기니피그, 쥐, 생쥐, 햄스터, 새, 온갖 생물이 보호소의 야간 보관함이나 양도 접수처에 맡겨지는 신세가 된다.

이 뿌리 깊은 사고방식과 살해 방식은 지난 10년간 노 킬 운동이라는 보호에 관한 새로운 철학의 도전을 받아왔다. 변호사이자 활동가 네이선 위노그라드Nathan Winograd를 필두로, 노 킬은 보호소 동물에 대해 다른 사고방식을 제안한다. 우리는 동물 과잉 신화가 틀렸음을 밝히고 보호소가 날마다 어떻게 운영되는지(모금, 비즈

니스 모델, 지역사회와 상호작용) 재고한다. 위노그라드에 따르면, 보호소 동물 90퍼센트는 '구조 가능' 하다(다시 말해 그 동물들은 절망적인 병에 걸렸거나, 다쳤거나, 사납지 않다). 우리가 보호소 애완동물 시장을 3퍼센트라도 키운다면(예를 들어 애완동물 가게와 브리더에게 동물을 구입하는 매력을 줄여서) 보호소 살해를 없앨 수 있다. 문제는 동물 과잉이 아니라 보호소의 잘못된 경영이다. 애완동물 가게에 동물을 팔러 다니는 브리더와 개인 구매자가 넘쳐난다는 사실도 한몫한다.

나는 위노그라드의 말에 귀 기울일 가치가 있다고 생각한다. 동물들이 보호소에서 죽음을 당하는 사실을 좋아하는 사람은 아무도 없다. 그런 살해가 '슬프지만 불가피하다'는 보편적인 가정은 결국 터무니없는 핑계로 이어지기 쉽다. 보호소 동물 살해의 필요성을 놓고 손만 비비고 있을 게 아니라, 해결책을 만들어내는 데 에너지를 쓰는 편이 훨씬 나을 것이다.

집단 죄책감

2010년 9월, 플로리다 마이애미-데이드Miami-Dade 동물 보호소의 관리자는 넉 달 된 강아지를 생방송 중에 안락사 시켰다(그 후 그 부분은 삭제됐다). 보호소 관리자 시오마라 모르드코비치Xiomara Mordcovich에 따르면 이 참상의 목적은 지역사회 사람들에게 보호소에서 무슨 일이 벌어지는지 보여주고, 애완동물 과잉에 대한 집단 양심을 자극해 책임감 있게 애완동물을 소유할 것을 권장하기 위함이라고 한다. "사람들은 여기서 무슨 일이 벌어지는지 볼 필요가 있어요. 이게 이 지역사회에서 일어나는 일의 결과고, 우리가 가장 좋은 친구에게 하는 짓임을 알아야 해요."

방송국에 편지를 쓴 수많은 시청자처럼 나도 그 뉴스를 보고 심란했다. 어째서? 동물이 죽는 장면을 보는 것이 충격적이란 사실은 분명하다. (나는 동물보다 영화 속 사람들이 죽는 걸 보는 편이 쉽다.) 이보다 나쁜 것은 이 특정한 강아지가 본보기가 되었다는 느낌, 강아지의 부당한 죽음이 대중에게 구경거리로 전락했다는 느낌이다. 그럼에도 우리는 이 섬뜩한 사건을 통해 이 보호소가 얼마나 필사적인지 강렬하게 느낀다. 명료함을 갈망하고, 동물에 대해 더 큰 책임을 요구한 점은 높이 평가해야 한다.

동물 안락사의 인간 비용

동물을 보살피는 일과 관련된 직업에 종사하는 수의사나 보호소 직원에게 동물의 생명을 끝내는 암울한 과업이 떨어진다. 사회학자들은 이 역설에 '보살피는 살해 역설'이라고 이름까지 붙였다. 자신의 일을 동물에게 귀한 선물을 주는 것이라고 여기는 캐시 쿠니 같은 수의사조차 일상적인 업무에 동정 피로증compassion fatigue을 비롯한 개인 비용이 따른다. 캐시는 고객에게 긍정적인 피드백을 상당히 많이 받지만(수의사들이 다른 어떤 시술보다 안락사에 대해 고맙다는 카드를 많이 받는다고 한다), 그녀가 하는 일은 힘들다.

보호소 직원은 개인 비용이 특히 높다. 수많은 살해를 하도록 요구받기 때문이다(종종 건강하고 입양이 가능한 동물에게도). 죽음이 그 동물에게 최선이라고 합리화할 수 있을지 모르나, 그 일의 괴로움을 도려낼 수는 없다. 보호소 직원에 관한 사회학 연구에서는 업무 관련 스트레스와 불행, 도덕적 불편이 높은 수위로 나타난다. 미국수의사회가 만든 《Guidelines on Euthanasia안락사 지침》에서는 "안락사 시술에 지속적으로 노출되거나 참여하면 잦은 결근이나 호전성으로 표현되는 극심한 업무 불만이나 소외, 냉담하고 부주의하게 동물을 다루는 행동으로 특정되는 심리 상태를 야기할 수 있다"고 경고한다. 노스캐롤라이나의 한 연구에 따르면 보호소 직원들은 고혈압과 궤양, 우울, 해결되지 않는 슬픔, 약물 남용, 자살의 위험에 처했다고 한다.

연관된 맥락에서 수의사들이 높은 자살률(일반 대중의 4배, 다른 의료 직업군의 2배)을 보인다는 연구가 영국에서 발표되었다. 약물 과다 복용이 가장 흔한 자살 방식이다. 짐작하건대 수의사는 동물 안락사를 위한 치사 약물을 구하기 쉽고, 약물을 효과적으로 쓰는 방법을 잘 알기 때문이리라. 크리스타 슐츠Krista Schultz는 수의학 시사 잡지에 안락사의 인간 비용에 대해 썼다.

수의사들은 생명을 지키려는 욕망과 환자를 효과적으로 치료하지 못하는 무능 사이에서 불편한 긴장을 경험한다. 그 상태는 생명을 지키는 것에 대한 그들의 태도를 조정해서 안락사를 긍정적인 결과로 인지하는 방법으로 개선될 수 있다. 죽음에 대한 이 변경된 태도는 자기 정당화를 용이하게 하고, 자신의 문제에 대한 합리적인 해결책으로 자살을 억제하는 능력을 약화할 수 있다.

인간과 동물, 감히 비교를?

사람들이 동물의 생애 말기에 자신이 내린 선택에 대해 몹시 이야기하고 싶어 한다는 사실은 뜻밖이었다. 이 책 작업을 시작한 뒤, 기회가 있을 때마다 사람들의 경험을 물어보고 이야기를 들었다. 내가 물을 때도 있었지만 사람들이 공연히 이런 말을 꺼내는 경우가 더 많았다. "나는 우리가 사람에 대해서도 그렇게 연민을 베풀 수 있으면 좋겠어요." 대부분 사랑하는 (인간) 대상이 시간을 끌며 볼품없이 죽어가는 모습을 지켜본 경험이 있었다. 내가 만난 사람은 거의 대부분(특히 수의사) 인간을 위한 조력사助力死에 찬성했다. "탈출구가 있어야죠."

톰 왓킨스Tom Watkins는 CNN에서 수의사 자살에 대한 영국의 연구를 전하며 논평한다. "안락사는 수의사의 빈번한 임무로, 수의사는 그 행위를 고객에게 자주 설명하고 권장하고 정당화해야 한다. 이 지속적인 상호작용, 동물의 안락사를 수행·지원하는 일은 죽음에 대한 직업적 태도에 전반적으로 영향을 미칠 수 있다. 유럽에서 진행된 소규모 연구에서는 인터뷰에 응한 수의학계 종사자 93퍼센트가 인간 안락사에 찬성한다는 사실이 밝혀졌다." 흥미로운 지적이다. 내가 이 책을 연구할 때 수없이 들은 불평을 확인해주는 것처럼 보이기 때문이다. 안락사가 애완동물을 측은히 여기는 행동이라면, 왜 인간 동료에게 똑같은 연민을 베풀지 않을까?

나의 표본은 분명 편향되고, 내가 여기서 하는 말은 순전히 어림짐작이다. 그러나 궁금해지는 건 사실이다. (병들거나 죽어가는 동물을 안락사 하는 결정을 내린) 애완동물의 주인이 되면 일반적으로 안락사에 더 개방적인 입장이 될까? 수의사가 되는 일이 인간의 생애 말기 치료에 대한 태도에 비슷한 영향을 미칠까?

인간 환자를 대하는 의사들이 최소한 학술계의 설문 조사에 응할 때는 매우 다른 그림을 제시한다는 점은 흥미롭다. 미국 의사를 대상으로 한 최근 설문에서 69퍼센트가 의사 조력 자살에 반대하고(안락사에 대한 의견과 유사하게), 무려 18퍼센트가 말기 진정에, 5퍼센트가 생명 유지 장치 철수에 반대하는 것으로 나타났다. 의사 조력 자살에 반대하는 주된 논거는 다음과 같다.

첫째, 진통제로 충분하니 환자가 견디기 힘든 통증이 있을 이유가 없다(환자는 죽고자 할 이유가 없다). 둘째, 의사가 불치병으로 오진할 수 있다. 셋째, 의사 조력 자살은 치료자로서 의사의 역할을 위반하는 일이다. 넷째, 생명윤리에 '천막 아래 낙타의 코'로 알려진 논거가 있다. '낙타가 천막 안으로 코를 들이면 몸도 곧 따라온다'는 아라비아의 속담에서 유래한 표현이다. 일부 환자에게 의사 조력 자살을 허용하면 죽기를 원치 않는 환자를 죽이는 사태로 이어지는 것을 막을 수 없다는 뜻이다.

제럴드 태넌바움은 의료 윤리학자들의 안락사 논쟁이 수의학이나 동물들의 안락사를 언급하지 않는다는 사실에 주목했다. 그는 "이 명백한 무관심이 놀랍다. 인간 의학에서 안락사에 대한 반대가 많은 것은 인간 의학이 안락사를 다룬 경험이 거의 없기 때문이다"라고 쓴다. 그는 덧붙인다. "그러나 환자의 안락사와 관련된 폭넓은 경험으로 치료하는 직업이 있다. 이런 의사들은 (만약 한다면) 언제 안락사가 정당화될지, 어떻게 수행할지, 환자와 가까운 이들에게 어떤 영향을 미칠지 오랫동안 고민해왔다." 학문을 넘나드는 토론이 진행되면 인간 의학에도, 수의학에도 큰 도움이 될 것이다.

수의학의 안락사에 대한 태넌바움의 의견은 긍정적인 점과 부정적인 점을 모두 담아낸다. 수의학의 경험은 법과 직업의 공식적인 윤리 규범, 사회의 태도가 환자를 죽이는 것을 허락하는 직업이 많은 환자를 죽일 수도 있다는 사실을 보여준다. 인간 의학은 안락사 남용이 누구의 책임인가에 대한 공포의 대상을 잘못짚었다. 실제 그 대상은 수의사가 아니라 안락사를 요구한 고객이다. 의사가 유도한 안락사가 반드시 환자에 대한 멸시나 평가절하와 관련된 것은 아니다. 사람들이 어떤 존재에 부여하는 가치와 그 존재를 위해 기꺼이 안락사를 선택하는 의지 사이에는 연결 고리가 있지만. 마지막으로 돈은 동물 병원에서 안락사를 택하는 중요한 동기가 된다. 사람들은 대개 동물의 근치적 치료나 완화 치료에 비용을 지불하기보다 안락사 시키는 선택을 한다.

우리는 인간 안락사에는 최소한 좀 더 열린 태도를 바라지만, 동물에게는 반대로 더 엄격한 규제를 바라는지 모른다. 그 파란 주사를 더 자주 억제하기 바라는 것일 수도 있다. 우리가 인간을 돌보면서 배운 것은 동물의 생애 말기에 접근하는 방법을 알아내는 데 도움이 될 것이다. 조력사의 법적 선택권을 강력하게 옹호하는 사람이 크게 늘어난다는 연구가 발표됐다. 사람은 심하게 아프면 입장이 변하기도 하고, 자신이 예견한 것보다 훨씬 참고 견딘다.

그러나 우리는 통증과 고통을 버티는 동물의 인내력이 사람보다 훨씬 떨어지고, 동물에게 죽음이 반가운 위안이 될 것이라 가정한다. 우리는 동물의 죽음을 죽어가는 사람이 아니라 건강하고 신체가 튼튼한 사람이 자신의 조력사를 생각하는 방식으로 생각한다. 죽어가는 사람은 죽어가는 과정에서 틀림없이 그리고 당연히 많은 면에서 실질적으로 관점이 달라질 텐데 말이다. 물론 우리는 동물의 죽음을 죽어가는 동물처럼 생각하지도 않는다. 죽어가는 동물의 수수께끼는 결코 우리가 완전히 풀 수 없으므로.

오디 일기 2010년 11월 29일~12월 7일

🌿 2010년 11월 29일

어젯밤 12시 45분쯤 깨어나 오디를 보러 갔다. 그러길 잘했다. 온 집 안이 조용했기에 내가 왜 깼는지, 왜 침대에서 일어났는지 모르겠다. 평소처럼 냄새가 먼저 코를 찔렀다. 오디는 이번에도 벽과 피아노 다리 사이에 갇혔다. 똥은 램프 받침 여기저기에, 전선 곳곳에, 벽과 바닥 사방에, 피아노 아래 깔린 카펫의 큰 모서리 군데군데 짓이겨졌다. 내가 밖으로 나오게 도와줄 때 오디는 너무나 딱해 보였다. 나는 일단 오디를 내보내 의젓하게 욕실로 가도록 했다. 오디는 긴 목욕을 했다. 그런 다음 나는 한참을 서서 난장판이 된 집을 하염없이 바라보았다. 어떻게 치울지, 어디서부터 시작할지 모른 채. 결국 장갑을 끼고 걸레를 든 나는 전선부터 하나씩 닦았다. 똥이 꾸덕꾸덕해져서 닦아내기 어려운 걸로 보아 오디는 한동안 그 자리에 있었던 모양이다.

45분 정도 지나 잠에서 깬 크리스가 거실로 나왔다. 남편은 피아노 다리를 하나씩 드는 걸 거들었고, 우리는 카펫을 빼냈다. 카펫은 쓰레기통에 넣었다. 똥이 덕지덕지 묻은 카펫은 도저히 세탁할 방법이 없기에.

우리는 오디를 거실 소파 위로 옮겼고, 오디는 이내 자리를 잡더니 잠들었다. 샤워하고 새 파자마로 갈아입은 나는 담요와 베개를 가지고 나와 오디 옆에 누웠다. 오디가 다시 일어나서 도움이 필요한 상황에 처하지 않기를 바라는 마음으로. 오디가 혼자 있지 않기를 바라는 마음으로.

크리스는 안락사 수의사를 부를 때가 되었다고 생각한다. 어제와 지난밤을 보내고 나니 나도 생각이 바뀐다. 마음 한구석에서는 여전히 저항하지만, "내가 준비됐는지 잘 모르겠어"라고 하려다가 말 그대로 준비가 되어야 할 건 내가 아니라 오디임을 깨달았다. 내가 준비됐는지는 아무 상관이 없었다.

오디를 곁에 두고 소파에 누워 생각했다. 내 딸이 태어난 때가 떠오른다. 나는 거창한 의료진도, 약물도 없이 '자연스러운' 분만을 하고 싶었다. 온전히 인간적인 경험을 원했다. 나는 준비되었고 의지도 강했다. 진통을 시작하기 전에는. 여덟 시간쯤 지났을 때 의사는 분만이 진행될 수 있도록 경막외마취를 제안했고, 나는 "자연분만 따위 집어치워"라고 외쳤다.

나는 오디가 죽는 과정도 '자연스럽기'를 바랐다. 내 머릿속에는 이런 심상이 있다. 오디가 서서히 기력이 쇠해지다 결국 일어나지 못하고(개뼈다귀 모양 오트밀 색 침대 위에 평화롭게 누워서), 적당한 시간(사흘쯤?)이 지나 조용히 세상을 뜨는 것. 하지만 그 과정의 현실은 내 이상과 전혀 일치하지 않을지 모른다. '나의' 이상, 스스로 일깨워야 한다… 오디의 이상이 아님을.

몇 시간을 미루다가 홈투헤븐에 전화했다. 오디는 아침 내내 서성거리고 헐떡거리고 넘어졌다. 나는 캐시 쿠니에게 오디의 상황을 설명했다. 캐시는 어느 쪽으로도 조언하지 않았지만, 그녀가 한 몇 가지 말에 오디에게 자연사보다 안락사가 나을 거라는 생각이 들었다. 몸이 제 역할을 하지 않는다는 건 오디에게 엄청난 스트레스다(캐시는 통화 중에 멀리서 오디가 헐떡거리는 소리를 들었다). 심장은 여전히 튼튼하기 때문에 오디의 쇠퇴는 길고 힘들 것이다. 움직임은 점점 줄어들고, 통증은 더 커지리라. 침대에서 꼼짝 못하면 욕창이 생길지 모른다. 불안하고 흥분한 상태로 계속 지내면 발작을 일으킬 수도 있다.

캐시 쿠니는 오늘 사람을 보낼 수 있다고 했다. 나는 아니라고, 내일까지 기다려보자고 했다. 작별 인사를 할 시간이 필요했다. 그러나 크리스에게 전화하자 빠를수록 오디에게 좋을 거라고 했다. 이건 우리가 아니라 오디를 위한 일이라고. 크리스는 흐느꼈다. 어쩐지 그 사실 때문에 이게 옳은 결정이란 확신이 들었다.

나는 캐시 쿠니에게 다시 전화해 오늘 밤에 하겠다고 말했다. 캐시는 시간이 안 되고 미샤엘Michaelle 박사가 6시 30분에서 7시에 올 거라고 했다. 장소와 시간을 정하자, 캐시는 사람들이 오디의 발자국 프린트를 찍을 거라고 했다. 사체를 어떻게 할지 묻는 그녀에게 화장이라고 답했다. 내가 재를 달라고 했나? 그녀는 안락사 비용은 200달러고, 오디만 따로 화장하는 데는 100달러가 추가로 든다고 설명했다. "그래요, 그래요." 나는 작게 웅얼댔다.

그리고 갑자기 1톤짜리 벽돌처럼 나를 후려치는 생각. '우리가 정말로 이걸 하겠구나.'

마야가 온종일 내 옆에, 주방에서는 완전히 발치에 있었다. 내가 책상 앞에 앉으면 오른편에 서서 나를 빤히 바라본다. 이따금 발을 들어 내 다리를 긁으면서. 마야는 오디에게 무슨 일이 있다는 걸 느꼈을까? 마야가 뭘 아는 걸까?

저녁에 일어날 일을 걱정하는, 너무나 이상한 오후였다. 하루 종일 약간 토할 것 같았다. 힘겨운 아침을 보낸 오디는 내가 자신을 소파에 내려두는 걸 마침내 허락하고 깊은 잠에 빠졌다. 부모님, 리즈와 크레이그, 나의 오빠처럼 미리 알고 싶어 할 몇몇 사람에게 전화했다. 다른 사람들에게는 차차 말하면 될 일이다. 어쩌면 짧은 편지 같은 형태로. 나는 오디를 위해 피아노로 〈올드 블루Old Blue〉를 잠시 연주했다.

세이지에게는 학교에서 데려오는 길에 말했다. 세이지는 깜짝 놀란 것 같았다. "정말이에요?" 그러더니 10대의 방식으로 말했다. "아, 진짜 이거 때문에 오늘 하루 망치게 생겼네!" 집에 도착하자 세이지는 오디를 무척 다정하게 대했다. 크리스마스트리 아래 있던 오디의 크리스마스 선물을 열어주었다. 선물은 형편없는 소스로 버무린 팬시피스트(최고의 애견용 정크푸드)다. 오디는 소파에 엎드려 큰 숟가락에 얹은 간식을 핥았다.

세이지는 소파 위로 올라가 오디 곁에서 몸을 웅크렸다. 마야와 토파즈까지 나란히 한 줄로. 우리는 《개들도 이야기를 좋아해Three

Stories You Can Read to Your Dog》를 읽었다. 하나는 문을 두드리는 불청객을 쫓아버리는 이야기, 또 하나는 뼈가 자라는 마법 나무 이야기, 마지막은 하루 동안 들개가 되었다가 저녁을 먹으러 집으로 돌아가는 이야기다. 책의 마지막 부분은 묘하게 어울리는 것 같았다.

> 너는 완전히 녹초가 되었어.
> 들개가 되는 건 세상에서 가장 힘든 일이거든.
> 너는 네 침대에 누워 몸을 동그랗게 말았어.
> 그리고 오래오래 잠을 잤단다.
> 끝.

잠든 오디는 너무나 차분하고 평화롭고 따뜻해 보였다. 죽어야 하는 개가 아니었다.

하지만 수의사가 오는 이유를 일깨우기라도 하듯, 마침내 일어난 오디가 소파에서 떨어졌다. 나는 사무실 바닥에 누워 제멋대로 다리를 뻗은 채 허공을 차는 오디를 일으켜 세웠다.

오디는 햄버거와 밥, 얇게 썬 살라미, 치즈 몇 조각으로 근사한 마지막 저녁 식사를 즐겼다. 그런데 마치 겁에 질린 것처럼 오디의 숨이 가빠진다. 일어나 있으니 다시 편히 앉을 수가 없다. 시간이 다가올수록 두려움이 엄습한다.

이 글을 어떻게 시작할까? 너무 날것처럼 느껴져서 키보드 앞에 앉는 걸 계속 피하지만, 마지막 밤 오디의 세세한 기억을 잃을까 두렵다.

6시 30분을 향해 서서히 움직이던 어제 오후는 몹시 이상했다. 나는 시계를 보고 또 봤다. 시계를 볼 때마다 걱정은 깊어졌다. 오디는 사람들이 도착할 무렵까지 깨어 있었다. 부모님이 먼저 오셨다. 6시 25분쯤 크리스가 왔고, 6시 30분에 딱 맞춰 수의사가 도착했다. 나는 입구 쪽에 비친 헤드라이트를 보고 수의사가 들어올 수 있게 문을 열었다. 밝은 색 머리를 핀으로 깔끔하게 뒤로 넘긴 젊은 여자다. 수의사가 들어서자 토파즈와 마야는 짖고, 사람들은 이리저리 몰려다녀 한바탕 소동이 일어났다.

나는 이 순간의 오디를 그림처럼 생생하게 간직한다. 오디는 피아노 옆에서 반쯤 쭈그려 앉은 자세로 그저 지켜보았다. 크리스는 미샤엘 박사와 이야기했고, 나는 오디의 재가 어디로 배달될지 얼핏 들었다. 이제 내 관심은 오디에게 있었다. 오디가 휘청휘청 주방을 지나 밖으로 나가고 싶은 듯 뒷문으로 다가갔다. 나는 문을 열고 오디를 뒤따라갔다. 날이 매섭게 추웠다. 오디는 절뚝거리며 뒤뜰 테라스로 올라가더니 쭈그리고 앉아 나를 바라보았다. 나는 오디 곁으로 다가가 차가운 돌에 앉은 채 오디의 목에 얼굴을 묻었다. 시간을 멈추고 싶었다. 바로 거기서 오디와 함께. 그 순간 우리는 둘만의 세상에서 안전했다.

크리스가 고개를 불쑥 내밀고 말했다. "선생님이 시작할 준비되셨대." 오디는 곧 무슨 일이 일어날지 아는 듯했다. 집 안으로 들어가려고 하지 않았기 때문이다. 오디는 언제나 나를 따라 집으로 들어오는데 지금은 아니다. 내가 한 발짝 뒤에서 오디를 문 쪽으로 몰아야 했다. 나는 오디를 죽음으로 호송하는 그 느낌이 싫었다.

우리는 오디가 좋아하고 잠들기 가장 편한 사무실 소파에서 안락사를 진행하기로 했다. 크리스가 오디를 데려와 연자줏빛 담요에 눕혔다. 남편은 오디의 머리맡 바닥에 무릎을 꿇었고, 나는 오디의 꼬리 옆에 앉았다. 세이지는 털 없는 쥐 헨리를 정서적 버팀목 삼아 껴안은 채 크리스 옆에서 소파 팔걸이에 걸터앉았다. 우리는 토파즈를 세이지의 방에 가두었다. 수의사가 오디를 만지면 불안해할 것 같았기 때문이다. 마야는 그 자리에 있었다. 내가 부르자 마야는 무릎 위로 올라와서 오디의 등에 머리를 기댄 채 작은 공처럼 몸을 말았다. 오디는 방 안의 그 모든 소란에도 눕히자마자 곯아떨어졌다.

수의사는 우리 옆에서 무릎을 꿇고 무엇을 할지 설명했다. 먼저 오디가 긴장을 풀고 무슨 일이 일어나는지 알지 못하도록 진정제를 줄 것이다. 5분쯤 지나 진정제가 완전히 효과를 발휘하면 오디에게 도관을 삽입하고 마지막 주사를 놓는다. 남편이 오디가 죽기까지 얼마나 걸릴지 물었다. "순식간이에요." 수의사가 답했다.

그녀는 우리가 준비됐는지 물었고, 우리는 모두 눈물을 흘리면서 고개를 끄덕였다. 수의사는 오디의 갈비뼈를 감싸는 피부에 작은 바늘을 꽂고 진정제를 천천히 밀어 넣었다. 오디는 주사를 놓을 때조차 자는 것 같았고, 아무런 반응도 보이지 않았다. 힘겨운 시간이 얼마쯤 지나자, 오디의 숨이 더 가빠지고 근육이 갈비뼈를 따라 씰룩거렸다. 미샤엘 박사가 진정제에 대한 정상 반응이라고 설명했다. 오디의 잠은 차츰 깊어졌다.

4~5분 뒤 수의사는 클리퍼를 꺼내 진정 작용이 완료되었는지 확인하겠다고 했다. 클리퍼가 윙윙거렸다. 마야는 고개를 들었지만 오디는 계속 잤다. 수의사가 오디의 뒷다리에서 털을 조금 밀어도 오디는 반응이 없었다. 그녀는 붉은 털을 작은 플라스틱 통에 떨어뜨렸다. 우리만 준비되면 오디는 준비가 되었다고 했다. 우리는 내내 오디를 쓰다듬으며 작별 인사를 했다.

수의사는 털을 깎은 자리에 고무 지혈대를 대고 꽉 조였다. 주변을 더듬어 혈관을 찾은 미샤엘 박사는 오디의 아킬레스건 위, 그 여윈 자리에 도관을 꽂았다. 수의사가 맑은 액체가 든 주사를 꺼내자 세이지가 물었다. "그게 뭐예요?" 수의사는 도관을 씻어내는 거라고 설명했다. "그냥 물 같은 거야. 약이 잘 들어가게 하는 거지." 그리고 때가 왔다. 그녀는 두 번째 주사기를 들고 도관에 바늘을 찌른 다음 오디의 몸속으로 그 파란 액체를 천천히 밀어 넣었다. 오디는 서너 번 느린 숨을 쉬고 날카로운 숨을 한 번 들이쉬더니 고요해졌다. 너무 빨랐다. 아마 20초쯤. 마야는 오디가 숨을 멈추자마자 고개를 들고 어떤 변화를 알아채기라도 한 듯 고개를 갸우뚱했다.

묘했다. 그런데 오디가 정말로 변했다. 같은 자세지만 턱이 늘어지고 눈은 멍했다. 오디는 눈을 뜨고 있지만 눈동자가 구멍으로 가라앉은 것처럼 보였다. 나는 오디의 메기 입술을 끌어당겨 거뭇한 이빨 밑동을 덮어주었다.

나는 자리에서 꼼짝하지 않았다. 움직이고 싶지도 않고, 오디가 존재하지 않는 낯선 상태로 들어가고 싶지도 않았다. 수의사는 우리가 오디와 시간을 보낼 수 있도록 자리를 피해주었다. 오디의 유품이 될 발자국 프린트를 만들 수 있게 점토를 준비하겠다고 했다. 크리스는 나를 올려다보며 말했다. "오디가 안 넘어지고 자기 몸을 긁는 법을 결국 못 배웠다는 거 알아?" 나는 눈물을 흘리며 약간 웃었다. 사실이다. 오디는 끝끝내 못 배웠다.

나는 크리스에게 토파즈를 데려와 오디와 만나게 해달라고 부탁했다. 마야와 토파즈에게 오디가 죽었다는 사실을 이해할 기회를 주고 싶었다. 둘이 그런 일을 이해할 수만 있다면. 나는 오디를 간단히 사라지게 하고 싶지 않았다. 토파즈의 반응이 흥미로웠다. 귀를 젖히고 방으로 달려오는데 몹시 심란해 보였다. 한두 번 짖더니 (어쩌면 그냥 낯선 사람이 아직 집 안에 있다고 우리에게 경고하려고) 방 안을 뛰어다녔다. 토파즈는 오디의 얼굴에 코를 킁킁대더니 도관을 꽂은 다리의 냄새를 맡고는 내 책상 밑으로 달려가 엎드렸다. 귀는 여전히 젖힌 채. 수의사가 마무리할 수 있도록 크리스가 토파즈를 다시 세이지의 방으로 데려갔다. 마야는 오디의 등에 머리를 기댄 채, 내 무릎에 그대로 있었다.

발자국 프린트는 친절한 서비스지만 조금 이상했다. 수의사는 두꺼운 점토에 발자국을 찍느라 오디의 발을 세게 눌러야 했다.

크리스가 일어나 말했다. "오디를 차로 옮길게요." 우리가 오디를 자줏빛 담요로 감싸자 크리스가 들었다. 오디의 머리가 늘어지고 혀가 나왔다. 오디는 정말로 죽은 것 같았다. 차마 볼 수가 없었다. 크리스가 오디를 데리고 나가 수의사의 차 뒷자리에 실었다. 나는 오디를 마지막으로 길게 껴안고 말했다. "넌 나의 제일 멋진 친구야." 오디는 여전히 따뜻하고 부드러웠다. 그저 사체라는 걸, 살과 뼈라는 걸 알지만 낯선 사람에게 들려 화장터로 갈 뻣뻣하고 차가운 오디를 생각하니 마음이 찢어졌다. 이건 내가 상상한 마지막이 아니다.

우리는 각자 다른 방식으로 애도했다. 세이지는 자기 방에 들어가 컴퓨터게임을 했다. 크리스와 나는 다른 개들을 데리고 산책했다. 그런 다음 남편은 저녁을 차리고, TV를 켰다. 나는 침실로 가서 파자마를 입고 이불 속으로 들어가 울었다.

🍃 2010년 12월 1일

다음 날 아침, 크리스는 탁자 위에 수의사가 우리를 위해 남기고 간 소책자가 있다고 말했다. 애도에 관한 책. 나는 아직 그걸 볼 준비가 되지 않았다. 오디의 발자국 점토 프린트를 구울 준비도, 그걸 영원한 것으로 만들 준비도 되지 않았다.

정말로 조용하다. 오디를 밖으로 내보내기 위해 한밤중에 일어나던 때가 그립다. 오디가 헐떡거리는 것도 그립다. 나는 복잡하게 뒤섞인 감정을 느낀다. 슬픔 그리고 안도감도. 오디와 나 자신에 대해. 오디는 14년이라는 세월 동안 나의 가장 거대한 사랑이자 무거운 짐이었다. 오디가 괴로워했다는 걸 알기에 우리가 좋은 결정을 내렸다고 생각한다. 그러면서도 우리가 안락사의 힘을 빌렸다는 사실이 실망스럽다.

오늘따라 마야가 사무실에 들어오는 걸 무서워한다. 복도에 앉아 낑낑거린다. 들어오라고 불러도 들릴락 말락 하게 이상한 소리만 낸다. 앞발에 머리를 괴고 복도에 엎드려 나를 빤히 보면서 운다. 마야는 오디가 여기서 죽은 걸 기억할까? 마야와 토파즈 둘 다 약간 우울해 보인다. 토파즈가 오디 때문에 슬퍼할 거라고 생각하지는 않는다. 마야를 따라 덩달아 그러는 거겠지. 나는 자리다툼과 힘의 균형 변화를 눈치챘다. 오디가 서열에서 절대적으로 맨 아래 있었지만, 그래도 오디의 부재가 상황을 얼마간 흔들어놓은 것 같다. 토파즈가 새로운 대장이 될 모양이다.

대체로 우리가 옳은 결정을 했다고 생각하지만, 가끔 이런 느낌이 덮치고 나는 생각한다. '아, 세상에, 우리가 무슨 짓을 한 거지?' 오디가 조금 더 오래 살도록 도울 수는 없었을까? 오늘 아침에 호스피스 사냥개 백스터Baxter의 이야기를 다시 읽던 나는 자신감의 위기에 빠졌다.

샌디에이고San Diego 호스피스에서 회진하는 장면 속의 백스터는 열아홉 살이었다. 백스터는 관절염이 심해서 걷지 못했다. 주인이 백스터를 수레에 태워 병원 곳곳을 돌아다녔다. 우리는 오디를 위해 수레를 살 수 없었을까?

옛날 사진을 모두 꺼내 오디가 보이는 사진을 골라냈다. 한창때 오디를 보고 깜짝 놀랐다. 몸은 전혀 다르지만 눈빛은 그대로다. 고뇌. 가장 행복한 사진에서도 오디의 영혼에는 그림자가 드리웠다. 사진은 준비했지만 오디의 추모 카드는 시작도 못 했다. 나는 아직 이걸 마주할 준비가 되지 않았다.

학교에서 돌아온 세이지가 곧장 자기 방으로 들어가더니 몇 시간 동안 나오지 않았다. 세이지가 컴퓨터로 오디에 대한 영화를 만들었다는 것을 나중에 알았다. 세이지의 쥐도 영화가 있다. 이게 세이지가 추모하는 방식이다.

수의사가 도관을 삽입한 오디의 다리에서 털을 조금 민 걸 생각한다. 그녀는 오디의 털을 플라스틱 통에 떨어뜨렸다. 그 털이 내게 있으면 좋으련만… 오디의 마지막 씨앗이 사라졌다. 아무것도 없다.

🌿 2010년 12월 2일

세이지가 어젯밤에 오디를 위한 추모사를 썼다. 문장은 제각기 다른 색연필로 적었다.

찰코파크에서
축축한 공기를 들이마셔
에스티스파크에서
넓은 들판을 탐험해
너는 생명의 놀라움을
경험하는 오디
오디, 놀라운 개
제왕의 자세와
늘어뜨린 붉은 털
그는 우리의 오디였어요
우리의 오디세우스
우리의 이빨 없는 기적
어린 시절 오디는
활기차고 언제나 다정했어요
나이가 들어서도
용기가 넘쳤어요
오디는 먹고, 탈출하고, 파괴하기로
굳게 결심했어요
하지만 우리의 이빨 없는 기적은
어떻게든 항상 돌아왔어요
우리는 우리의 오디, 우리의 오디세우스,
우리의 이빨 없는 기적을 사랑해요

나(우리)는 우리의 오디, 우리의 오디세우스,

우리의 이빨 없는 기적을

그리워할 거예요

오디는 정말로 특별했어요

우리는 그런 사고뭉치 고집쟁이 개를

결코 다시 못 만날 거예요

오디는 너무나 사랑스럽고, 너무나 다정했지만

너무나 말썽쟁이였어요

오디, 오디, 오디,

우리는 우리의 오디를 그리워할 거예요

잘 가, 오디, 오디세우스,

우리의 이빨 없는 기적

우리는 널 그리워할 거야

우리는 널 사랑해

친구가 위로의 선물로 신시아 라일런트Cynthia Rylant의 《강아지 천국Dog Heaven》을 주었다. 내가 제일 좋아하는 부분은 구름에 대한 이야기다. 그림 속 개 한 마리를 보니 오디가 생각난다. 한 마리는 토파즈, 다른 한 마리는 마야 같다. "강아지 천국에서는 하느님이 구름을 뒤집어 강아지들에게 푹신푹신한 침대를 만들어줘요. 강아지들은 신나게 뛰고 멍멍 짖고 햄, 샌드위치, 비스킷을 먹다가 피곤해지면 각자 잘 구름 침대를 찾아요. 강아지들은 구름 속에서 이

쪽으로 뒹굴뒹굴, 저쪽으로 뒹굴뒹굴하다가… 구름 침대가 딱 맞게 느껴지면 몸을 동그랗게 말고 자요."

🌿 2010년 12월 7일

어제 오디의 재를 가지러 동물 병원에 갔다. 오디는 페니레인 Pennylane이라는 곳에서 화장되었다. 재는 노란 리본이 묶인 예쁜 원통형 나무 상자에 들었다. 우리는 그 재와 함께 화장 증명서를 받았다.

> 날짜 : 2010년 12월 4일
> 당신의 충직한 반려견 '오디'가 위의 날짜에
> 우리 화장장에서 법적인 요건을 준수하여
> 정중하고 조심스럽게 화장되었음을 증명합니다.
> 사망일 : 2010년 11월 29일

이제 일주일하고 하루가 지났다. 오디가 좋은 죽음을 맞았다고 생각하느냐고? 그렇다. 옳은 때 옳은 일을 했다고 확신하느냐고? 아니다. 내 선택을 놓고 의심하는 순간, 심지어 번뇌하는 순간도 있다. 안도감이 압도적인 감정이던 때, 그러니까 오디가 죽은 당일 혹은 이튿날이 지나고 이런 느낌이 더 자주 드는 것 같다. 오디의 유해를 들고 동물 병원에서 나오는데 마음이 내려앉았다. 그 순간,

내가 오디를 저버렸다는 느낌이 들었다. 오디를 위해 더 맹렬히 싸울 수도 있었으리란 생각. 하지만 무슨 목적으로? 잘 모르겠다. 어쩌면 그 싸움은 오디보다 나를 위한 것이었으리라.

사람들에게 오디 이야기를 할 때 완곡한 표현을 피하려고 한다. "우리는 오디를 보낼 수밖에 없었어"라고 말하지 않으려고 애쓴다. 그러나 그 말이 번번이 입에서 튀어나온다. "나는 오디를 안락사시켰어. 내가 오디의 생명을 끝내기로 결정했어." 몹시 거슬리게 들린다. 하지만 사실이다.

7 남은 것들

《Animal Folk Songs for Children아이들을 위한 동물 민요》라는 책이다. 붉은 표지 절반이 사라져 너덜거리고, 나머지 반은 빛이 바랬다. 어떤 페이지는 찢어지고, 어떤 부분은 내가 어린 시절에 보라색 크레파스로 칠해놓았다. 책에는 〈토끼 아저씨Mister Rabbit〉 〈넙치눈이 땅다람쥐Cross—Eyed Gopher〉 〈사냥을 갑시다Let's go a Hunting〉 등 동물에 관한 민요가 가득하다. 이 가운데 좋아하는 노래가 많지만, 다른 노래보다 특별히 사랑하는 노래가 한 곡 있다. 〈올드 블루〉라는 미시시피 민요인데, 이 노래를 부르면 달을 보며 울부짖는 개의 심정이 되는 기분이다.

나는 벌 아이브스Burl Ives가 부른 노래를 들으며 자랐다. 엄마한테 〈올드 블루〉를 피아노로 연주해달라고 하고 노래를 따라 불렀다. "한 번 더요." 몇 번이고 졸랐다. 애처로운 멜로디가 밤에 잠들 때까지 머릿속에 떠다녔다. 노래가 한없이 슬퍼서 영혼 깊은 곳을 건드렸다.

노랫말은 병이 들어 수의사에게 "블루, 네가 사냥하던 시절은 끝났다"라는 말을 들은 사냥개 블루가 마당에 작은 구덩이를 파고 이리저리 뛰어다니다가 죽는 내용이다. 나는 블루가 죽은 다음에 나오는 마지막 세 구절을 가장 좋아한다.

> 그늘진 곳에 블루를 눕히고
> 주머니쥐의 얼굴로 덮었네
> 오, 블루, 블루, 블루, 오, 블루.
> 은빛 삽으로 묘를 파고
> 금빛 목줄을 함께 넣었네
> 오, 블루, 블루, 블루, 오, 블루.
> 내가 천국에 가서 하고 싶은 일은
> 뽈피리를 가져가 블루를 위해 불어주는 것
> 오, 블루, 블루, 블루, 오, 블루.

나는 《Animal Folk Songs for Children》을 아직 갖고 있다. 이따금 책장에서 꺼내 피아노로 〈올드 블루〉를 연주하며 노래 부른다. 그러면 예외 없이 슬퍼진다. 특히 천국에 가서 뽈피리를 불면 블루가 뛰어나올 거란 부분(내 얼굴에 흐르는 눈물을 알아챈 세이지가 언제나 어리둥절한 표정을 짓는 부분)에서 딸이 말하겠지. "엄마, 엄마는 정말 이상해요." 죽은 개에 관한 노래에 이토록 뭉클해지다니 이상한 게 맞을지 모른다. 그러나 이런 상실을 직접 겪어본 이들은 내 말이 무슨 뜻인지 알리라.

죽어가는 것이 시간이 지남에 따라 일어나는 생물학적 과정이 듯, 죽음은 생물학적 유기체가 멈출 때 실제로 끝나지 않는다. 오디가 생물학적으로 죽은 시점(오디의 심장박동이 서서히 멈춘 20~30초)은 확인할 수 있고, 그 마지막 숨에 대한 최후라는 감각은 지독하기 그지없었다. 하지만 오디가 죽어가는 과정은 대단히 고유한 방식으로 아직 진행 중인 듯하다.

사후 돌봄

동물에 대한 예우는 물리적인 형태가 사라질 때 끝나는 것이 아니라 사체를 다루는 방법까지 이어져야 한다. 아이들은 이런 감각을 타고나는 듯하다. 금붕어 버블Bubble이 죽으면 절대 그 사체를 주방 음식물 쓰레기 처리기에 던지거나 변기에 넣고 물을 내려서는 안 된다. 그 대신 사체를 작은 보석함에 조심스럽게 넣고 마당에 구덩이를 판 다음, 무덤 위에 놓을 특별한 돌에 그림을 그리고, 금붕어 버블이 얼마나 비범했는지, 우리 삶에 얼마나 큰 행복을 주었는지 엄숙하게 읊는다.

예우는 여러 가지 형태로 표현할 수 있다. 예컨대 제럴드 태넌바움이 《Veterinary Ethics수의 윤리학》에서 언급한 설명처럼 단순해도 좋다. 반드시 사체의 눈을 감기고, 혀를 입속으로 넣고, 사체를 닦은 다음 깨끗한 담요로 감쌀 것. 〈올드 블루〉에 나오는 것처럼 좀 더 정교한 의식을 택하는 경우도 있다. 주머니쥐의 얼굴로 개를 덮고(주머니쥐에게는 너무나 딱한 일이지만) 금빛 목줄과 함께 땅속에 묻는 것 말이다.

사후 돌봄은 애완동물이 죽고 나서 마주할 수 있는 모든 결정을 일컫는다. 사체를 얼마나 오랫동안 곁에 둘까? 사체를 어디에 보관할까? 사체를 무엇으로 감쌀까? 장례식을 할까, 추모식을 할까? 콜린 엘리스Coleen Ellis는 동물 장례의 지형 개선을 사명으로 삼은 동물 사후 돌봄 전문가다. 엘리스는 8년 전 인디애나폴리스Indianapolis에 국내 최초 애완동물 장례식장 펫에인절메모리얼센터Pet Angel Memorial Center를 열었다.

엘리스는 자신이 키우던 테리슈나우저 미코Mico가 죽은 뒤 경험과 인간 장례 사업에서 일한 경험으로, 동물이 죽은 뒤 이용 가능한 선택지는 사람에게 제공되는 것과 전혀 다르다는 사실을 깨달았다. 동물의 사체는 예우가 아니라 '처리'된다. 하지만 엘리스가 애완동물 주인을 일컫는 말대로, '애완동물 부모'는 대부분 동물의 사체가 쓰레기 매립지에 버려지지 않고 정중하게 다뤄지길 바란다. 사람들은 애완동물이 죽은 뒤 어떤 절차를 밟아야 하는지 모르고, 수의사도 그들을 도울 준비가 되지 않았다. 그렇다면 누가? 엘리스가 이 공백을 메웠다.

엘리스에게 들은 바로는 우리가 인간을 예우하기 위해 치르는 의례를 동물에게 똑같이 적용하는 데 불편함을 느끼는 사람들도 있다고 한다. 동물을 위한 장례식과 경야는 대체로 이웃에 보는 눈이 없을 때 뒤뜰에서 치르는 은밀한 일이 된다(과연 이웃이 동물의 사체를 가까이 두고 싶어 할까?). 우리가 동물을 잃은 슬픔이 얼마나 깊은지 다른 사람에게 드러내기를 꺼리는 것일 수도 있다. 엘리스는 동물의 장례를 비웃어서는 안 된다고 말한다. 합당한 방식으로 의식을 치르고, 반려동물의 죽음을 의미 있게 새기고, 동물과 우리의 유대를 예우할 수 있어야 한다. 의례는 간단하거나 복잡해도, 짧거나 길어도 좋다. 죽은 동물에 대한 존중을 적절히 보여줄 수 있으면 다른 건 그리 중요하지 않다.

엘리스는 애완동물 장례식장에서 제공하는 서비스 목록을 내게 건넸다. 고객이 장례식을 하기로 결정하면 엘리스가 방문 기간을 잡아준다. 동물은 관에 있고, 가족과 친구들은 와서 마지막으로 작별 인사를 할 수 있다. 그녀가 말했다. "사람들은 이게 얼마나 중요한지 잘 몰라요." 이런 과정은 동물 병원에서 갑자기 동물을 안락사 시킨 사람들에게 특히 도움이 된다. 안락사 과정에는 대부분 경황이 없어서 작별 인사를 하기 어렵기 때문이다. 아이들에게는 더구나 이 과정이 중요하다고 한다. "네가 학교에 간 동안 플러피 Fluffy가 떠났어"라는 말로는 턱없이 부족하다.

엘리스는 동물의 가족이 방문하기 전에 사체의 눈을 감기고, 혀를 입속에 넣고, 얼굴과 몸을 닦고, 목구멍에 숯을 넣어 피가 나올 수 있는 구멍을 처리하고, 다리를 당긴다. 그리고 동물이 자연스럽고 평온하게 보일 수 있도록 준비한 뒤, 동물을 포근한 플리스 담요에 싸서 고급스러운 관에 눕힌다.

어떤 가족은 엘리스의 센터를 방문하고 나서 장례식이나 추모식을 열기로 하는데, 장소는 대부분 자신의 집이나 뒤뜰 혹은 공원이다. 엘리스는 애완동물 주인이 낭독할 글이나 추모사, 기도를 선택할 수 있게 돕고, 양초와 꽃, 동물을 주제로 한 음식(핫도그, 담요 속 돼지* 등)처럼 마무리에 필요한 여러 가지 제안을 한다. 우리는 집 뒷마당에서 많은 동물의 장례식을 치렀지만, 엘리스가 묘사한 것만큼 근사한 장례식은 없었다. 지금까지 가장 융숭한 건 우리 뒷마당에서 (퍼지Fuzzies의 사체에 기도해달라는 부탁에 매우 언짢아한) 모르몬교 선교사가 해준 세이지의 첫 번째 쥐 퍼지의 장례식이다.

엘리스는 6000여 가정을 위해 사후 돌봄 의식을 계획했고, 애완동물 산업의 새로운 분야를 개척하는 데 일조했다. 이제 '애완동물 장례 안내 책자The Pet Funeral Home Directory'에는 애완동물 장례식장이 최소한 80개 나오고, 그 숫자는 해마다 증가하는 추세다. 사업에 크게 성공한 엘리스는 장례식장 운영에서 한 발 물러나, 애완동물 장례 사업을 시작하는 사람들에게 컨설팅을 제공한다. 수의대나 동물 병원과 협업하며 수의사들에게 사후 돌봄과 사별에 대한 교육도 한다.

몇 년 전, 엘리스는 모든 동물 사후 돌봄을 위한 산하 단체인 애

---

* 작은 소시지에 반죽을 둘러 구운 빵

완동물사별전문가연맹Pet Loss Professionals Alliance을 설립해 사후 돌봄 산업의 인간 부문 격인 국제장묘장례협회International Cemetery, Cremation, and Funeral Association와 협력한다. 연맹의 주요 과제는 애완동물 사별 사업에 더 많은 격식과 윤리 기준을 부여하는 것이다. 예를 들어 이 단체는 '개별 화장' 같은 전문 용어에 대해 산업 전반의 합의를 도출하고자 한다.

엘리스는 어느 동물 병원이나 고령 동물을 보살피는 데 필요한 정보를 담은 '노년 패키지' 같은 것이 있기를 바란다. 이 패키지에는 죽음과 사후 돌봄 계획을 위한 안내서가 반드시 포함되어야 한다. 엘리스가 무엇보다 바꾸고 싶은 건 어쩌면 고급스러운 관, 좋은 꽃과 양초가 있는 장례식을 원하는 애완동물 주인을, 애완동물을 털이 보송보송한 아이쯤으로 여기는 별종 혹은 개나 고양이 말고는 친구가 없는 외로운 사람으로 보는 고정관념인지도 모른다.

사체의 처분

사후 돌봄의 가장 중요한 질문은 "사체에 무슨 일이 생기는가?"다. 죽은 동물에 대해 감상적이지 않은 사람이라도 사체의 처분(더 노골적으로 말하면 처리)이 중요한 이유가 있다. ('시체corpse'라는 용어는 보통 사람의 시신을 가리키고, 죽은 동물의 몸은 '사체carcass'로 일컫는 경우가 많다.) 콜로라도주립대학교 협동사회교육원Colorado State University Cooperative Extension은 "동물의 죽음은 다음 세 가지 이유로 올바르게 다뤄져야 한다"고 설명한다. 건강(질병의 확산을 제한하기 위해), 환경보호("죽은 동물이 부패할 때 방출되는 양분과 해로운 물질이 인근의 물로 녹아들거나 흘러내릴 수 있다"), 외관("사람들이 죽은 동물의 모습을 '매우 불쾌한 것'으로 여길 수 있다"). 이들이 허용 가능하다고 제시한 동물의 죽음 관리 방식은 렌더링rendering, 퇴비composting, 위생 매립sanitary landfills, 매장, 소각incineration이다.

반려동물의 사체를 처리할 때 가장 일반적으로 선택하는 매장과 화장은 더 자세히 이야기할 기회가 있다. 예우의 한계를 시험하는 사체의 '재활용' 방법인 렌더링의 세계도 살펴볼 것이다. 그 전에 사체를 도저히 그냥 보내지 못하는, 마치 살아 있는 동물 같은 영원불멸의 유품을 원하는 분들을 위해 사체를 보존하는 몇 가지 기법으로 우회하려 한다.

사랑스럽고 오래가는

박제taxidermy와 동결건조freeze-drying는 동물의 사체를 영구 보존하는 방법이다. 전통적인 박제는 오랫동안 변하지 않는 유품을 원하는 사람들에게 최고 선택지로 꼽혔다. 박제는 동물의 삼차원 복

제품을 만드는 방법으로 피부를 일종의 뼈대에 고정하는 경우도 있고, 인공적인 물질만 사용해서 동물을 재현하는 경우도 있다. 놀라울 것도 없지만, 박제로 보존된 동물은 속에 뭔가 들어찬 것처럼 보이기도 한다.

요즘은 사체를 좀 더 생생하게 보존할 수 있는 방법이 나와 박제를 대체한다. 바로 동결건조다. 퍼페추얼펫Perpetual Pet 같은 웹 사이트는 호언장담한다.

우리는 동결건조 기술의 새로운 기법으로 매장이나 화장, 전통적인 박제를 대체할 '사랑스럽고 오래가는' 대안을 제공합니다. 애완동물 동결건조 보존은 지속적인 추억을 만들어드립니다. 더 중요한 건 애완동물의 겉모습에 어떤 변형도 생기지 않고 사후 모습 그대로 자연스럽게 보존할 수 있다는 점입니다. 덕분에 주인은 애완동물을 보고, 만지고, 안을 수 있습니다. 어떤 의미에서는 '결코 떠나보낼 필요가 없습니다'.

동물을 동결건조 하려면 매우 낮은 온도로 밀봉된 진공실에 넣어야 한다. 시간이 지나 "냉동된 수분이 서서히 기체 상태로 변하면 그때 꺼낸다". 수분을 제거해서 부패 과정을 정지한다. 건조에는 상당한 시간이 걸린다. 오디처럼 큰 개는 최대 6개월까지 소요된다. 퍼페추얼펫은 가장 자연스러운 결과물을 위해 잠든 자세를 권하지만, 다른 요청 사항도 반영해준다. 나는 스리슬쩍 울타리를 넘는 기본자세로 오디를 냉동해서 뒷마당에 두거나, 영원히 애원하는 자세로 냉동해 식탁 바로 옆에 세워둘 수도 있었다.

웹 사이트에는 최대 9킬로그램까지 비용이 표시되어 체중이 그 이상 나가는 동물의 비용은 따로 문의해야 한다. 아마 이런 서비스는 상대적으로 탁자나 벽난로 위 선반에 전시하기 쉬운 고양이나 요크셔테리어처럼 작은 애완동물이 있는 사람들에게 더 매력적일 것이다. 3~4.5킬로그램 나가는 애완동물의 비용은 695달러다. 오디라면 1000달러 이상 들 것이다.

혹시 아는 고객 가운데 동결건조나 박제를 택한 사람이 있느냐는 내 질문에 캐시 쿠니는 없다고 답했다. 동물의 신체 일부를 간직할 수 있게 꼬리나 발톱을 밑동까지 잘라달라고 부탁하는 사람은 있었다고 한다. 그녀는 수염과 털, 속눈썹, 두개골을 청하는 사람도 만났다. 콜린 엘리스에게 들은 바로는 5년 동안 6000여 가족 가운데 2~3가족이 동결건조를 택했다고 한다.

내가 동결건조 이야기를 물고 늘어지자, 엘리스는 중립을 지키려고 애썼다. 내가 물었다. "약간 오싹해 보이지 않아요?" 그녀는 가족이 어떤 선택을 하든 존중하려고 노력한다고 답하면서도 동결건조로 기운 고객의 마음을 돌리려고 부단히 애쓴 적이 있다고 시인했다. 고객이 원하는 건 본질적으로 그게 아니라고 판단했다고 한다. 예를 들어 한 여자가 가족의 개를 동결건조로 보존하고 싶어 한다. 아들이 개의 죽음을 어떻게 감당할지 걱정한 나머지, 아들이 개를 만지고 쓰다듬을 수 있으면 안심할 거라고 했다. 엘리스는 동결건조가 이 가족에게 좋은 선택이 아니라고 생각했다. 개의 몸이 냉동되고 가족에게 돌아올 6개월 뒤쯤, 슬픔을 겪어낸 아이는 죽은 개의 귀환을 사실상 불편하게 여길 공산이 크기 때문이다.

냉동 보존cryonics은 동물에게 유효한 박제나 동결건조와 달리 본래 인간의 몸을 보존하기 위한 방법으로 개발되었고, 애완동물의 냉동 보존은 그 이후 나온 착상이다. 냉동 보존과 동결건조는 둘 다 극도의 냉기가 필요하지만 기술적·철학적으로 중요한 차이가 있다. 냉동보존연구소Cryonics Institute는 다음과 같이 설명한다.

> 냉동 보존은 생명을 구하고 수명을 비약적으로 연장하기 위해 고안된 기술이다. 법적으로 사망한 사람을 물리적인 부패가 근본적으로 정지하는 액체질소 온도로 냉각하는 것이다. 미래에 기술적으로 진보한 전문 과학의 수술이 언젠가 그들을 되살리고 젊음과 건강을 회복시킬 수 있으리라는 희망을 품고. 그런 상태에 놓인 사람을 '저온 보존 환자'라고 한다. 우리는 저온 보존된 사람을 사실상 '죽은 것'으로 평가하지 않기 때문이다.

냉동 보존은 동물이 살아 있을 때 진행해야 가장 효과적이다. 조직과 뇌세포의 쇠퇴가 시작되기 전이기 때문이다. 이 방법은 아직 애완동물이나 사람에게 불법이다. 현재로서는 애완동물을 냉동 보존하려면 사망 즉시 사체를 냉동하고 드라이아이스 속에 조심스럽게 포장해 미시간으로 수송해야 한다. 냉동보존연구소 회비를 제외하면 오디는 6500달러 정도 들 것이다. 여기에 배송비와 수의학과 병원비가 추가된다. 그들은 "이런 비용이 지나치게 느껴진다면 언젠가 애완동물의 클론을 가질 가능성에서 만족을 찾아도 좋다. 98달러면 애완동물의 DNA를 냉동보존연구소에 저장할 수 있다"고 말한다. 냉동보존연구소의 보고에 따르면, 현재 애완동물 58마리와 애완동물 31마리의 DNA 샘플을 냉동 보존한다고 한다.

극저온으로 애완동물을 보존한다면 집에서 함께 지내는 기쁨은 누리지 못할 것이다. 사체는 영하 196도로 면밀하게 제어된 냉동 보존 시설의 액체질소 탱크에 보관해야 할 테니까. 하지만 언젠가 실제 애완동물이나 애완동물과 정확히 똑같은 클론을 다시 가지리라는 희망을 품고 살 수 있다. 과학이 충분히 진보해서 냉동된 사체를 되살리거나, 어떻게 해서든 동물의 영혼을 멋지고 새로운 사이버 우주에 업로드 할 수 있는 날이 오면.

렌더링

렌드rend : 물리력이나 갑작스러운 폭력으로 낱낱이 분리하다. 조각 조각 찢다.

렌더to render : 녹이다. 녹여서 추출하다.

라드가 들어간 음식을 먹지 않는 데는 내가 채식을 하는 뻔한 사실 말고도 이유가 있다. 나는 렌더링 공장에서 나온 음식은 아무것도 먹고 싶지 않다. 나는 위가 아주 약하다. 렌더링은 죽은 동물과 동물의 부산물을 사용할 수 있는 단백질로 바꾸는 과정이다. 여기서 '사용할 수 있는'이라는 말이 막연하게 정의되었다. 말이나 몸집이 큰 다른 동물은 다루기 힘들고, 매장이나 화장을 하는 데 비용이 많이 들기 때문에 대부분 (보통은 완곡하게 접착제 공장이라고 불리는) 렌더링 공장으로 보내진다. (엘머 접착제Elmer's Glue 로고에 작은 황소 그림이 있다는 사실을 알아챈 적 있는가?) 개나 고양이가 보호소나 동물 병원에서 죽으면 수많은 생물의 사체를 처리해야 하기에 결국 렌더링 시설로 보낼 가능성이 있다. 렌더링은 단연코 사체를 처리하는 가장 경제적인 방법이기 때문이다.

렌더링 시설로 실려 가는 동물의 부위는 대부분 도살장에서 나온다. 도살장에서는 젖소와 돼지, 양, 닭, 칠면조 등의 쓸모없는 부위와 병들거나 법적으로 고기로 가공할 수 없는 동물을 모아 보낸다. 폐기 동물의 다른 출처는 식료품 가게의 유통기한이 지난 고기, 정육점에서 팔고 남은 부속, 동물원에서 죽은 동물 그리고 동물 병원과 보호소에서 죽은 고양이와 개다.

〈더러운 직업들Dirty Jobs〉이라는 TV 프로그램을 보다가 공포에 사로잡힌 적이 있다. 진행자가 렌더링 공장에서 하루 동안 일을 해보는 내용이었다. 진행자는 젖소의 사체를 트럭에서 내리고, 근육과 뼈에서 분리하기 위해 가죽에 구멍을 내고 공기펌프로 풍선처럼 부풀려서 가죽을 벗기는 작업을 도왔다. 방금 분리된 가죽을 톱으로 자르고, 가죽이 벗겨진 사체를 벨트컨베이어로 끌고 간 그는 거대한 톱밥 제조기처럼 생긴 기계의 입으로 들어간 사체가 부서져 나오는 걸 보았다. 진행자는 공장의 다른 구역으로 이동했다. 걸쭉한 동물 퓌레가 거대한 가마솥으로 들어가 지방을 분리하고 수분을 날리기 위해 조리되고 또 조리되는 곳이었다. 고형물에서 지방을 압착하면 갈아서 고기와 뼛가루를 만드는 데 사용될 '돼지 껍질'이 남는다. 나는 그날 온종일 식욕을 잃었고, 그 프로그램을 떠올리기만 해도 여전히 무섭다.

그러나 내 머릿속의 작은 목소리는 이건 단순히 재활용이고, 어차피 동물을 사용할 거라면 가능한 모든 부분을 쓰는 건 아주 좋은 일이라고 항변한다. 죽은 동물을 그냥 내버리는 것보다 존중하는 태도라고. 고기와 뼛가루는 온갖 방법으로 활용된다. 개와 고양이의 가공식품 생산도 그중 하나다. 캐시 쿠니는 그 발상이나 냄새를 좋아하지 않지만, 우리에게는 렌더링 시설이 필요하다고 강조한다. 우리 사회에는 처리할 동물의 사체가 어마어마하게 많고, 렌더링 시설은 모든 사체를 안전하게 취급하는 데 중요한 기능을 수행한다. 그녀는 미국 내 렌더링 시설이 감소 추세라 문제가 될지 모른다고 걱정한다.

매장

유사 이래 조심스럽게 매장된 동물은 수없이 많다. 인간이 의식적으로 개를 매장한 것은 최소한 홍적세 후기까지 거슬러 올라간다. 개가 인간과 같은 묘지에 묻혔음을 암시하는 고고학적 증거도 있다. 시베리아Siberia 바이칼호Lake Baikal 동쪽 지역에서 그런 매장지 두 곳을 연구한 고고학자 팀에 따르면, 갯과 동물은 약 7000년 전 이 지역에서 형식을 갖춘 묘지가 발생하자마자 사람과 유사한 매장 대우를 받았을 것이라고 한다. 이 지역에 있는 어떤 사람의 무덤에는 '장신구나 도구로 변형된 갯과 동물의 유골'이 들었다.

나는 늘 로키산맥에 있는 우리 통나무집 뒤쪽 높은 언덕에 오디를 묻는 상상을 했다. 이렇게 하는 거다. 사체를 손으로 수습한다. 동물을 자기가 소유한 토지나 뒤뜰에 묻는다. 어린 시절 나의 작은 코커스패니얼 베니Benny와 우리의 셰퍼드/허스키 네이선Nathan은 통나무집에 묻혔다. 세이지의 모든 쥐와 도마뱀붙이, 소라게, 금붕어, 구피 등 함께 살다가 떠나보낸 작은 생물을 위해서는 우리 집 뒤 울타리를 따라 소박한 무덤을 만들었다.

나는 조사를 통해 뒤뜰에 동물을 묻는 것이 간단한 일이 아니라는 사실을 알았다. 누구나 뒤뜰이 있는 건 아니고, 뭔가를 묻기에 비좁은 뒤뜰도 있다. 어떤 주에서는 자기 소유지에 동물을 묻는 것이 불법이다. 내가 사는 볼더 카운티Boulder County의 용도지역 조례는 모든 동물의 매장을 금한다(이런!). 그러나 우리 통나무집이 있는

라리머 카운티Larimer Country는 매장이 가능하다. 근처에 있는 애덤스 카운티Adams County와 웰드 카운티Weld County도 매장을 허용하지만 규정이 있다. 예를 들어 수원水源에서 45미터 이상 떨어져서 파고, 사체의 모든 부분은 최소한 60센티미터 깊이로 묻어야 한다.

뒤뜰에 매장하는 일이 괜찮은 생각이라 여겨지고, 마침 그것이 합법이라 해도 매장된 동물을 두고 이사하는 일(그리고 새 집주인이 조경을 다시 하려고 마당을 파면 어떻게 생각할지)이 걱정스러울 수 있다. 마당을 파다가 땅에 묻힌 설비를 건드릴 위험도 있다. 숲으로 갈 수도 없다. 공유지에 매장하는 것은 불법이 거의 확실하기 때문이다. 더구나 사는 곳이 추운 지역인데 동물이 오디처럼 하필 겨울에 죽으면 가정 매장은 쓸모 있는 선택지가 아니다.

마지막으로 고려할 사항은 동물 매장에 따른 야생동물의 이차적인 사망 문제가 심각하다는 사실이다. 안락사 주사액은 동물의 사체에 2년 동안 유효하게 남을 수 있어, 땅에서 오염된 사체를 파 먹는 야생동물이 피해를 당하거나 심하면 죽기도 한다. 큰 가축을 안락사 시켜야 하는 수의사들이 약물을 쓰기보다 들판에서 총을 쓰는 이유 가운데 하나도 이것이다.

더 간단한 매장 선택지는 애완동물 묘지를 찾는 것이다. 현대판 동물 매장지는 여러 지역에서 이용 가능하다. 미국에는 애완동물 묘지 600여 곳이 운영되고, 콜로라도에는 국제애완동물장묘협회 International Association of Pet Cemeteries and Crematories가 인증한 묘지가 다섯 군데 있다. 가장 가까운 두 곳은 차로 45분 거리인 포트콜린스

Fort Collins의 프레셔스메모리즈Precious Memories와 차로 한 시간쯤 떨어진 에버그린메모리얼파크Evergreen Memorial Park다. 일부 인간 묘지에는 애완동물 구역이 따로 있고, 몇몇 주에서는 사람과 애완동물을 함께 매장할 수 있다.

오디를 묘지에 묻으면 어떨지 조사했는데 첫 단계(관 구입하기)를 넘지 못했다. 나는 수많은 애완동물 기념상품 웹 사이트 가운데 펫츠위러브드닷컴petsweloved.com을 골랐다. 벚나무로 만든 수공예 관을 오디의 몸에 넉넉한 크기로 사려면 (그리고 상아 장식까지 더하면) 334.95달러와 배송비를 부담해야 한다. 폴리우레탄으로 만든 에버래스트Everlast가 가장 싼데, 오디에게 맞는 대형 관은 199.95달러다. 나는 제일 싼 관을 구입해서 오디의 영혼을 거스르기 싫은 마음에, 내충격성 스티렌으로 만든 중간급 선택지 퍼에버Furever를 선택했을 것이다. 오디가 내충격성 스티렌 속에 갇혀 나머지 영겁의 시간을 보내고 싶어 할지 궁금하긴 했지만. 물건들이 다 비싸보였다. 고급 관은 시작에 불과했다. 에버그린의 매장 비용은 지속적인 관리와 평평하게 눕히는 묘비를 선택하면 325달러, 수직으로 세우는 묘비를 선택하면 550달러다. 화강암과 청동으로 된 묘비는 450달러 이상이고, 겨울 묘지 준비에는 추가로 35달러가 든다.

묘지는 일부 사람(특히 경제적으로 여유로운 사람)에게 좋은 선택지지만 주의할 점이 있다. 애완동물 묘지에는 인간의 묘지와 동일한 법규를 적용하지 않는다. 묘지를 운영하는 주인이 바뀌거나 묘지가 판매되면 그 땅은 합법적으로 다른 용도로 사용될 수 있다. 동물이 죽은 지 수년이 지났는데 유골을 보존하고 싶으면 애완동물을 묻은 자리를 파야 한다는 말을 듣는 경우도 있다. 자금 조달의 어려움 없이 지속적으로 관리할 수 있는 묘지를 선택할 필요가 있다.

화장

동결건조나 렌더링, 뒷마당에 구덩이를 파는 것이 좋은 선택지 같지 않다면 어떻게 할까? 화장을 고려해볼 수 있다. 화장은 애완동물 장례 산업이 전문화했음을 보여준다. 애완동물 화장터 숫자는 증가하는 수요에 따라 급속도로 늘어난다. 이제 마당이나 묘지에 매장하는 것보다 화장이 일반적인 느낌이다.

화장 절차는 뒷받침(애완동물 전용 화장터, 크기가 다양한 납골함)을 제공하는 여러 가지 보조 산업과 함께 표준화되고 있다. 보통 수의사가 매개자 역할을 한다. 일반적으로 불투명하게 남은 과정을 통해 주인에게서 사체를 가져온 다음 화장터 운영자에게 넘긴다. 동물병원에서 안락사 시킨 동물은 가족이 자리를 뜨면 병원 직원이 사체를 검은 쓰레기봉투에 담고, 약속된 화장터의 수거 날까지 냉동고에 둔다. 일주일에 한 번쯤 트럭이 와서 사체를 한 무더기 싣고 화장터로 가져갈 것이다. 집에서 안락사 시킨 오디는 수의사가 사체를 자주색 담요에 싸서 자신의 차 뒷자리에 싣고 바로 화장터에 데려갔다. 확실하지 않지만 오디의 사체도 예정된 화장 시각까지 냉동고에 보관됐으리라.

애완동물 화장은 개별, 분리, 공동의 세 가지로 나뉜다. 개별 화장은 가마에 사체가 하나만 들어간다. 분리 화장은 여러 동물이 동시에 가마에 들어가지만, 동물들을 떨어뜨려 놓아서 유골을 따로 모을 수 있게 하는 방식이다. 그러나 일부 '활성 혼합active comingling' 은 불가피하다. 공동 화장은 분리하는 방식 없이 동물 몇 마리를 한꺼번에 태운다. 콜린 엘리스에게 들은 바로는, 애완동물 주인들은 대체로 동물을 어떤 종류로 화장하는지 혼동하는 바람에 속는 경우도 가끔 있다고 한다. 동물의 유골을 돌려받겠다고 요청하고, 당연히 동물이 개별 화장을 받겠거니 짐작한다. 사실상 분리 화장이었을지 모르는데도.

활성 혼합이란 말은 유골에 다른 동물도 미량 섞였다는 뜻이다. 개별 화장조차 유골에 잔여물이 일부 섞이는(화장 산업에서 '불가피한 이차 혼합unavoidable incidental comingling'이라고 부르는) 일이 일어난다. 화장할 때마다 가마에 남은 미세 물질을 모조리 제거하는 것이 불가능에 가깝기 때문이다.

나는 오디의 사체를 화장으로 대우하기로 했다. ('대우하다'가 매우 완곡한 표현이란 걸 알지만, '처분하다'라는 말은 마음에 들지 않는다.) 오디가 죽기 전에 화장터와 묘지를 여러 군데 방문하려고 계획을 세웠다. 우리 통나무집에 오디를 묻을 수 없으면 어떻게 할지 미리 선택지를 알아볼 요량이었다. 하지만 막상 일이 닥쳤을 때, 나는 전혀 준비되지 않은 상태였다. 오디의 죽음은 내가 준비되기 훨씬 전에 와버렸다.

나는 그제야 전전긍긍하며 페니레인애완동물화장서비스Pennylane Pet Cremation Services에 전화를 걸어 방문해도 될지 물었다. 오디의 사체가 떠난 마지막 여행지를 보고 싶었다. 하지만 한편으로는 보기 두려웠다. 전화를 받은 남자는 화장터의 주인 척 마이어스Chuck Myers다. 그는 편할 때 방문하면 둘러볼 수 있도록 안내하겠다고 친절하게 말했다. 나는 다음 날로 약속을 잡았다.

화장장은 미드Mead에 있는 그의 택지에 있었다. 로키산맥 기슭에 자리 잡은 활짝 트인 농촌이다. 70번 주간interstate 고속도로에서 빠져나가 시골길을 따라 1.6킬로미터쯤 가면 페니레인 표지판이 보이고, 그 뒤 진입로로 들어가면 산뜻한 붉은색 농장 건물이 있다. 내가 차에서 내리자 검은 래브라도 한 마리가 울타리를 둘러친 마당에서 훌쩍 뛰어나오더니 감당할 수 없이 꼬리를 흔들며 빙글빙글 돌고 위아래로 쿵쿵대며 인사를 했다. 인사가 끝나자 자기 꼬리에 정신이 팔려서 꼬리를 쫓고 꼬리 끝을 물었다. 척이 다가와 악수를 청하며 따뜻하게 나를 맞았다. 순조로운 출발이었다.

척은 내가 묻기도 전에 무엇이 어디에 있었는지, 일이 어떻게 성공했는지, 오디의 사체에 정확히 무슨 일을 했는지 이야기했다. 그는 맨 처음에 자신이 왜 정장을 입고 넥타이를 매는지 설명했다. 사람들을 위한 영안실과 장례식장을 운영하는 것이 다른 직업이라고 했다. 사실 그 때문에 애완동물 장례 사업에 발을 들였다고. 그는 애완동물을 화장하고 싶어 하는 사람들의 전화를 잇따라 받았는데, 사람에게 쓰는 가마를 동물에게 쓸 수는 없다는 말로 그런 요청을 거절해야 했다. 그래서 부업으로 애완동물 화장터를 시작했다. 그는 충족되지 않는 욕구를 보았고, 그걸 만족시키기로 했다. 사업은 잘된다.

화장 가마는 별도의 크고 붉은 건물에 동물 화장을 목적으로 설치했다. 널찍하고 멋진 공간으로, 깨끗하고 정리가 잘되었다. 내가 갔을 때 가마는 낮은 소리를 내며 돌았다. 공기가 묵직하게 느껴지고 매캐한 냄새가 나서 그 공간에 20분쯤 있으니 약간 메스꺼웠다. 척은 가마가 어떻게 작동하는지, 사체가 놓인 단 아래 U자 공간이 어떻게 들어가는지, 그 아래 칸막이가 어떻게 연기를 분산하는지 자세히 설명했다. 섭씨 915도는 환경보호국Environmental Protection Agency이 오염을 최소화하기 위해 요구하는 온도다. 가마가 너무 차게 돌면 연기가 더 많이 나고 파이프로 배출되는 물질도 많아져서 환경보호국이 벌금을 징수한다. 가마에서 나온 복잡한 배관이 지붕까지 구불구불 이어졌다.

가마는 작은 사체용으로 설계됐다는 점만 빼고 사람을 화장할 때 사용하는 것과 정확히 똑같다. 340킬로그램까지 수용할 수 있어서 크기에 따라 7~10마리 공동 화장이 가능하다. 척은 고양이와 개뿐만 아니라 온갖 생물을 받는다고 한다. 염소와 쥐, 뱀, 새도 받아봤다고 한다. 한번은 알파카의 화장 요청도 있었는데, 그렇게 큰 동물은 가마에 들어가지 않아 거절했다고 한다. 큰 동물을 화장하려면 4등분을 해야 하는데, 그런 일은 도무지 하고 싶지 않다고. 평균 연소 시간은 한 시간에서 세 시간이다(오디처럼 개별 화장을 하면 한 시간, 공동 화장은 세 시간쯤 걸리는 모양이다). 어떤 가족은 동물이 가마 속에 있는 내내 그 곁에 앉아 있기도 한다고 했다. 그 말을 듣고 오디의 마지막 여행을 함께해야 했다는 생각에 찌르는 듯한 죄책감이 들었다.

척은 '처리기'라고 불리는 기구도 보여주었다. 유골이 사체를 태운 재가 아니라 사실상 부서진 뼈라는 사실은 알았다. 하지만 오디의 뼈가 분쇄된다고 생각하면 지금도 약간 불편하다. 척은 가마에서 뼈를 꺼내면 쉽게 식별할 수 있다고 했다. 두개골, 긴 다리뼈, 짧은 다리뼈를 알아볼 수 있다고. 뼈는 공업용 금속 분쇄기에서 가루가 된다. 그는 밀봉해서 유골함에 넣으려던 뼛가루 한 봉지를 보여주었다. 가루는 대부분 벽난로를 청소할 때 나오는 재처럼 고운데, 자잘한 조약돌 크기쯤 되는 조각도 있었다. 작은 뼛조각이란 걸 알 수 있었다. 나는 초연하게, 호기심을 유지하려 애썼다.

작업대 뒤를 따라 유골함이 줄지어 놓였다. 어린 시절 장난감 비행기를 만들 때 쓴 염료를 입힌 발사balsa*처럼 가벼운 나무로 된 유골함이었다. 큼직한 유골함도 있고 자그마한 것도 있었다. 나는 중

---

* 남아메리카 열대 지역이 원산지인 나무로. 목재가 매우 가볍다.

간 크기(가로 10센티미터에 세로 15센티미터 정도) 오디의 유골함을 알아보았다. 작은 유골함은 고양이나 닥스훈트를 위한 것이고, 큰 유골함은 래브라도나 세인트버나드처럼 30킬로그램 이상 되는 개들을 위한 것이라고 했다. 유골함에는 개별적으로 화장된 동물의 재만 담는다. 공동 화장에서 나온 뼛가루(주인이 돌려받기를 원하지 않는 재)는 척의 사유지에 뿌린다. "절대 쓰레기통으로 들어가지 않습니다." 그는 장담했다. 뼛가루는 농장 주변 들판이나 척의 아내가 가꾸는 꽃밭으로 간다.

뼛가루를 비닐봉지에 붓고, 유골함 뚜껑이 열리거나 실수로 유골함을 떨어뜨리더라도 쏟아지지 않게 밀봉한다. 유골함에는 동물과 함께 태운 작고 동그란 금속 조각(아이디 꼬리표)이 들었다. 화장터에서 어떤 유해가 어떤 동물에 속하는지 파악하고 있다는 걸 확실히 보여주는 방법이다. 척은 숫자와 이름표, 파일을 복잡한 시스템으로 만들어 뼛가루와 사체가 뒤바뀌지 않도록 관리한다. "아내는 제가 서류 작업을 너무 많이 한대요." 그가 농담 삼아 말했지만 실수가 없다는 사실 덕분에 자신만만해 보였다.

척은 화장이 준비될 때까지 사체를 보관하는 냉동고도 보여줬다. 안을 들여다보지는 않았다. 궁금하지만 청하고 싶지 않았다. 그는 분명 사체를 예우해야 한다고 생각할 것이다. 잠시 주저하던 척은 동물들이 (말 그대로 비닐봉지에) '담겼다'고 했다. "그래야 하기 때문이에요. 우린 절대 사체를 쓰레기 취급하지 않습니다." 쓰레기봉투를 사용하는 것은 동물이 더 나은 사후 돌봄을 누리기 바라는 사람들이 바꾸고자 하는 부분 중 하나다. 쿠니 박사는 말했다. "우리는 실제로 동물 사체를 쓰레기 취급해요. 쓰레기처럼 보이고, 쓰레기처럼 운반하잖아요." 검은 쓰레기봉투 대신 애완동물에게 사용할 수 있는, 제대로 된 사체 주머니를 써야 한다.

나는 사람들이 애완동물의 사체에 대한 감정이 사람의 시신과 비교해 어떻게 다른지 물었다. 그는 날마다 둘 다 경험하니까. 척은 사람들이 애완동물에게 염려를 표현하고, 세심하게 마음을 쓰고, 사랑을 쏟는다는 인상을 받는다고 했다. 반면 가족의 영안실에서 "엄마 시신은 내가 휴가에서 돌아올 때까지 그냥 좀 알아서 보관하지 그랬어?" 같은 말을 하는 사람을 놀랍도록 많이 본다고 했다. 가족의 죽음에 짜증이 난 것처럼 보이는 사람도 있다고 했다. 그런 사람들은 그저 모든 일이 끝나 귀찮은 일이 없기만 바란다고. 애완동물에게는 그렇지 않다. 사람들은 절차가 제대로 끝났는지, 동물이 좋은 대우를 받았는지 신경 쓴다. 심지어 죽은 뒤에도.

많은 사람들이 애완동물의 사체에 무슨 일이 일어나는지 관심이 있지만, 막상 알면 좋아하지 않을 경우도 있다. 콜린 엘리스는 비양심적인 업체들이 있다고 인정했다. 슬픔에 빠진 가족의 개를 데려가고, 돈을 챙기고, 유골은 돌려주지만, 애완동물을 실제로 화장하지 않고 사체가 건물 밖에서 썩도록 내버려두는 화장터 운영자 같은 사람들 말이다. 캐시 쿠니는 자신의 애완동물이 고객의 애완동물과 같은 취급을 받는 걸 바라는 수의사는 거의 없다고 한다.

캐시는 동물 병원에 애완동물의 사체를 두고 나선 뒤, 혹은 수의사가 집에서 동물을 데려간 뒤에 사체에 무슨 일이 일어날지 걱정되면 질문을 많이 하라고 조언한다. 사체는 어떻게 되는지(화장되는지, 매립지로 가는지, 수의대에 기증되는지), 화장을 선택하고 비용을 지불했다면 사체는 정확히 어떻게 다뤄지는지, 어떻게 포장되고 수송되는지, 냉각실 아니면 냉동고에 보관되는지, 화장 후 유골이 진짜 내 애완동물의 것임을 어떻게 확인할 수 있는지…. 잔혹한 내용을 속속들이 아는 것이 불편하지만, 매우 유용하다는 생각도 들었다. 그저 일을 치른 뒤가 아니라 오디가 죽기 전에 이런 질문을 했다면 좋았을 걸 싶었다.

기억하기

처음에 이 주제로 작업할 때, 애완동물 추모의 세계는 넘쳐나는 무지개와 발자국 모양, 눈물을 쥐어짜는 시 때문에 하릴없이 귀여워 보였다. 동물을 떠올리게 하는 장식품은 종류별로 다양하다. 애완동물의 초상화를 담은 대리석 문진, 애완동물의 이름과 발자국을 넣은 정원 판석, 레이저로 새긴 크리스마스 장식까지. 캐티색크리에이션Catty Shack Creations이라는 회사는 애완동물의 털로 핸드백을 짜주고, 애완동물 유골을 다이아몬드로 만들거나 펜던트에 넣어준다. 예전에는 이런 것이 오싹할 정도로 감상적이라고 생각했다. 그러나 이번 일을 겪으며 각자 자신의 방법으로 슬픔과 사랑을 표현한다는 걸 배웠다. 내 책상에 오디의 발바닥을 찍은 점토판이 놓일 줄은 꿈에도 몰랐다. 심지어 작은 하트까지 몇 개 새겨졌다.

웹 사이트 펫로스닷컴petloss.com은 주간 촛불 의식을 진행한다. 애완동물을 잃은 모든 사람들이 월요일 밤마다 촛불을 켜는 것이다. 이 사이트의 무지개다리Rainbow Bridge 명단(이 용어는 이 장 '동물 천국' 부분에서 살펴볼 것이다)에 오른 동물은 모두 촛불 의식에서 기려진다. 누구나 자신의 동물 이름을 추가할 수 있다. 족히 천 단위는 될 듯한 명단을 훑어보니 오디세우스란 이름이 몇 개 있고, 오디라는 개도 한 마리 눈에 띈다. 이 명단에 묘한 감동을 받은 나는 작은 서식에 오디의 이름과 종, 생일, 사망일을 입력하고 '제출' 버튼을 클릭했다.

사별을 다룬 책과 웹 사이트는 애완동물의 상실에 대응하고, 애도 과정을 거치는 방법으로 추모를 장려한다. 친구나 가족과 함께 추모식을 여는 것, 의미 있는 장소에 애완동물의 뼛가루를 뿌리는 것, 특별한 스크랩북을 만드는 것, 노래나 시를 쓰는 것, 추모의 뜻으로 촛불을 켜는 것이 이에 해당한다. 내가 좋아하는 방법은 동네 보호소나 구조 모임에 추모 기부를 하는 것, 튤립이나 수선화를 심어서 해마다 꽃을 보며 애완동물을 떠올리는 것이다. 가장 감동적인 추모 이야기는 콜린 엘리스에게 들었다. 그녀의 고객이 생각한 '그릇 씻기' 기념식이다. 그 남자는 고양이 빙고Bingo의 죽음을 기억하는 의례를 만들고자, 빙고가 쓰던 밥그릇을 씻는 상징적인 행위로 추모식을 마무리했다.

죽은 이를 기념하는 또 다른 좋은 방법은 부고다. 주류 신문은 웬만큼 유명한 동물이 아니면 부고를 거의 싣지 않는다. 하지만 《애니멀 피플Animal People》은 동물 부고란을 종종 마련한다. 2011년 1/2월호에는 서른두 살 벌거숭이뻐드렁니쥐 올드맨Old Man, 캘리포니아바다사자 나아우Na'au, 에드워드 케네디Edward Kennedy 상원 의원의 포르투갈워터도그 스플래시Splash, 공연동물복지협회 Performing Animal Welfare Society 아크ARK 보호구역에 사는 아시아코끼리의 우두머리 레베카Rebecca의 부고가 실렸다.

캐시 쿠니의 홈투헤븐은 일종의 온라인 부고를 운영한다. 그녀는 따로 마련한 웹 페이지에 죽은 동물의 이름을 올린다. 오디의 이름은 오디가 죽고 일주일쯤 뒤에 올라와서 7일 동안 게시되었다. '오디 메이든Ody Madden, 롱몬트'라고 적혔다. 쿠니는 오디의 단골 동물 병원과 전화로 상담해준 수의사처럼 조문 카드도 보냈다. 이런 작은 손길이 중요한 차이를 만든다. 오디가 떠난 일을 마음 아프게 여기는 사람이 많다는 사실을 깨닫기 때문이다.

내 딸은 무덤 위에 돌을 놓는 것으로 자신이 기르던 쥐들을 추모한다. 돌은 색깔, 감촉, 느낌, 전체적인 형태 등이 망자와 닮아야 하기 때문에 신중히 고른다. 어디가 닮았는지는 잘 모르겠지만. 내가 완벽한 돌을 고르는 걸 도우려고 "이 예쁜 회색 돌은 어때?" 하고 물으면 세이지는 아니나 다를까 내 선택을 거부한다. "아뇨, 엄마." 딸은 발끈한다. "그건 구구GooGoo랑 하나도 안 닮았잖아요."

세이지는 오디를 추모할 때 컴퓨터로 영화를 만들었다. 오디의 사진이 다음 사진으로 페이드아웃 된다. 그리고 오디를 위해 긴 추모사를 썼다(6장 오디 일기에 등장).

어떻게 하면 오디를 가장 잘 추모할까 궁리하다가, 불현듯 확실한 깨달음을 얻는다. 내가 2년 동안 오디와 함께한 일상을 기록했다는 사실. 이 글이 붉은 개를 향한 나의 추모사요, 찬사이자, 시다. 나는 시나브로 늘어난 유품에 둘러싸였다. 오디의 오트밀 색 개 침대는 여전히 피아노 아래 있고, 내가 차마 치우지 못한 오디의 그릇은 아직 주방 선반에 놓였다. 빨강·주황·초록 개뼈다귀 모양이 그려진 검은 목줄은 사무실 램프에 걸렸고, 뒷문 옆 모자걸이에 다른 목줄이 하나 더 있다. 오디의 재는 작고 동그란 통에 담긴 채 내 책상 모퉁이에 기대어 찬 듯 놓였다. 오디가 죽고 한 시간도 채 안 돼서 책상 위쪽에 오디 사진을 걸었다. 오디의 옆모습. 오디의 붉은색은 무척 그윽하고, 주둥이를 둘러싼 흰색은 은은하다. 오디가 저 먼 곳을 응시하는 듯 보인다.

슬픔

동물을 잃고 아파하거나 애도 중인 사람과 이야기를 나눠본 사람은 우리가 경험하는 슬픔이 사람을 잃은 슬픔과 한 치도 다름없이 매섭고 고통스러우며 지속적(그리고 병리적)일 수 있다는 사실을 안다. 어떤 사람에게는 동물의 상실이 더 심각한 일이 되기도 한다. 동물을 멸시하는 사람은 이 슬픔도 멸시하는 경향이 있다. "그냥 개잖아" "한 마리 새로 사"라고 할지도 모른다. 이들은 동물에게 깊이 감격한 적 없이 살아서 뭘 모른다.

사별과 애완동물 상실은 동물의 죽음을 다루는 모든 영역 가운데 가장 세심한 관심을 받은 주제일 것이다. 누구나 이해한다거나 공감한다고 말하기는 어렵지만, 애완동물의 죽음을 슬퍼하는 이들이 책과 웹 사이트, 사별 전문 상담, 온라인 그룹 채팅에서 얻을 수 있는 방편은 수두룩하다.

사람들은 동물에 대해 느끼는 슬픔의 힘에 놀란다. 콜린 엘리스는 사람보다 애완동물을 잃었을 때 강력한 슬픔을 경험하는 사람들이 많다고 한다. 사람들은 때때로 자신의 슬픔에 순위를 매기고, 부모나 배우자를 잃었을 때보다 애완동물의 상실이 슬프면 죄책감에 휩싸인다. 엘리스는 동물을 향한 슬픔은 간명해서 어떤 면에서는 사람을 향한 슬픔보다 순수하고 응축적이라고 설명한다. 동물에게는 감정의 응어리가 없다. 동물이 우리에게 보여주는 사랑은 동물을 향한 우리의 사랑처럼 무조건적이기 때문이다. 순수한 슬픔이 있을 뿐이다. 이 말이 모든 이에게 진실인지 모르지만 최소한 나에게는 그랬다.

우리가 동물을 사랑하는 마음은 인간을 사랑하는 마음만큼 대단히 난해하지 않다는 의견에는 동의하지만, 내 경험상 복잡한 문제가 없지는 않다. 동물을 향한 우리의 사랑이 무조건적인지 확신이 없다. 우리에게는 동물이 반드시 충족해야 하는 조건이 있으니까. 우리를 향한 동물의 사랑이 무조건적인지도 잘 모르겠다. 우리는 동물들의 밴드에서 악기다. 우리의 밴드에서 그들이 악기이듯이. 내가 오디를 사랑한 만큼 오디는 나의 목을 짓누르는 굴레, 거의 끝없는 근심의 원천이었다. 오디는 내 인생을 수월하게 내버려두지 않았기에 나는 오디에게 "네가 사랑스러워서 다행인 줄 알아. 안 그랬으면 넌 큰일 났어"라고 입버릇처럼 말했다. 그래서 내 슬픔에는 일종의 해방감, 안도감이 뒤섞였다.

슬픔은 주기가 길다. 다가올 상실을 감지하는 예기 애도anticipatory grief로 시작해서 죽음의 순간에 깊은 슬픔을 통과하고, 사후 사별 과정으로 들어간다. 나는 예기 애도가 가장 심각한 단계였다. 나는 오디가 죽음에 다가가기 오래전부터 슬펐다. 오디가 죽는 순간은 물속으로 가라앉는 듯 격렬한 슬픔으로 고통스러웠다. 그런 느낌은 몇 시간 이상 지속되지 않았다. 이제 내 슬픔은 대부분 마음 뒤편에 조용히 있다. 오디가 떠오르는 어떤 것을 마주칠 때, 내 책상 위에 걸린 오디 사진을 볼 때, 차고에서 붉은 털이 박힌 낡은 담요를 발견할 때, 다른 비즐라를 볼 때는 날카로운 슬픔에 찔리는 느낌이다. 하지만 그런 때가 아니면 슬픔은 그저 부드러운 존재다.

동물 천국

가스 스타인Garth Stein의 소설 《The Art of Racing in the Rain빗속을 질주하는 방법》을 보면, 몽골에서는 개를 언덕에 묻어 아무도 무덤을 밟지 않도록 한다는 이야기가 나온다. 주인은 개의 귀에 대고 다음 생에 사람으로 돌아오기 바란다고 속삭인다. 그리고 개의 꼬리를 잘라서 자신의 머리 아래 둔다. 개의 입속에는 고기 한 조각을 넣어 긴 여행에 양식으로 삼게 한다. 이제 자유로워진 개의 영혼은 몽골 사막도 훌쩍 뛰어넘을 수 있다. 달리고 또 달리고 언제까지나 달린다. 내가 상상하는 천국에서 개들은 이렇다.

신시아 라일런트가 쓴 《Dog Heaven》에서 봤다. "강아지가 천국에 갈 때는 날개가 필요 없어요. 하느님은 강아지가 달리는 걸 제일 좋아한다는 사실을 아시니까요. 하느님은 강아지들에게 들판을 펼쳐주세요. 들판을 지나 들판 또 들판. 강아지가 맨 처음 천국에 도착하면 그냥 막 달려요." 하느님은 달리기를 끝낸 강아지를 쓰다듬으며 얼마나 멋진지 칭찬한다. 내가 보기에는 더할 나위 없이 완벽하다.

애완동물의 죽음에 대한 오래된 이야기 가운데 〈무지개다리〉가 있다. 이 산문시는 애완동물 상실에 관한 책과 웹 사이트에 놀라울 만큼 자주 등장한다. '작자 미상'으로 알려졌는데, 누가 쓴 글인지 의견이 분분하기 때문인 것 같다(많은 인터넷 사이트와 애완동물 애도 팸플릿, 책이 무수히 모방한 탓이기도 하고). 1980~1992년에 폴 C. 담Paul

C. Dahm이나 윌리엄 N. 브리턴William N. Britton 혹은 월리스 사이프 Wallace Sife가 쓴 시로 추정되나 확인할 수 없다. 여러 자료에 따르면 〈무지개다리〉이야기에 영감이 된 원형은 고대 노르웨이의 비프로 스트 다리Bifrost Bridge 전설이라고 한다. 마블코믹스Marvel Comics와 천둥의 신 토르에 친숙한 사람이라면 신계와 인간계를 연결해 신 들이 오가는 비프로스트 다리를 알 것이다.

시에 따르면, 반려동물은 죽어서 천국과 길 하나를 사이에 둔 무 지개다리에 간다. 모든 고통과 통증에서 풀려나 다시 건강해진 동 물들은 다리 옆에 있는 아름다운 초원에서 즐겁게 뛰어놀고, 공과 토끼를 쫓고, 뼈다귀와 개박하를 마음껏 먹는다. 동물들은 이 초원 에서 뛰어다니며 인간 친구(우리)를 기다린다. 시간이 얼마나 오래 걸리든. 마침내 도착한 우리를 발견한 동물들은 달려온다(또 달린 다). 반가운 재회 후, 우리는 손잡고 무지개다리를 건너 함께 천국 에 들어간다.

리사 밀러Lisa Miller는 《헤븐Heaven》에서 오랫동안 우리를 매혹해 온 사후 세계에 대해 탐구한다. 밀러에 따르면 미국인 약 80퍼센 트가 천국을 믿는다고 한다. 애완동물의 천국은 어떨까? 온라인에 자주 올라오는 질문 가운데 "애완동물이 천국에 갈까요?"가 있다. 게시판에 답변이 가득 달리는 것은 놀랍지 않지만, 동물이 진주 문 pearly gates을 통과해도 될지 격렬한 논쟁이 벌어진다는 건 놀라운 일 이다. 빌리 그레이엄Billy Graham이 인터뷰에서 애완동물도 천국에 간다고(동물 없이는 우리의 행복이 완성될 수 없기 때문이라는 게 이유였지만) 한 사실을 알릴 수 있어 몹시 기쁘다.

동물 천국은 까다로운 신학적 의문을 제기한다. 내가 평생 아주 많은 애완동물과 함께했다면 어떻게 될까? 동물들이 모두 나를 만나려고 무지개다리로 뛰어올까? 고양이와 개는 싸울까? 누가 내 오른편에서 걸을까? 성 아우구스티누스Aurelius Augustinus와 토마스 아퀴나스Thomas Aquinas 같은 신학자들은 천국에서 동물의 지위를 숙고했다. 동물에게 영혼이 있는지, 동물이 천국이나 지옥 혹은 완전히 다른 곳에 가는지, 바늘 위에서 동물 천사 몇이 춤출 수 있는지도. ("사람의 숨은 위로 올라가고 짐승의 숨은 땅속으로 내려간다고 누가 장담하랴!"〈전도서〉 3:21)* 합의에 이른 것은 거의 없다.

〈무지개다리〉는 다정한 이야기지만 인간 위주라는 생각도 든다. 동물들이 정말로 초원에서 그저 우리를 기다리며 시간을 보낼까? 우리가 짐작할 수 없는 비밀스러운 일은 없을까? 모르긴 해도 동물들은 무지개다리 옆에 잠깐 서서 후딱 인사를 하고, 귀 뒤를 쓱쓱 긁은 뒤 다시 초원으로 뛰어가지 싶다. 동물에게는 인간이 들어갈 수 없는 동물 천국이 있을지 모른다.

---

* 공동번역성서

경계 넘기

테드 케라소티Ted Kerasote가 쓴 《떠돌이 개와 함께한 행복한 나의 인생》에 보면 북극 문화에서 비롯된 개의 역사 한 조각이 나온다. "사람과 동물 모두 이 땅에 살던 아주 오랜 옛날, 사람은 원하면 동물이 될 수 있고, 동물도 사람이 될 수 있었다. 그들은 때때로 사람이었고, 때때로 동물이었으며, 다른 점이 전혀 없었다." 인간과 동물의 경계는 흐릿해진다. 어쩌면 우리가 다시 그 마지막 경계를 넘을 때.

만물이 흑과 백으로 나뉘는 것은 아니다(생과 사가 아니고, 동물과 인간이 아니다). 죽음은 생과 사, 육체와 정신, 동물과 인간 사이를 넘어간다. 죽음은 동물의 형태가 사라지는, 동물과 인간이 하나로 스며드는, 차이의 체계를 지탱할 수 없는 야생의 장소로 우리를 데려간다. 우리는 모두 경계에 선 생물이다. 릴케는 〈제8비가〉에 이렇게 썼다. "생물은 온 눈으로 열린 세계를 본다." 어쩌면 이 경계의 공간이 열린 세계인지 모른다. 동물은 응시하지만, 인간은 두려움과 비겁함 때문에 고개를 돌린 세계 말이다.

동물은 우리가 모르는 무엇을 알까? 우리가 동물의 단순성이라 이름 붙인 것은 사실 우리가 가늠할 수 없는 지혜 아닐까? 더글러스 고치Douglas Goetsch는 오클라호마 동물 보호소의 곧 목숨을 잃을 개들에 대한 시에 다음과 같이 쓴다.

개들이 바람의 냄새를 맡으며
당신과 같은 방향을 응시할 때
개들은 미래를 아는 것 같다.

열린 세계로

애스펀 개울Aspen Brook은 릴리 산Lily Mountain과 에스테스 콘Estes Cone 사이의 골짜기를 굽이굽이 흐른다. 우리 통나무집에서 릴리 호수Lily Lake 방향으로 개울을 따라 비스듬히 자리 잡은 낡은 찻집 가는 길로 10분쯤 쉬엄쉬엄 걷다 보면 우리 가족이 위그암 초원이라고 부르는 곳이 나온다. 내가 어릴 때는 초원 동쪽의 키 큰 소나무에 삐뚤빼뚤한 글씨로 '위그암'이라고 적힌 나무 표지판이 있었다. 그 나무는 죽고 표지판도 사라져서 남은 건 썩은 그루터기뿐이다. 이 그루터기가 뚝뚝하고 낮은 목소리로 "도착했네. 잘 왔어" 하고 나를 부르는 것 같다.

이 끝에서 저 끝까지 100걸음이 될까 말까 한 초원이다. 한쪽에는 바퀴 자국으로 울퉁불퉁해진 길이 있고, 나머지 삼면은 소나무와 가문비나무, 더글러스전나무가 호를 이룬다. 초원 가장 높은 곳에는 이끼와 지의류로 얼룩덜룩해진 커다란 바위가 있다. 키니키닉kinnikinnick을 비롯해 산에서 자라는 온갖 풀이 융단처럼 뒤덮어서 초원은 태양이 움직일 때마다 빛깔을 바꾸고, 바람이 불면 그윽하게 휘파람을 분다. 봄에는 길가의 만년설에서 느닷없이 할미꽃이 피어나고, 조금 더 높은 자리에서는 깜찍한 클레토니아가 햇볕에 고개를 내민다. 여름에는 앙증맞은 하얀 별꽃과 연보라색 탠지아스타, 밝은 황금색 겨자 꽃이 초원을 수놓는다. 세이지는 공기에 아늑한 향기를 더한다. 길 반대편과 짤따란 비탈 아래는 개울이 흐른다. 이만큼 떨어진 거리에서는 개울의 노래가 자장가처럼 낮고 온화하게 들린다.

오빠와 나는 어릴 때 이 초원에서 캠핑을 했다. 따뜻한 코코아를 보온병에 담아 마시고, 사그라드는 잉걸불처럼 밤하늘을 가르며 쏟아지는 유성우를 보았다. 나는 어른이 되어서도 오디와 함께 이곳에 수없이 왔다. 여기서 얼룩다람쥐 냄새를 쫓아 풀을 가르며 정신없이 달리는 오디를, 최근에는 완만한 경사에도 뒷다리를 끌며 쩔쩔매는, 그래도 초원의 후각적 기쁨은 놓칠 수 없다는 듯 코를 치켜든 오디를 보았다.

나는 이 초원에 오디의 재를 흩뿌리려 한다. 세이지와 키니키닉 사이로. 지금은 오디가 옅은 노란색 리본 장식이 달린 나무 유골함에 담긴 채, 내 책상 위에 얌전히 있다. 하지만 내가 작별 인사를 할 용기를 그러모으면, 나와 오디는 초원 꼭대기로 마지막 여행을 할 것이다. 그때는 땅바닥이 서리로 여전히 딱딱하고, 숲의 노래가 추위에 얼어붙은 동안 올지도 모른다. 어쩌면 우리는 이 대단한 모험을 봄에 떠날 수도 있다. 다시 생명이 움트고, 할미꽃이 피어나는 봄에.

　내가 꿈꾸는 개들의 천국은 이렇다. 내가 위그암 초원에서 뽈피리를 불면, 날렵하고 붉은 오디가 뛰어와 내 품에 안긴다. 여기부터 우리는 열린 세계로 함께 걸어간다.

오디 일기 2011년 11월 29일, 오디가 죽고 1년 뒤

로빈슨 제퍼스Robinson Jeffers이 쓴 〈집 지키는 개의 무덤The House-Dog's Grave〉 1연을 보면 유령 개가 인간 친구에게 말한다.

> 내가 방법을 조금 바꿔서
> 이제는 저녁 무렵 해변을 따라 너와 함께 달릴 수 없어
> 어떤 꿈결에, 그리고 네 안에서라면 모를까
> 네가 잠시 꿈을 꾸면
> 거기서는 내가 보일 거야

오디도 자신의 방식을 조금 바꿨다. 그러나 오디는 여전히 여기 있고, 영원히 내 삶의 지형에 한 자리를 차지할 것이다. 오디는 우리 집에 자신을 선명히 남겼다. 소파에 남은 꿰맨 상처에도, 추가로 높인 울타리에도, 문틀의 긁힌 자국에도. 집 안의 모든 담요와 침대보에는 불안감에서 벗어나려고 애쓰던 오디가 만든 구멍이 있다. 오디는 내 마음에도 자신을 아로새겼다. 그 어떤 생명체 못지 않게 충만하고 고통스럽게. 오디는 나의 일부가 되었다.

나는 지금도 한밤중에 개가 짖는 환청에 깨어 오디가 밖으로 나

가야 하는 건 아닌지, 밖에서 들어와야 하는 건 아닌지, 집 안의 어느 이상한 구석에서 뒷다리를 벌린 채 속수무책으로 갇히지 않았는지 걱정한다. 가만히 누워 아드레날린이 혈관을 더듬으며 길을 내는 것을 느낀다. 어둠 속에서 얕은 숨을 쉬며 거칠게 "멍멍" 짖는 소리가 나기를 기다린다. 그러나 정적이 있을 뿐이다.

낮에는 가끔 오디가 사무실 문틈으로 나를 보는 느낌이 든다. 오디의 시선이 느껴진다. 그래서 습관적으로 인사하려고 고개를 돌린다. 어떤 꿈결에, 나는 의자를 뒤로 밀치고 오디가 기다리는 입구로 가서 오디의 부드럽고 붉은 머리를 두 손으로 감싼다.

마지막 산책

펴낸날 | 초판 발행 2018년 1월 18일

지은이 | 제시카 피어스

옮긴이 | 정한결

만들어 펴낸이 | 정우진 강진영 김지영

펴낸곳 | 도서출판 황소걸음

디자인 | 송민기 happyfish70@hanmail.net

등록 | 제22-243호(2000년 9월 18일)

주소 | 서울시 마포구 토정로 222 한국출판콘텐츠센터 420호

편집부 | 02-3272-8863

영업부 | 02-3272-8865

팩스 | 02-717-7725

이메일 | bullsbook@hanmail.net

ISBN | 979-11-86821-16-9 03840

이 도서의 국립중앙도서관 출판시도서목록(CIP)은 서지정보유통지원시스템

홈페이지(http://seoji.nl.go.kr)와 국가자료공동목록시스템(http://www.nl.go.kr/kolisnet)에서

이용하실 수 있습니다. (CIP제어번호 : CIP2017035915)